# GEFAHR AUF DER STRAßE

## DEN STROMAUSFALL ÜBERLEBEN, BUCH 3

### JUDITH A. BARRETT

Wobbly Creek

WOBBLY CREEK, LLC

Gefahr auf der Straße

Den Stromausfall Überleben Buch 3

Veröffentlicht in den Vereinigten Staaten von Amerika durch Wobbly Creek, LLC

2020 Georgia

wobblycreek.com

Cover von Wobbly Creek, LLC

ISBN 978-1-967288-33-5 Taschenbuch, deutsche Ausgabe

ISBN 978-1-967288-07-6 E-Book deutsche Ausgabe

ISBN 978-1-953870-03-2 Taschenbuch, englische Ausgabe

ISBN 978-1-953870-02-5 E-Book englische Ausgabe

# WIDMUNG

Gefahr auf der Straße ist der Farbe Rot und den Engeln, die Kinder beschützen, gewidmet.

# KAPITEL EINS

Major und Stuart marschierten an der Zaunlinie des Bauernhofs entlang, während Majors Deutscher Schäferhund Shadow vorausstürmte. Major zog seinen Kragen hoch, um sich vor der Kühle der frühen Morgenluft zu schützen, während der Tau im hohen Gras ihre Stiefel und Jeans durchnässte. Als Shadow knurrte, nahm Major den Trageriemen des Jagdgewehrs von seiner Schulter, klemmte das Gewehr unter seinen Arm, und die Männer beschleunigten ihre Schritte.

„Hier ist der Durchbruch." Stuart scannte die Umgebung und untersuchte dann den heruntergerissenen Stacheldraht und zog ein Haarbüschel weg. „Unser Besucher könnte ein Bulle sein."

Major rieb sich den Nacken. „Das erklärt, warum Shadow vor ein paar Stunden einen Aufstand gemacht hat. Wir haben das Haus abgepatrouilliert; ich entschied, dass nichts in der Nähe war, weil die Hühner und Ziegen ruhig waren. Er hat in diese Richtung alarmiert, aber ich wollte kein Raubtier im Dunkeln überraschen."

Stuart untersuchte den Boden und kniff dann die Augen in Richtung Haus zusammen. „Aimee Louise und Rosalie kommen in diese Richtung gerannt. Irgendetwas ist los."

Stuart rannte los, um sie zu treffen, und Shadow hielt mit seinem Tempo mit. Major joggte hinter Stuart und Shadow her. Als Stuart

Majors neunzehnjährige Enkelin Aimee Louise erreichte, umarmte er sie, dann liefen sie gemeinsam zum Haus.

Majors achtzehnjährige Adoptivenkelin Rosalie wartete auf ihn. „Opa, wir haben gerade über das Amateurfunkgerät gehört, dass ein kleines FBI-Team dreißig Meilen nördlich der Staatsgrenze zu Georgia überfallen wurde. Es klingt, als könnte es Peyton, ihr Partner Nate und Nates Frau Charo gewesen sein."

„Keine weiteren Details?" Major trabte mit Rosalie an seiner Seite zum Haus.

„Aimee Louise hat nach mehr Informationen gefragt. Einer der Funkamateure kennt jemanden in der Nähe der Staatsgrenze. Ich weiß nicht, wann wir mehr hören werden."

Major und Rosalie erreichten das ehemalige Wohnzimmer, das jetzt als Computer- und Funkraum und als Schlafzimmer für Sheriff und Molly diente. Der anbrechende Tag spendete sein erstes Licht in das nach Osten ausgerichtete Zimmer, und die Kerze auf Mollys Kommode verstärkte den Schein im Raum. Aimee Louise trug ihr Headset, während sie den Funkamateuren am solar- und batteriebetriebenen Radio zuhörte. Als Rosalie sich auf ihren Stuhl neben Aimee Louise setzte, ging Major in die Küche, Stuart folgte ihm.

„Es bringt wohl nichts, herumzustehen", sagte Major.

Mr. Young brachte einen Karton Eier aus der Speisekammer. „Guten Morgen. Ihr zwei wart früh auf."

„Wir haben den Zaun überprüft. Heute Morgen stehen Reparaturen an", sagte Major.

„Kaffee?", fragte Molly, während sie zwei Tassen einschenkte. „Die Mädchen sind rausgerannt, um euch zu finden. Was ist los?"

„Laut dem heutigen Funkbericht wurde ein kleines FBI-Team nördlich der Staatsgrenze zu Georgia aus dem Hinterhalt angegriffen. Wir haben noch keine Details. Die Mädchen befürchteten, es wären die Cabellos und Peyton", sagte Major.

Mr. Young schüttelte ungläubig den Kopf und ließ sich auf seinen Stuhl fallen; Molly starrte und stampfte dann zur Hintertür hinaus und knallte die Tür hinter sich zu.

Stuart weitete die Augen. „Ist sie wütend?"

„Sie hat Angst. Sie wird den Sheriff finden", sagte Major.

Mr. Young zog sein Taschentuch heraus und wischte sich übers Gesicht. „Haben wir irgendwelche Details?"

Rosalie eilte in die Küche. „Zwei Frauen und ein Mann. Haben den Angriff überlebt, aber sind schwer verletzt." Sie lief zurück in den Computerraum.

„Klingt nicht gut." Mr. Young trank den letzten Schluck seines Kaffees, und Stuart füllte seine Tasse nach.

Sheriff riss die Hintertür auf. „Was ist los?"

Stuart brachte ihn auf den neuesten Stand, während Molly, mit rotem Gesicht und außer Atem, in die Küche eilte.

Molly stützte ihre Hände auf die Knie, bis sich ihr Atem verlangsamte. „Sara hat mich gebeten, mit ihr zu laufen. Ich sollte das wohl tun." Bei dem donnernden Geräusch von Schritten auf der Treppe griff Molly nach ihrer gusseisernen Pfanne, um das Frühstück zu kochen.

Die vier jüngeren Kinder marschierten die Treppe hinunter und in die Küche. Der elfjährige Josh und der neunjährige Brett schubsten sich gegenseitig auf dem Weg zu ihren Plätzen, während Bretts Zwillingsschwester Sara sich auf ihren Platz setzte.

Sara hatte lockiges, blondes Haar und blaue Augen und trug eine rosa und silber funkelnde Brille. Molly nannte Sara ihr Mini-Ich. Brett war größer als Sara, und sein sandbraunes Haar hatte denselben Wirbel wie das des Sheriffs. Annies Haut war einen Ton blasser als Joshs dunkelbraune Haut, aber Josh war größer als sie.

Sara funkelte die Jungen an. „Ihr kennt Mamas Regel. Kein Frühstück, bis ihr euch beruhigt habt."

Die dreizehnjährige Annie goss Wasser in vier Gläser, und Mr. Young stellte sie auf den Tisch. Als Mr. Young die Kaffeekanne nahm und damit winkte, während er zur Hintertür hinausging, folgten ihm Major, Sheriff und Stuart mit ihren Tassen.

Mr. Young füllte die Tassen, als jeder Mann auf die Veranda trat, dann setzten er und Major sich in ihre Schaukelstühle, während der

Sheriff auf und ab ging und Stuart sich an das Verandageländer lehnte. Aimee Louise setzte sich auf die Veranda in der Nähe von Stuart, und Rosalie setzte sich neben sie. Majors Frau Vanessa öffnete die Tür für Molly, die eine frische Kanne Kaffee trug. Molly stellte sie auf den Tisch zwischen Major und dem Sheriff, und Vanessa füllte die beiden Tassen, die sie mitgebracht hatte. Molly und Vanessa entspannten sich in ihren Schaukelstühlen.

„Es ist ruhig drinnen." Sheriff füllte seine Tasse nach. „Speck, Eier und Kekse beruhigen die wilden Horden, oder?"

Mr. Young kicherte. „Wer hätte gedacht, dass unser Tierarzt ein Räucherhaus-Experte ist? Jodys Speck ist ausgezeichnet. Deine Erdbeermarmelade ist ihr Gewicht in Gold auf dem Tauschmarkt wert, Molly."

„Danke", sagte Molly. „Annie hat mir erzählt, dass ihr beide vielleicht ein Räucherhaus für uns bauen könntet."

„Wir sprechen darüber", sagte Mr. Young. „Annie hat ein Design im Kopf. Wir könnten einen Ausflug machen, um etwas Zeit mit Jody zu verbringen. Aimee Louise hat Annie Fahrstunden gegeben und gesagt, Annie sei jederzeit bereit für eine Solofahrt."

„Was gibt es Neues im Radio?", fragte Vanessa.

„Ein Funkamateur rief im Namen des Bauern, der sich um das verletzte Team kümmert, um Hilfe, und ein Arzt namens Scooter tauchte aus Atlanta auf. Der Arzt gab dem Bauern und seiner Frau Anweisungen für ihre Pflege, bevor er heute Morgen abreiste. Er war zwei Tage dort", sagte Rosalie. „Opa, kennen wir nicht einen Arzt namens Scooter?"

„Das ist Phils Sohn in Atlanta. Phil organisierte die Straßensperre südlich der Staatsgrenze", sagte Major. „Ich bin überrascht, dass Scooter Atlanta noch nicht verlassen hat, um seine Familie zur Farm seines Vaters zu bringen."

„Es ist hell genug zum Aufbrechen." Stuart schritt zur Hintertür. „Rosalie, könntest du mir eine Liste geben, was ich für eine dreitägige Reise brauchen werde?"

„Ich helfe beim Sammeln der Vorräte." Mr. Young erhob sich von seinem Stuhl.

„Niemand reist allein", sagte Aimee Louise. „Ich gehe auch mit."

„Moment mal", sagte Major. „Wir haben einige logistische Fragen zu klären. Aimee Louise hat Recht. Niemand reist allein. Wir müssen entscheiden, wer geht und wer deren Aufgaben übernimmt. Die zweite Frage ist, welches Fahrzeug? Wir haben Autos, die alle in ziemlich gutem Zustand sind, und drei Lastwagen."

„Was das Fahrzeug betrifft, mein Truck ist in Ordnung für die Arbeit auf dem Hof, aber ich würde ihm nicht vertrauen, wenn ich irgendwohin weiter als zu meiner alten Farm fahren würde." Mr. Young setzte sich wieder.

„Ist ein Truck auf der Straße nicht weniger auffällig als ein Auto?", fragte Molly.

„Ja, das ist er", sagte Sheriff. „Was ist mit Petes Truck? Als ich das letzte Mal an seinem Laden vorbeikam, stand er noch im hinteren Schuppen. Er sieht schäbig aus, was wahrscheinlich der Grund ist, warum er nicht gestohlen wurde, aber Pete hat ihn immer gepflegt."

„Aimee Louise und ich werden nach dem Frühstück in die Stadt fahren und ihn überprüfen", sagte Major.

„Ich könnte gehen", sagte Vanessa. „Vergiss es. Sara und ich haben Pläne für heute Morgen."

Major nickte. *Da bin ich noch mal davongekommen. Jemand anderes kann meiner Frau sagen, dass sie eine Gefahr hinter dem Steuer ist.*

„Wir könnten trotzdem Vorräte sammeln, während ihr zwei weg seid", sagte Vanessa. „Können wir das Gespräch beim Frühstück fortsetzen? Es klingt, als ob die Kinder mit ihrem fertig wären."

Sheriff schnappte sich die Kaffeekanne, und alle anderen folgten ihm nach drinnen.

Als Major darauf wartete, dass sich das Gedränge an der Tür lichtete, fragte Stuart: „Gehen wir kurz spazieren?"

„Gute Idee."

„Ich kann heute nicht gehen", sagte Stuart, als sie gemächlich zur Scheune schlenderten. „Wir müssen den Zaun reparieren, bevor ich abreise."

„Du hast Recht." Major blieb stehen und drehte sich zu Stuart. „Ich bin beeindruckt. Ich hatte Sorge, dass du auf irgendeiner tollkühnen, halbgaren Mission losstürmen würdest."

Stuart runzelte die Stirn. „Und Aimee Louise würde mit mir kommen, um mich zu beschützen."

Major nahm seinen Spaziergang zur Scheune wieder auf. „Sie würde mitgehen, um dich zu beschützen, aber es gibt eine starke Verbindung zwischen euch beiden. Ich mag es nicht mehr als jeder andere Vater, aber ich akzeptiere es."

„Danke, aber ich habe deinen Tonfall gehört. In deinem Herzen sitzt du auf der Veranda und reinigst dein Schrotgewehr." Stuart warf einen Blick auf Major.

Major schnaubte. „Da hast du Recht. Lass uns frühstücken. Wir wollen bei keiner Entscheidung übergangen werden."

Als sie in die Küche traten, sagte Molly: „Wurde aber auch Zeit. Ich war kurz davor, eure Eier und euren Speck meinen beiden bodenlosen Gruben von Söhnen anzubieten."

„Ich habe eure Kekse beansprucht, aber ich hätte geteilt", sagte Sara.

„Hättest du nicht", sagte Brett.

„Ihr alle raus hier." Molly wedelte mit ihrer Schürze, und die Jungen und Sara rannten zur Hintertür hinaus. Annie schüttelte den Kopf, während sie Wasser erhitzte, um das Geschirr zu spülen.

Mr. Young träufelte Honig auf seinen Keks. „Du sagtest, du müsstest den Zaun reparieren, Major. Wir denken, du solltest das gleich nach dem Frühstück tun, und der Sheriff, Aimee Louise und Rosalie sollten so schnell wie möglich zu Petes Diner fahren. Wenn Petes Truck dort ist und läuft, dann kann Sheriff ihn zurückfahren, und die Mädchen können in seinem Truck zurückkommen. Vergesst nicht, einen Kanister Kraftstoff mitzunehmen. Wenn ich mich richtig erinnere, fährt Petes Truck mit Diesel."

Major grinste, und Stuart kicherte.

„Schade, dass ihr so schnell zurückgekommen seid", sagte Vanessa. „Molly und ich hatten fast alle davon überzeugt, dass sie und ich nach Georgia fahren sollten."

Molly kicherte. „Wäre das nicht was gewesen?"

Major füllte seine Tasse nach und reichte die Kanne an Stuart weiter. „Stuart und ich werden nach dem Frühstück die Zäune reparieren. Stuart und Aimee Louise können unseren zuverlässigsten Truck nehmen, um das verletzte Team zu finden."

Vanessa räumte Aimee Louises und Rosalies Geschirr ab, während sie ihre Rucksäcke holten. Rosalie schob ihr Hüftholster in den Hosenbund und nahm ihr Gewehr, und die beiden jungen Frauen eilten zum Truck des Sheriffs.

Sheriff beendete sein Frühstück und trug sein Geschirr zum Spülbecken. „Wir fahren zu Petes Diner. Hier ist noch eine Entscheidung für euch. Geht Rosalie mit Stuart und Aimee Louise mit?"

Nachdem der Sheriff gegangen war, sagte Stuart: „Rosalie geht mit. Ich brauche die Verstärkung, und Aimee Louise und Rosalie arbeiten im Tandem."

Major nickte. „Das tun sie. Ausgezeichnete Beschreibung." Er wandte sich an Mr. Young. „Wie würdest du das Funkgerät abdecken?"

„Annie wird mir helfen. Sie wird mein zweites Paar Ohren sein und Notizen machen."

„Ich denke, der Sheriff und ich können Stuarts Aufgaben übernehmen, zumindest für eine Weile", sagte Major.

„Wenn Mr. Young und Annie sich um das Funkgerät kümmern, können Molly, die Kinder und ich alles andere handhaben, außer dem Sicherheitsniveau, das Aimee Louise bietet", sagte Vanessa.

„Shadow ist ein guter zweiter Platz. Wir werden ihm mehr Aufmerksamkeit schenken müssen", sagte Annie.

Vanessa hob ihre Augenbrauen. „Gute Einsicht, Annie. Ich werde mit einer Packliste beginnen. Ich habe eine, die Rosalie früher erstellt hat, die ich als Vorlage nutzen kann."

Major rückte vom Tisch weg. „Lass uns einen Zaun reparieren gehen, Stuart."

„Kann ich mitkommen?", fragte Josh von der Hintertür aus. „Ich möchte lernen, wie man einen Zaun repariert."

„Hol dir ein paar Handschuhe", sagte Stuart. „Du kannst auf dem Anhänger mitfahren."

Sheriff fuhr am Treibstoffschuppen vorbei und nahm einen Kanister Kraftstoff mit. Als er seinen Truck erreichte, saß Aimee Louise vorne und Rosalie hinten auf der Beifahrerseite. *Macht Sinn für mich. Aimee Louise ist unsere Ausschau, und Rosalie ist meine Verstärkung.*

Als der Sheriff auf die Landstraße einbog, die nach Plainview führte, sagte er: „Ich fahre zuerst an Pete's vorbei. Wenn wir denken, dass es sicher ist, kehren wir zurück."

„Ich habe meine Liste im Kopf durchgearbeitet", sagte Rosalie. „Fällt dir etwas ein, was wir nicht zur Newton Farm in Georgia mitgenommen haben, was wir aber hätten mitnehmen sollen?"

„Jetzt muss ich nachdenken", sagte Sheriff. „Was meinst du, Aimee Louise? Was wäre praktisch gewesen, wenn du es gehabt hättest?"

„Wir hätten detailliertere Georgia-Karten gebrauchen können, um Umwege zu finden, aber wenn das überfallene Team nicht Peyton, Charo und Nate sind, brauchen wir South-Carolina-Karten, falls wir planen, sie einzuholen."

„Hatte nicht an die Möglichkeit gedacht, weiterzufahren und die zusätzliche Reisezeit. Unsere Packliste muss Vorräte für mehr als drei Tage enthalten", sagte Rosalie. „Ich werde die Karten durchsehen, die Dr. Jody uns gegeben hat, um South-Carolina-Karten und Nebenstraßen für Georgia und South Carolina zu finden."

„Wir werden mehr als nur Vorräte für uns brauchen, wenn wir das Lager finden", sagte Aimee Louise.

„Guter Punkt. Ich spreche mit Tante Molly und füge zusätzliches Wasser zu unserer Liste hinzu", sagte Rosalie. „Annie und ich können in Oma Trishs Abstellkammer nach Einweg- oder Partybechern suchen."

Als Sheriff sich Pete's Diner näherte, fragte Aimee Louise: „Hast du ihn gesehen?"

„Ja", sagte Rosalie.

„Wen sehen?", fragte Sheriff und behielt seine gleichmäßige Geschwindigkeit bei, bis das Diner nicht mehr in Sicht war. Als er rechts in eine Schottereinfahrt einbog, sagte Rosalie: „Ein Mann kauerte hinter dem Tauschtisch, bevor wir das Grundstück erreichten."

„Besorgte Wolke", sagte Aimee Louise, „und krank."

Sheriff runzelte die Stirn. „Würde eine besorgte Wolke eine Gefahrenwolke überdecken?"

„Nein, denn wenn er besorgt und gefährlich wäre, würde seine Wolke es zeigen. Wolken zeigen viele Dinge."

„Ich bin mir nicht sicher, ob ich das wusste", sagte Rosalie, „aber ich habe nie gefragt, oder?"

Sheriff fuhr auf den überwucherten Parkplatz und parkte, dann ließ er die Schlüssel des Trucks auf den Boden fallen. „Bleibt außer Sicht, aber deckt mich."

Als er seine Tür öffnete und ausstieg, glitt Rosalie aus dem Truck, dann nahmen sie und Aimee Louise Positionen hinter dem Truck ein.

Der Sheriff rief: „Hey, Pete? Bist du da? Hier ist der Sheriff." Er ging zur Tür und klopfte.

„Pete? Bist du hier?" Er versuchte die Tür, und sie war unverschlossen. Er runzelte die Stirn und zog seine Pistole. Als er hineintrat, sagte er: „Ist jemand hier?"

Er scannte den Raum und bewegte sich dann für einen genaueren Blick in die Küche. *Sieht aus, als hätten die Plünderer nichts übrig gelassen außer einem Chaos.*

Er drehte sich zum Eingang, als er ein Kardinalspfeifen hörte, und verengte seine Augen, als ein Mann sich mit Hilfe eines dicken Gehstocks und des Tauschtisches auf die Beine zog.

„Sheriff?", rief der Mann.

Sheriff blieb im Diner in Deckung. „Bist du das, Pete?"

„Nein, Sir. Ich bin Troy." Der Mann lehnte sich gegen den Tisch. „Ich suche Peyton." Er verlagerte sein Gewicht und verzog das Gesicht. „Ich habe das Haus früh am Samstagmorgen verlassen. Dachte, Sie hätten sie vielleicht gesehen."

Der Sheriff trat mit gezogener Pistole nach draußen, und Troy lehnte sich auf seine Ellbogen, während er seine Hände hob. Er war nicht so groß und schlank wie der Sheriff, aber er war sonnengebräunt und muskulös. Seine Jeans und Jacke waren schmutzig, und seine schmutzigen Hände und das Gesicht sowie der struppige Bart verstärkten den Gesamteindruck eines obdachlosen Wanderers. Er trug eine Florida State University Kappe über wildem, lockigem, schwarzem Haar.

„Zeig mir deine Hände", sagte Sheriff.

Troy drehte seine Hände, um dem Sheriff beide Seiten zu zeigen.

*Gut. Kein Ausschlag. Schwielige Hände. Kein Büroangestellter.*

„Wie heißt deine Tochter?", fragte Sheriff.

Troy neigte den Kopf. „Was? Ich habe keine Tochter, nur einen Sohn, Brandon."

Sheriff lachte und steckte seine Waffe zurück ins Holster. „Aimee Louise?"

„Brandons Vater", sagte sie.

„Du kannst deine Arme runternehmen; wir glauben dir. Brauchst du Wasser?"

„Ich habe meine Feldflasche aus dem Brunnen hinten gefüllt und getrunken. Der Brunnen ist in Ordnung, oder?" Troy runzelte die Stirn, als er den Sheriff ansah.

„Es ist in Ordnung. Mir war nicht klar, dass der Brunnen wieder Wasser hat. Er war ausgetrocknet, aber das könnte daran gelegen haben, dass die ganze Gemeinschaft in den ersten Monaten nach dem Zusammenbruch des Stromnetzes ihr Wasser daraus bezogen hat. Ich hatte vergessen, dass es ein artesischer Brunnen ist. Braucht keine Pumpe." Sheriff winkte Aimee Louise und Rosalie zu. „Kommt und trefft Brandons Vater, während ich nach Pete's Truck suche."

„Da steht ein Truck hinten", sagte Troy. „Er ist angesprungen, aber fast ohne Kraftstoff."

„Gute Neuigkeiten! Ich werde nachsehen."

Rosalie klappte die Heckklappe herunter, und Aimee Louise hob den Kraftstoffkanister heraus, dann gingen die beiden jungen Frauen zur Vorderseite des Trucks.

„Ich bin Rosalie, und das ist Aimee Louise. Wir kennen Brandon und Ms. Peyton. Unsere besten Geschichten handeln von Brandon."

Troys Lächeln war schwach. „Das kann ich mir vorstellen. Ihr kennt Brandon? Ist er bei euch?"

„Nein, er ist sicher auf einer Farm in Georgia."

Sheriff nahm den Kraftstoffkanister und eilte nach hinten. Als Aimee Louise sich ihm anschloss, griff sie in ihre Jeanstasche. „Ich habe die Truckschlüssel."

Sheriffs Augen weiteten sich. *Warum hat sie meine Truckschlüssel mitgebracht? Hat sich Troys Wolke verändert, nachdem ich weggegangen bin?* „Ich dachte, Troy wäre Brandons Vater."

„Ist er auch. Ich habe die Schlüssel."

„Besser vorsichtig als nachsichtig." Sheriff nickte. „Schauen wir uns Pete's Truck an; wenn er anspringt, tanke ich mehr Kraftstoff nach."

Sheriff sprang auf den Fahrersitz. „Kein Schlüssel im Zündschloss." Er griff unter den Sitz und hob dann die Fußmatte an.

„Ich habe die Truckschlüssel."

*Du hast meine Schlüssel. Was übersehe ich?* Sheriff runzelte die Stirn und schlug sich dann an die Stirn. „Pete's Schlüssel! Ich habe dich völlig missverstanden."

Er nahm die Schlüssel, stieg in den Truck, und er sprang an. „Kraftstoff ist weniger als ein Viertel Tank. Ich werde genug einfüllen, um uns zur Farm zu bringen. Ich behalte den Kanister für den Fall, dass ich mich verschätzt habe, und Troy kann mit mir fahren."

Nachdem er Kraftstoff in den Tank gegossen hatte, sprang Aimee Louise ein und fuhr mit ihm nach vorne.

Als er anhielt, sagte Aimee Louise: „Motor klingt rau. Ich prüfe das Öl."

Rosalie gesellte sich zu ihr, als sie die Motorhaube öffnete.

„Es ist niedrig", sagte Rosalie.

„Schauen wir im Diner nach. Pete könnte einen Vorrat an Öl oder anderen Dingen gehabt haben, die wir auf der Farm verwenden können und die übersehen wurden", sagte Sheriff.

„Ich habe Motoröl unter der Spüle in der Küche gesehen", sagte Troy. „Es kam mir seltsam vor. Ich habe während des Studiums im Baugewerbe gearbeitet und nebenbei als Mechaniker vor Ort gearbeitet. Ich habe seit zwei Tagen nicht länger als zwanzig Minuten geschlafen. Trotzdem keine Entschuldigung, so begriffsstutzig zu sein. Darf ich fragen, was der Plan ist?"

„Du fährst mit mir in Pete's Truck zur Farm. Aimee Louise und Rosalie bringen meinen Truck."

Troy runzelte die Stirn. „Ist das sicher? Zwei junge Frauen allein?"

Sheriff lachte. „Ja. Sie werden sicherer sein als du und ich."

„Noch mehr Geschichten?", fragte Troy.

Sheriff lachte. „Einige aus unserer Farmfamilie sind Meistergeschichtenerzähler. Ja, mehr Geschichten."

Sheriff trug den Ölkarton heraus, während Aimee Louise das Diner durchsuchte. Als er zurückkam, zeigte sie auf eine Tür mit der Aufschrift *Besenkammer*. „Sie ist abgeschlossen."

„Schätze, keiner der Plünderer brauchte einen Besen." Sheriff hebelte die Tür auf und spähte hinein. „Pete hatte so einen schrägen Sinn für Humor. Schau dir all die Konserven an."

Während Aimee Louise Kisten auf der Theke stapelte, trug Sheriff sie nach draußen. Als Sheriff und Aimee Louise die letzten Konserven in die Ladefläche des Pickups hoben, fragte Troy: „Rosalie ist unsere Ausschau, oder?"

„Eher wie eine Wache", murmelte Sheriff. „Hier ist ein Karton Olivenöl und ein weiterer mit Hühnerkonserven. Molly wird das lieben."

Sheriff und Aimee Louise kehrten ins Diner zurück, um die Küche zu durchsuchen.

„Der Ort ist ausgeräumt bis auf diese Töpfe und Pfannen. Diese sind von guter Qualität. Wenn Molly sie nicht braucht, könnte jemand anders sie gebrauchen", sagte Sheriff.

Aimee Louise öffnete den Ofen. „Noch eine Sache." Sie zog Tüten mit Schokolade und Hartbonbons heraus und ließ sie in einen großen Einkochtopf fallen.

„Was für ein Bonus!", sagte Sheriff. „War's das?"

Aimee Louise scannte die Küche. „Wir können jetzt gehen." Sie trug den Einkochtopf hinaus, und Sheriff brachte den Rest des Kochgeschirrs.

Aimee Louise stellte den Topf mit den Süßigkeiten auf die Rückbank des Sheriff-Trucks und stieg dann auf den Fahrersitz. Nachdem Rosalie auf den Beifahrersitz gesprungen war, lehnte sie sich aus dem Fenster. „Führen wir oder folgen wir dir?"

Troy stützte sich auf seinen Gehstock, als er zu Pete's Truck humpelte. Er kletterte mit Hilfe des Sheriffs auf den Beifahrersitz.

„Folgt uns", sagte Sheriff. „Wir lassen den alten Truck das Tempo bestimmen."

Auf dem Rückweg erzählte Sheriff Troy von Brandon und der Farm in Georgia, dem überfallenen Team und dem Plan, nach dem Team zu sehen.

„Du denkst, dass das überfallene Team Peyton, ihr Partner Nate und seine Frau waren, nicht wahr? Ich gehe auch mit. Ich muss sicher sein, dass es Brandon gut geht", sagte Troy.

„Das ist nicht deine Entscheidung. Die Farmfamilie diskutiert Optionen und trifft die Entscheidungen, aber du brauchst Nahrung und Ruhe, sonst wärst du eine Belastung", sagte Sheriff. „Du kannst nicht mitkommen, wenn du eine Last sein wirst. Während wir nicht die Entscheidungen treffen, behalten Major und ich uns das Vetorecht vor."

„Habt ihr es jemals benutzt?", fragte Troy.

„Würdest du dein Vetorecht gegen Peyton und Brandon einsetzen?"

Troy blickte aus seinem Seitenfenster. „Vielleicht."

„Ich verstehe dich." Sheriff lachte. „Du wirst nicht mitkommen, wenn du nichts zum Team beitragen kannst. Ich kenne die Familie."

Troy lehnte sich zurück. „Erzähl mir mehr über die Familie."

Als der Sheriff über die Farmfamilie und wie sie zusammenkamen sprach, nickte Troy ein.

*Schätze, er fühlt sich endlich sicher. Das ist ein gutes Zeichen.*

Als Sheriff am Tor zur Farmeinfahrt anhielt, schreckte Troy auf.

„Schon an der Farm?", gähnte Troy.

„Allerdings. Fast hätte ich vergessen, dich zu warnen. Du wirst von einer Familie von Schlägern überfallen werden. Bist du bereit?"

Troy lächelte. „Ich freue mich darauf."

„Schau, was passiert, wenn wir das Haus erreichen", sagte Sheriff.

Molly, Mr. Young und die drei jüngeren Kinder warteten auf der Veranda, während die Trucks parkten. Molly ruhte ihre Hand auf ihrer Pistole im Holster, und Mr. Young wiegte sein Gewehr. Nachdem Molly mit den Kindern gesprochen hatte, blieben alle auf der Veranda.

„Er ist okay", sagte Rosalie, als sie aus dem Truck stieg.

„Danke, Rosalie." Molly nickte, und die Kinder rannten zu Pete's Truck.

Troys Augen weiteten sich. „Beeindruckend."

„Ja. Das ist Molly, meine Frau. Alle jüngeren Kinder sind unsere."

Brett drängte sich an Troys Tür, und Sara hüpfte auf und ab, um hineinzusehen. Molly und Mr. Young gingen zur Fahrerseite.

Sheriff stieg aus Pete's Truck. „Gebt dem Mann etwas Raum. Molly, wir haben einen hungrigen Gast. Hast du etwas dagegen, dich darum zu kümmern?"

„Das Frühstück ist in fünf Minuten fertig. Kinder, zurück zu euren Aufgaben." Molly wirbelte zum Haus zurück, und die Kinder zerstreuten sich.

„Aimee Louise wird deinen Truck nach hinten fahren, damit wir ihn entladen können", sagte Rosalie.

Sheriff nickte, und Rosalie gesellte sich zu Aimee Louise in den Sheriff-Truck.

„Mr. Young, das ist Troy, Peytons Ehemann." Sheriff half Troy aus dem Truck.

„Und der berühmte Vater von Brandon." Mr. Young lächelte, und seine Augen funkelten.

Troy erwiderte Mr. Youngs Lächeln. „Schön, Sie kennenzulernen. Kennen Sie Brandon?"

„Ich hatte nie das Vergnügen, den jungen Mann zu treffen. Stuart ist derjenige mit all den Brandon-Geschichten aus erster Hand." Mr. Young hob seine Augenbrauen, während er Troy musterte. „Nichts für ungut, Troy, aber du siehst furchtbar aus. Falls Molly dir eine Dusche anbietet, nimm sie an. Ich habe Platz im Wohnwagen, wo du übernachten kannst. Ich werde Vanessa bitten, mir zu helfen, ein Bett herzurichten."

„Eine Mahlzeit, eine Dusche und ein Bett. Ihr Leute führt hier einen feinen Laden." Troys Augen funkelten.

„Beste Unterkunft weit und breit", sagte Sheriff. „Bereit, reinzugehen?"

Sheriff half Troy zur Veranda und die Stufen hinauf. „Ich würde gerne diese Stiefel ausziehen. Meine Füße könnten geschwollen sein, und die Stiefel sind zu schlammig, um sie ins Haus zu tragen." Nachdem der Sheriff ihm geholfen hatte, sich in einen Schaukelstuhl zu setzen, kämpfte Troy mit seinen Stiefeln.

„Lass mich dir helfen." Mr. Young zog Troys rechten Stiefel aus und mühte sich dann mit dem linken ab. „Wurde wahrscheinlich höchste Zeit, die auszuziehen. Wir lassen sie hier draußen."

Auf dem Weg zur Küche zeigte Sheriff den Flur hinunter zum Hauptbadezimmer. „Annie muss die Generatoren angeworfen haben. Du kannst dich dort waschen. Ich bin in der Küche." Sheriff half ihm ins Badezimmer und runzelte dann die Stirn. „Kommst du allein klar?"

„Ich komme zurecht; ich habe meinen Stock und die Wand zum Anlehnen. Dieser Schmerz in meinem Bein verlangsamt mich."

Molly reichte dem Sheriff eine Tasse heißen Kaffee, als er in die Küche trat. Während Aimee Louise und Rosalie die Vorräte aus Petes Diner auspackten, hielt Vanessa die Hintertür auf und wies für jeden Artikel auf die Küche oder den Wagen. Rosalie lud Gegenstände auf den Wagen, und Aimee Louise trug die Küchensachen hinein und verstaute sie in der Vorratskammer, wohin Molly zeigte. Als der Wagen voll war, sagte Vanessa: „Bringt den Wagen zur Scheune und stapelt die Sachen aus dem Weg." Rosalie zog und Brett schob den Wagen, dann kehrten sie für die nächste Ladung zurück.

„Troy ist Peytons Ehemann", sagte Sheriff. „Er ist seit Samstag unterwegs, um hierher zu gelangen. Wir haben ihn bei Pete gefunden. Gut, dass wir losgezogen sind, um Petes Pickup zu holen. Er ist erschöpft."

„Meinst du, er würde nach dem Essen eine Dusche wollen?", fragte Molly. „Wir können etwas Sauberes zum Anziehen für ihn finden, während wir seine Kleidung waschen. Er hatte keinen Rucksack dabei?"

„Ich bin sicher, er würde die Dusche zu schätzen wissen. Wir werden ihn wegen des Rucksacks fragen."

Als Troy in die Küche humpelte, sagte Molly: „Ich bin Molly. Such dir einen Platz aus, und ich schenke dir eine Tasse Kaffee ein und serviere dir dein Frühstück."

Troy nahm einen Schluck Kaffee, betrachtete dann seinen Teller und atmete tief ein. „Eier, Brötchen mit Soße und Speck. Ich habe seit Sonntagmorgen nichts gegessen, und das war nur ein schneller Happen, während ich weiterlief." Er haute rein.

„Hattest du einen Rucksack dabei?", fragte Molly.

Troy kaute zu Ende und schluckte. „Der ist auf der Ladefläche von Petes Truck. Ich habe ihn reingeworfen, als ich dachte, der Truck würde fahren."

„Bin gleich zurück", sagte Annie.

Annie kam mit leeren Händen zurück. „Ich habe deinen Rucksack auf der Hinterveranda gelassen, Mr. Troy. Er war durchnässt. Ich bin Annie."

„Danke, Annie. Ich habe ihn mehr als einmal im Sumpf fallen lassen und noch einmal, als ich gestern früh einen Bach überquert habe. Ich werde ihn nach dem Frühstück ausleeren, um zu sehen, was ich retten kann."

„Annie, du bist für die Küche verantwortlich. Ich werde eine Ersatzkleidung für Troy finden, die er tragen kann, bis seine sauber ist." Molly eilte in ihr Schlafzimmer.

„Möchtest du noch ein Ei, Mr. Troy?"

„Ich könnte keinen Bissen mehr essen, danke."

Annie räumte seine Teller ab und ließ sie ins warme, seifige Spülwasser gleiten. Während Annie das Geschirr wusch und abspülte, kehrte Molly mit einem extragroßen T-Shirt und einer alten Jogginghose des Sheriffs in die Küche zurück.

„Ich lege die ins Badezimmer für dich. Überprüf die Kleidung, die du eingepackt hast, aber wenn es in deinem Rucksack nass ist, könnten deine Klamotten verschimmelt sein. Unser Wetter ist dafür berüchtigt."

Sheriff half Troy zu einem Stuhl auf der Hinterveranda. Sheriff setzte sich in seinen Schaukelstuhl, während Troy den Inhalt seines Rucksacks auf die Veranda kippte.

Troy rümpfte die Nase. „Pfui. Deine Frau hatte recht mit diesen Klamotten. Ich wette, ich rieche genauso reif wie sie."

„Ich habe nicht den besten Geruchssinn, aber auf diese Wette würde ich mich nicht einlassen." Sheriff schmunzelte.

Als die Ladefläche von Sheriffs Pickup leer war, fuhr Aimee Louise ihn zu seinem üblichen Parkplatz, während Rosalie auf der Veranda wartete.

„Wenn es nichts weiter gibt, Sheriff, würden wir gerne die Karten durchgehen, die wir haben", sagte sie. „Wenn wir nicht finden, was wir suchen, nehmen wir die Nummer 48, um zu sehen, ob Dr. Jody mehr Karten hat."

„Geht nur. Das ist eine unserer obersten Prioritäten."

„Ich werde Mr. Young mitteilen, dass wir für mehr als drei Tage planen müssen, falls er und Tante Vanessa an einer Liste arbeiten", sagte Rosalie, bevor sie und Aimee Louise ins Haus eilten.

Als Troys Klappmesser auf die Veranda plumpste, sagte Sheriff: „Ich hole ein Handtuch aus der Küche, mit dem du die Sachen abtrocknen kannst."

Sheriff kehrte mit einem kleinen Handtuch zurück und rümpfte die Nase über den Haufen feuchter Kleidung. „Ich hätte nicht reingehen sollen; jetzt kann ich den Schimmel von hier riechen."

Troy fing das Handtuch auf, das der Sheriff ihm zuwarf. „Alles war nass."

„Trägst du eine Pistole? Ist die nass geworden?", fragte Sheriff.

Troy nahm sein braunes Lederholster vom Gürtel und schüttelte den Kopf. „Nicht nass. Meine Munition, die in meinem Rucksack war, befand sich in einem Plastikbeutel. Eine Last-Minute-Entscheidung, die pures Glück war."

„Wenn du jetzt duschen möchtest, können wir deine Messer fertig trocknen. Gibt es noch etwas, das besondere Aufmerksamkeit benötigt? Ich verwahre deine Pistole, während du duschst und dich umziehst."

„Danke. Eine Dusche klingt gut."

Sheriff half Troy aus seinem Stuhl und ins Badezimmer. Als er zur Veranda zurückkehrte, spähte Brett um die Ecke. „Darf ich auf die Hinterveranda kommen?"

„Klar doch. Ich brauche deine Hilfe."

Brett hüpfte die Stufen hinauf und auf die Veranda. „Sara ist zum Wohnwagen gegangen, um Tante Vanessa und Mr. Young zu helfen. Ich habe gewartet, um zu sehen, ob ich dir helfen kann."

„Würdest du diese Messer abtrocknen?" Sheriff reichte ihm das trockene Tuch und drehte dann den Rucksack auf links. „Ich werde ihn zum Trocknen und Auslüften aufhängen."

Als der Sheriff nach dem Aufhängen des Rucksacks in der Sonne zur Veranda zurückkehrte, kamen Major, Stuart und Josh zurück. Major fuhr den Traktor zur Scheune, wobei Josh und Stuart auf dem Anhänger mitfuhren.

Sheriff ging ihnen zur Scheune entgegen, und Josh grinste. „Wir haben alle Zäune repariert, Dad. Pops sagt, ich habe das gut gemacht. Stimmt's, Pops?"

Major nickte. „Du hast es sofort kapiert. Du warst eine große Hilfe."

Major parkte den Traktor mit Anhänger in der Scheune und kletterte dann herunter. „Wir haben eine weitere beschädigte Zaunsektion gefunden. Als wir an der dritten Sektion ankamen, erledigte Josh die meiste Arbeit schon alleine."

„Es ist nicht schwer, Zäune zu reparieren, aber es muss richtig gemacht werden." Josh blähte seine Brust auf.

Sheriff lächelte. *Er wird stolzieren, wenn er vom Anhänger klettert.*

Stuart sprang vom Anhänger, und Josh sprang neben ihm ab.

Als Stuart nach den Werkzeugen griff, fragte Major: „Gibt's was Neues bei dir?"

Sheriff schnaubte. „Räumt eure Werkzeuge weg und trefft mich dann in der Küche."

Major verengte seine Augen, und der Sheriff wandte sich ab.

„Geht es Aimee Louise gut?", fragte Stuart.

„Ja", antwortete Sheriff, während er ins Haus ging.

Die drei eilten zum Schuppen. Stuart und Josh reichten Major die Werkzeuge, der sie so schnell an ihren vorgesehenen Plätzen aufhängte, wie seine Helfer ihm die Ausrüstung überreichten.

„Los geht's", sagte Major.

Stuart und Josh rannten voraus, während Major zum Haus schritt.

*Beim nächsten Mal bitte ich um einen Vorsprung.*

Bevor Major das Haus erreichte, überholten ihn Josh und Brett, die in die andere Richtung liefen.

„Dad hat uns gesagt, wir sollen nach den Hühnern und Ziegen sehen. Wir beeilen uns", sagte Josh.

Sheriff schaukelte, während Stuart auf und ab ging, als Major seinen Schaukelstuhl aus der Sonne schob.

„Was ist passiert? Geht es allen gut?", fragte Major.

„Allen geht's gut. Aimee Louise, Rosalie und ich sind zu Petes Diner gefahren, um zu sehen, ob sein Truck da war. Das ist der rote Truck hinter der Scheune; er brauchte Treibstoff und Öl. Wir haben auch Peytons Mann Troy gefunden. Er versuchte, Peyton zu finden. Lange Geschichte, aber die Kurzversion ist, dass er in nur zwei Tagen von ihrem Zuhause an der Atlantikküste südlich von Jacksonville hierher gelaufen ist. Er ist erschöpft."

Molly half Troy auf die Hinterveranda. „Major, Stuart, das ist Troy. Troy, setz dich in den Schaukelstuhl. Ich werde im Wohnwagen nachsehen, ob dein Bett fertig ist."

Nachdem Troy sich in Mollys Schaukelstuhl gesetzt hatte, sagte er: „Schön, dich endlich kennenzulernen, Major. Ich habe viel von dir gehört. Peyton erzählte einer Freundin, sie müsse ihren Glücksstern und den großen Hund des Jägers finden. Ihre Freundin verstand nicht, was sie meinte, aber ich schon."

Major lächelte. „Klingt, als hättet ihr und Peyton eure Familiencodes gehabt, genau wie Aimee Louise, Rosalie und ich. Nachdem der Rest der Gruppe zu uns stieß, haben wir noch ein paar hinzugefügt. Glücksstern. War das ihre Anspielung auf Sheriff Starr?"

„Allerdings. Was den großen Hund des Jägers angeht, Peyton und ich liebten es, in unseren frühen Studientagen, bevor sie mit Brandon schwanger war, nach den Sternen zu schauen, also wusste ich, dass sie Orions Canis Major meinte. Hat eine Weile gedauert, bis ich herkam."

Major schnaubte. „Es macht mir überhaupt nichts aus, der große Hund zu sein. Bin mir aber nicht sicher, ob ich das meiner Frau erzählen werde."

Troy lachte. „Kluger Mann."

Aimee Louise stand hinter Rosalie, während Rosalie die Hintertür öffnete. „Entschuldigt die Störung. Aimee Louise und ich nehmen Nummer 48 zu Pastor Johns Farm, um Dr. Jody zu sehen. Wir haben nur Florida- und ein paar Georgia-Karten."

„Ich komme auch mit", sagte Stuart.

„Nein, wir kommen schon klar", sagte Rosalie.

Stuart runzelte die Stirn und seufzte dann. „Okay."

Major fragte: „Troy, wann hast du die Küste verlassen?"

„Ich war eigentlich näher an Orlando und bin am Samstag nach dem Frühstück losgegangen. Irgendwie dachte ich, ich könnte in vierundzwanzig Stunden hierher kommen, und plante, direkt hierher zu laufen. Schien zum damaligen Zeitpunkt eine gute Idee zu sein. Es hat länger gedauert als erwartet, weil mir nach dem Losgehen klar wurde, dass ich mich von den Hauptstraßen fernhalten sollte, aber ich hatte nicht an all die Flüsse und Bäche gedacht."

Major untersuchte Troys Hände. „Kein Ausschlag. Hast du jemanden gesehen, der krank war?"

„Nein. Ist das der Grund, warum der Sheriff meine Hände sehen wollte?"

Sheriff nickte. „Es geht ein tödliches Virus um. Die häufigsten Symptome sind Husten und ein Ausschlag an den Händen. Es hat eine hohe Sterblichkeitsrate. Es hat die Stadtgebiete durchfegt und scheint den Interstates in ländliche Gebiete zu folgen, während die Menschen aufs Land flüchten. Anstatt vor der Krankheit wegzulaufen, nehmen sie sie mit zur älteren Generation, die anfälliger ist."

Troy runzelte die Stirn. „Irgendwann in der Nacht zum Sonntag näherte ich mich einem Rastplatz und überlegte, in das Gebäude zu gehen, um dem Wind zu entkommen, aber dann hörte ich mehrere Leute husten. Es war ein feuchter Husten, fast als würden sie ertrinken. Es erinnerte mich an einen TB-Husten, also ging ich weiter. Danach hielt ich mich von den Hauptstraßen fern."

Molly kehrte zur Veranda zurück. „Das Bett ist fertig. Ich begleite dich zum Wohnwagen."

„Ich helfe Troy, Molly." Stuart erhob sich und streckte Troy eine Hand hin.

Troy schüttelte den Kopf, als er auf die Füße kam. „Diese Dusche und etwas zu essen haben mir neue Energie gegeben."

Nachdem er zu den Stufen gehumpelt war, sagte er: „Ich nehme dein Hilfsangebot doch an. Mein Verstand ist offensichtlich energiegeladener als mein Körper im Moment."

„Es ist eine Ehre, Brandons Vater kennenzulernen. Nachdem du dich ausgeruht hast, erzähle ich dir, was für ein Held Brandon ist." Stuart nahm Troys Arm und half ihm zum Wohnmobil.

# KAPITEL ZWEI

Mr. Young öffnete die Wohnmobiltür mit einem vollen Müllsack in der Hand. „Genau rechtzeitig. Ihr Bett ist gemacht. Wir wecken Sie zum Abendessen."

Vanessa und Sara stiegen aus dem Wohnmobil. „Hallo, Mr. Troy. Wir haben Ihnen ein schönes Bett gemacht, und Tante Vanessa hat das gesamte Wohnmobil geputzt. Mr. Young bringt den Müll zum Verbrennungsstapel. Mr. Young ist unordentlich, aber ich glaube, das sollte ich nicht sagen. Wenn Sie unordentlich sind, Tante Vanessa..."

„Schön, Sie kennenzulernen, Troy." Vanessa lächelte. „Sara und ich haben Arbeit im Garten zu erledigen. Komm, Sara." Sie nahm Saras Hand, und Sara hüpfte neben ihr her, während sie plapperte.

Mr. Young sagte: „Kommen Sie herein. Ich zeige Ihnen, wo Sie schlafen werden. Wenn Sie heute Nachmittag aufwachen, kommen Sie zum Haus, und Molly gibt Ihnen Mittagessen oder einen Snack. Ich habe einen Krug mit Eistee in meinem Kühlschrank, und Ihre Tasse steht auf der Anrichte. Schlafen Sie gut."

Stuart zögerte an der Türschwelle, nachdem Troy ins Wohnmobil getreten war. Troy streifte die Hausschuhe ab, behielt aber seine Socken an, als er sich auf das Sofa legte, das sein Bett war. „Das ist der Himmel. Ich bin sauber. Ich habe einen vollen Magen und einen sicheren Schlafplatz. Sie können sich nicht vorstellen, wie glücklich ich bin, dass Brandon in Sicherheit ist." Er schloss die Augen und döste ein.

Mr. Young schloss die Wohnmobiltür. Als die beiden Männer zum Haus gingen, fragte Stuart: „Können wir kurz reden?"

„Ein kurzer Spaziergang zur Scheune wäre mir recht."

„Nachdem Major und ich das Haus verlassen hatten, um den Zaun zu reparieren, gab es da irgendwelche Gespräche über die morgige Reise?"

Mr. Young zuckte mit den Schultern. „Sie wissen vielleicht schon alles, aber es macht Sinn, dass ihr drei geht. Vanessa und ich haben beschlossen, die Versorgungsliste von drei Tagen auf einen Monat zu ändern. Molly hat die Lebensmittelliste aktualisiert, nachdem sie und Rosalie über South Carolina gesprochen hatten; ich vermute, die Vorräte aus Pete's werden eine große Hilfe sein. Niemand hat das erwähnt, aber es würde mich nicht wundern, wenn Troy auch mitkommen möchte. Was würden Sie davon halten?"

Stuart runzelte die Stirn. „Ich weiß nicht. Wir kennen Peyton und Brandon. Wir kennen Troy nicht. Ich bin mir nicht sicher, ob ich überzeugt bin, dass er Peytons Ehemann ist, aber selbst wenn er es ist, hatten wir keine Gelegenheit, seine Stärken zu beurteilen, um festzustellen, wie er ins Team passen würde. Andererseits, wenn wir ihn nicht mitnehmen, würde er uns nicht einfach folgen? Ich muss Aimee Louise zuerst etwas fragen." Stuart ging Richtung Haus, hielt dann inne, als er sich umdrehte, um zu winken. „Danke."

Mr. Young starrte, während Stuart zum Haus eilte. Er runzelte die Stirn. „Gern geschehen. Was habe ich getan?"

Stuart stürmte in die Küche und blieb dann stehen. „Tut mir leid, Annie. Ich hatte etwas, das ich Aimee Louise fragen wollte, aber ich habe vergessen, dass sie und Rosalie zu Dr. Jody gegangen sind."

„Kann ich helfen?", fragte Annie.

Stuart runzelte die Stirn. „Ich weiß nicht. Vielleicht. Du und Peyton seid zusammen geritten. Fällt dir irgendetwas ein, das Peyton dir erzählt hat, das nicht Teil irgendwelcher Daten im Internet wäre?"

„Lass mich dir das Gewächshaus zeigen."

*Warum das Gewächshaus? Mehr Privatsphäre?* Stuart neigte den Kopf. „Das würde ich gerne."

Als sie das Gewächshaus betraten, fragte Annie: „Was denkst du?"

Stuart inspizierte das Gewächshaus; er überprüfte die Setzlinge in den Töpfen auf dem Regal entlang der Westwand und die Jalapeno- und Serrano-Pflanzen in großen Töpfen auf dem Boden entlang der Ostwand.

„Du hast hier auch Wasser. Ist es an einem Timer?"

„Noch nicht", sagte Annie. „Timer-Mangel. Tante Vanessa und ich haben entschieden, dass der Garten Priorität hat, weil ich hier drinnen von Hand gießen kann."

„Das ist wirklich erstaunlich. Und du hast es selbst gebaut. Hast du deine eigenen Pläne gezeichnet?"

„Ich habe es entworfen, aber ich hatte Hilfe beim Bau."

„Peyton. Ich erinnere mich, dass Peyton dir geholfen hat."

Annie lächelte, als sie auf die Dachlinie in der Ecke zeigte. „Schau dir die Konstruktion an. Was siehst du?"

Stuart verengte seine Augen, als er starrte. „Wie sind sie verbunden? Ich brauche einen näheren Blick."

Annie folgte Stuart, als er zur Ecke des Gebäudes ging und starrte. „Das hat nicht geholfen. Ich weiß immer noch nicht, wie sie zusammenhalten." Er zeigte darauf. „Dieses Brett ist im rechten Winkel gegen das andere Brett gestoßen. Ich gebe auf. Ist das Annie-Magie?"

Annie kicherte. „Hast du jemals von Zapfenverbindung gehört?"

„Einfache Frage. Nein, habe ich nicht." Stuart lächelte.

„Peyton hat es mir beigebracht. Ein Brett ist der Zapfen. Es hat einen Stift oder Zapfen geschnitten, so dass der Zapfen wie ein Puzzleteil perfekt in den Schlitz passt, der in das andere Holzstück geschnitten ist, das Zapfenloch genannt wird. Wenn sie zusammengesetzt sind, hat die Verbindung unglaubliche Stärke und Haltbarkeit. Peyton sagte, sie habe es von Brandons Vater gelernt. Er baute immer mindestens eine Zapfenverbindung in jede neue Konstruktion ein, an der er arbeitete, als er im College war."

Stuarts Augen weiteten sich. „Brandons Vater würde die Zapfenverbindung erkennen und wüsste, dass Peyton dir geholfen hat."

„Das stimmt."

„Du hättest mir sagen können, dass Peyton dir geholfen hat, und Troy würde seinen charakteristischen Stil erkennen, aber stattdessen hast du mich über Zapfenverbindungen aufgeklärt. Du bist eine brillante Lehrerin, Annie."

Annie nahm den Schlauch und die Sprühdüse, um ihre Pflanzen zu gießen. „Ich weiß. Pops hat es mir beigebracht."

Stuart lächelte, als er zum Haus eilte.

„Gut, dass du hier bist", sagte Vanessa, als er die Küche betrat. „Ich habe die Kisten mit den Inhalten markiert, aber ich brauche dich, um durch die Kisten zu gehen und zu sehen, ob es etwas gibt, das nicht benötigt wird. Ich habe hier die Hauptliste." Sie reichte ihm ein Notizbuch. „Hak alles ab. Wissen wir, welchen Truck ihr nehmt?"

„Ich habe nichts gehört", sagte Stuart, während er die erste Seite las.

Vanessa runzelte die Stirn. „Du überprüfst die Gegenstände in der Kiste, und ich finde Sheriff und Major. Ich weiß, wo ich sie finden kann. Wir müssen diese Kisten aus der Küche räumen."

Major und Sheriff untersuchten den Motor und die Batterie in Petes Truck. „Müssen diese Kabel reinigen", sagte Sheriff, bevor er aufblickte. „Pass auf. Einer von uns steckt in Schwierigkeiten. Hoffe, du bist es."

Major lachte, als er seinen Rücken streckte und beobachtete, wie Vanessa zu Petes Truck stapfte.

„Wusste, dass ich euch beide hier finden würde", sagte sie, als sie den roten Truck erreichte. „Welchen Truck nehmen Stuart, Aimee Louise und Rosalie auf ihre Reise? Wir haben Kisten mit Vorräten, die geladen werden müssen."

„Wir hatten über meinen gesprochen. Was meinst du?", fragte Major den Sheriff.

„Lass uns das Öl und den Reifendruck überprüfen und dann volltanken. Beide Trucks sind zuverlässig, aber wir dachten, dein Truck wäre unauffälliger."

„Richtig. Sie nehmen meinen Truck, Vanessa", sagte Major.

„Das dachte ich mir auch." Vanessa eilte zurück zum Haus.

„Eine Frau mit einer Mission." Major lachte. „Ich überprüfe den Reifendruck und die Taschenlampen. Ich fordere dich heraus, Vanessa zu fragen, ob Taschenlampen-Batterien auf der Liste stehen."

Sheriff schnaubte. „Nach dir."

Major blickte auf, als er das Brüllen von Nummer 48 hörte. Aimee Louise hielt das Side-by-Side neben Majors Truck an; nachdem Rosalie mit einer mittelgroßen Kiste herausgehüpft war, fuhr Aimee Louise zum Geräteschuppen, um Nummer 48 zu parken.

„Dr. Jody war eine große Hilfe", sagte Rosalie. „Sie hat Landkarten von South Carolina, Alabama und Tennessee gefunden, sowie Bezirkskarten für Florida, Georgia und South Carolina." Sie neigte den Kopf. „Wir nehmen deinen Truck, Pops? Das ist perfekt. Ich lege die Karten in den Truck nahe an meinem Sitzplatz, dann müssen wir reden."

Nachdem Rosalie ihre Karten in den Dokumentenhalter auf dem Rücksitz gelegt hatte, sagte Major: „Sheriff, ich bin gleich zurück."

Rosalie lief vor Major zum Geräteschuppen. Die beiden jungen Frauen warteten auf ihn.

„Was ist los?", fragte Major.

„Troy ist krank", sagte Rosalie. „Ich dachte, er schien bei Pete's in Ordnung zu sein, aber Aimee Louise sagte, er wäre krank. Zuerst dachte ich, es könnte Erschöpfung oder Unterkühlung sein, aber Aimee Louise stimmt nicht zu."

„Troy sagte dem Sheriff, er wolle mit euch gehen, um das überfallene Team zu finden. Was meint ihr?"

Aimee Louise starrte Nummer 48 an. „Nein."

„Was, wenn er nach seinem Nickerchen aufwacht und es ihm gut geht?"

„Nein", sagte Aimee Louise, und Rosalie hob ihre Augenbrauen.

„Es wird ihm nicht gut gehen, Pops", sagte Rosalie.

Major runzelte die Stirn. „Okay. Wir werden Troy unter Quarantäne stellen, bis wir wissen, dass er gesund ist. Mr. Young kann im Haus bleiben. Stuarts Bett wird verfügbar sein, während ihr alle weg seid. Ich werde die Situation dem Sheriff erklären."

Major erreichte seinen Truck, als Stuart die letzte Kiste vom Wagen in die Ladefläche des Pickups lud. Brett kletterte in den Wagen, und Josh zog den Wagen zum Haus.

„Muss mit dir reden, Stuart. Mit dir auch, Sheriff." Major erzählte ihnen von Aimee Louises Einschätzung von Troy. „Wir werden ihn unter Quarantäne stellen, bis wir sicher sind, dass er gesund ist."

„Mr. Young kann in meinem Bett schlafen", sagte Stuart. „Nachdem Troy gesund ist, hat Annie einen narrensicheren Weg, um sicherzustellen, dass er Brandons Vater ist und kein Betrüger. Sie kann euch das zeigen."

„Hast du dir Sorgen gemacht, dass er nicht Troy ist?", fragte Major.

„Ja", sagte Stuart. „Immer noch."

Josh und Brett liefen zu den Männern. „Mama hat gesagt, fangt nichts Neues an. Das Mittagessen ist fertig."

„Gutes Timing, Jungs. Wir können nach dem Mittagessen fertig machen", sagte Sheriff.

„Können wir Pops' Truck näher herfahren?", fragte Josh. „Brett wird müde, und ich auch, ein bisschen."

„Hätte früher daran denken sollen", sagte Major. „Ich stelle ihn gleich nach dem Mittagessen um."

„Ich sage Aimee Louise und Rosalie Bescheid", sagte Stuart. „Wir kommen gleich."

Als Stuart den Geräteschuppen erreichte, stritten Aimee Louise und Rosalie. Er hob die Augenbrauen. *Ich wette, das ist ein Kracher.*

Rosalie funkelte ihn an. „Wurde auch Zeit, dass du auftauchst. Vielleicht kannst du ihr etwas Vernunft einreden."

*Das bezweifle ich.* „Was ist los?"

„Aimee Louise hat gesagt, wir sollten nach dem Mittagessen aufbrechen und losfahren. Das ist nicht unser Plan. Wir bekommen mehr Tageslicht zum Reisen, wenn wir am Morgen losfahren."

„Warum?", fragte Stuart.

„Warum sollten wir sofort aufbrechen? Ich weiß es nicht, aber wir haben bereits geplant..."

Aimee Louise unterbrach. „Die Familie hat fast alles vorbereitet. Wenn wir gleich nach dem Mittagessen aufbrechen, können wir lange vor Einbruch der Dunkelheit an der Staatsgrenze sein. Wir müssen mit Pops' Freund Phil sprechen."

„Warum Phil?", fragte Stuart.

„Sein Sohn ist der Arzt, der zu dem Bauernhof gereist ist, wohin das verletzte Team gebracht wurde. Phil wird wissen, wo sie sind."

„Bei allem, was heute passiert ist, hatte ich Scooter vergessen." Stuart schüttelte den Kopf. „Wenn wir bis morgen früh warten würden, finden wir Phil möglicherweise erst später am Tag."

„Ja, aber was, wenn die Straßensperre aufgegeben wurde?", fragte Rosalie. „Sheriff sagte, sie seien schwierig zu besetzen. Wenn wir versuchen, Phil zu finden, verlieren wir die Zeit, die wir zum Reisen hätten nutzen können."

„Dann gehen wir in die nächste Stadt", sagte Aimee Louise. „Es würde nicht lange dauern, bis sich die Nachricht herumspricht, dass wir nach ihm suchen. Wenn wir Phil nicht finden können, wird er uns finden."

Stuart sagte: „Lasst uns zu Mittag essen. Wir können unseren Streit auf der Straße fortsetzen."

Rosalies Augen funkelten. „Niemand wird dir glauben, wenn du ihnen erzählst, dass wir drei gestritten haben."

Stuart lachte. „Sie würden denken, ich hätte den Verstand verloren."

„Ja", sagte Aimee Louise.

Als sie zum Haus gingen, sagte Stuart: „Wurde ich reingelegt?"

„Nein, du bist nur mitten in eine unserer Diskussionen geraten", sagte Rosalie.

„Und wir haben dich reingelegt", sagte Aimee Louise.

„Habt ihr nicht", sagte Stuart, als sie die Küche betraten.

„Was habt ihr nicht?", fragte Molly. „Wurde auch Zeit, dass ihr herkommt. Wir haben schon gegessen. Setzt euch. Sheriff und Major werden eure Vorräte fertig laden. Annie hat die Liste für euch überprüft. Lies sie während des Essens durch, Rosalie. Habt ihr alle eure Kleidung gepackt? Wir dachten, ihr wollt vielleicht gleich nach dem Mittagessen aufbrechen."

Stuarts Augen weiteten sich.

Molly runzelte die Stirn. „Haben die Mädchen es dir nicht gesagt? Aimee Louise hat Pops gefragt, ob es eine gute Idee wäre. Rosalie war nicht sehr begeistert. Wir waren uns einig, dass es keinen Grund gibt, noch mehr Zeit zu verschwenden."

Nachdem sie das Mittagessen beendet hatten, lud Stuart seine Taschen in den Truck. Während Rosalie die Liste las, eilte Aimee Louise nach oben und trug dann die Reisetaschen herunter, die sie und Rosalie gepackt hatten.

Rosalie sagte: „Liste sieht gut aus. Schau, was du denkst, Aimee Louise. Ich muss meine Notfalltasche mit Snacks auffüllen."

„Es ist eine Weile her, seit ich meine Notfalltasche auf die wesentlichen Dinge überprüft habe, die ich bräuchte, um nach Hause zurückzukommen", sagte Stuart. „Wird nicht lange dauern, meine Kleidung in meinen Rucksack zu packen."

Aimee Louise und Stuart lasen gemeinsam die Checkliste.

„Liste der Georgia- und South Carolina-Repeater?", fragte Stuart.

„Das habe ich hinzugefügt", sagte Mr. Young. „Die Liste ist im Handschuhfach. Ich habe Majors Amateurfunkgerät programmiert, aber die Liste enthält Alternativen für den Fall, dass einer der Repeater nicht funktioniert."

„Danke", sagte Aimee Louise.

„Ich habe Abendessen für euch eingepackt. Hier ist eine Liste mit Menüpunkten, die schnell zubereitet werden können, für Zeiten, in denen ihr keine Zeit habt, eine Mahlzeit zuzubereiten." Molly reichte die Liste an Rosalie.

„Früher musste ich die ganze Zeit für mich selbst kochen. Ich werde es genießen, Mahlzeiten für uns drei zusammenzustellen."

„Wir werden deine Souschefs sein, Rosalie", sagte Stuart. „Ist alles bereit?"

Nach Auf Wiedersehen und Umarmungen machten sich Stuart, Rosalie und Aimee Louise auf den Weg zum Tor, wo Major, Sheriff, Shadow und Penny warteten.

Als Stuart sein Fenster herunterließ, näherte sich Sheriff der Beifahrerseite. „Major und ich wussten, dass beide von uns mit euch gehen wollten, also sind wir hier, um gemeinsam auf Wiedersehen zu sagen."

Aimee Louise und Rosalie ließen ihre Fenster auf der Fahrerseite herunter. „Shadow und ich hassen es, dass wir auch nicht mitgehen", sagte Major, „aber zumindest werdet ihr beide zusammen sein." Major lächelte. „Passt auf Stuart auf, würdet ihr?"

„Dr. Jody muss sich Troy ansehen", sagte Aimee Louise mit leiser Stimme.

Major beobachtete die Staubwolke, die seinem Truck folgte, als er davonfuhr. *Pass auf sie auf, Herr.*

Als er sich zum Haus drehte, sagte Sheriff: „Das muss das Schwerste gewesen sein, was du je getan hast."

Major atmete aus. „Das war es, aber Aimee Louise hat uns einen Auftrag gegeben. Sie möchte, dass Dr. Jody Troy untersucht. Ich habe eine Idee, aber lasst uns zuerst mit der Familie sprechen."

Auf dem Weg zurück zum Haus liefen Josh und Brett ihnen entgegen. „Wir brauchen ein Familientreffen auf dem Bauernhof. Könnt ihr allen Bescheid geben, dass wir uns auf der hinteren Veranda treffen?"

„Machen wir", sagte Josh, als er zum Haus rannte, und Brett lief zum Garten. Shadow trottete hinter Josh her, und Penny lief mit Brett mit.

Als Major und Sheriff die Veranda erreichten, warteten bereits alle auf sie.

„Werden wir Aimee Louise folgen?", fragte Sara. „Ich kann in fünf Minuten gepackt und bereit sein. Mommy braucht länger. Vielleicht sollte sie hier bei den Hühnern bleiben. Wirst du dich um meine Hühner kümmern, Mommy?"

Sheriff grinste Molly an, die ihre Nase in die Luft hob.

„Wir werden Aimee Louise nicht folgen, Sara, aber ich mag die Idee", sagte Major. „Aimee Louise sagte, Dr. Jody müsse Troy untersuchen. Wie halten wir den Bauernhof sicher und gehen zu Mr. Youngs Bauernhof?"

„Das ist schwierig", sagte Vanessa. „Ich könnte allein gehen, aber wir haben die Regel, dass niemand allein reist. Muss das in beide Richtungen gelten? Denn ich hätte Dr. Jody auf dem Rückweg dabei."

„Zählt für beide Richtungen", sagte Molly. „Du und ich haben viel aufzuholen. Wir haben den ganzen Morgen damit verbracht, alles für unsere Reisenden vorzubereiten."

„Stimmt", sagte Vanessa.

Sheriff sagte: „Ich könnte allein gehen, außer wegen unserer Regel, dass wir einen Fahrer und einen Wächter haben. Ich könnte nicht beides sein. Dasselbe gilt für Major."

„Annie und ich können gehen", sagte Mr. Young. „Aimee Louise hat Annie beigebracht, Nummer 48 zu fahren, und ich kann die Wache übernehmen."

Sheriff hob seine Augenbrauen zu Major. „Ist das, was du dachtest?"

„Genau das. Aimee Louise hat mir gesagt, Annie könne mit einem Wächter fahren."

Annie strahlte.

„Ich werde nach Troy sehen, um zu prüfen, ob es ihm besser geht, und wenn nicht, können Annie und ich sofort losfahren, es sei denn, einer von uns hat vorher noch etwas zu erledigen."

„Nein", sagte Molly. „Wenn Aimee Louise gesagt hat, holt Dr. Jody, dann ist es wichtig."

Mr. Young kam eilig mit seinem Gewehr von seinem Wohnmobil zurück. „Troy sagte, der Schmerz in seinem Bein sei unerträglich. Ich glaube ihm; wir fahren jetzt los."

Nachdem sie gegangen waren, sagte Molly: „Ich werde nach Troy sehen, und dann haben wir Wäsche, Garten- und Tierarbeit als Erstes zu erledigen."

Vanessa begleitete Brett und Josh zum Hühnerstall für die täglichen Hühnerarbeiten.

„Papa, würdest du die Wäsche für mich nach draußen tragen?", fragte Sara. „Ich kann sie für Mommy aufhängen."

„Mach ich doch. Ich kann dir auch dabei helfen, wenn du möchtest."

„Ich kann es alleine machen, Papa, außer bei den schweren Sachen."

„Du kannst mir sagen, welche ich anstecken soll." Sheriff nahm Saras Hand, und die beiden gingen hinein, um die Wäsche aus der Waschmaschine zu nehmen.

Major ging zur Scheune, hielt aber an, als Molly ihn rief. Sie war außer Atem, als sie ihn erreichte. „Mr. Young hatte recht. Troys Bein ist geschwollen, und er hat große Schmerzen. Wir haben einige starke Schmerzmittel, aber ich möchte auf Dr. Jody warten. Ich habe ihm gesagt, dass wir Hilfe holen."

„Möchtest du, dass ich bei ihm sitze?"

„Ich weiß nicht. Aber ich hatte das Gefühl, dass es ihn genauso viel Mühe kostete, seinen Schmerz vor mir zu verbergen, wie mit ihm umzugehen. Ich denke, es wäre klug, seine Socke abzuschneiden. Sie muss die Durchblutung abschneiden. Ich habe eine Traumaschere."

„Holen wir diese Schere."

Bevor Major das Wohnmobil erreichte, hörte er Troys Stöhnen. Als er eintrat, lag Troy in Embryonalstellung auf seiner Seite, und seine Haut war aschfahl. Troys trübe Augen starrten Major an, bis ein Funke der Erkenntnis sie weicher werden ließ. Er kämpfte darum, sich aufzusetzen, gab aber nach. „Habe ein kleines Problem mit meinem Bein, Major."

„Das habe ich gehört. Molly möchte, dass ich deine Socke abschneide. Darf ich nachsehen?"

„Ja." Troy wand sich in seinem Bemühen, sich auf den Rücken zu drehen.

„Sachte, Junge", sagte Major. „Du musst nichts tun. Ich bin bei dir, bis Dr. Jody kommt. Sollte nicht mehr lange dauern."

Major schnitt das linke Bein der Jogginghose bis zu Troys Knie auf und schnitt dann die Socke ab.

„Wie sieht es aus, Major?" Troy versuchte, sich auf einen Ellbogen zu stützen, um zu sehen.

„Es ist geschwollen. Molly hatte recht, diese Socke abzunehmen. Sie hat dein Bein eingeschnürt und wahrscheinlich zu deinen Schmerzen beigetragen."

Major untersuchte die Schwellung und runzelte die Stirn über die tief purpurne Wunde in Troys mittlerer Wade. „Hat dich etwas gebissen?", fragte er.

„Ich glaube nicht. Ich dachte, ich hätte mir das Bein einmal aufgekratzt, als ich ausrutschte und hinfiel."

„Im Wasser oder im Wald?", fragte Major.

„Am Flussufer. Ich glaube, ich bin ausgerutscht, als ich aus dem Wasser stieg. Es würde vielleicht das Pochen lindern, wenn wir es hochlegen könnten."

„Setzen wir dich ein bisschen auf, und ich kann dir helfen, etwas Wasser zu trinken. Du bist ziemlich dehydriert."

Major griff nach dem Kissen von Mr. Youngs Bett und den Sofakissen und zog Troy in eine sitzende Position. Nachdem er kühles Wasser aus Mr. Youngs Wohnmobilkühlschrank in Troys Becher gegossen hatte, der neben der Spüle stand, hielt er den Strohhalm nah an Troys Mund. „Versuch, ob du etwas Wasser trinken kannst."

Troys Lippen waren aufgesprungen, aber er öffnete seinen Mund genug, um den Strohhalm hineinzunehmen und zu trinken. Er neigte seinen Kopf nach vorne für einen weiteren Schluck und fiel dann gegen die Kissen zurück.

„Gut gemacht", sagte Major. „Ruh dich eine Minute aus, dann kannst du noch einen Schluck nehmen. Bin wirklich froh, dass Molly dir auch etwas zu essen gegeben hat."

Troy hob seinen Kopf, und Major hielt den Strohhalm nah an Troys Mund. Troy nahm noch zwei Schlucke und legte sich dann zurück auf seine Kissen.

„Erzähl mir von Brandon, Major."

„Meine Lieblingsgeschichte über Brandon ist direkt nach dem Tornado, als Brandon ein tragbares Amateurfunkgerät auf dem Feld fand. Er benutzte es, um Hilfe zu rufen, und Stuart antwortete ihm. Stuart fragte ihn, ob es ein Straßenschild gäbe, und Brandon ging zum nächsten Schild, das er sehen konnte, aber er stellte sicher, dass er und Henry, ein jüngerer Junge, der den Tornado auch überlebt hatte, zusammenblieben. Er klang im Funk wie ein Kind, aber er war ein Mann, der sich um einen jüngeren Jungen kümmerte."

Troy entspannte sich. „Erzähl mir noch eine Brandon-Geschichte."

Major lächelte. *Das ist genau das, was er brauchte, um sich zu entspannen. Brandon-Geschichten. Sogar lahme Geschichten von einem schlechten Erzähler.*

„Du weißt das wahrscheinlich schon, aber Brandon ist sehr für Regeln, zumindest für die, die er mag. Eine seiner Lieblingsregeln auf dem Bauernhof, wo er bleibt, ist Baden, Snack, Bett. Man würde nicht denken, dass ein Junge aufgeregt über ein Bad oder ins Bett gehen wäre, oder? Die Kinder haben Aufgaben und arbeiten hart und spielen hart. Ein Bad ist heutzutage ein Luxus, wie du weißt, und Sandras Snacks sind erstaunlich. Es gibt nicht viel auf dem Bauernhof, aber sie findet immer etwas, das die Kinder lieben. Wenn die Kinder aus der Kälte kommen, gibt sie ihnen heißen Tee mit Honig. Was das Zubettgehen betrifft, geht jeder nicht lange nach Sonnenuntergang ins Bett und schläft tief und wacht bei Sonnenaufgang für ein köstliches Frühstück und einen weiteren geschäftigen Tag auf."

Major bot Troy einen weiteren Schluck Wasser an, und Troy nahm drei lange Schlucke.

„Was sind einige andere Regeln?"

„Es gibt eine Regel, die die Jungen bei jeder Gelegenheit absichtlich brechen. Das alte Farmhaus hat zwei Stockwerke und eine große Treppe mit einem Geländer."

Troy lächelte. „Nicht am Geländer runterrutschen, richtig?"

„Du hast es erfasst. Als ich Brandon zum ersten Mal am Geländer runterrutschen sah und dann nachschauen, ob ihn niemand gesehen hatte, musste ich in mein Zimmer zurückkehren, um mich nicht zu verraten."

„Ich habe dasselbe getan, als ich ein Kind war. Muss genetisch sein."

„Brandon sagte, du baust Häuser."

„Das tue ich. Brandon und ich bauen zusammen Vogelhäuser, seit er kaum alt genug zum Laufen war. Danke, Major. Mein Bein tut immer noch weh, aber du hast mir die bestmögliche Medizin gegeben. Ich kann dir nicht sagen, wie besorgt ich um meinen Sohn war."

„Was ist mit Peyton?"

„Es ist kompliziert. Ich nehme noch etwas Wasser."

Troy nippte an dem Wasser, während Major das Glas für ihn hielt.

„Gleich hier rein, Dr. Jody", sagte Mr. Young.

Jody trat ins Wohnmobil. Obwohl sie sich dem Rentenalter näherte, glänzte ihr schwarzes lockiges Haar unter ihrem Kopftuch immer noch, und ihr schlanker Körper verbarg ihre Kraft, die ihr über die Jahre gute Dienste geleistet hatte, um ein Kalb zu entbinden oder ein Pferd zu beruhigen.

„Ich bin Jody", sagte sie. „Mit Ihrer Erlaubnis bin ich hier, um Sie zu untersuchen. Ich bin Tierärztin, aber in diesen Zeiten müssen wir alle improvisieren, nicht wahr?" Sie runzelte die Stirn, als sie Troys Bein betrachtete. „Hässliche Wunde." Sie kniete sich neben ihn und untersuchte es genau. „Sieht aus wie ein Schlangenbiss. Wann ist es passiert?"

„Ich bin nicht sicher, aber ich denke, es war gestern Morgen. Ich war die ganze Nacht gelaufen und hatte entschieden, dass es schneller wäre, durch den Sumpf zu gehen, als einen Weg darum herum zu finden. Natürlich bin ich mehr als einmal gefallen, aber einmal bin ich am Ufer ausgerutscht. Ich dachte, ich hätte meine Wade an einem Stock oder Zypressenknie gestoßen, als ich hinfiel. Später am Tag hatte ich einen stechenden Schmerz in meinem Bein, bewegte mich aber weiter."

Dr. Jody nickte. „Also ist dies Tag zwei." Sie stand auf. „Sie haben ihn aufgesetzt, nicht wahr, Major? Gut gemacht. Es ist am besten, sein Herz über der Wunde zu halten. Tag drei und vier sind die schlimmsten, zumindest typischerweise für Menschen. Das Wichtigste, worauf man achten muss, ist das Kompartmentsyndrom, verursacht durch innere Schwellung und Blutung, die die Blutzufuhr zum Rest des Beins abschneiden kann, und die Gewebe sterben ab. Rufen Sie mich, wenn sein Fuß kalt wird. Ich brauche einen Marker."

Mr. Young zog einen permanenten Marker aus einer Schublade und reichte ihn ihr.

„Ich muss den Fortschritt markieren." Sie zeichnete einen Kreis um das tiefe, dunkle Lila, das die Einstichwunde umgab. „Hier ist die schlimmste Blutung. Markieren Sie es zur gleichen Zeit morgen. Lassen Sie es mich wissen, wenn es rot wird oder heiß."

„Troy, die beste Medizin für Sie, bis die Schmerzen nachlassen und die Schwellung zurückgeht, ist Ablenkung, weil Sie festsitzen. Sie müssen ruhen und im Sitzen schlafen. Sie müssen Ihre Flüssigkeitszufuhr aufrechterhalten, und Zeit auf den Füßen muss auf ein Minimum beschränkt werden. Zehn Minuten pro Tag insgesamt. Das gibt Ihnen die Chance, zur Toilette zu gehen, und das war's. Lassen Sie Major wissen, wenn sich Ihr Fuß kalt anfühlt."

Jody hielt an, nachdem Mr. Young die Wohnmobiltür hinter ihnen geschlossen hatte. „Major, ich würde empfehlen, Troy ins Haus zu verlegen, damit Molly ihn genau im Auge behalten kann. Was Ablenkungen betrifft, ist die Bauernhoffamilie definitiv die beste."

Annie wartete auf Jody auf dem Weg zum Haus, und Jody grinste. „Wir treffen Sie in fünfzehn Minuten bei Nummer 48, Mr. Young. Ich muss mir Annies Gewächshaus ansehen."

„Sieht aus, als hättest du dein Wohnmobil zurück, Mr. Young. Wohin bringen wir Troy?", fragte Major.

„Das ist einfach. Frag Molly. Ich gehe zum Gewächshaus."

Als Major ins Haus ging, war Molly in der Küche. „Troy wurde höchstwahrscheinlich von einer Schlange gebissen. Meine Vermutung ist eine Wassermokassinotter, aber Jody hat es nicht gesagt. Er muss von seinen Füßen weg mit seinem Herzen höher als seine Füße. Jody will ihn im Haus haben, weil es für dich bequemer sein wird, ein Auge auf ihn zu haben, und sie sagte, die beste Medizin für ihn wäre Ablenkung, weil die nächsten zwei Tage wahrscheinlich die schlimmsten sein werden. Was schlägst du vor?"

„Warum ordnen wir die Möbel nicht ein bisschen um und stellen das Klappbett neben das Fenster im Wohnzimmer, das auf die hintere Veranda blickt? Ich glaube, ich habe einen dreiteiligen Paravent im Lagerraum gesehen. Das würde Troy ein wenig Privatsphäre geben, aber er wird definitiv Ablenkungen haben."

„Scheint genau das zu sein, was Jody im Sinn hatte."

Während Major das Klappbett aufstellte, durchsuchte Molly den Lagerraum. Sie rief von oben. „Brauche etwas Hilfe, Major."

Als Major das Treppenende erreichte, sagte sie: „Würdest du das nach unten tragen? Es ist schwerer, als ich mich erinnerte."

„Mach ich." Er nahm immer zwei Stufen auf einmal. „Ich habe das Bett aufgestellt. Wir brauchen Laken und ein paar Kissen, um Troy hochgelagert zu halten."

„Wenn ich die Kissen die Treppe hinunterwerfe, versprichst du, mich nicht zu verraten?"

„Klingt für mich klug, einschließlich des Teils, wo du nicht willst, dass die Kinder deine Methode kopieren, um etwas mit maximaler Effizienz und minimalem Aufwand nach unten zu bringen."

„Gut. Ich trage die Laken nach unten."

„Sobald wir das Bett fertig haben, bringe ich Troy herein."

Major trug den Paravent in die Küche und entging knapp, von Kissen getroffen zu werden, die die Treppe herunterflogen.

„Tut mir leid, dass ich nicht getroffen habe." Molly gluckste, während sie das Bett machte und Major die Kissen sammelte.

„Hätte wissen müssen, dass es ein Hinterhalt sein würde. Bereit, dass ich Troy ins Haus bringe?", fragte er.

„Wird es sein, bis du hier bist."

Als Major das Wohnmobil erreichte, fragte Troy: „Was ist das Urteil?"

„Molly hat eine nicht ganz so private Suite für dich im Wohnzimmer eingerichtet. Du bist neben dem Fenster, das nach hinten rausgeht, und du wirst Ablenkungen in Hülle und Fülle haben. Sie hat einen Paravent gefunden, den sie aufstellen kann, damit du den Anschein eines Zimmers hast, außer dass es eher wie eine Koje ist. Ich garantiere dir, dass du dich nicht langweilen wirst."

Major half Troy ins Haus und ging, als Molly übernahm. Jody und Mr. Young warteten auf ihn an der Scheune.

„Major, Troys Zustand kann sich in den nächsten Tagen verschlechtern. Wenn Sie Antibiotika haben, würde ich vorschlagen, einen fünftägigen Kurs mit einer Doppeldosis jetzt zu beginnen. Es gibt eine zehnprozentige Sterblichkeitsrate, aber diese Statistiken stammen aus den Tagen der frühen medizinischen Intervention. Die drei Dinge, auf die man achten muss, sind Kompartmentsyndrom, Anzeichen einer Infektion und Atembeschwerden. Wir können nicht viel anderes tun, als ihm Antibiotika zu geben und ihn ruhig zu halten, aber rufen Sie mich jederzeit."

„Hätte Antiserum einen Unterschied gemacht?", fragte Major.

„Vielleicht. Vielleicht auch nicht. Antiserum ist bei Menschen heikel wegen Serumreaktionen. Es ist definitiv ein Fall, in dem das Heilmittel für manche Menschen schlimmer ist als der Biss. Wir werden es nie wissen, selbst wenn wir welches hätten, weil vierundzwanzig Stunden viel zu spät sind."

# KAPITEL DREI

Als sie Plainview erreichten, fragte Rosalie: „Müssen wir anhalten, um zu sehen, wer sich in die Ladefläche des Pickups geschlichen hat?"

Stuart kicherte. „Ich würde auf Annie setzen. Was meinst du?"

„Ich hätte auch Annie gesagt", erwiderte Rosalie. „Vielleicht Josh. Er wäre für ein Abenteuer zu haben."

Nachdem sie durch Plainview gefahren waren und nun auf der Autobahn Richtung Norden unterwegs waren, sagte Aimee Louise: „Mr. Young."

„Mr. Young ist der Vielseitigste", sagte Stuart. „Er ist ruhig und beschäftigt sich immer. Er könnte den größten Teil des Tages weg sein, und niemand würde es bemerken."

„Warten wir mit der Überprüfung der Ladefläche, bis wir zu weit weg sind, um umzukehren", sagte Rosalie. „Wir könnten jemand Heimliches gebrauchen. Ich habe etwas, worüber wir nachdenken sollten. Hat jemand Penny gesehen, bevor wir aufgebrochen sind?"

Stuart schnaubte, lehnte sich dann nach vorne und scannte die Straße vor ihnen. Rosalie suchte den Straßenrand ab, und Aimee Louise warf einen Blick in ihre Seitenspiegel, um nach Verkehr zu schauen, der von hinten auf sie zukam.

„Straßensperre voraus. Kann nicht sagen, ob sie besetzt ist." Stuart holte das Fernglas aus der Mittelkonsole, während Aimee Louise langsamer wurde.

„Ich gebe dir die Karte für den Landkreis und springe dann auf die Ladefläche", sagte Rosalie.

Rosalie reichte Stuart die Karte des Landkreises, bevor sie das Fenster aufschob, das die Fahrerkabine von der Rückseite trennte. Nachdem sie mit ihrem Gewehr hindurchgeschlüpft war, zuckte Aimee Louise bei dem Metall-auf-Metall-Kreischen zusammen, als Rosalie die Seitenfenster des Hardtops öffnete.

„Nervenaufreibendes Geräusch", sagte Stuart.

Aimee Louise schauderte. „Nervenaufreibend ist ein gutes Wort."

„Fenster sind offen", sagte Rosalie.

„Ich sehe immer noch niemanden an der Blockade." Stuart untersuchte die Straßensperre mit dem Fernglas. „Wir können vielleicht auf dem rechten Seitenstreifen vorbeikommen."

„Trick." Aimee Louise trat auf die Bremsen und vollführte mit dem Truck eine kontrollierte Drehung. Sie beschleunigte, als der Truck seine hundertachtzig Grad Drehung vollendete, und raste südwärts auf der Autobahn. Wütende Schreie und dann Schüsse ertönten von der Barrikade.

„Woher wusstest du das?", fragte Stuart, während er die Landkreiskarte studierte.

„Ein Windstoß hat die Absperrung bewegt, und sie schwankte, bis eine Hand sie stabilisierte. Höchstwahrscheinlich Pappe."

„Da vorne kommt eine Seitenstraße, die zu den Nebenwegen nach Norden führt", sagte Stuart.

„Sag mir, wann ich abbiegen soll."

Stuart konzentrierte sich auf die rechte Straßenseite. „Nicht weit. Kommt auf der rechten Seite."

Aimee Louise verlangsamte. „Gutes Timing. Da vorn ist noch eine provisorische Straßensperre."

Stuart kniff die Augen zusammen, als er die Barriere quer über die Straße anstarrte. „Wir sind hier vor nicht mal fünf Minuten durchgekommen. Bin wirklich froh, dass wir diese Karten haben. Wir müssen auch von den Hauptstraßen fernbleiben."

Aimee Louise fuhr auf den Seitenstreifen, bevor sie auf den Feldweg abbog.

Rosalie fragte: „Warum bist du vor dem Abbiegen von der Straße runtergefahren?"

„Die Bäume entlang der Straße gaben uns ein wenig Deckung, sodass unsere seitliche Sicht während der Kurve eingeschränkt war."

„Laut der Karte verläuft unsere Nebenstraße parallel zur Autobahn", sagte Stuart. „Wir können in der Nähe, wo Phils Gruppe war, wieder auf die Autobahn fahren."

Rosalie kletterte zurück in die Fahrerkabine des Trucks. „Zeig mir das."

Stuart zeigte auf die Karte. „Wir haben zwei Optionen."

Rosalie untersuchte die Karte. „Die erste führt direkt zur Autobahn. Die zweite sieht aus, als ob sie durch eine kleine Gemeinde geht. Die erste gefällt mir besser."

Stuart nickte und schaute aus Aimee Louises Fenster. „Es sieht im Westen dunkel aus. Wir könnten etwas Regen bekommen."

Rosalie ließ ihr Fenster herunter und schnupperte. „Riecht tropisch. Im Radio hat heute Morgen niemand etwas von einem Sturm im Golf gesagt."

„Wir sind viel näher am Golf", sagte Stuart. „Das Wasser im Golf ist wärmer und salziger als im Ozean, und ein Wind aus dem Westen würde die Salzigkeit mit sich bringen. Das könnte die tropische Luft sein, die du riechst."

Ein leises Donnergrollen ertönte in der Ferne, als Rosalie ihr Fenster hochfuhr. „Ich wette, unsere Straßenräuber packen gerade ein. Ihre Pappbarrieren würden in einem Regensturm nicht gut halten, was mich daran erinnert, ich werde die Seitenfenster im Hardtop schließen."

Rosalie kletterte durch das Durchreichfenster auf die Ladefläche des Pickups. Die Fenster kreischten, als sie sie schloss. Als Rosalie in die Kabine zurückkehrte, sagte sie: „Ich muss diese Fenster ölen. Dieses kratzende Geräusch erinnert mich an Fingernägel auf einer Tafel."

„Ist das unsere Abbiegung da vorne?", fragte Aimee Louise.

Stuart kniff die Augen zusammen und blickte auf die Karte. „Es ist ein bisschen früh, aber wir sollten vielleicht rüberfahren. Einige der Nebenwege werden bei einem Sturm leicht überflutet oder verwandeln sich einfach in Schlamm."

Aimee Louise bog auf den schmalen Feldweg ein.

Stuart runzelte die Stirn. „Das ist eine einspurige Straße."

„Wenn ein Fahrzeug aus der anderen Richtung kommt, finde ich eine gute Stelle zum Anhalten, damit es vorbeifahren kann, und Rosalie kann ihre Position auf der Ladefläche einnehmen."

„Da ist ein Garten." Rosalie deutete nach rechts. „Das erste Anzeichen aktiver Bewohnung, das wir seit langem gesehen haben."

„Es könnten auch andere Gärten entlang des Weges gewesen sein, die von der Straße aus nicht sichtbar waren. Diese Leute müssen sich relativ sicher und abgelegen fühlen." Stuart betrachtete das Anwesen, als sie daran vorbeifuhren. „Sie sind schlau. Habt ihr das Unkraut im Vorgarten bemerkt? Sie zeigen nicht, dass sie hier sind."

Aimee Louise beschleunigte, und Stuart schaute in den Seitenspiegel. „Der Himmel verdunkelt sich hinter uns, aber unsere Straße ist bisher trocken. Schadet nicht, dem Sturm voraus zu sein."

Ein Windstoß kam von Westen, und die Bäume am Straßenrand schwankten und ließen Blätter und kleine Äste fallen, als eine Wand aus Regen den Truck traf. Aimee Louise schaltete die Scheibenwischer ein und hielt eine gleichmäßige Geschwindigkeit.

„Gleich voraus", sagte Stuart. „Wir kommen zur Autobahn."

Der Truck verlor auf der rutschigen Straße die Traktion und rutschte in Richtung Graben, aber Aimee Louise behielt die Kontrolle, als sie bis zum Stillstand abbremste.

„Schwer zu sehen, aber ich sehe in beide Richtungen nichts auf der Straße", sagte Stuart.

Aimee Louise fuhr vorsichtig auf die Autobahn und nach Norden.

„Ich sehe eine offene Straßensperre vor uns. Die Barrieren stehen am Straßenrand", sagte Stuart.

Als sie die Barrieren erreichten, verlangsamte Aimee Louise und fuhr nahe an einen Truck heran, der am Straßenrand geparkt war, und ließ ihr Fenster herunter. Der Wind und der Regen bliesen in den Truck, und Wasser rann ihr Gesicht hinunter.

Als der Fahrer des anderen Trucks sein Fenster herunterfuhr, winkte sie. „Ist Phil in der Nähe?"

„Wer will das wissen?", fragte der Mann.

„Du kannst ihm sagen, sein Engel sucht nach ihm. Er wird wissen, wer ich bin."

„Du bist sein Engel? Er redet die ganze Zeit über dich. Ich dachte, er wäre bei dem Unfall auf den Kopf gefallen. Ist Major bei euch? Phil ist bei ihm zu Hause. Wisst ihr, wo das ist?"

„Major konnte nicht mitkommen, aber Deputy Stuart ist bei mir."

„Was ist mit der Rothaarigen? Phil konnte nicht aufhören, über seinen Engel und die Rothaarige zu reden. Ist sie echt?"

Rosalie ließ ihr Fenster herunter und grinste. „So echt wie du."

Der Mann lachte laut. „Das ist, als würde man Prominente treffen. Folgt mir zu Phil. Ich will dabei sein, wenn er euch sieht. Manchmal glaube ich, selbst er fragt sich, ob ihr real seid. Das war eine harte Nacht. Im Ernst, ihr hattet ganz schön Eindruck gemacht in unserer kleinen Gemeinschaft, als ihr Phil gerettet habt. Folgt mir."

Der Mann fuhr vor Majors Truck, und Aimee Louise folgte ihm.

„Verdammt", sagte Stuart. „Ich hänge mit Prominenten rum."

„Fang nicht an", sagte Rosalie, und Aimee Louise schlug ihm auf den Arm.

„Au." Stuart grinste. „Ihr Prominenten seid empfindlich, oder?"

„Mach nur weiter so", knurrte Aimee Louise. Als Stuart die Lippen spitzte und mit Daumen und Finger einen Reißverschluss vor seinem Mund nachahmte, schnaubte Rosalie.

Als der Regen zu einer Sintflut wurde, stellte Aimee Louise ihre Scheibenwischer auf die höchste Stufe. Der Truck vor ihnen verlangsamte und bog dann in eine Einfahrt ein, und Aimee Louise folgte. Nachdem er in der Nähe des Hauses geparkt hatte, sprang der Mann aus seinem Truck und rief über den Regen und Donner hinweg: „Bleibt sitzen. Ich stelle sicher, dass Phil zu Hause ist, dann winken wir euch rein."

Er rannte zum Haus, war aber völlig durchnässt, bevor er die Veranda erreichte. Rosalie kletterte auf die Ladefläche des Pickups und kam mit ihren Regenjacken zurück. „Zieht die an."

Der Mann klopfte an die Tür, und als Phil öffnete, drehte sich der Mann um und winkte. Die drei sprangen aus dem Truck und eilten zum Haus.

„Es ist mein Engel." Phil umarmte Aimee Louise; Rosalie grinste, während Stuart finster dreinblickte.

„Und hier ist Red. Ich habe dich also doch nicht erfunden." Phil umarmte Rosalie, streckte dann seine Hand aus, und er und Stuart schüttelten sich die Hände. „Schön, dich wiederzusehen, Deputy. Kein Shadow?"

„Wir haben Shadow zum Schutz des Hofs zurückgelassen", sagte Stuart.

„Nun, kommt rein. Meine Frau wird begeistert sein, euch alle kennenzulernen. Seid ihr auf Reisen?"

„Sind wir", sagte Stuart. „Wir suchen nach dem Team, das überfallen wurde."

Sie betraten einen großen Raum mit einem prächtigen Flusssteinfeuerplatz an einem Ende. Die Reihe von vier brennenden Kerzen in Einmachgläsern im Pintformat auf dem Kaminsims erhellte den Raum, der durch den Sturm dunkel geworden war. Eine große Eckcouch, ein dreisitziges Sofa und zwei Sessel standen dem Kamin gegenüber, und ein selbstgemachter Holzbohlen-Couchtisch stand vor dem kleineren Sofa. Der handgefertigte Esstisch mit acht Stühlen stand am anderen Ende des Raumes. Der verlockende Duft von Huhn und Kräutern unterstrich die Wärme und die einladende Atmosphäre des Hauses.

Eine schlanke Frau mit kurzen grauen Haaren gesellte sich zu Phil. „Ich bin Deana. Es ist so schön, euch alle endlich kennenzulernen. Ihr bleibt zum Abendessen, oder? Ich habe einen großen Topf Suppe auf dem Herd und Brötchen, die gleich in den Ofen kommen."

„Kann ich irgendetwas tun?", fragte Rosalie.

„Ich lehne ein bisschen Hilfe nie ab." Deana legte ihren Arm um Rosalies Schultern, als sie zur Küche schlenderten. „Macht es dir etwas aus, Red genannt zu werden?"

„Für mich in Ordnung", sagte Rosalie. „Ich bin mir nicht sicher, ob Mr. Phil mich mit einem anderen Namen erkennen würde."

„Ist das nicht die Wahrheit?" Deana kicherte.

„Bitte nehmt Platz." Phil wies auf die gemütlichen, einladenden Möbel. „Ihr sucht also nach dem Team, das überfallen wurde? Unser Sohn, Scooter, hat sich von der Arbeit freigenommen, um sich um sie zu kümmern. Sie waren in einem schrecklichen Zustand. Scooter ging wieder zur Arbeit, nachdem sie stabil waren, und überließ die drei der fachkundigen Pflege einer pensionierten Krankenschwester. Ich kann euch morgen dorthin bringen. Es ist zu ungemütlich, um heute Abend irgendwohin zu gehen, besonders auf diesen Landstraßen. Deana wird wollen, dass ihr bei uns bleibt."

„Wir glauben, dass wir das Team kennen. Zwei Frauen und ein Mann, richtig?", sagte Aimee Louise.

„Du hast Recht, Engel. Ein Ehepaar und eine Frau. Lass mich sehen, ob ich mich an ihre Namen erinnern kann." Phil runzelte die Stirn und kratzte sich am Kopf. „Ich bin nicht so gut mit Namen, aber wenn ihr mir sagen würdet..."

„Peyton, Nate und Charo?", fragte Stuart.

„Genau das. Zwei Männer waren vorgestern an der Stadtstraßensperre und haben nach ihnen gefragt. War unserer Meinung nach nicht ihre Sache. Wir sagten, wir hätten nichts von einem Überfall gehört. Tatsächlich versuchte einer unserer Leute, neugierig Informationen von ihnen zu bekommen. Sie sagten ihm, es sei vertrauliche Angelegenheit und gingen verärgert weg. Beste Abfuhr, die ich je gesehen habe." Phil schlug sich aufs Knie und gluckste, und Stuart lachte.

„Das muss ich mir merken", sagte Stuart. „Genial."

„Nicht wahr?", sagte Phil. „Eine der Frauen aus dem verletzten Team sagte Scooter, sie müsse weg, um ihren Sohn zu holen. Er war nicht sicher, ob sie aufgrund der Schmerzen delirierte oder nicht. War sie das? Die andere Frau murmelte etwas über ihre Puppe. Scooter machte sich eine Weile Sorgen um sie. Sie war in der schlimmsten Verfassung. Ich hätte gerne nur drei Minuten mit diesen Feiglingen, die diese Leute überfallen haben. Scooter war sicher, dass sie dachten, sie hätten sie tot zurückgelassen. Sie war nah dran. Wer prügelt eine Frau fast zu Tode?"

Stuart schüttelte den Kopf. „Peytons Sohn ist auf dem Bauernhof meines Vaters in Georgia. Charos und Nates Tochter heißt Dolly. Sie ist auch auf dem Hof. Die drei waren auf dem Weg, sich mit ihren Kindern zu vereinen. Erinnert ihr euch an den Lastwagen-Unfall nördlich von hier?"

„Wer könnte das vergessen? Das war schrecklich. Hat alle erschüttert."

„Dolly, Nates Vater, Peytons Sohn und ein anderer junger Junge haben den Unfall überlebt. Wir brachten sie zum Bauernhof meines Vaters mit uns. Dad erholte sich von einer Verletzung, und wir waren auf dem Weg dorthin, um Mom mit dem Hof zu helfen. Damals wussten wir nichts über die Eltern der Kinder, und meine Eltern hatten reichlich Platz. Wir haben immer noch nichts von der Mutter oder dem Vater des jüngeren Jungen gehört, aber er hat ein Zuhause und eine Familie, bis sie auftauchen."

„Gut, dass ihr mich gefunden habt. Ich bringe euch morgen zu eurem Team. Sie sind vielleicht noch nicht ganz reisefertig, aber vielleicht könnt ihr drei auf dem Bauernhof mithelfen. Es könnte ein paar wichtige Hofarbeiten geben, die beiseite gelegt wurden, um sich um die Verletzten zu kümmern."

„Wir sind die richtige Mannschaft für Hofarbeiten." Stuart lachte.

„Ms. Deana sagte, ihre Brunnenpumpe wird mit Solar- und Batteriestrom betrieben. Ist das nicht genial? Engel, ich zeige dir, wo du dich waschen kannst", sagte Rosalie mit einem Funkeln in den Augen.

„Danke, Red." Aimee Louise stieß Rosalie mit dem Ellbogen an, und Stuart verdrehte die Augen.

„Solarenergie für euren Brunnen? Das ist eine großartige Idee, Phil."

„Das Lob kann ich nicht für mich beanspruchen. Unser Sohn kaufte das Solarpanel und die Batteriebanken lange vor dem großen

Stromausfall. Er sagte, wir müssten sicherstellen, dass wir eine zuverlässige Wasserversorgung haben. Wer wusste, dass Ärzte so schlau sind?" Phil wackelte mit den Augenbrauen, und Stuart lachte.

„Was ist mit euren Kerzen? Macht Deana sie?"

„Deana und ihre Freunde machen sie. Wenn ein Nachbar ein Schwein oder eine Kuh hat, die geschlachtet werden soll, helfen wir bei der Arbeit, und dann nimmt jede Familie etwas Fleisch zum Einmachen oder Trocknen und Fett zum Auslassen für Schmalz oder Talg mit nach Hause. Die Gruppe von Frauen, die Kerzen herstellen, treffen sich und unterhalten sich, während sie das Fett auslassen. Kerzen sind ein gutes Handelsgut, aber die meisten von uns verwenden sie zu Hause. Ich glaube nicht, dass noch jemand viel Kerosin für Laternen übrig hat. Die meisten von uns verlassen uns tagsüber auf das natürliche Sonnenlicht; wir stehen vor Sonnenaufgang auf und gehen nicht lange nach Einbruch der Dunkelheit zu Bett."

„Ich wette, Aimee Louise und Rosalie werden wissen, wie man Kerzen macht, bis wir abreisen", sagte Stuart.

„Diese beiden Mädchen sind wirklich etwas Besonderes", sagte Phil.

„Ja, das sind sie", sagte Stuart. *Worauf willst du hinaus?*

„Aber Engel ist dein Mädchen, nicht wahr?"

Stuarts Augen weiteten sich, und er spürte, wie seine Wangen warm wurden. „Sieht man das?"

Phil lachte. „Ich habe es gesehen, als ich euch beide das erste Mal traf. Sie ist ein talentiertes Mädchen. Einzigartig."

„Ja, das ist sie. Sie ist jedoch nicht so zerbrechlich, wie sie erscheint. Sie ist beeindruckend."

„Ja, sie ist dein Mädchen. Du weißt, dass sie genauso für dich empfindet, oder?"

„Interessant. Da bin ich mir nicht so sicher."

„Ich zeige dir, wo du dich waschen kannst." Phil stand auf. „Es schadet nicht, geduldig zu sein. Mir ist sofort aufgefallen, dass ihr beide engere Freunde seid als die meisten jungen Paare, die ich gesehen habe. Ich kann dir aus Erfahrung sagen, dass Freundschaft der Schlüssel ist."

„Danke. Darauf zähle ich."

Nachdem Stuart sich die Hände gewaschen hatte, wartete Phil auf ihn im Flur. „Wir essen in der Küche."

Als sie in die Küche schlenderten, flackerten die Flammen der Kerzen auf dem Tisch und dem Buffet. Aimee Louise sagte: „Ms. Deana hat uns eingeladen, heute Nacht bei ihnen zu bleiben."

Phil stieß Stuart mit dem Ellbogen an. „Hab ich's dir gesagt."

Stuart verdeckte sein Lächeln mit den Fingern. „Wo soll ich sitzen?"

Phil setzte sich an das Kopfende des Tisches. „Setz dich neben mich."

Aimee Louise setzte sich neben Stuart, und Rosalie setzte sich gegenüber von Aimee Louise. Deana hob den großen Suppentopf und stellte ihn auf den Tisch, bevor sie sich zwischen die beiden Mädchen setzte.

Phil sprach einen kurzen Segen, dann sagte Deana: „Reicht die Brötchen und die Butter herum, während ich die Schüsseln mit Suppe fülle und sie weitergebe."

Während die Suppe in den Schüsseln abkühlte, aß jeder sein erstes Brötchen, dann reichte Phil die Brötchen erneut herum. Nachdem Phil einen Löffel Suppe geschlürft hatte, löffelte Stuart Huhn und Gemüse. „Mmm. Das ist gut, Ms. Deana."

Sie strahlte. „Es ist mehr als genug für eine zweite oder dritte Portion da, und wir haben noch einen Schwung Brötchen im Ofen."

Rosalie und Aimee Louise schlürften ihre Suppe.

„Was wirst du mit all den Resten machen?", fragte Rosalie.

„Ich werde die Suppe einkochen. Wenn Brötchen übrig sind, werden wir sie morgens zu unseren Eiern essen. Ich habe meinen Einkocher auf der hinteren Terrasse aufgebaut. Die Terrasse ist überdacht, also wird mich ein bisschen Regen nicht aufhalten."

„Wir können helfen", sagte Aimee Louise.

„Das wäre nett", sagte Deana. „Ich habe die Gläser schon vorbereitet. Wir werden eine Montagelinie aufbauen."

Nachdem alle satt von Suppe und Brötchen waren, sagte Deana: „Wir haben Apfelkuchen zum Nachtisch." Deana brachte den Kuchen zum Tisch, legte Stücke auf Dessertteller, und die Mädchen reichten die Teller weiter.

„Ausgezeichnet, wie immer", sagte Phil.

„Ich werde die Reste für euer Mittagessen morgen einpacken. Bereit zum Einkochen?", fragte Deana.

„Ich könnte selbst ein bisschen Hilfe gebrauchen", sagte Phil. „Hol deine Regenkleidung, Stuart. Wir gehen in die Scheune."

Nachdem sie durch den Regen zur Scheune gerannt waren, sagte Phil: „Ich brauche Hilfe bei der Reparatur dieser Boxen. Ich weiß nicht, ob du dich an meinen Kumpel Fred erinnerst. Er war wirklich krank, als ihr das letzte Mal hier durchgekommen seid. Er erholt sich, aber es geht langsam, und er ist noch bettlägerig. Sein Bruder hilft auf Freds Bauernhof, aber die Scheune ist eine Gefahr. Der Bruder möchte die beiden Kühe hierher bringen. Er wird für ihr Futter sorgen, und ich habe ihm gesagt, dass ich sie melken würde. Es ist keine Zeit, Freds Scheune mit all der anderen Arbeit wieder aufzubauen, die erledigt werden muss."

Stuart untersuchte die Boxen. „Es würde nicht viel brauchen, um diese in Ordnung zu bringen. Hast du Holz?"

„Ich habe Holz, Werkzeuge und Nägel in meinem Geräteschuppen. Lass uns nachsehen."

Sie luden das Holz, die Werkzeuge und die Vorräte, die sie brauchen würden, auf einen Anhänger, und Phil zog den Anhänger mit seinem Traktor zur Scheune.

Stuart legte das Holz für Reparaturen aus und hielt dann jedes Brett an seinem Platz, während Phil es befestigte. Nach einer Stunde setzte sich Phil auf einen quadratischen Heuballen. „Sieht gut aus. Es hätte mich mehr als einen halben Tag gekostet, das alleine zu machen. Danke für die Hilfe, Stuart."

Stuart lud die Werkzeuge, das übrige Holz und die Vorräte wieder auf den Anhänger, und Phil fuhr den Traktor zum Geräteschuppen. Stuart joggte hinter dem Anhänger her und verstaute dann das Holz und die Vorräte, während Phil den Traktor parkte. Als sie zum Haus schlenderten, ließ der Regen zu einem Nieselregen nach.

„Deana und ich stehen um vier auf. Ich nehme an, ihr wollt früh starten."

„Vier klingt gut. Kannst du uns die Wegbeschreibung geben?"

„Es ist nicht so weit, und Deana würde mir nie verzeihen, wenn ich nicht sicherstellen würde, dass die Mädchen sicher sind. Freds Ort liegt auf dem Weg, und wir könnten einen kurzen Halt einlegen, um nach Freds Bruder zu sehen, bevor wir weitermachen."

Als die Männer das Haus erreichten, zogen Aimee Louise und Rosalie Ausrüstung aus dem Truck.

„Wir haben bereits alle drei Einsatztaschen ins Haus gebracht", sagte Rosalie. „Wir haben mein Ersatzgewehr und unsere zusätzliche Munition und die Karten. Gibt es noch etwas, das wir reinnehmen sollen?"

„Ich werde beim Tragen helfen. Ich habe eine weitere Munitionsbox und ein Gewehr hinten, in eine Decke gewickelt. Wir werden überprüfen, ob etwas nass geworden ist, aber ich bezweifle, dass wir etwas finden werden. Ich bin froh, dass du die Fenster geschlossen hast, bevor der Sturm kam; sonst hätten wir den größten Teil der Nacht damit verbracht, alles zu trocknen, was wir auf der Ladefläche des Pickups hatten."

Nachdem Stuart die Ladefläche überprüft hatte, sprang er heraus und schloss die Heckklappe. „Wir hatten eine kleine Undichtigkeit hinten, wo die Heckklappe und das Fenster ihre dichte Abdichtung verloren haben, aber nur die Heckklappe war innen nass."

Deana empfing sie, als sie das Haus betraten. „Die Mädchen haben bereits ihr Zimmer gesehen. Phil, zeigst du Stuart, wo er heute Nacht schlafen wird?"

„Ich habe für Stockbetten in dem Zimmer gekämpft, in dem du schläfst, Stuart, aber ich wurde überstimmt." Er führte Stuart zu dem Zimmer. „Deana sagte, ich könnte Stockbetten haben, wenn ich die Bettwäsche im oberen Bett wechseln würde. Als ich vorschlug, ich könnte einfach einen Schlafsack dort hochwerfen, teilte sie mir mit, dass die Diskussion beendet sei. Ich entschuldige mich für das Fehlen von Stockbetten und die geblümte Tagesdecke. Deana nennt es einen Überwurf. Ich dachte, der Blumenteil zu erwähnen war schlimm genug."

Stuart lachte. „Planst du, einen Schlafraum zu bauen?"

Phil runzelte die Stirn, während er flüsterte: „Lass das Deana nicht hören. Ich habe den perfekten Platz gefunden und habe in den letzten zehn Jahren Bäume gerodet, wenn ich die Chance hatte. Woher wusstest du das?"

„Mom hat Dad dasselbe gesagt. Er sucht immer noch nach seinem perfekten Platz."

„Ich mag deinen Vater schon. Das Badezimmer ist den Flur runter. Das Zimmer der Mädchen hat sein eigenes Gäste-WC, zumindest nennt Deana es so. Sie war schick, als ich sie heiratete. Ich sagte ihr, ich würde nie so schick sein wie sie, und sie sagte, das sei okay, weil sie schick genug für uns beide sein könnte. Bis morgen früh." Phil schloss die Tür, als er ging.

Jemand klopfte an seine Tür, dann kamen Aimee Louise und Rosalie herein. „Hat Phil etwas gesagt?", fragte Rosalie.

„Worüber? Er sagte, sie stehen um vier auf, und er wird uns zu dem Bauernhof führen, wo das Team ist."

Rosalie nickte. „Deana sagte uns, dass er das sagen würde, aber sie glaubt nicht, dass er so schnell von Fred wegkommt, wie er denkt. Sie sagte, Freds Bruder sei ein fleißiger Arbeiter mit einem großen Herzen, aber er sei kein erfahrener Landwirt."

Stuart runzelte die Stirn. „Ich hasse es, Phils Gefühle zu verletzen."

„Das ist in Ordnung. Wir haben Red", sagte Aimee Louise.

Rosalie kicherte. „Und ich habe Engel zur Unterstützung. Wir warnen dich nur. Deshalb haben wir die Karten reingebracht. Phil kann uns die beste Route zeigen, und vielleicht kann er uns helfen, Alternativen zu erkennen, falls die Dinge schlecht laufen."

Aimee Louise und Rosalie gingen zur Tür. Aimee Louise hielt inne, „Gute Nacht, Stuart."

Die Mädchen schlüpften hinaus und schlossen leise die Tür hinter sich.

Nachdem Stuart die kleine Kerze auf der Kommode ausgeblasen hatte und ins Bett geklettert war, zog er die geblümte Tagesdecke hoch und schloss die Augen. *Brauche ich ein Schlaflager?*

# Kapitel Vier

Stuart zuckte zusammen, als er Aimee Louise flüstern hörte: „Stuart." Er drehte sich um und seufzte. *Schöner Traum.*

„Du hast zu leise gesprochen", sagte Rosalie. „Stuart. Steh auf."

Stuart öffnete die Augen. Aimee Louise und Rosalie waren in seinem Zimmer, und Rosalie hielt eine kleine Kerze.

„Das Frühstück ist fast fertig." Bevor sie gingen, zündete Aimee Louise Stuarts Kerze mit der an, die Rosalie trug.

Nachdem Stuart sich angezogen hatte, öffnete er seine Zimmertür, und der Duft von Kaffee lockte ihn in die Küche.

Deana füllte Haferbrei in Schüsseln und briet Eier. Aimee Louise goss Stuart eine Tasse Kaffee ein und reichte sie ihm.

Rosalie stellte eine Schüssel Haferbrei und einen Teller mit zwei gebratenen Eiern und zwei Brötchen vor ihn hin. Aimee Louise hatte eine Schüssel Haferbrei und einen Teller mit einem gebratenen Ei und einem Brötchen vor sich. Rosalie trug ihren Teller zum Tisch und setzte sich.

„Iss dein Frühstück, solange es noch heiß ist." Nachdem Deana ihr Ei gebraten hatte, gesellte sie sich zu ihnen am Tisch. „Phil ist vor etwas mehr als einer Stunde losgegangen. Freds Bruder tauchte auf und war völlig panisch. Er sagte, eine seiner Kühe sei krank. Nach seiner Beschreibung, wie sie sich verhält, glaube ich, sie kalbt. Es ist ihr erstes Mal, wenn es so ist, also könnte es noch eine Weile dauern, bis sie gebiert. Ich vermute, Phil wird versuchen, sie hierher zu bringen, wenn sie transportfähig ist, weil sie und ein neugeborenes Kalb in einer trockenen Scheune viel besser aufgehoben wären. Ich denke, es ist jetzt etwa drei Uhr. Vielleicht halb vier."

Deana zeigte auf die Karten, die auf dem Tisch an Phils Platz lagen. „Phil und ich haben die Karten durchgesehen, bevor er ging, und ich habe mir Notizen gemacht. Es tat ihm wirklich leid, dass er gehen musste, aber er meinte, du würdest es verstehen, Stuart. Wir werden sie nach deinem Frühstück durchgehen."

Nach dem Essen räumten Stuart und Rosalie den Tisch ab, während Deana ihre Notizen hervorholte und Aimee Louise die Karten ausbreitete. Rosalie stellte eine Kerze von der Anrichte auf den Tisch und zog dann ihr Notizbuch heraus, um sich Notizen zu machen.

Deana gab Rosalie ihre Notizen, bevor sie auf die mit Bleistift markierten Kreuze an verschiedenen Stellen auf der Karte zeigte. „Phil hat seine empfohlene Reiseroute mit Kreuzen entlang des Weges markiert. Stuart, er war sich nicht genau sicher, wo die Farm deiner Eltern liegt, aber er meinte, du würdest den besten Weg dorthin kennen, nachdem du das Team auf Keiths Farm überprüft hast. Die Kreise mit einem Minus darin sind das, was Phil als potenzielle Gefahrenstellen ansieht. Er meinte, du solltest sie mit der Idee ansteuern, bei Bedarf auszuweichen."

Rosalie blickte auf die Karte. „In deinen Notizen steht, dass die Kreise mit einem Plus darin gute Stellen sind, um auf eine andere Straße zu wechseln."

Deana, Aimee Louise und Stuart untersuchten die Karte.

„Sieht aus, als hätte jede Gefahrenstelle auf beiden Seiten einen Kreis mit einem Plus darin", sagte Stuart.

„Ja", sagte Deana. „Er meinte, wenn ihr auf keine Probleme stoßt, werdet ihr in einer Stunde auf Keiths Farm sein. Die sichereren Routen lassen euch zurückfahren und könnten eine zusätzliche Stunde oder sogar zwei hinzufügen, je nach Zustand der Straße."

Nachdem Rosalie Deanas Notizen kopiert hatte, fragte sie: „Hast du Öl oder Fett? Die Seitenfenster am Topper kreischen wie Banshees, wenn ich sie öffne oder schließe."

Deana kicherte. „Ich habe etwas Speckfett auf der Rückseite des Herds. Bedien dich, aber halte dich von Bärengebieten fern. Der Geruch wird haften bleiben, und du wirst lecker riechen."

Stuart richtete sich auf. „Wir werden Bären auf unsere Zu-Vermeiden-Liste setzen."

„Erledigt", sagte Rosalie, während sie etwas Speckfett in eine kleine Schüssel tauchte.

„Denkt ihr darüber nach, die Verletzten zur Farm deines Vaters zu bringen?", fragte Deana.

„Ich hatte eigentlich noch nicht darüber nachgedacht", sagte Stuart. „Ich dachte, wir könnten bleiben und bei der Farm helfen und sie nicht bewegen. Wir könnten sie nach Florida zurückbringen, wenn sie stärker wären, aber es macht mehr Sinn, sie zur Farm meines Vaters zu bringen, wo ihre Familien sind. Es gibt Platz für sie, und Mom und Nates Vater könnten sich die Arbeit teilen, sich um sie zu kümmern."

„Eine andere Möglichkeit ist, dass ihr sie hierher bringen könntet. Ich habe zwei große Kisten mit ein paar Dingen gefüllt, die ihnen die Reise angenehmer machen könnten. Ich werde die Kisten für euch auf den Esstisch stellen."

Während Rosalie die Fenster des Toppers einfettete, beendeten Aimee Louise und Stuart das Packen ihrer Taschen, und Aimee Louise trug sie hinaus.

Stuart trug die erste große Kiste hinaus. „Deana hat zwei Kisten mit extra Vorräten für uns gepackt. Bin gleich zurück."

Während Stuart die zweite Kiste herausbrachte, schob Rosalie die Fenster lautlos auf und zu.

„Erfolg." Sie kletterte aus der Ladefläche, während Aimee Louise Stuart die Taschen und Kisten reichte, die nach hinten kamen. Rosalie trug die Notfalltaschen zur Fahrerkabine.

Aimee Louise starrte in den Himmel. „Keine Sterne oder Mond. Wir werden den ganzen Morgen über Wolkendecke haben."

„Wäre schön gewesen, etwas Mondlicht zu haben", sagte Rosalie.

Deana trug eine Tragetasche zum Truck. „Hier, Red. Ich habe Mittagessen und einige Snacks für euch gepackt. Ich habe eine Kerze und Streichhölzer für die Straße hinzugefügt und drei kleine Kerzen zum Tauschen, falls ihr sie braucht. Kerzen sind hier Gold wert. Wir hören, dass einige Straßensperren eingerichtet wurden, um das zu erheben, was sie einen Zoll nennen, aber ich weiß nicht, wie man feststellt, ob man es mit mordenden Schlägern oder nur mit gewöhnlichen Straßenräubern an einer Straßensperre zu tun hat. Im Zweifelsfall schießt euch den Weg frei. Ist das ein Sprichwort?"

Rosalie kicherte. „Jetzt schon."

Deana schnaubte. „Ich habe eine Freundin, die gerne Kreuzstich macht. Vielleicht habe ich ein Kissen für dich, wenn du wieder durchkommst. Das erinnert mich daran: Plant auf dem Rückweg hier anzuhalten, egal zu welcher Tages- oder Nachtzeit. Ihr könnt essen, ausruhen oder schlafen. Was auch immer ihr braucht. Es spielt auch keine Rolle, wie viele ihr dabei habt. Wir haben Feldbetten für zusätzliche Leute. Ich bin gerne auf Eventualitäten vorbereitet."

Deana umarmte Rosalie, Aimee Louise und Stuart. „Es bringt Glück, wenn eine Farmersfrau dich umarmt. Phil hat mir das gesagt, als wir frisch verheiratet waren."

Als Aimee Louise vom Haus wegfuhr, schob Rosalie das Fenster zur Ladefläche auf. „Ich bin froh, dass wir angehalten haben. Deana und Phil sind unglaublich. Ich habe bei Phil und Deana anhalten auf unsere Liste gesetzt." Sie kletterte durch das Fenster. „Ich habe beide Fenster geöffnet. Wir haben einen Sieg für Speckfett. Achtet auf Bären."

„Scheinwerfer oder nicht?", fragte Aimee Louise, als sie die Hauptstraße erreichten.

Stuart runzelte die Stirn. „Ja. In Anbetracht der Jahreszeit sind Rehe höchstwahrscheinlich unterwegs. Ich weiß, dass wir auch gesehen werden, aber wir können das bei unserer ersten sicheren Abzweigung neu bewerten." Er wartete und lächelte dann. *Aimee Louise stimmt zu; wenn nicht, würde sie argumentieren.*

Nach einer halben Stunde rief Rosalie von hinten: „Halt an. Ich höre etwas."

Aimee Louise fuhr langsam von der Straße und schaltete die Scheinwerfer aus. Sie und Stuart ließen ihre Fenster herunter, als sie die Zündung ausschaltete.

Rosalie steckte ihren Kopf durch die Öffnung. „Hört ihr das? Ein Grollen hinter uns. Erinnerte mich an den Lkw voller Kinder."

„Wir müssen einen Platz finden, um von der Straße zu fahren", sagte Stuart.

Aimee Louise startete den Motor und erhöhte dann ihre Geschwindigkeit, während Stuart sich aus dem Fenster lehnte. „Etwa hundert Meter voraus auf der rechten Seite ist eine Baumgruppe. Wenn der Graben noch flach ist, fahr in die Bäume."

„Leuchte mit einer Taschenlampe auf den Seitenstreifen", sagte Aimee Louise.

Stuart holte ihre Taschenlampe aus dem Handschuhfach und hielt das Licht auf den Seitenstreifen, während Aimee Louise ihren Fuß auf das Gaspedal drückte, um schnell zu den Bäumen zu gelangen.

„Guter Platz zum Abbiegen vorne", sagte er.

Aimee Louise trat auf die Bremsen. „Hab's." Sie nahm den Graben in einem Winkel und raste durch das Feld zu den Bäumen. Sie steuerte den Truck zwischen die Bäume und hinter ein Dickicht, so dass er nicht dem Verkehr von Süden her ausgesetzt war, und schaltete den Motor aus.

„Es kommt näher", sagte Rosalie.

Aimee Louise sprang aus dem Truck und rannte zum Rand der Straße. Rosalie stürzte in die Kabine, als Stuart sein Gewehr schnappte und dann hinaussprang.

„Ich decke dir den Rücken", rief Rosalie, als Stuart Aimee Louise nachjagte.

Stuart trat fast auf Aimee Louise, die sich in einer Vertiefung im hohen Gras hingelegt hatte. Er kroch von ihr weg und fand eine andere Vertiefung mit hohem Gras. Er legte sich flach hin, als das Grollen des Trucks näher kam.

Als die Scheinwerfer des Trucks über die Anhöhe kamen, verlangsamte sich der Truck. Stuart nahm eine liegende Schussposition ein und zielte auf den Truck, als der Beifahrer aus dem Seitenfenster spähte.

*Fernglas?*

Er flachte ab. „Nachtsichtgerät. Bleib unten, Aimee Louise."

Aimee Louise rief: „Drinnen."

*Brillant.*

Der Truck beschleunigte, bevor er ihre Position erreichte, und fuhr weiter nach Norden. Stuart verengte seine Augen, als er an ihnen vorbeisauste. *Sieht genauso aus wie der Truck, der verunglückt ist.* Er kroch zu Aimee Louise, aber sie war nicht da.

Sein Herz pochte, als er den Kardinalruf pfiff, und sie antwortete. *Sie ist näher an die Straße gerückt.*

Stuart kroch zur Straße und pfiff wieder.

„Hier", sagte sie.

Er griff nach rechts und berührte ihren Fuß. Nachdem er neben sie gekrochen war, sagte er: „Du hast mir Angst gemacht, als ich dich nicht finden konnte. Was hast du gesehen?"

„Der Truck war nicht leer."

„Bist du sicher? Es war dunkel."

„Die Klappe war zur Seite gezogen. Jemand im hinteren Teil hatte eine Taschenlampe an. Ich sah mindestens vier Männer, aber keine Kinder."

„Ich komme rein", rief Stuart.

„Hab dich gehört", antwortete Rosalie.

Als die drei am Truck zusammen waren, fragte Rosalie: „Was machen wir jetzt? Folgen wir ihnen nach Norden oder weichen wir aus? Ich stimme dafür, ihnen zu folgen. Sie können unsere Vordertür öffnen, wie die Trucker sagen."

Aimee Louise neigte ihren Kopf.

„Sie meint, sie werden vor uns sein und auf alle Straßensperren oder Probleme stoßen, bevor wir es tun", sagte Stuart. „Oder wie Josh sagen würde, sie werden für den Pizza-Express Geleitschutz geben."

„Ich frage mich jetzt, wie Sara Trucker-Sprech erklären würde, aber zurück zu unserer Frage", sagte Rosalie.

„Der einzige Grund, auszuweichen, wäre, wenn ein weiterer Truck hinter ihnen so schnell fährt wie sie", sagte Stuart.

„Wir hören darauf", sagte Aimee Louise.

Stuart nickte. „Rosalie hat den ersten gehört. Lasst uns weiter nach Norden fahren. Ich denke, wir sind weniger als eine halbe Stunde von der Farm entfernt, wo das Team ist."

Nachdem sie wieder eingestiegen waren, lenkte Aimee Louise den Truck durch das Gras zur Straße.

Bevor Rosalie in den hinteren Teil hüpfte, fragte Stuart: „Was hast du gemacht, als Aimee Louise drinnen rief?"

„Bin unter den Truck gerollt. Schien das schnellste Drinnen zu sein, das ich tun konnte, und dann dachte ich an Feuerameisen. Das würde ich nicht noch einmal machen."

„Als der dröhnende Truck langsamer wurde, scannte der Beifahrer das Feld mit einem Nachtsichtfernglas. Ich bin nicht sicher, wonach er suchte, aber er fand es nicht, weil der Truck seine Geschwindigkeit wieder aufnahm, bevor er zu uns kam."

„Sollten wir nachsehen, ob sich jemand vor dem Truck versteckt, wie Brandon und Henry es getan haben?", fragte Aimee Louise.

„Daran habe ich nicht gedacht." Stuart runzelte die Stirn. „Die Idee beunruhigt mich, aber wenn sich jemand vor dem Truck versteckt, würde er sich auch vor uns verstecken. Lasst uns weiter nach Norden fahren. Ich schalte jedoch das Amateurfunkgerät ein, um zu sehen, ob wir etwas hören können." Als Stuart das Radio einschaltete, stellte er es so ein, dass es den Standard-Simplex-Kanal durchsuchte, aber es war ruhig.

Aimee Louise fuhr auf die Straße und fuhr mit eingeschalteten Scheinwerfern nach Norden. Stuart ließ sein Fenster herunter und scannte die Straße vor ihnen.

Nach zwanzig Minuten fragte Aimee Louise: „Hältst du den Atem an?"

Stuart kicherte. „Ich glaube, ich halte ihn an, seit wir Phils Farm verlassen haben."

„Gibt es einen Grund für uns, nach South Carolina zu gehen?", fragte Aimee Louise.

„Ich bin mir nicht sicher, ob es einen gibt, aber wir müssen die Farmleute von der Last befreien, sich um das Team zu kümmern."

„Wenn sie reisefähig sind, könnten wir sie zur Farm deines Vaters bringen, oder wäre das zu viel Zumutung?"

Stuart starrte Aimee Louise an. „Deana und ich haben darüber gesprochen, das Team zur Farm meines Vaters zu bringen. Sie hatte bereits gepackt, was wir für provisorische Betten für sie brauchen würden. Habt ihr beiden gesprochen?"

„Ich habe sie nach ihrer Meinung gefragt. Ich denke über alles nach. Machst du das nicht auch?"

*Dachte, das tue ich.*

„Nicht so gut wie du", sagte er. „Könntest du anhalten? Ich möchte die Karte noch einmal überprüfen, aber ich will dir nicht deine Nachtsicht nehmen."

Nachdem Aimee Louise langsam auf den Seitenstreifen gefahren war und geparkt hatte, sprang Stuart mit der Karte aus dem Truck. Er hielt die Karte nahe am Scheinwerfer und stieg dann wieder ein. „Okay, lass uns fahren."

„Alles in Ordnung?", fragte Rosalie von hinten.

„Hab nur die Karte doppelt überprüft. Wir sind näher dran, als ich dachte. Unsere Abzweigung ist die nächste links. Weniger als zwei Meilen."

Aimee Louise schaltete ihre Scheinwerfer ein und fuhr mit gleichmäßiger Geschwindigkeit weiter. Nach einer Meile verlangsamte sie, und Stuart rückte näher zu ihr und atmete ein, während er den Straßenrand links anstarrte. *Aimee Louise riecht immer gut.*

„Da ist sie", er zeigte auf eine Seitenstraße ein paar Meter voraus.

Als Aimee Louise auf die asphaltierte Straße abbog, steckte Rosalie ihren Kopf durch die Öffnung. „Noch ein Grollen hinter uns. Warten wir ab, was es ist?"

„Lasst uns weiterfahren. Ich weiß nicht, was es bringen würde, einen weiteren Truck zu beobachten", sagte Stuart.

Aimee Louise erhöhte die Geschwindigkeit.

„Ich habe die Seitenfenster geschlossen", sagte Rosalie. „Laut Deanas Notizen biegen wir in drei Meilen rechts ab, dann liegt die Farm nach zwei Meilen auf dieser Straße links. Ich komme in die Kabine. Ich kann immer wieder zurückspringen."

„Drei Meilen kommen", sagte Aimee Louise.

Stuart und Rosalie spähten aus ihren Fenstern.

„Straße kommt rechts."

Als sie sich der Straße näherten, sagte Stuart: „Ist euch aufgefallen, dass es keine Autobahn- oder Straßenschilder mehr gibt?"

„Für Reparaturen verschrottet", sagte Aimee Louise. „Das würde ich mit ihnen machen."

„Die Leute, die an der Straße wohnen, könnten sie abgenommen haben, damit Fremde nicht die Straße herunterfahren und nach Häusern zum Ausrauben suchen", sagte Rosalie.

„Habt ihr das gehört? Streifenkauz", sagte Stuart. „Er meldet sich bei seinem Weibchen und jagt."

Rosalie ließ ihr Fenster herunter. „Sie hat geantwortet."

„Zwei Meilen die Straße runter dann links", sagte Aimee Louise.

Aimee Louise verlangsamte nach der ersten Meile, und Rosalie ließ ihr Fenster herunter und zog es wieder hoch, als die Mücken über sie herfielen.

„Ich vermute, es gibt einen Teich in der Nähe", sagte Rosalie. „Ich klettere nach hinten und hole unser Spray."

Sie besprühte sich selbst und Aimee Louises Nacken, bevor sie die Flasche an Stuart weiterreichte. Stuart sprühte seine Arme ein und rieb etwas von dem Spray auf seine Stirn und seinen Nacken.

„Da ist die Scheune", sagte Aimee Louise.

„Wenn man von heruntergekommenen Gebäuden spricht. Dieses arme Gebäude ist kurz vorm Einsturz. Ich dachte, Freds Scheune wäre die, die kurz vor dem Zusammenbruch stand", sagte Rosalie. „Wäre das unser erstes Projekt?"

„Wir könnten bleiben und helfen, aber ich denke, das Beste, was wir tun könnten, wäre, sie von der Last zu befreien, sich um drei verletzte Personen zu kümmern", sagte Stuart. „Rosalie, könnten wir zwei Betten für schwer verletzte Personen im Laderaum des Pickups einrichten?"

„Ich habe in die großen Kisten geschaut. Deana hat gepackt, was wir für zwei bequeme Paletten brauchen würden. Wir können die Kisten für die Grundlagen flach legen. Ich vermute, du könntest alles so umordnen, dass wir reichlich Platz hätten."

„Wenn alle drei verletzt sind, kann der Rücksitz ein Bett für die am wenigsten verletzte Person sein, aber Rosalie wäre allein auf der Ladefläche des Pickups und müsste sich um zwei verletzte Personen kümmern", sagte Stuart. „Denke ich zu viel nach?"

„Ja." Aimee Louise hielt am Tor, das zum Haus führte. „Ich sehe ein Licht." Sie gab zweimal ein kurzes Hupsignal.

Eine Frau kam aus der Seitentür. „Bist du das, Phil?"

„Phil musste Fred helfen. Es sind Deputy Stuart, Angel und Red", sagte Stuart.

„Du hast Angel und Red bei dir? Kommt rein. Ich habe gerade den Kaffee aufgesetzt, und Peyton hat mich in der Küche gehört. Wir warten darauf, dass der Kaffee fertig kocht. Keith füttert die Ziegen und Hühner unten in der Scheune."

Stuart reichte Aimee Louise das Spray. „Sprüh dich ein. Es ist mückig hier. Hast du mitbekommen, dass Peyton fit genug ist, um allein in die Küche zu kommen?"

Als sie die Tür erreichten, grinste Peyton und umarmte jeden einarmig. „Ich habe schon alles über Angel, Red und Deputy Stuart gehört."

Peytons Gesicht war mit blauen Flecken übersät, ihre Lippe war aufgeplatzt, und ihre Knöchel hatten offene Schnitte und Abschürfungen. Ihr linker Unterarm war mit Gaze umwickelt, und eine Schlinge stützte ihren Arm.

Eine einzelne Kerze auf dem Tisch spendete Licht für die Küche.

„Setzt euch. Ich bin Leslie. Ich habe bei all der Aufregung fast meine Manieren vergessen. Kaffee?"

„Ich kümmere mich um den Kaffee, Ms. Leslie. Setzen Sie sich ruhig", sagte Rosalie.

„Danke, Red. Ich habe nichts dagegen, meine Füße etwas hochzulegen." Leslie setzte sich neben Peyton, die lächelte und ihre Hand tätschelte.

Rosalie goss Kaffee für Stuart, Peyton und Leslie ein. Sie setzte sich auf die andere Seite von Peyton.

„Wie geht es deinen Patienten?", fragte Aimee Louise.

„Du siehst ja Peyton. Sie hat einen hässlichen Schnitt am Arm von einem Messer, aber es gibt keine Anzeichen einer Infektion. Der Rest ihrer Verletzungen braucht nur Zeit zum Heilen."

„Was ist mit Charo?", fragte Rosalie.

„Charo hat die schlimmsten körperlichen Verletzungen. Sie brachen ihre Arme und ihren linken Knöchel, aber sie konzentrierten sich hauptsächlich auf ihr Gesicht, und es war immer noch schlimm. Doc Scooter sagte, ihr Kiefer sei nicht gebrochen, aber ich fühle mich schrecklich, dass ich kein Eis hatte, um die Schwellung zu reduzieren. Es ist für sie in den letzten Tagen schwierig geworden zu sprechen; ich bin dankbar, dass sie keine Zähne verloren hat. Doc sagte, er glaube nicht, dass sie ihr Auge verlieren wird, aber ihr Sehvermögen könnte für lange Zeit beeinträchtigt sein, und sie könnte einige Gesichtsnerven geschädigt haben. Doc sagte, er konnte keine Anzeichen von Hirnschäden oder inneren Verletzungen finden."

Peyton räusperte sich. „Charo provozierte sie weiter, um sie von mir und Nate abzulenken. Sie ist der mutigste Mensch, den ich je kennengelernt habe, und sobald sie gesund ist, habe ich vor, ihr eine Auszeit zu geben."

Rosalie kicherte. „Was ist mit ihrem Transport? Könnte sie drei oder vier Stunden Reise aushalten? Ihre Familie ist auf der Farm von Deputy Stuarts Familie."

„Dolly ist dort?" Leslies Augen weiteten sich. „Mit Dolly zusammen zu sein ist die beste Medizin, die sie jetzt haben könnte. Medizinisch gesehen ist sie noch zerbrechlich, aber es würde ihr sehr gut tun, Dolly zu sehen. Ist das euer Plan? Wir müssten sie wie verrückt polstern, um diese Knochen zu stabilisieren und ihr Komfort zu verschaffen. Doc hat ihr einige starke Schmerzmittel hinterlassen, aber ich habe sie zurückgehalten, weil sie sich tapfer hält. Sie könnten ihr definitiv für drei oder vier Stunden Reisezeit helfen."

„Was ist mit Nate?"

Leslie blickte zu Peyton, und Peyton starrte auf den Tisch. Leslie schüttelte den Kopf. „Nates Verletzungen sind die schlimmsten von allen. Er hat ein blaues Auge und Abschürfungen an seinen Handgelenken, seinem Hals und seinen Knöcheln vom Versuch, sich zu befreien. Er hat Zigarettenverbrennungen im Gesicht und am Hals, aber seine wirklichen Verletzungen sind in seinem Herzen."

„Sie fesselten ihn an einen Stuhl, während sie mich schlugen und dann Charo bearbeiteten", sagte Peyton. „Er spricht nicht. Er ist nur noch ein Schatten seiner selbst. Sie haben ihn zerstört."

„Doc Scooter sagte, Nate brauche Zeit, aber Scooter warnte uns auch, dass er nichts darüber weiß, wie man mit dem intensiven emotionalen Schock umgeht, den Nate erlitten hat." Leslies Gesicht war von Kummer gezeichnet. „Wir sind sanft zu Nate. Er tut, was man ihm sagt, aber er versteht nur einfache Aussagen. Wenn du ihm sagst, er soll sich die Hände waschen und zum Tisch kommen, erstarrt er. Er weiß nicht, was er tun soll."

„Es fällt mir schwer, mich an die einfachen Aussagen zu erinnern", sagte Peyton. „Ich habe so lange mit dem alten Nate gearbeitet, dass ich Probleme habe, mit dem neuen Nate umzugehen. Ich bin dankbar, dass er körperlich nicht schlimmer verletzt wurde, aber ich komme nicht gut mit ihm zurecht, weil ich den alten Nate so sehr vermisse. Das Beste, was ich tun kann, ist, neben ihm zu sitzen und seine Hand zu tätscheln, aber er reagiert auf Leslie."

„Kommt er am besten zurecht, wenn nur eine Person ihm sagt, was er tun soll?", fragte Rosalie.

„Ich glaube, das funktioniert für ihn am besten", sagte Leslie.

„Du fährst, Stuart. Ich werde Nate helfen", sagte Aimee Louise. „Wir müssen die Ablenkungen auf ein Minimum beschränken, damit wir ihn nicht verwirren."

Leslie starrte Aimee Louise an. „Ich glaube, du hast Recht. Ich werde dich vorstellen, wenn ich Nate hole. Vielleicht können wir einen einfachen Übergang schaffen."

„Ich kann mich um Charo kümmern", sagte Peyton. „Das lässt dich frei, Red, um Stuart zu unterstützen, aber ich brauche eine Pistole und ein Holster. Ich habe mich ohne eine nackt gefühlt."

„Wir haben eine, die wir dir geben können", sagte Rosalie.

„Ich hole sie." Stuart ging und kam mit einer Waffe und einem Holster zurück.

„Das ist perfekt. Leslie hat mir einen Gürtel gegeben, also bin ich bereit." Peyton untersuchte die Pistole und steckte dann das Holster an ihren Gürtel. „So. Komplett angezogen."

Leslie stand auf, als sie Füße hörte, die auf der hinteren Veranda stampften und scharrten. „Keith ist zurück von der Scheune."

Keith kam ins Haus. Er hatte seine schlammigen Stiefel ausgezogen und auf der Veranda gelassen.

„Da bist du ja, Keith." Leslie stand auf. „Ich werde dir etwas Kaffee einschenken."

Keith lächelte. „Deputy Stuart, Angel und Red. Willkommen. Ihr seid berühmt in dieser Gegend."

Stuart stand auf, und die beiden Männer schüttelten sich die Hände.

„Wir sprechen darüber, heute Morgen abzureisen und zur Farm von Deputy Stuarts Familie zu fahren. Dort sind unsere Kinder", sagte Peyton.

Keith verengte seine Augen. „Was ist mit Charo? Kann sie reisen?"

„Es ist eine dreistündige Reise, und ihre Tochter Dolly ist dort", sagte Leslie. „Alles, was sie zum Heilen braucht, ist Zeit. Wir können ihre Arme und ihren Knöchel stabilisieren und sie für die Reise bequem machen. Peyton kann sich um sie kümmern."

„Was ist mit Nate? Sollte er nicht hier bei dir bleiben?"

Leslie schüttelte den Kopf. „Nate ist knifflig. Wir werden versuchen, ihn von mir an Aimee Louise zu übergeben."

Keith nickte. „Könnte funktionieren. Sie ist genau das, was er jetzt braucht, ein Engel."

„Alle bereit für das Frühstück? Ich habe Kekse fertig für den Ofen, und ich werde einen Haufen Eier rühren. Habt ihr schon mal Ziegenbutter probiert?"

„Ich werde den Tisch decken", sagte Peyton.

Rosalie goss Keith eine Tasse Kaffee ein und füllte Stuarts Tasse nach. Aimee Louise schlug Eier in die Schüssel, die Leslie auf die Arbeitsplatte gestellt hatte, während Leslie die Kekse in den Ofen schob.

„Ihr seid wirklich etwas Besonderes." Leslie goss die Schüssel mit geschlagenen Eiern in ihre große gusseiserne Pfanne. „Ich könnte mich leicht an all diese gute Hilfe gewöhnen."

Nachdem alle gegessen hatten, sagte Peyton: „Angel und ich werden uns um das Geschirr kümmern, Leslie, wenn du und Red gerne nach Charo schauen möchtet."

„Das würde ich gerne. Wir können auch Charos Sachen packen." Leslie drehte den Brenner unter dem großen Topf mit Wasser auf dem Herd auf.

„Ich werde einen Platz für das Bett im Pickup einrichten", sagte Stuart.

Auf dem Weg zur Tür sagte Keith: „Ich werde beim Hühnerstall sein, falls ihr mich braucht. Ich habe eine Stelle gefunden, wo ein Tier eindringen konnte, als gestern ein Huhn entkommen ist. Ich habe es letzte Nacht blockiert, aber ich muss eine dauerhaftere Reparatur vornehmen."

„Willst du, dass ich dir helfe?", fragte Stuart.

„Nein, aber trotzdem danke. Es ist eine schnelle Reparatur. Ich wollte es nur letzte Nacht nicht angehen."

Aimee Louise räumte den Tisch ab, während Peyton das Wasser auf dem Herd überprüfte. Peyton goss die Hälfte des heißen Wassers in das Spülbecken und die andere Hälfte in das andere Becken zum Spülen, bevor Aimee Louise Spülmittel in das erste Becken goss und Besteck und Geschirr ins Wasser gleiten ließ. Aimee Louise wusch und spülte; Peyton trocknete und räumte das Geschirr und Besteck weg.

„Aimee Louise, stört es dich, wenn Leute dich Angel nennen?"

„Nein. Mr. Phil nannte mich Angel, als er mich das erste Mal traf. Ich mag Mr. Phil."

Peyton nickte. „Ich fand, es ist ein charmanter Spitzname für dich, und Red ist perfekt für Rosalie, auch bekannt als Dead-Eye Red. Ist das nicht, was Josh sie nannte?"

„Josh ist gut darin, sich Namen auszudenken."

Als sie den letzten Teller wegräumten, kam Leslie in die Küche. „Ihr habt das Geschirr schon gespült und weggeräumt. Ihr beiden seid effizient. Ich habe nach Charo gesehen, und sie war wach. Es fällt ihr immer noch schwer zu sprechen. Ich habe ihr gesagt, dass ihr hier seid und plant, sie zu Stuarts Farm zu bringen. Sie hat sich wirklich aufgehellt. Sie freut sich darauf, Dolly zu sehen."

Peyton sagte: „Ich werde draußen sein, falls ihr mich braucht. Ich möchte sehen, was Stuart für ein Bett auf der Ladefläche des Pickups geplant hat."

Leslie biss sich auf die Lippe. „Angel, ich werde Nate in die Küche bringen. Wir werden sehen, wie er sich verhält. Es wäre vielleicht am besten, wenn du am Tisch sitzt, damit er dich sehen kann, wenn wir hereinkommen."

Leslie eilte den Flur hinunter, während Aimee Louise sich an den Tisch setzte und ihre Hände in ihrem Schoß faltete.

„Hier entlang, Nate. Wir gehen in die Küche", sagte Leslie. Als Leslie und Nate die Küche erreichten, starrte Aimee Louise auf ihre Hände in ihrem Schoß.

„Erinnerst du dich an Aimee Louise?", fragte Leslie.

Aimee Louise verlagerte ihren Blick auf Keiths Stuhl zu ihrer Rechten und bemerkte in ihrem peripheren Blickfeld, dass Nate bewegungslos in der Türöffnung stand.

„Nein." Nates Stimme war tonlos.

„Das ist in Ordnung. Ich kann dich daran erinnern, dass sie auf der Farm in Florida war."

„Oh."

*Er versucht, höflich zu sein. Er erinnert sich nicht an die Farm, aber er will nicht unhöflich sein.*

„Komm, setz dich mit mir an den Tisch", sagte Leslie sanft.

„Nein, danke."

*Er reagiert auf Ms. Leslie. Er muss hier bleiben.*

„Du hast das gut gemacht. Wir können in dein Zimmer gehen, wenn du möchtest."

Nate drehte sich zum Flur, und Leslie ging mit ihm zu seinem Zimmer.

Nach einigen Minuten kehrte sie in die Küche zurück. „Was denkst du, Angel? Sollen wir es in Kürze noch einmal versuchen?"

„Er versuchte, höflich zu sein. Ist das neu?"

Leslie setzte sich an den Tisch. „Jetzt, wo du es erwähnst, das ist tatsächlich neu."

„Er versucht, auf dich zuzugehen. Ich denke, im Moment kann er sich nur auf eine Person konzentrieren. Es wird vielleicht nicht lange dauern, bis er auf Mr. Keith zugeht."

„Wirklich? Das ist sehr ermutigend, und ich stimme dir zu. Er ist hier willkommen, bis er in der Lage ist zu gehen, wie lange es auch dauern mag. Vorerst bleibt er, richtig?"

„Ja. Wir werden auf unserem Rückweg nach Florida anhalten, aber wir sind uns nicht sicher, wann das sein wird."

„Das spielt keine Rolle. Ich bin sicher, Nate wird stärker sein."

„Ist es in Ordnung, wenn ich Charo begrüße?"

„Eine ausgezeichnete Idee. Gehen wir zu ihrem Zimmer, und ich sage ihr, dass du hier bist, dann kannst du hereinkommen. Ich mache Dinge gerne langsam."

„Das schätze ich."

Leslie führte den Weg zu Charos Zimmer und klopfte an die Tür, bevor sie hineintrat.

„Charo, Aimee Louise ist hier. Ist es in Ordnung, wenn sie hereinkommt?"

Leslie winkte Aimee Louise ins Schlafzimmer. Charos Mund verzog sich zu einem einseitigen Lächeln, als Aimee Louise sich auf den Stuhl neben sie setzte.

Aimee Louise sagte: „Stuart und Peyton arbeiten an einem bequemen Platz für dich, um auf der Ladefläche des Pickups zu reisen. Fühlst du dich einer langen Fahrt gewachsen?"

Charo zwinkerte mit ihrem guten Auge.

„Ich werde fahren. Ich werde es so einfach wie möglich für dich machen."

Charo wackelte mit den Fingern ihrer rechten Hand, und Aimee Louise tätschelte ihre Hand und ließ dann ihre Hand in der Nähe von Charos Fingern. Charo tätschelte Aimee Louises Hand.

„Wir werden dich bald in den Truck bringen."

Bevor Aimee Louise aufstand, tätschelte Charo ihre Hand noch einmal.

„Danke", sagte Aimee Louise. „Du wirst das großartig machen."

Als Aimee Louise in die Küche schlenderte, stand Leslie am Herd. „Ich erhitze etwas Brühe für Charo."

„Wer, glaubst du, hat sie angegriffen?", fragte Aimee Louise.

„Ich weiß es nicht, aber ich glaube nicht, dass es zufällig war. Manchmal habe ich das Gefühl, dass Peyton es weiß. So freundlich Peyton auch ist, sie ist offensichtlich vom FBI und nicht geneigt, Informationen zu teilen, außer auf einer Need-to-know-Basis."

„Interessant."

Stuart kam herein. „Was ist interessant?"

„Wir sind uns einig, dass Nate für eine Weile hier bleiben muss. Es ist etwas zu früh, seine Umgebung zu ändern", sagte Leslie.

„Das ist schade, aber ich denke, wir alle wollen das Beste für Nate tun. Würdet ihr beiden kommen und das Bett auf der Ladefläche des Trucks überprüfen?"

„Klar doch." Leslie ging nach draußen.

Aimee Louise folgte Leslie, aber Stuart berührte ihre Schulter, bevor sie die Tür erreichte. „Kann ich kurz mit dir sprechen?"

Sie neigte ihren Kopf. „Ja."

Er räusperte sich. „Bist du damit einverstanden, Nate hier zu lassen und Charo zur Farm meiner Eltern zu bringen?"

„Ja. Du nicht?"

Stuart zuckte mit den Schultern. „Ich war mir nicht sicher, ob es richtig ist, Nate und Charo zu trennen. Es schien nicht richtig."

Aimee Louise hakte ihren Arm bei Stuart ein. „Beide müssen Zeit haben, um auf ihre eigene Weise zu heilen. Nate wird hier besser heilen, während er lernt, Menschen und sich selbst wieder zu vertrauen. Charo wird unter der Obhut deiner Mutter und des Richters besser heilen, und sie wird nicht einsam sein. Dolly wird dafür sorgen. Leslie kann nicht richtig für beide, Nate und Charo, sorgen, und Nate kann noch nicht von hier weg. Er fühlt sich hier sicher."

„Danke", sagte Stuart, als sie gemeinsam zum Truck gingen. „Ich war besorgt."

„Ich weiß", sagte Aimee Louise.

# Kapitel Fünf

Als sie den Truck erreichten, sagte Leslie: „Angel, komm und schau. Wir glauben, wir haben das Bett bequem und sicher gemacht. Wir haben Quilts zusammengerollt, um Stoßpolster an den Seiten zu machen, damit Charo nicht versehentlich herausrollt. Fällt dir noch etwas ein, was wir tun könnten?"

„Wo wird Peyton sitzen?"

„Ich werde neben ihr sitzen." Peyton spähte nach hinten. „Wir müssen vielleicht ein paar Kisten oder so umstellen."

„Du brauchst einen Sitz mit Rückenlehne und etwas Platz, um dich auszustrecken", sagte Leslie.

„Ich muss auch Zugang zum Fenster zwischen Fahrerkabine und Ladefläche haben", sagte Rosalie. „Du hast uns zurück ans Reißbrett geschickt, Angel. Gutes Auge."

„Gebt mir eine Sekunde", sagte Stuart. „Ich kann ein paar Sachen für euch umstellen." Stuart kletterte auf die Ladefläche und räumte Kisten von beiden Seitenfenstern und dem Fenster zwischen Kabine und Ladefläche weg. „Werft mir eine Decke zu, und ihr werdet sehen, was ich vorhabe."

Rosalie faltete eine Decke und reichte sie Stuart, der sie auf der gegenüberliegenden Seite der Ladefläche, gegenüber von Charos Bett platzierte. „Was meint ihr?"

Peyton kletterte in den Truck und setzte sich auf die Decke. „Wir können die Seitenfenster für Luftzirkulation öffnen. Daran haben wir gar nicht gedacht. Ich könnte eine zweite Decke als Polster und ein Kissen für meinen Rücken benutzen, aber ich denke, das ist perfekt. Hast du genug Platz, um von vorne nach hinten zu kommen, Red?"

„Jede Menge Platz. Gut gemacht, Deputy Stuart", sagte Rosalie.

„Ich habe keinen Grund, hier zu stehen und euch bei der Arbeit zuzusehen", sagte Leslie. „Ich gehe rein, um Charo mit ihrer Suppe zu helfen und ein paar zusätzliche Sachen zu packen, während ihr herausfindet, wie ihr sie zum Truck bringen wollt."

Stuart band den Kraftstoffkanister, der auf der hinteren Stoßstange angebracht war, los und trug ihn zur Seite des Trucks, um den Tank zu füllen. Während Peyton und Rosalie verschiedene Möglichkeiten diskutierten, eine provisorische Trage zu bauen, eilte Aimee Louise ins Haus.

„Ms. Leslie, haben Sie einen alten Rollstuhl?", fragte sie.

„Ich mag wie du denkst, Angel. Natürlich würde eine alte Krankenschwester irgendwo einen Rollstuhl haben. Daran habe ich gar nicht gedacht. Schau mal in dem hinteren Schlafzimmerschrank nach. Ich glaube, da ist er. Ich bin in Charos Zimmer."

Aimee Louise eilte ins Schlafzimmer und öffnete den Schrank, sah aber keinen Rollstuhl. Sie suchte hinter den Kleidern und gestapelten Kisten, fand aber nichts. Stirnrunzelnd ließ sie ihren Blick durch den Raum schweifen und fiel dann auf Hände und Knie, um unter das Bett zu spähen.

*Wette, dass das der in ein Laken eingewickelte Rollstuhl ist.*

Sie zog ihn heraus und nahm das Laken ab, dann spreizte sie die Räder auseinander und verriegelte ihn in geöffneter Position. Die Fußstützen fand sie in ein anderes Laken eingewickelt.

Nachdem sie die Laken gefaltet und in den Schrank gelegt hatte, rollte sie den Rollstuhl zu Charos Zimmer. „Hier sind wir."

„Das ist super. Ich habe eine kleine Kiste neben die Hintertür gestellt. Willst du die Leute draußen wissen lassen, dass wir einen Rollstuhl haben?", fragte Leslie.

Als Aimee Louise sich dem Truck näherte, saß Peyton auf der Heckklappe, während Rosalie auf und ab ging und mit den Armen gestikulierte, in einer animierten, einseitigen Diskussion. Stuart und Keith hatten die Motorhaube des Trucks geöffnet, waren aber in ein leises Gespräch vertieft.

Stuart bemerkte sie als Erster. „Angel. Du bist verschwunden."

„Wir haben einen Rollstuhl für Charo", sagte sie.

„Was?", fragte Rosalie. „Wo hast du einen Rollstuhl gefunden?"

„Unter dem Bett."

Rosalie zuckte mit den Schultern. „Ich habe tatsächlich gefragt, wo."

„Heißt das, wir sind bereit zum Aufbruch?" Peyton sprang von der Heckklappe.

„Wir müssen überprüfen, ob wir nichts vergessen haben." Stuart trat von der Motorhaube zurück, und Keith knallte sie zu.

„Ms. Leslie hat eine Kiste neben der Hintertür, und wir müssen Charos Sachen laden, dann ist alles erledigt", sagte Aimee Louise.

„Wissen wir, wie wir Charo vom Rollstuhl auf die Ladefläche des Pickups und dann in ihr Bett heben werden?", flüsterte Stuart Aimee Louise zu, während Peyton und Rosalie zum Haus eilten. „Lass mich raten. Wir machen eine Zwei-Personen-Hebung und dann ein Decken-Ziehen. Liege ich richtig?"

„Perfekt."

„Danke."

„Seid ihr alle bereit, Charo zu verladen?", fragte Keith. „Leslie hat mir vom Rollstuhl erzählt. Ich dachte, du und ich könnten eine Zwei-Personen-Hebung machen, um sie in den Rollstuhl zu setzen und dann am Truck wieder herauszunehmen, Stuart. Passt das zu eurem Plan?"

„Auf jeden Fall."

„Wir warten drinnen, bis du uns Bescheid gibst, dass ihr bereit seid, Aimee Louise", sagte Stuart.

Aimee Louise lief zum Truck. „Müssen wir noch etwas anderes tun, außer Charo zu laden?"

„Nur Charo", sagte Rosalie.

„Stuart und Keith werden sie im Rollstuhl herausbringen."

„Wir haben unsere Transportdecke an Ort und Stelle, und wir haben ihre Gleitfähigkeit getestet", sagte Peyton.

„Ich werde ihnen Bescheid geben, dass wir bereit sind." Aimee Louise eilte in Charos Zimmer. Leslie hatte die linke Fußstütze in horizontaler Position fixiert, um Charos Knöchel zu stützen.

„Bereit zum Gehen", sagte Aimee Louise, und Charo wackelte mit den Fingern in einem Fingertanz.

Stuart und Keith hoben Charo an, während Leslie Charos verletztes Bein stützte. Die Männer setzten Charo mit einer langsamen, gleichmäßigen Bewegung in den Rollstuhl. Aimee Louise übernahm die Stütze des verletzten Beins, während Leslie ein Kissen unter Charos Knöchel auf der Fußstütze platzierte.

„Wie geht es dir?", Keith kniete sich neben Charo, und sie hob einen Daumen.

Leslie legte eine kleine, leichte Decke über Charos Schoß und Beine. „Bereit zum Gehen."

Aimee Louise eilte den Flur hinunter und war überrascht von Nate, der in der Küche stand. Als Charo in die Küche gerollt wurde, näherte er sich dem Rollstuhl und küsste Charo auf die Stirn.

„Pass gut auf sie auf, Angel", sagte er.

Leslies Augen weiteten sich, bevor sie zur Tür eilte, um sie offen zu halten.

„Willst du auch mitkommen?", fragte Aimee Louise.

„Nächstes Mal." Nate schlurfte den Flur hinunter zu seinem Zimmer.

Nachdem Aimee Louise Leslie nach draußen gefolgt war, griff Leslie nach ihrem Arm. „Was hat er gesagt?"

„Ich habe ihn gefragt, ob er auch mitkommen will, und er sagte: nächstes Mal."

Tränen rollten über Leslies Gesicht. „Ich hätte nie erwartet, dass er überhaupt bemerkt, dass Charo geht, und ich war überrascht, ihn dich Angel nennen zu hören. Ich habe ihm gesagt, dass du Aimee Louise bist, als ich ihn in die Küche brachte."

Aimee Louise umarmte sie. „Er hört und versteht mehr, als wir dachten."

Leslie nickte. „Du hast recht. Lasst uns euch auf den Weg bringen."

Eine Träne hatte Charos Wange benetzt. Aimee Louise kniete sich neben sie und hielt ihre Finger leicht fest. „Als ich ihn fragte, ob er auch mitkommen will, sagte er: nächstes Mal. Er will gesund werden. Das sind aufregende Neuigkeiten."

Eine Seite von Charos Mund zitterte, und sie wackelte mit ihren Fingern.

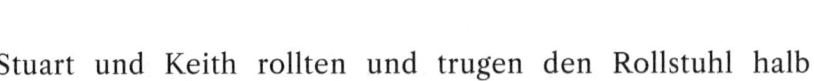

Stuart und Keith rollten und trugen den Rollstuhl halb über den holprigen Garten zum Truck. Nachdem sie Charo neben der Heckklappe positioniert hatten, sagte Stuart: „Wir werden dich auf die Decke heben, dann werden Rosalie und Peyton dich zu deinem Reisebett gleiten lassen. Klingt das gut für dich, Charo?"

Charo hielt einen Daumen hoch.

„Wir haben Charos Zustimmung; lass uns das tun", sagte Rosalie.

„Jetzt der einfache Teil", sagte Keith. „Spring einfach in den Truck, Charo."

Charo schnaubte.

„Du hast es ihm gesagt, Charo." Peyton lachte.

Als Stuart und Keith Charo auf die Ladefläche des Pickups hoben, stützte Aimee Louise ihre Beine. Als Charo sicher auf der Decke lag, ließen Rosalie und Peyton sie zur Vorderseite der Ladefläche gleiten, dann sprang Stuart in den Truck, um zu helfen, Charo auf ihre Palette aus weichen Quilts zu heben. Peyton und Rosalie ordneten die Decken und Quilts um Charo herum an, bis sie grunzte und mit den Fingern in ihre Richtung wackelte.

„Wir können einen Hinweis verstehen. Wir sind fertig", sagte Peyton.

Schweißperlen hatten Rosalies rotes Haar an ihrer Stirn festgeklebt. Sie wischte sich mit der Transportdecke übers Gesicht, bevor sie sie faltete und neben Charo auf den Boden legte.

Peyton kicherte. „Dein feuchtes, rotes Haar macht Schwerthiebe quer über deine Stirn. Du bist ein verwegener Pirat."

Rosalie grinste, als sie aus dem Truck sprang. „Aye, Matrose."

Leslie näherte sich Stuart, als das Team zu ihren Sitzen für die Fahrt ging. „Nate ist an der Hintertür; er möchte Charo sehen, bevor ihr abfahrt."

Aimee Louise und Rosalie kletterten in den Truck, um Nate Platz zu machen. Stuart blieb hinten, um die Heckklappe zu schließen, während Peyton Charo mit einem weiteren Kissen abstützte und sich dann auf ihren Platz aus dem Weg setzte. Keith wartete an der Hintertür auf Nate und folgte ihm dann, als Nate mit vorsichtigen Schritten über den Hof ging.

Als Nate das Heck des Trucks erreichte, lächelte er Charo an. „Du wirst sicher sein. Bis bald."

Charo wackelte mit ihren Fingern und formte dann ein Herz.

Stuart ging neben Nate her, als er zum Haus zurückkehrte. Als Nate auf der Türschwelle stolperte, fing Stuart seinen Ellbogen und sprach mit leiser Stimme: „Ich würde genauso fühlen wie du, wenn es Aimee Louise passiert wäre."

Nate starrte Stuart an und nickte dann. Keith öffnete die Tür, und Nate ging hinein. Stuart eilte zurück zum Truck und schloss die Heckklappe, bevor er auf den Beifahrersitz sprang. Nachdem er sich angeschnallt hatte, fuhr Aimee Louise den Truck die Einfahrt hinunter.

„Ich habe die Luft angehalten, von dem Moment an, als Leslie uns sagte, dass Nate Charo sehen wollte, bis er wieder im Haus war", sagte Rosalie.

Peyton rief von hinten: „Charo und ich auch."

Stuart studierte die Karten. „Biege links ab, wenn wir zur Straße kommen. Wir versuchen eine andere Route. Wenn es zu viele Straßensperren gibt, ist es nicht schwer, wieder auf unseren Weg zurückzukommen, den wir vorher benutzt haben. Ich denke nicht, dass es uns zusätzliche Zeit kostet, und es ist asphaltiert."

Am Ende der Einfahrt bog Aimee Louise links ab. Nach einer Stunde Schweigen, während sie weiter nordwärts auf der Straße fuhren, zeigte Stuart auf eine bevorstehende Einfahrt. „Da ist noch eine Einfahrt, die durch einen umgestürzten Baum blockiert ist. Könnte ein Sturm gewesen sein, sieht aber eher absichtlich aus."

„Es sind auch keine anderen Bäume entlang der Straße umgestürzt", sagte Aimee Louise.

Rosalie schaute nach hinten. „Peyton und Charo schlafen. Das Brummen der Reifen hat mich auch fast einschlafen lassen."

Stuart konsultierte die Karte. „In etwa fünf Meilen biegen wir rechts ab. Es ist ungefähr zwei Meilen südlich einer kleinen Stadt. Achtet auf eine Straßensperre, aber ich erwarte keine so weit außerhalb der Stadt."

„Soll ich Peyton wecken, wenn wir näher kommen?", fragte Rosalie.

„Gute Idee", sagte Stuart. „Sie müsste wachsam sein, wenn wir auf etwas stoßen, und sie könnte nach hinten schauen."

Rosalie lehnte sich durch die Öffnung. „Peyton?"

„Ich bin eingenickt. Ich bin wach", sagte sie.

„Wir werden in etwa fünf Meilen in der Nähe einer Stadt sein. Stuart dachte, du könntest unseren Rücken beobachten."

„Mach ich."

„Ich habe gehört." Stuart verengte seine Augen. „Ist das ein Auto oder Truck am Straßenrand voraus?"

„Sie würden erwarten, dass wir langsamer werden", sagte Aimee Louise. „Ich werde unsere Geschwindigkeit beibehalten."

Als sie näher am Auto waren, sagte Rosalie: „Eine Frau winkt. Liegt da jemand im Graben?"

Als sie sich dem Auto näherten, beschleunigte Aimee Louise. „Falle. Festhalten."

„Ich übernehme die rechte Seite." Stuart ließ sein Fenster herunter und zielte mit seinem Gewehr auf das Auto.

Rosalie ließ das Fenster auf der Fahrerseite herunter.

„Ich habe die Seitenfenster aufgeschoben", sagte Peyton.

Als sie das Auto erreichten, rief die Frau: „Hilfe! Anhalten!"

Als der Mann im Graben aufsprang und auf den Truck schoss, traf er den unteren Teil der Karosserie auf der Beifahrerseite. Stuart erwiderte sein Feuer, und der Mann fiel. Zwei andere Männer traten auf der anderen Seite der Straße vor ihnen heraus und feuerten Schüsse ab. Rosalie schoss zurück, und ein Mann brach zusammen, dann fiel der zweite Mann, als Peyton sein Feuer erwiderte.

Nachdem sie am Auto vorbeigefahren waren, trat die Frau auf die Straße und feuerte eine Schrotflinte auf sie ab, aber der Truck war außer Reichweite.

Als das Auto außer Sicht war, lehnte sich Peyton in die Kabine. „Warum haben wir beschleunigt? Was hat sie verraten?"

„Aimee Louise sieht Dinge, die andere Leute übersehen. Es war ihre Entscheidung", sagte Stuart.

„Nicht überrascht. Ich habe immer gewusst, dass etwas Besonderes an Aimee Louise ist. Charo ist wach. Ich werde ihr etwas Wasser geben, aber es ist schade, dass Sara nicht hier ist, um ihr zu erzählen, was sie verpasst hat. Meine Geschichte wird langweilig sein", sagte Peyton.

„Erwähne die Feen", sagte Rosalie. „Das wird helfen."

„Werde ich." Peyton kicherte.

„Kurve kommt vorne", sagte Stuart.

Aimee Louise drosselte ihre Geschwindigkeit, und Rosalie lehnte sich über den Vordersitz, während sie durch die Windschutzscheibe schaute. „Ich sehe nichts zwischen uns und der Kurve."

„Seid trotzdem bereit, nur für den Fall", sagte Stuart.

Rosalie rief Peyton zu: „Rechtsabbiegen. Ich übernehme die linke Seite."

„Verstanden. Ich beobachte das Heck."

„Stuart." Aimee Louise zeigte auf das Feld, in das sie einbiegen würden.

„Erwartet, dass Aimee Louise eine scharfe Rechtskurve nehmen wird, und behaltet die linke Seite im Auge", sagte Stuart. „Da ist ein Traktor auf dem Feld."

„Ich werde Charo davor bewahren, von der Kurve durchgerüttelt zu werden", sagte Peyton.

Aimee Louise trat auf die Bremse, als der Truck die Kurve erreichte, und beschleunigte aus dem Schleudern heraus. Als der Truck am Traktor vorbeifuhr, sagte Peyton: „Mann am Traktor mit Pistole, aber wir sind außer Reichweite. Wie hast du das gewusst?"

Aimee Louise sagte: „Kein Bauer würde einen Traktor allein auf einem Feld in der Nähe einer Straße wie dieser lassen."

„War es ein Hinterhalt?", fragte Rosalie.

„Ich würde meinen neuesten Traktor nicht in die Schusslinie stellen, aber es gibt keinen Grund, herumzuhängen und es herauszufinden", sagte Stuart.

Aimee Louise verlangsamte auf normale Geschwindigkeit. „Wann ist unsere nächste Abbiegung?"

„Wir können entweder durch die Stadt fahren oder drumherum, um zum Bauernhof zu gelangen. Ich würde die Stadt lieber meiden, aber es sind zusätzliche zehn oder fünfzehn Minuten."

„Umfahren", sagte Aimee Louise.

„Unsere Abbiegung ist in vier Meilen."

„Hey, habe ich keine Stimme?", fragte Rosalie.

„Nein", sagte Aimee Louise.

„Was, wenn Peyton und Charo mir zustimmen?", fragte Rosalie.

Stuart zuckte mit den Schultern, und Peyton kicherte.

Als sie die Abzweigung erreichten, sagte Rosalie: „Es ist eine Feldstraße."

„Ich werde mich nahe an Charo setzen", sagte Peyton. „Wir werden in Ordnung sein."

Nachdem Aimee Louise abgebogen war, verlangsamte sie ihre Geschwindigkeit, um die tiefen Spurrillen in der Straße zu vermeiden.

„Keine Reifenspuren seit dem letzten Regen", sagte Stuart. „Das ist gut."

„Wann ist unsere nächste Abbiegung?", fragte Aimee Louise.

„Drei Meilen. Wir biegen links auf eine andere Feldstraße ab. Wenn wir die asphaltierte Straße erreichen, biegen wir links ab."

Nachdem sie auf die asphaltierte Straße abgebogen waren, vertiefte sich der Himmel am westlichen Horizont von Rosa und Blau zu einem Orangeschein. Als die Farben des Horizonts von dunkelorange zu dunkelrot übergingen, sagte Stuart: „Zwei Kurven, dann kommen wir zur Einfahrt."

„Ich erinnere mich", sagte Aimee Louise. „Die Einfahrt ist auf der gegenüberliegenden Seite vom Briefkasten. Parke ich in den Bäumen nahe der Straße?"

„Wir können im Baumhain näher am Haus parken", sagte Stuart. „Ich werde mich dem Haus nähern. Folgt mir und lasst mich wissen, wenn ihr irgendeine Gefahr seht. Rosalie, bleib in der Nähe der Vorderseite des Trucks zur Unterstützung."

„Streifenkauz?", fragte Aimee Louise.

„Ja, warne mich mit dem Streifenkauz-Ruf", sagte Stuart.

Rosalie erzählte Peyton von dem Plan. Als Aimee Louise an der Newton-Farm abbog, jubelte Peyton. „Charo und ich sind aufgeregt."

Aimee Louise schaltete die Scheinwerfer aus und fuhr langsam die Einfahrt zum Baumhain hinunter, dann setzte sie zurück, um zu parken.

Stuart, Aimee Louise und Rosalie kletterten aus dem Truck und schlossen ihre Türen leise. Stuart schlich in Richtung Haus, und Aimee Louise folgte ihm.

Brandon und Stuarts Vater gingen vom Garten in Richtung Haus. Als Stuart sich räusperte, bewegte sein Vater Brandon hinter sich, dann rief Stuart: „Dad, ich bin's."

„Bist du allein, Stuart?", fragte Scott.

„Nein. Ich habe Mädchen mitgebracht." Stuart ging zu seinem Vater, und sie umarmten sich.

„Irgendwelche Probleme, Dad?"

„Keine."

„Geht's dir gut, Brandon?", fragte Stuart.

„Ja. Nein, ich bin hungrig, Deputy Stuart. Zählt das?"

Stuart lachte. „Ich würde vermuten, dass du hart gearbeitet hast. Dad, hast du noch deinen alten Rollstuhl?"

„Natürlich. Was ist los?"

„Wir haben Gesellschaft mitgebracht." Stuart rief: „Rosalie, würdest du mit Brandon reingehen?"

„Red ist hier? Das ist genial", sagte Brandon.

Als Rosalie Stuart erreichte, sagte er: „Rosalie, bitte den Richter, für eine Minute nach draußen zu kommen, und halte alle anderen drinnen; wir kommen so schnell wie möglich rein."

Während Rosalie und Brandon hineingingen, sagte Stuart: „Aimee Louise, würdest du den Truck näher ans Haus fahren?"

Stuart und Scott schlenderten ins Haus; nachdem der Richter zu ihnen stieß, fragte Scott: „Was ist los?"

„Ich wollte es euch beiden zuerst sagen. Wir haben Charo und Brandons Mutter, Peyton, mitgebracht."

Der Richter schwankte, und Scott stützte ihn. „Charo ist hier?"

„Ja. Sie wurde schwer verletzt. Sie ist wach, kann aber aufgrund ihrer Verletzungen nicht sprechen. Ich werde euch später alles darüber erzählen."

„Was ist mit Nate?", fragte der Richter.

„Nate geht es körperlich gut, aber er ist noch nicht stark genug zum Reisen. Er bekommt gute Pflege."

„Wo ist Charo?"

„Sie ist auf der Ladefläche des Pickups. Wir brauchen einen Rollstuhl, Dad, um sie ins Haus zu bringen. Könntest du deinen holen?"

Scott eilte zum Haus. Nachdem Aimee Louise geparkt hatte, gingen Stuart und der Richter zur Rückseite des Pickups. „Denk daran, Richter. Sie wurde schwer verletzt und sieht auch so aus, aber ihre Stimmung ist gut. Wir sind überzeugt, dass Dolly ihr beim Heilen helfen wird."

Als Stuart die Heckklappe herunterließ, spähte der Richter hinein.

„Charo, Liebling. Du bist ein wunderschöner Anblick für diese alten Augen." Er schaute zum Haus. „Scott ist losgegangen, um seinen Rollstuhl für deine kurze Fahrt zum Haus zu holen. Mach dich bereit für Dollys Kreischen."

Charo hob zwei Daumen und wackelte mit den Fingern. Der Richter lachte. „Ich kann deine Aufregung an deinen Fingern ablesen."

Scott brachte seinen Rollstuhl zur Rückseite des Pickups. „Was ist der Plan?"

„Peyton und ich werden Charo an den Rand der Heckklappe gleiten lassen, dann können du und ich sie mit einer Zwei-Personen-Hebung zum Rollstuhl bringen." Stuart sprang auf die Ladefläche.

„Ich halte den Rollstuhl stabil", sagte der Richter.

Stuart und Peyton hoben Charo von ihrem behelfsmäßigen Bett auf die Decke und ließen sie dann zur Heckklappe gleiten. Nachdem Stuart heruntergesprungen war, hoben er und Scott sie zum Rollstuhl.

Der Richter küsste ihre Stirn. „Willkommen auf der Newton-Farm. Wir sind berühmt für unsere Heilfähigkeiten."

Peyton und Scott hoben den Rollstuhl über die Unebenheiten, während der Richter schob. Stuart nahm Taschen aus dem Heck des Trucks und eilte voraus, um die Küchentür zu öffnen. Als er die Taschen hineinstellte, saßen Rosalie, Brandon, Henry und Dolly am Tisch.

Sandra sagte: „Rosalie sagte, ihr habt Gesellschaft mitgebracht. Wir haben Suppe und Brötchen zum Abendessen; ihr kommt gerade rechtzeitig."

Als Peyton und der Richter Charo in die Küche rollten, kreischte Dolly. Bevor sie auf Charos Schoß springen konnte, fing Rosalie sie und übergab Dolly an den Richter.

„Vielleicht kann Mama Sandra uns zeigen, wo das Zimmer deiner Mami ist", sagte der Richter.

„Das kann ich auf jeden Fall. Kommt hier entlang", sagte Sandra. „Ich könnte ein bisschen Hilfe gebrauchen, Rosalie."

Der Richter folgte Sandra, während Scott den Rollstuhl schob, und Dolly hüpfte nebenher. „Es wird dir hier gefallen, Mami. Du wirst ganz gesund werden, und du kannst in den Garten kommen und mir beim Unkrautjäten zusehen. Ich jäte besser als jeder andere. Ich kann dir beibringen, wie man Unkraut jätet."

Rosalie grinste, als sie als Letzte folgte.

Brandons Augen waren weit aufgerissen. „Mami?"

Peyton rannte zu ihm und nahm ihn in eine Umarmung. Sie kuschelte ihn und gurrte.

Stuart eilte zu Henry. „Wie geht's dir, Mann?"

Nachdem sie sich mit der Faust begrüßt hatten, umarmte Stuart Henry. „Hab dich vermisst, Henry."

„Ich habe dich auch vermisst, Deputy Stuart, und Mama Sandra auch. Ist Ms. Aimee Louise mit dir gekommen? Erinnert sie sich an mich?"

„Aimee Louise ist hier, und sie hat das Bild geliebt, das du für sie gemacht hast. Sie wird sich freuen, dich zu sehen."

„Ms. Aimee Louise ist besonders."

„Das ist sie, Henry. Nicht jeder sieht das. Du bist sehr weise, mein Freund."

Aimee Louise trug Taschen ins Haus. Als sie Henry sah, ließ sie die Taschen fallen und eilte zu Henry. „Ich schaue mir mein Bild, das du für mich gezeichnet hast, die ganze Zeit an. Hast du dich an mich erinnert?"

Stuart grinste, als Henry kicherte. „Ich habe mich an dich erinnert. Ich habe dir noch ein Bild gezeichnet."

„Zeig es mir", sagte Aimee Louise.

Henry nahm ihre Hand, und sie gingen nach oben.

„Ich werde in ein paar Minuten hochkommen. Ich muss zuerst mit meinem Vater sprechen", sagte Stuart.

Als Scott in die Küche zurückkehrte, sagte Stuart: „Können wir spazieren gehen?"

Die beiden Männer schlenderten zur Scheune. „Dad, ich möchte dir von dem Angriff erzählen. Aimee Louise und ich denken nicht, dass es zufällig war." Stuart erklärte die brutalen Verletzungen, die Charo erlitten hatte, und Nates Zustand als Reaktion darauf.

Als sie die Scheune erreichten, fuhr Stuart fort: „Ich sagte Nate, dass ich seine Reaktion verstehen würde, weil ich genauso fühlen würde, wenn der Angriff Aimee Louise und mir passiert wäre. Ich kann mir nur vorstellen, wie hilflos er sich gefühlt hat."

„Werden du und Aimee Louise ernst?", fragte Scott.

„Dad, ich bin schon seit immer ernst. Aimee Louise bewegt sich in ihrem eigenen Tempo, und damit bin ich einverstanden, weil ich jeden Tag ermutigt werde."

„Wann immer du bereit bist, dich niederzulassen, gehört der Bauernhof dir, wenn du interessiert bist. Deine Mutter und ich würden gerne in Rente gehen. Nur damit du es weißt."

„Könnte noch eine Weile dauern, Dad."

Als sie zum Haus gingen, sagte Scott: „Wir haben Gerüchte über Überfälle auf Bauernhöfe südlich von uns gehört. Weißt du etwas darüber, was daran wahr sein könnte?"

„Als wir nach Norden kamen, sahen wir Einfahrten, deren Zugang durch gefällte Bäume blockiert war. Felder in der Nähe der Straße waren voller Unkraut. Könnte nicht nur ein Gerücht sein."

„Ich habe darüber nachgedacht, was wir tun könnten, um weniger ein Ziel zu sein. Kein Grund, den Briefkasten stehen zu lassen; wir hatten seit über einem Jahr keine Post mehr. Das ist ein Anfang. Ich habe nicht daran gedacht, das Feld in der Nähe der Straße nicht zu mähen. Macht Sinn."

„Lass uns morgen früh die Bäume in der Nähe der Straße überprüfen. Es würde nicht viel brauchen, um einen oder zwei zu fällen."

Bevor sie hineingingen, sagte Scott: „Deine Mutter will Rosalie mit dem Neffen ihrer Freundin bekannt machen. Ich plane, mich ziemlich rar zu machen. Du kannst mir jederzeit auf den Feldern helfen."

Stuart lachte. „Danke für die Warnung, Dad. Ich könnte auf dein Angebot zurückkommen."

Als sie ins Haus gingen, war Sandra auf dem Weg zu Charos Zimmer mit einer Schüssel Suppe. „Unser Abendessen ist fertig, aber ich habe es auf kleiner Flamme köcheln lassen, während ich Karottensuppe für Charo gemacht habe. Dolly sagte, das Auge ihrer Mutter würde besser werden, wenn sie Karotten essen würde. Wer bin ich, mit der Expertin zu streiten?" Sie lachte, während sie den Flur hinunterging.

Stuart nahm die Treppe mit jeweils zwei Stufen, um Aimee Louise und Henry im Obergeschoss zu treffen. Als er ins Zimmer platzte, saßen die beiden auf dem Boden, und Henry las Aimee Louise aus einem Buch vor.

„Hallo, Deputy Stuart", sagte Henry. „Ich lese Ms. Aimee Louise mein Lieblingsbuch vor."

Aimee Louise schaute zu Stuart und lächelte. Seine Augen weiteten sich, als er sich neben sie setzte. *Aimee Louise lächelt nie.*

„Wir mögen dich sehr, Deputy Stuart", sagte Henry.

„Danke. Ich mag dich und Aimee Louise mehr als jeden anderen, den ich kenne."

Henry nickte. „Wusstest du, dass Ms. Aimee Louises anderer Name Angel ist?" Henry wandte sich an Aimee Louise. „Ms. Rosalie hat mir gesagt, ich kann dich Angel nennen, wenn ich möchte. Ich glaube, ich möchte das. Ist das okay?"

Aimee Louise umarmte Henry. „Das ist wunderbar."

Sandra rief von unten an der Treppe. „Das Abendessen steht auf dem Tisch."

Henry führte den Weg zur Treppe und reckte den Hals, um zu sehen, ob jemand zusah, dann rutschte er das Treppengeländer hinunter. Er schaute den Flur entlang, bevor er in die Küche schlenderte.

Stuart lachte, als er und Aimee Louise die Treppe hinuntergingen. „Moms Regel Nummer eins ist, vom Geländer fernzubleiben. Ich wette, Henry und Brandon brechen diese Regel genauso oft wie ich als Kind."

„Ich werde es ausprobieren müssen", sagte Aimee Louise. „Wusstest du, dass ich beim Aufwachsen keine Geländer hatte? Unsere Wohnung hatte einen Aufzug."

„Ich könnte es dir beibringen, und Henry wäre ein großartiger Ausguck." Stuart lächelte.

Aimee Louise hakte ihren Arm in Stuarts ein, als sie gemeinsam in die Küche schlenderten. „Ist das das, was man Komplizen nennt?", fragte sie.

Sie nahmen ihre Plätze am Küchentisch ein, während Sandra Suppe ausschöpfte und Rosalie ein Brötchen für Dolly butterte.

„Mama Sandra hat Karottensuppe für meine Mami gemacht", sagte Dolly.

„Peyton und Brandon helfen Charo beim Schlürfen ihrer Suppe und kommen gleich zum Tisch", fügte Sandra hinzu. „Peyton und Brandon könnten eine Weile unzertrennlich sein."

Als Peyton und Brandon zum Tisch kamen, schöpfte Rosalie ihre Suppe aus.

„Ich bin fertig. Kann ich meine Mami sehen?", fragte Dolly.

Der Richter stand auf und nahm seine Schüssel und seinen Löffel. „Wir können zusammen gehen. Räumen wir erst unser Geschirr ab."

Nachdem ihr Geschirr abgeräumt war, griff Dolly nach der Hand des Richters, und sie eilten den Flur hinunter zu Charos Zimmer.

„Du hast gekocht, Mom", sagte Stuart. „Wir kümmern uns um das Geschirr."

Rosalie drehte den Brenner unter dem Topf mit Wasser auf dem Herd höher, und Aimee Louise und Henry trugen Schüsseln und Löffel zur Theke in der Nähe des Spülbeckens.

„Ich mache dir eine Tasse heißen Tee, wenn du die Laterne im Wohnzimmer anmachst", sagte Scott.

„Warum habe ich das Gefühl, dass ihr alle etwas im Schilde führt?", Sandra lachte, als sie die Küche verließ.

Peyton legte ihren Arm um Brandon. „Was meinst du? Führen sie etwas im Schilde?"

„Nein. Deputy Stuart hat das Kommando."

„Gute Antwort", sagte Rosalie, als sie das heiße Wasser ins Spülbecken goss.

Nachdem das Geschirr sauber und weggeräumt war, sagte Stuart: „Ich gehe raus für eine Umgebungskontrolle."

„Wir kommen auch mit", sagte Rosalie, als Henry Aimee Louises Hand nahm.

Als sie nach draußen traten, sagte Henry: „Ich wusste nicht, dass der Mond in Georgia genauso hell wird wie in Florida. Wir brauchen nicht einmal eine Taschenlampe."

# Kapitel Sechs

Als sie auf dem Weg zur Auffahrt am Truck vorbeischlenderten, sagte Aimee Louise: „Ich habe das Ende einer Funkübertragung von einem Repeater aus South Carolina aufgefangen. Ich werde es morgen früh überprüfen."

„Das ist aufregend", sagte Rosalie. „Was hast du gehört?"

„Nicht viel, außer dass es nach der Art, wie sie sich verabschiedeten, wie eine Gruppe klang, die sich regelmäßig trifft. Ich werde vor Sonnenaufgang rauskommen."

Stuart nickte, während sie die Auffahrt hinaufgingen. *Keine Überraschung. Sie verpasst selten den Sonnenaufgang.*

„Klopf an meine Tür; ich komme mit dir raus", sagte er.

„Ich schaue auch gerne zu, wie die Sonne aufgeht", sagte Henry, während er Aimee Louises Hand schwang.

„Wir werden dich auch wecken, Henry, aber du und ich brauchen vielleicht ein Nickerchen am Nachmittag", sagte Stuart.

Nachdem sie die Straße erreicht hatten, wandte sich Stuart zum Haus. „Schau, Henry. Wir können die Lichter aus der Küche von der Straße aus sehen. Was können wir dagegen tun?"

„Ich würde Angel fragen."

„Ausgezeichnete Antwort. Was schlägst du vor, Angel?", fragte Stuart.

„Lass uns entlang der Straße im Feld laufen, bis wir keine Lichter mehr sehen."

Henry gab das Tempo vor, als sie zum Tor rannten, das sich zum Feld öffnete, und dann entlang der Innenseite des Zauns zurück zur Straße.

„Ausgezeichneter Lauf, Henry", sagte Rosalie.

„Ich hab's geübt."

„Bereit, zur anderen Seite des Felds zu laufen?", fragte sie, und Henry rannte voraus, während sie folgten.

Als sie die gegenüberliegende Seite erreichten, sagte Stuart: „Ich brauchte diesen Lauf. Lass uns gehen, bis wir Lichter am Haus sehen."

Sie schlichen langsam vorwärts, während sie zum Haus spähten.

„Stopp." Henry hielt seine Hand hoch. „Ich sehe ein Licht."

Stuart starrte zum Haus. „Ich sehe nichts."

„Willst du es markieren?", fragte Rosalie. „Ich habe eine lange Schnur in meiner Tasche."

„Ms. Rosalie hat alles", sagte Henry. „Das hat Dolly gesagt."

„Das stimmt", sagte Stuart. „Binde es an den untersten Draht am Zaun, damit wir morgen früh unseren ersten Punkt finden können, Rosalie. Ich schneide es mit meinem Taschenmesser ab." Stuart machte einen Schritt von Henry weg und näher zur Auffahrt. „Jetzt sehe ich es."

„Lass uns nach mehr als einem Licht suchen", sagte Aimee Louise.

Sie gingen im gleichen langsamen Tempo weiter, während Henry den Weg anführte. „Stopp", sagte Henry. „Ich sehe zwei Lichter."

Stuart starrte zum Haus und trat dann auf die andere Seite von Henry. „Du hast fantastische Augen, Henry; ich kann von hier aus kaum zwei Lichter sehen. Ich bin froh, dass du mit uns gekommen bist."

Rosalie band eine weitere Schnur an den untersten Draht. „Bereit zum Schneiden."

Nachdem Stuart die Schnur durchgeschnitten hatte, fragte Henry: „Suchen wir nach mehr Lichtern?"

„Ja, und achte darauf, wann die zwei Lichter viel heller werden."

Henry und Rosalie übernahmen die Führung, wobei Henry als Späher und Rosalie als Markiererin fungierte.

Als sie die Auffahrt erreichten, fragte Henry: „Was machen wir als Nächstes, Angel?"

„Wir warten bis morgen früh, um die Schnur zu finden und zu entscheiden, wie wir die Lichter von der Straße aus unsichtbar machen können."

„Unsichtbare Lichter", sagte Henry, als sie ins Haus schlenderten. „Das ist knifflig."

Als sie in die Küche kamen, fragte Peyton: „Henry, ich habe etwas Wasser erhitzt. Bereit für ein Bad?"

„Ist es Zeit?", fragte Henry.

„Ich hatte mein Bad." Dolly saß am Küchentisch. „Ich warte auf dich."

„Ja, es ist Zeit für eure Bäder, und Mama Sandra hat mir von der Farmregel erzählt." Peyton begleitete Brandon und Henry ins Gästebadezimmer, wo Dolly ihr Bad genommen hatte. Der Richter trug den Topf mit Wasser vom Herd, um das Wasser für die Jungen aufzuwärmen.

„Kenne ich die Farmregel?", fragte Rosalie.

Dolly sprang von ihrem Platz auf und drehte sich, während sie sang: „Bad, Snack, Bett."

„Mom sagte mir in der Highschool, sie wolle eine Regel, die niemals gebrochen werden würde." Stuart grinste.

Nach ihrem Snack sagten die Kinder gute Nacht, bevor sie ins Bett trotteten.

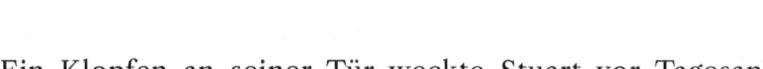

Ein Klopfen an seiner Tür weckte Stuart vor Tagesanbruch. Er tätschelte Henry an der Schulter und flüsterte: „Bereit aufzustehen, Henry?"

Während Stuart sich beeilte, sich anzuziehen, stolperte Henry mit seinen Schuhen in der Hand zur Tür. *Der kleine Schleicher hat in seinen Klamotten geschlafen.*

Stuart und Henry schlichen die Treppe hinunter und dann auf Zehenspitzen aus der Küchentür. Als Henry zitterte, reichte Aimee Louise ihm seine Jacke.

„Danke, Angel."

„Ich hatte nicht erwartet, dass es heute Morgen so kühl sein würde", sagte Rosalie. „Wie kamst du dazu, Henrys Mantel dabei zu haben?"

„Er hat mich gestern Abend gebeten, ihn für ihn bereitzuhalten", sagte Aimee Louise.

Stuart schüttelte den Kopf. „Kleine Kinder sind heutzutage schlau."

Henry kicherte. „Mama Sandra sagte mir, dass es kalt sein würde. Sie sagte, Angel würde meine Jacke mitbringen, wenn ich sie darum bitte."

„Sie hatte recht", sagte Rosalie. „Aber du bist trotzdem schlau."

„Dad sagte, er habe eine Bank in der Nähe des Gartens für den Richter gebaut, damit er Dolly im Auge behalten kann, während sie Unkraut jätet. Es könnte der perfekte Ort sein, um auf den Sonnenaufgang zu warten."

Auf dem Weg zum Garten sagte Henry: „Angel, Ms. Rosalie hat mir gesagt, dass wir nicht reden, während wir auf die Sonne warten. Ich kann sehr leise sein."

„Ich weiß, dass du das kannst, Henry."

Als sie die Bank erreichten, setzte sich Aimee Louise zwischen Stuart und Henry. Rosalie ging auf der anderen Seite des Gartens auf und ab.

Stuart legte seinen Arm um Aimee Louises Schultern, und sie entspannte sich, als sie sich gegen ihn lehnte. Rosalies Schritte auf der anderen Seite des Gartens ließen Blätter rascheln, wie das Geräusch einer Wache. Er starrte zum Horizont und hoffte halb, dass die Sonne ihren Aufstieg verzögern würde.

Als der Himmel heller wurde, lehnte sich Aimee Louise nach vorne. „Guten Morgen, Sonne", sagte sie, und Henry jubelte.

Aimee Louise und Rosalie rannten zum Truck. Stuart lächelte, als die beiden im Gleichschritt liefen. *Sie werden immer im Einklang miteinander sein.*

„Bereit, reinzugehen und warm zu werden, Henry?", fragte er.

„Können wir jetzt reden? Es hat mir gefallen, leise zu sein. Ich habe Angel beim Atmen zugehört." Henry sprang von der Bank. Während sie zum Haus eilten, sagte er: „Beim nächsten Mal werde ich auch um Handschuhe bitten. Meine Hände waren kalt, bis Angel sie gehalten hat."

„Da seid ihr ja." Sandra drehte die Flamme unter dem Teekessel höher. „War es kalt? Bereit für deinen Kaffee?" Sie goss eine Tasse für Stuart ein. „Ich mache dir warmen Tee mit Honig, Henry. Häng deine Jacke auf, damit wir wissen, wo sie ist, wenn du sie das nächste Mal brauchst."

Stuart schluckte seinen Kaffee hinunter, während seine Mutter Honig in den Becher mit Tee rührte und Henry seine Jacke aufhängte.

„Was hat alle so früh aufstehen lassen?", schlenderte Scott in die Küche, goss sich eine Tasse heißen Kaffee ein, füllte Stuarts Tasse nach und setzte sich an den Tisch.

„Wir haben mit Angel den Sonnenaufgang beobachtet, Papa Scott", sagte Henry.

„Klingt nach einem großartigen Start in den Tag. Was ist unser Plan für heute, Stuart?"

„Wir sind gestern Abend an der Straße entlanggelaufen und haben einige Schwachstellen in der Sicherheit gefunden; ich zeige sie dir nach dem Frühstück. Außerdem haben wir darüber gesprochen, Bäume in der Nähe der Auffahrt zu fällen. Aimee Louise und Rosalie hören im Truck Amateurfunk. Sie werden bald mit einem Bericht kommen, was sie gehört haben."

Sandra rührte Haferflocken in einen großen Topf. „Ich mache euch im Nu Frühstück."

Nachdem der Richter in die Küche gekommen war und sich eine Tasse Kaffee eingeschenkt hatte, stürmte Rosalie in die Küche. „Aimee Louise möchte, dass du zuhörst, Stuart. Sie hat ein gutes Signal von einem Repeater aus South Carolina aufgefangen."

Stuart und Rosalie eilten aus dem Haus zum Truck. Die drei hörten zehn Minuten zu, bevor das Signal schwächer wurde.

„Habt ihr es so verstanden wie ich?", fragte Stuart. „Es klang, als hätten die Staatspolizei von North Carolina und Tennessee, Sheriffbüros und eine große Anzahl von Eltern, die früher beim Militär oder in der Strafverfolgung waren, einen Menschenhändlerring in den Bergregionen des westlichen North Carolina und östlichen Tennessee zerschlagen. Ich habe allerdings keine Zahlen mitbekommen."

„Laut einem Funkamateur bisher mindestens zwanzig Lager mit fünfzig bis hundert Kindern in jedem Lager. Ein anderer Funkamateur sagte, die Lager seien von Eltern in großen Lastwagen infiltriert worden, die die Kinder aus den Lagern entfernten, bevor die Razzien durchgeführt wurden", sagte Aimee Louise. „Die Funkamateure diskutierten über einige der Razzien in North Carolina, von denen sie gehört hatten, und spekulierten, dass die Staatspolizei von South Carolina und Georgia ähnliche Rettungsaktionen planen könnte."

„Erklärt auf jeden Fall, warum Peyton und Nate so entschlossen waren, nach South Carolina zu gehen", sagte Rosalie.

„Woran denkst du, Aimee Louise?", fragte Stuart.

„Es ist Zeit für uns, mit Peyton zu sprechen."

Während sie zum Haus schlenderten, sagte Stuart: „Ich habe Troy gegenüber Peyton nicht erwähnt. Ich bin nicht überzeugt, dass der Mann auf der Farm Troy ist."

„Er ist Brandons Vater", sagte Aimee Louise.

Stuart blieb stehen. „Warum habe ich das Gefühl, dass er nicht Troy ist?"

Rosalie blieb stehen und starrte Stuart an. „Weil. Ich weiß nicht." Sie eilte, um Aimee Louise einzuholen. „Ist er Peytons Ehemann?"

„Nein. Er ist Brandons Vater." Aimee Louise ging weiter zum Haus.

Während alle aßen, sagte Sandra: „Der Richter und ich werden heute Vormittag Brandons, Henrys und Dollys Hilfe im Garten und bei den Hühnern brauchen. Der Richter und ich werden uns abwechseln, ein

Auge auf Charo zu haben. Die Jungen und ich können die Hühner zum Freilauf rauslassen, während wir frisches Heu in ihre Nistboxen legen und nach Eiern suchen. Ich habe Setzlinge, die bereit sind, umgepflanzt zu werden, und die Jungen können sie im Wagen für mich zum Garten transportieren. Der Richter, die Jungen und Dolly können im Garten arbeiten, während ich mich um Charo kümmere."

„Sieht aus, als hätten wir einen vollen Vormittag vor uns", sagte der Richter.

Henry runzelte die Stirn. „Ich soll mit Angel arbeiten."

„Erst die Morgenarbeit", sagte Aimee Louise. „Wir werden heute Nachmittag zusammenarbeiten."

„Das ist ein guter Farmplan." Henry stopfte sich einen großen Bissen Brötchen in den Mund.

„Ich muss bei Mom bleiben." Brandon verschränkte die Arme.

„Ich gehe nirgendwo hin", sagte Peyton. „Wir müssen alle auf der Farm mit anpacken."

Brandon nickte. „Das ist es, was wir tun."

„Peyton, wir haben gestern Abend einige Sicherheitsprobleme identifiziert. Wir müssen Lösungen finden", sagte Stuart.

„Mein Fachgebiet", sagte sie.

„Wir zeigen dir nach dem Frühstück, was wir gefunden haben", sagte Stuart.

Scott und Rosalie räumten den Tisch ab, während Aimee Louise heißes Wasser in das Spülbecken goss, um das Geschirr zu waschen. Während Aimee Louise das Geschirr wusch und spülte, trocknete Stuart es ab und räumte es weg, während Peyton und Rosalie mehr Wasser für den großen Topf auf dem Herd holten.

Nachdem die fünf zum Rand des Feldes nahe der Straße gegangen waren, sagte Stuart: „Fangen wir mit unserer ersten Schnur an und arbeiten uns zur Auffahrt zurück."

Als sie die erste Schnur erreichten, sagte Rosalie: „Hier hat unser scharfäugiger Henry seinen ersten Blick auf das Licht vom Haus erhascht."

Peyton spähte zum Haus, dann kauerte sie sich hin und starrte weiter über das Feld. „Henry hat ein Licht gesehen, bevor ihr anderen es saht? Habt ihr es gesehen, nachdem er darauf hingewiesen hat?"

„Ja", sagte Stuart. „Naja, nein. Ich habe es nicht gesehen, bis ich mich von ihm wegbewegt habe. Dann habe ich es gesehen."

Peyton blickte zu ihm hoch. „Henry hat uns einen großen Gefallen getan. Seine Sicht war nahe der Sicht von jemandem, der durch das Feld kriecht. Zeig mir, wo du standest, als du es gesehen hast."

Stuart trat etwa zwei Fuß von ihr entfernt. „Ungefähr hier."

Als Peyton aufstand, sagte Scott: „Ein kleiner Busch würde deinen Blick auf das Haus verdecken, Peyton." Er trat nahe an Stuart heran. „Ich habe einige hohe, überwucherte Büsche in der Nähe des Hauses, die ich für diese Sicht umsetzen könnte."

Rosalie zog ihr Notizbuch aus ihrer Gesäßtasche. „Nachdem wir uns jede Schnur angeschaut haben, können wir uns aufstellen, wo wir denken, dass die Büsche stehen sollten, und dann die Positionen heute Abend überprüfen."

Als sie die Auffahrt erreichten, sagte Scott: „Ich hatte Sorge, wir würden ordentliche Reihen von Büschen haben, aber wir können ihren Abstand zum Haus variieren, um ihnen ein zerrisseneres Aussehen zu geben."

„Du hast Recht, Dad. Wenn du uns zeigst, welche Büsche wir umsetzen können, können Peyton und ich sie ausgraben, während Aimee Louise und Rosalie die neuen Stellen zum Platzieren bestimmen. Nachdem wir sie heute Abend überprüft haben, können wir sie bei Laternenlicht einpflanzen oder bis morgen nach dem Frühstück warten."

„Haben wir es eilig, das zu erledigen?", fragte Peyton, als sie und Stuart zur Scheune gingen, um Schaufeln zu holen.

„Ja. Die Hauseinbrüche kommen näher, und die beste Verteidigung scheint zu sein, den Anschein eines verlassenen Hauses zu erwecken."

„Die Schläger müssen davon ausgehen, dass ein leeres Haus bereits geplündert wurde, und wenn das Haus nicht leer ist, haben sie keine Skrupel, Menschen zu verletzen", sagte Peyton.

„Wie deine Angreifer?", fragte Stuart.

„Wo sind die Schaufeln?" Peyton schaute durch die Scheune.

„Genau hier", sagte Stuart. „Weißt du, wer deine Angreifer waren oder wer sie geschickt hat?"

Peyton griff nach einer Schaufel und wandte sich dann Stuart zu. Nur ihre Augen verrieten ihre Traurigkeit. „Nein, aber ich hatte den deutlichen Eindruck, dass Nate es wusste und irgendwie Charo und mich schützte, indem er nicht mit ihnen kooperierte, und ich verstehe das überhaupt nicht."

„Die Zeiten sind jetzt anders, Peyton. Was weißt du, was du nicht teilst?"

Peytons Gesicht rötete sich, und ihre Augen blitzten. „Ich verstehe nicht, wovon du sprichst." Sie stampfte mit ihrer Schaufel aus der Scheune.

Als Stuart sie in der Nähe des Hauses einholte, sagte er: „Das war dramatisch. Was ist los?"

„Du bist ein echter Quälgeist, Deputy Stuart. Das weißt du, oder?"

Stuart hob die Augenbrauen und legte seine Hand auf seine Brust.

„Ja, du", kicherte Peyton. „Nate dachte, jemand aus unserem nahen Umfeld würde die Entführungen in Florida anführen. Eine Zeit lang dachte ich, er meinte..." Peyton räusperte sich. „Brandons Vater, und ich hörte auf, mit Nate zu sprechen. Als er das Thema später wieder ansprach, weigerte ich mich, darüber zu diskutieren. Jetzt fühle ich mich wie ein Idiot. Wir sollten Partner sein, und ich habe ihn im Stich gelassen."

„War das derjenige, der den Angriff auf dich befohlen hat? Die Person, die die Entführungen in Florida anführte?"

Peytons Schultern sackten herab. „Ich weiß es nicht, aber ich glaube, Nate könnte es wissen." Tränen flossen über Peytons Gesicht. „Aber es ist noch schlimmer; nachdem wir entführt wurden, sagte Charo ihnen, sie sei ich. Sie hatte sogar während des Angriffs meinen Ausweis aus meiner Tasche genommen und in ihre Gesäßtasche gesteckt. Als ich sie anschrie und ihnen sagte, ich sei Peyton, lachte sie und zog meinen Ausweis heraus." Sie warf ihre Schaufel hin und rannte zur Scheune.

Scott kam um die Ecke, als sie an ihm vorbeiraste. „Hast du herausgefunden, was du wissen wolltest?"

„Ja, aber meine Verhörtechniken könnten etwas Finesse vertragen."

„Ich bin nicht sicher, ob das stimmt, Stuart." Scott hob die Schaufel auf, die Peyton hingeworfen hatte. „Es sieht aus, als hättest du einige Antworten bekommen, die vielleicht nie an die Oberfläche gekommen wären."

„Danke, Dad. Hast du es gehört?"

„Natürlich. Auf keinen Fall wollte ich die Stimmung deines ausgeklügelten Kreuzverhörs brechen."

„Und du warst genauso überrascht wie ich, oder?"

„Wahrscheinlich schon." Scott zeigte mit seiner Schaufel. „Lass uns diese vier Büsche herausnehmen. Ich denke, sie sind hoch genug, um zu funktionieren, und ich habe mir Sorgen gemacht wegen Büschen so nah am Haus, wo sich ein Angreifer verstecken könnte."

Während die beiden Männer arbeiteten, zog Brandon Henry im Gartenwagen zur Vorderseite des Hauses. „Mama Sandra hat uns gesagt, wir sollen euch den Wagen bringen, nachdem wir damit fertig sind."

„Dann sollen wir skedaddeln", sagte Henry. „Ich wusste nicht, was das bedeutet, aber Brandon sagte, es bedeutet schnell verschwinden."

Henry sprang aus dem Wagen, und die Jungen rannten um die Ecke in Richtung des Gartens.

„Deine Mutter ist mir immer zwei Schritte voraus. Wir sollten zwei dieser großen Büsche in den Wagen bekommen", sagte Scott.

Als sie die ersten zwei Büsche zum Feld rollten, hatten Aimee Louise und Rosalie Stöcke als Markierungen in den Boden gesteckt.

Rosalie winkte. „Wir denken, dies wird blockieren, wo du das einzelne Licht gesehen hast, Stuart."

Nachdem sie den Busch an Rosalies Markierung abgestellt hatten, folgte Rosalie ihnen zu Aimee Louise.

Als er Aimee Louises Markierung erreichte, sagte Stuart: „Der hohe Busch hier wird die zwei Lichter blockieren."

„Wartet hier", sagte Aimee Louise. „Wir haben euch etwas zu zeigen."

Aimee Louise und Rosalie rannten zur Auffahrt und dann in Richtung des Hauses.

„Was meinst du?", fragte Scott.

Stuart zuckte mit den Schultern. „Keine Ahnung."

„Welchen Busch findet ihr besser?", fragte Rosalie. „Wir sprechen mit normaler Stimme, nicht schreiend, falls ihr euch gewundert habt."

„Ich werde leise sprechen", sagte Aimee Louise.

„Das ist ein normaler Ton", fügte Rosalie hinzu.

Aimee Louise flüsterte. „Kannst du mich hören, Rosalie? Sie hat genickt, nur damit ihr es wisst."

Aimee Louise und Rosalie rannten zurück zu Stuart und Scott.

„Laufen sie immer so im Tandem?", fragte Scott.

„Immer."

„Wir haben alles gehört, als du und Peyton gesprochen habt. Wir dachten, wir zeigen es euch. Wenn ihr hier etwas gesagt habt, bevor wir zu sprechen begannen, haben wir es nicht gehört", sagte Aimee Louise.

Rosalie fügte hinzu: „Wir haben eine Schwachstelle bei der Akustik, aber wir sind ziemlich sicher, dass es nur vor dem Haus ist. Wir werden es testen, nachdem wir die hohen Büsche platziert haben. Wir wissen, dass die niedrigen Büsche etwa zwei Fuß von den hohen Büschen entfernt sind, also müssen wir nicht viel Zeit mit ihnen verbringen."

„Ich war überrascht, als ich dich so deutlich vor dem Haus sprechen hörte, Aimee Louise", sagte Scott. „Ich stellte mir Angreifer vor, die im Gras liegen und jedes Wort hören. Gut, dass ihr es gefunden habt. Was tun wir, um es zu beheben?"

„Wenn nichts anderes hilft, sprechen wir nicht, wenn wir vor dem Haus sind", sagte Stuart.

„Wir könnten es nutzen, um falsche Informationen zu geben, aber das ist riskant", sagte Aimee Louise.

„Lass uns unsere anderen beiden hohen Büsche ausgraben und an ihren Platz bringen", sagte Scott.

Rosalie folgte Scott und Stuart zur Vorderseite des Hauses. Stuart und Rosalie kehrten mit zwei weiteren hohen Büschen zurück.

„Ich habe gehört", sagte Aimee Louise. „Scott ist auf dem Weg zum Garten."

Nachdem sie die beiden Büsche platziert hatten, fragte Stuart: „Was hast du über das gedacht, was Peyton sagte, Aimee Louise? War sie aufrichtig?"

„Ja."

„Es gibt mehr", sagte Stuart.

„Sie hat nichts gesagt, was wir nicht in ein paar Tagen von Charo erfahren hätten. Was wir wissen wollen, ist, wer Brandons Vater ist, denn das ist der Mann auf der Farm. Ich werde heute Abend versuchen, die Farm zu kontaktieren, oder zumindest versuchen, eine Nachricht an Mr. Young und Annie zu schicken. Wir müssen den Zustand des Mannes auf der Farm kennen, bevor wir Peyton etwas sagen."

„Du hast recht", sagte Rosalie. „Wenn er gestorben ist oder weggelaufen ist, müssen wir es wissen."

Peyton kam von der Auffahrt in Richtung des Feldes. „Tut mir leid, Stuart. Ich bin dieser Tage nicht ganz ich selbst." Sie untersuchte die Büsche. „Wir haben noch die vier kleinen Büsche auszugraben, richtig?"

„Genau", sagte er.

„Wir kommen später wieder", sagte Aimee Louise. „Sandra bat uns, ihr zu helfen, wenn wir heute Morgen Zeit hätten."

Aimee Louise und Rosalie rannten vom Feld zur Auffahrt und waren im Haus, bevor Stuart und Peyton die Auffahrt erreichten.

„Hat Scott die kleinen Büsche ausgesucht?", fragte Peyton.

„Ich zeige sie dir", sagte Stuart.

Nachdem sie die kleinen Büsche ausgegraben hatten, legte Stuart sie in den Wagen. Auf dem Weg zur Auffahrt sagte Peyton: „Henry hat mir erzählt, Brandon hätte dich gefunden, als er über Funk sprach. Stimmt das?"

„Das stimmt. Hat er dir erzählt, dass die beiden einen Tornado in einem offenen Feld überlebt haben? Brandon war erstaunlich.

Er hat sich um Henry gekümmert und sichergestellt, dass sie zusammenblieben."

„Davon wusste ich nichts. Brandon ist doch nur ein kleiner Junge."

„Da irrst du dich, Peyton." Stuart blieb stehen und sah sie an. „Brandon ist ein Held. Er hat ein freundliches Herz und ein starkes Verantwortungsgefühl. Er ist der loyale Freund, den jeder junge Junge irgendwann braucht." Stuart lächelte. „Wahrscheinlich genetisch bedingt."

Peyton nickte. „Genau wie sein Vater."

„Weiß er, wohin du gehen wolltest?"

„Ich weiß es nicht." Sie runzelte die Stirn. „Nein, ich weiß es doch. Er würde es herausfinden. Als Brandon verschwand, war er außer sich. Er wollte mit mir nach South Carolina gehen, aber ich sagte ihm, ich hätte bereits einen Partner. Es hat nichts genützt. Er war schon immer unempfindlich gegenüber Beleidigungen."

„Hätte er versucht, dich und Brandon zu finden?"

„Er würde Himmel und Erde in Bewegung setzen, um uns zu finden. Er ist sehr loyal. Du hattest recht mit dem Genetischen. Es ist nur zu schade..." Peytons Stimme verstummte.

Stuart griff nach einem kleinen Busch und hielt dann inne. „Was?"

„Brandons Vater und ich waren beste Freunde im College, aber wir wurden mehr als nur Freunde. Als ich entdeckte, dass ich schwanger war, war er begeistert und wollte sofort heiraten. Ich neige manchmal zu Panikattacken. Ich hatte Angst, er wollte mich nur heiraten, weil ich schwanger war." Peyton setzte sich auf den Wagen. „Meine Eltern halfen mir, Brandon großzuziehen, aber sein Vater war immer in seinem Leben. Er nahm nach dem College einen Job in der Nähe meiner Eltern an. Er sah Brandon jeden Tag. Mehr als ich, weil ich mit meinem neuen Job viel unterwegs war. Wir sind immer noch gute Freunde. Er geht gelegentlich aus, aber nichts Ernstes. Eine meiner Freundinnen, die mit ihm ausging, sagte mir einmal, sie könne nicht mit mir konkurrieren. Ich dachte, sie sei verrückt."

Peyton stand auf. „Ich heiratete Troy, als Brandon drei war. Unsere Beziehung war immer stürmisch. Troy war nicht oft da. Er hatte andere Interessen. Ich war dabei, mich scheiden zu lassen, als Brandon verschwand."

„Wusste Brandons Vater, dass du dich von Troy scheiden lässt?"

„Nein. Ich verheimlichte es meinen Eltern. Wenn sie es gewusst hätten, hätten sie es Brandons Vater erzählt." Sie lächelte. „Sie haben ihn immer als ihren richtigen Schwiegersohn betrachtet und haben mir das mehr als einmal gesagt."

„Ich will nicht neugierig sein, aber wie heißt Brandons Vater?" Stuart erwiderte ihr Lächeln.

„David. David Griffin. Er ist ein Polizist. Technisch gesehen ist er Beamter für Fisch- und Wildtierschutz, aber er ist der beste Polizist, den ich je kannte."

„Brandon sagte, sein Vater baut Häuser." Stuart runzelte die Stirn.

Peyton lachte. „Das tut er. Er und Brandon bauen Vogelhäuser, und David gibt sie an Pfadfinder und andere Gruppen für Wildtierprojekte. Sie haben ein Spielhaus für eine Kindertagesstätte gebaut. Sie waren sehr stolz darauf."

„David klingt wie ein toller Kerl", sagte Stuart.

„Das ist er." Peyton runzelte die Stirn. „Ich habe das zu lange vergessen. Ich muss ernsthaft nachdenken."

„Das musst du auf jeden Fall."

Nachdem sie die kleinen Büsche in die Nähe der größeren gesetzt hatten, brachten sie die Schaufeln zurück zur Scheune und den Wagen zum Garten.

„Mom, komm und sieh, was wir gepflanzt haben", sagte Brandon. „Henry und ich könnten zu Bauern werden. Dolly sagte, sie würde für uns Unkraut jäten."

„Dolly jätet gerne", sagte Henry. „Wir haben versprochen, ihr all unser Unkraut aufzuheben."

Sandra schlenderte zum Garten. „Ich kann sehen, wie viel Arbeit ihr alle geleistet habt. Bereit fürs Mittagessen?"

Während die Jungen und Dolly zum Haus eilten, sagte Sandra: „Denkt daran, eure Hände zu waschen, bevor ihr euch an den Tisch setzt."

„Ich werde aufpassen." Peyton jagte hinter ihnen her.

„Richter, Charo sitzt aufrecht und isst weiche Nahrung", sagte Sandra. „Das ist eine große Veränderung gegenüber der flüssigen Ernährung von gestern. Ich habe ihr nach dem Mittagessen ein Schwammbad versprochen, und Rosalie und Aimee Louise haben angeboten, die Kinder zu beaufsichtigen, falls du ein wenig Zeit zum Schlafen oder Lesen haben möchtest."

Die beiden gingen Arm in Arm zum Haus.

„Wir sollten wohl auch dorthin gehen, sonst werden wir hungrig bleiben", sagte Scott.

„Wir schauen uns nach dem Mittagessen die Bäume an", sagte Stuart.

Als Aimee Louise aus dem Haus kam, um Stuart zu treffen, ging Scott weiter hinein.

„Charo möchte Nate hier haben", sagte Aimee Louise. „Es ist schwer, all ihre Worte zu verstehen, aber ich glaube, sie behauptet, es gehe ihm jetzt gut. Ich werde versuchen, Phils Kontakt heute Abend über Funk zu erreichen."

„Peyton hat bestätigt, dass Brandons Vater nicht Troy ist. Brandons Vaters Name ist David Griffin. Ich bin sicher, der Mann auf der Farm ist David."

„Warum sollte er den Namen Troy verwenden?", fragte sie.

„Was hätte er sagen sollen? Mein Name ist David, und ich bin eigentlich Brandons Vater? Das würde zu viele Fragen aufwerfen, oder? Es wäre einfacher gewesen, zu behaupten, er sei Troy. Nach dem, was Peyton sagte, hätte der echte Troy niemals versucht, sie oder Brandon zu finden."

Während sie weiter zum Haus schlenderten, runzelte Stuart die Stirn. „Ich bin mir aber nicht sicher, ob Peyton glaubte, dass der echte Troy nicht versuchen würde, sie zu finden. Es war fast so, als würde sie versuchen, sich selbst zu überzeugen, nicht mich."

„Manchmal verstehe ich die Menschen nicht", sagte sie, als sie hineingingen.

*Ich auch nicht, Liebling.*

# Kapitel Sieben

Als Aimee Louise und Stuart in die Küche kamen, lächelte Rosalie. „Wir haben unser Projekt für heute Nachmittag. Als Frau Sandra fragte, ob wir ein Mutternest für eines der Hühner bauen könnten, um Eier auszubrüten und Küken großzuziehen, sagte Herr Scott, dass wir die Holzreste in der Scheune verwenden könnten."

„Ich weiß genau, was wir für das neue Mamanest tun müssen", sagte Dolly.

„Ich auch", unterbrach Henry.

In ihrer Aufregung sprachen Brandon, Henry und Dolly alle gleichzeitig, als sie ihre Ideen herausprudelten. Stuart sah zu seinem Vater, der über die Kakophonie des Geschnatters strahlte. *Was für eine Erleichterung, Dad glücklich zu sehen.*

Sandra klatschte zweimal in die Hände, und die Kinder starrten sie in verblüfftem Schweigen an. „Wenn ihr zuerst esst, könnt ihr mit eurem Projekt beginnen."

Die Küche war ruhig, als die Kinder sich beeilten, das Mittagessen zu beenden, bevor sie zu ihrem Nachmittagsprojekt eilten. Rosalie folgte den Kindern, während Aimee Louise und Sandra Geschirr spülten und die Küche in Ordnung brachten. Stuart und Scott gingen zur Scheune, um Kettensägen, die Stangensäge und Gurte zu holen.

Nachdem sie die Ausrüstung auf den Anhänger geladen hatten, sagte Stuart: „Ich treffe dich an der Straße. Ich muss etwas an der Vorderseite des Hauses überprüfen."

Stuart schritt zum Vorgarten und untersuchte dann die Beschaffenheit des Geländes. *Mit der Senke des Grabens, um Regenwasser vom Haus wegzuleiten, ist dies eine Schüssel. Perfekte Einrichtung für ein Theater, um den Schall zum Publikum auf dem Feld zu projizieren. Wie ändere ich das?*

Stuart scannte den Hof noch einmal, bevor er die Auffahrt hinauflief, um seinen Vater zu treffen.

„Schau dir diesen alten Baum an, Stuart. Er ist kurz davor, ohne jede Hilfe zu fallen." Scott fuhr mit seiner Hand den Stamm hinunter. „Ein gespannter Gurt, um ihn davon abzuhalten, in die falsche Richtung zu fallen, ein paar einfache Schnitte, und er wäre unten."

Stuart runzelte die Stirn, während er zur Straße und zurück ging. „Wie kommen wir raus?"

„Das habe ich abgedeckt", sagte Scott. „Ich zeige es dir, nachdem wir diesen alten Kerl gefällt haben." Scott machte seine Kerbe und dann seinen Fällschnitt, und der Baum fiel genau dort, wo er es geplant hatte. „Ich hole meine Machete aus meinem Schuppen und treffe dich an der Vorderseite des Hauses. Ich werde dir zeigen, was ich für deinen Fluchtweg im Sinn hatte."

Als Scott zu Stuart stieß, führte er seinen Sohn am Haus vorbei zum Wald. „Es gibt eine alte Scheune und eine Auffahrt zur Straße auf dem Land neben uns. Es ist jetzt alles zugewachsen, aber wir können einen Weg für deinen Truck räumen. Deine Mutter würde sagen, dass wir uns das hätten ansehen sollen, bevor wir den Baum quer über unsere Auffahrt fallen ließen."

Stuart runzelte die Stirn angesichts des überwucherten Gestrüpps im Wald. „Können wir dort überhaupt durchkommen?"

Scott schritt zu einer Öffnung im Gestrüpp. „Wir können die Büsche zurückschneiden, damit wir durchkommen, aber wir müssen vielleicht ein paar kleine Bäume fällen für den Truck."

Nachdem sie das dichte Dickicht weggedrückt und weggeschnitten hatten, kamen sie zu einem geräumten Pfad, der breit genug war, dass zwei Personen nebeneinander gehen konnten.

Stuart schüttelte den Kopf. „Das ist unerwartet. Ich dachte, wir müssten uns den Weg zur Scheune freihacken."

Als sie zum Ende des breiten Pfades kamen, stand die baufällige Scheune vor ihnen.

Scott deutete an der Scheune vorbei. „Es gibt eine Auffahrt vom Haus zur Straße. Der Blitz hat das Haus kurz nach dem Zusammenbruch des Stromnetzes getroffen, und weil es keine Möglichkeit gab, das Feuer zu löschen, blieb nichts übrig außer dem Schornstein. Bevor Herr Smith zu seiner Tochter nach Alabama zog, erzählte er mir, dass er ohne seine Frau keinen Grund hatte, wieder aufzubauen. Ich würde sagen, wir hatten Glück, dass die Flammen sich nicht auf den Wald ausgebreitet haben, außer dass Herr Smith den Bereich um sein Haus frei von Gestrüpp und Bäumen gehalten hat; er nannte es seinen verteidigungsfähigen Raum."

Nachdem sie den Hausplatz erreicht hatten, suchten sie im Unkraut nach der Kiesauffahrt. Als ihr Weg einige Wendungen im hohen Gras und zwischen den Bäumen machte, sagte Stuart: „Ich hatte erwartet, dass die Auffahrt direkt zur Straße führt, aber sie schlängelt sich wie ein Bach."

„Ich denke, der Punkt war, das Haus weniger sichtbar von der Straße und weniger einladend für Passanten zu machen. Unsere Auffahrt verläuft entlang unserer Grundstücksgrenze, so dass unser Feld für Feldfrüchte verfügbar ist. Diese hier windet sich ihren Weg zur Straße, aber die großen Bäume machten das Feld weniger nützlich für die Landwirtschaft."

Trotz der verschlungenen Auffahrt dauerte es nicht lange, bis sie die Straße erreichten. Stuart blickte auf das Feld und die Bäume hinter ihnen. „Es könnten ein paar tiefhängende Äste sein, die wir entfernen müssen, wenn wir den Truck auf diesem Weg bringen, aber insgesamt gibt es nicht viel zu tun, nachdem wir den Truck zur Scheune gebracht haben."

„Wir müssen Bäume an den Seiten unseres Hauses für den Truck fällen", sagte Scott. „Wir beginnen dort. Ich denke, wir können heute fertig sein."

„Ich könnte Aimee Louise den Truck fahren lassen, während ich vor ihm den Weg durch den Wald freimache", sagte Stuart.

„Das ist in Ordnung", Scott lachte. „Ich bin sicher, dass deine Mutter ein Projekt für mich hat."

Während Stuart Bäume rund um das Haus seiner Eltern fällte und sie in handliche Stücke schnitt, räumte Scott mit dem Traktor die Äste und Baumstämme weg. Nachdem sie den ersten Abschnitt der Bäume gerodet hatten, machten sie eine Wasserpause im Schatten.

„Ich hatte vor, diese Bäume zu fällen", sagte Scott. „Es würde nur einen gut platzierten Tornado brauchen, um hier durchzufegen, und wir hätten eine große Katastrophe, wenn ein Baum durch unser Dach kracht. Eigentlich hätte ich mich an Herrn Smiths verteidigungsfähigen Raum für Feuer erinnern und es zu einer Priorität machen sollen, den Bereich zu räumen, aber ich komme gerade erst wieder auf die Beine. Während du und Aimee Louise euren Weg durch den Wald zur Scheune bahnt, werde ich die Bäume in Brennholzgröße für nächstes Jahr schneiden."

Als sie den letzten Abschnitt der Bäume in der Nähe des Pfades räumten, kam Aimee Louise zu ihnen, und Stuart und Scott verschnauften.

„Das Mamanest ist gebaut. Brandon und Henry haben eine angebrochene Dose gelbe Farbe in der Scheune gefunden. Ist es okay, wenn sie die Farbe benutzen?", fragte sie.

„Ich hatte vergessen, dass ich die hatte." Scott wischte sich mit dem Bandana, das er in seiner Gesäßtasche trug, den Schweiß aus dem Gesicht. „Sie können sie gerne haben."

„Nachdem du sie eingerichtet hast, kannst du den Truck hierher bringen?", fragte Stuart.

„Ja." Aimee Louise eilte davon.

Nachdem sie den letzten Baum gefällt hatten, transportierte Scott ihn mit dem Traktor weg, während Aimee Louise den Truck über den Vorgarten zum Rand des Waldes fuhr.

Als sie aus dem Truck sprang, sagte Stuart: „Ich werde die kleinen Bäume fällen und das Gestrüpp zurückschneiden, damit der Truck durchkommen kann. Ich zeige dir zuerst, wohin wir gehen."

Als sie sich durch das Gebüsch drängten und dann gemeinsam auf dem breiten Pfad gingen, sagte Stuart: „Es sah entmutigender aus, als Dad und ich das erste Mal durchkamen."

Als sie die Scheune erreichten, sagte Aimee Louise: „Es würde nicht viel brauchen, um diese Struktur zu reparieren."

Stuart schaute das Gebäude an. „Ich werde das gegenüber Dad erwähnen. Ich frage mich, ob Herr Smith sein Grundstück aufgegeben hat."

Sie kehrten zum Truck zurück und begannen mit der Arbeit, Gebüsch und Bäume zu räumen, um einen Pfad zu schaffen, der breit genug für den Truck war. Als sie die Scheune auf der anderen Seite des Waldes erreichten, setzten sie sich für eine Pause auf die hintere Stoßstange.

Stuart sagte: „Wir haben den schweren Teil erledigt. Es wird nicht lange dauern, um von hier zur Straße zu kommen. Ich werde alle tiefhängenden Äste entfernen, dann sind wir fertig."

Aimee Louise hielt an, als sie sich dem ersten tiefen Ast näherten; Stuart sprang aus dem Truck und entfernte ihn mit der Stangensäge.

„Noch einer voraus." Stuart nahm ihn herunter und zog ihn aus dem Weg.

Als sie die Straße erreichten, blickte Aimee Louise hinter sich. „Wir haben fünf tiefhängende Äste entfernt."

„War nicht so schwer mit der Stangensäge."

Sie stiegen aus dem Truck und untersuchten den Stacheldraht über der Auffahrt.

„Er ist an diesem Pfosten befestigt." Stuart hob den Pfosten. „Es ist ein Tor. Wir können es öffnen und dann schließen, wenn wir gehen."

Nachdem er das Tor geöffnet hatte, ging Aimee Louise die Straße entlang und kehrte zurück. „Ich möchte das Gras nicht mehr als nötig stören. Es wird sich in einem Tag erholen, nachdem wir weg sind. Ich werde die Auffahrt zum Haus rückwärts runterfahren."

Stuart schloss das Tor. „Hätte nie an ein Stacheldrahttor gedacht. Es verschmilzt mit dem Zaun. Es wäre von der Straße aus zunächst schwer zu erkennen. Deine Fahrkünste sind beeindruckend, Aimee Louise."

Aimee Louise starrte Stuart an. „Danke."

Aus einem Impuls heraus fragte Stuart: „Was siehst du?"

„Deine Wolke."

Stuart schaute nach oben. „Was für eine Wolke ist es?"

„Besonders. Schön."

Stuart griff nach Aimee Louises Hand, und ihre Finger verschränkten sich. „Du weißt, dass ich immer bei dir sein möchte."

Sie drückte seine Hand. „Das sagt mir deine Wolke."

„Wenn ich deine Wolke sehen könnte, was würde ich sehen?"

Aimee Louise hob ihre Augenbrauen und schaute nach oben. „Ich kann meine Wolke nicht sehen. Ich bin sicher, meine Wolke wäre die gleiche wie deine." Sie neigte ihren Kopf, als sie Stuart anschaute. „Niemand hat mich das je zuvor gefragt."

Stuart umarmte sie und schmiegte sich an ihr Haar, und Aimee Louise vergrub ihr Gesicht an seiner Brust, während sie ihre Arme um ihn schlang.

Stuart seufzte. „Pause vorbei."

Als Aimee Louise die Auffahrt rückwärts hinunterfuhr, sagte Stuart: „Ich habe eine Theorie. Nachdem du den Truck geparkt hast, lass uns den Klangtest vor dem Haus wiederholen."

„Du erwartest, dass der Klang jetzt nicht mehr getragen wird, weil die Seitenbäume weg sind."

„Du hast recht." Stuart schüttelte den Kopf und lächelte. *Ich habe ein Leben vor mir mit der klügsten Person, die ich kenne.*

Nachdem Aimee Louise den Truck zum Grundstück zurückgesetzt und ihn gewendet hatte, um zurück zur Newton-Farm zu fahren, sagte

Stuart: „Lass uns die Scheune genauer anschauen. Sie ist renovierbar oder eine Gefahr."

Sie traten zurück und untersuchten das Dach.

„Es fehlen ziemlich viele Schindeln", sagte Stuart. „Lass uns herumgehen, bevor wir hineingehen."

Nachdem sie das Fundament und die Außenwände untersucht hatten, sagte Aimee Louise: „Die fehlenden Bretter an den Seiten des Gebäudes und über den Fenstern und die kaputten Scheunentüren geben ihm ein verfallenes Aussehen, aber ich habe nichts gesehen, was die Integrität des Gebäudes beeinträchtigt."

„Ich stimme zu. Gehen wir hinein."

Nachdem sie die Scheune betreten hatten, zeigte Aimee Louise nach oben. „Dieser eine Sparren ist gespalten, aber der Rest sieht gut aus."

„Die Ställe müssen repariert werden. Das ist geringfügig." Stuart hob eine Leiter auf, die auf dem Erdboden lag, und ließ sie fallen. „Das muss die Leiter zum Dachboden sein. Die ist hinüber."

„Der Dachboden sieht nicht sicher aus. Er braucht Arbeit."

Als Aimee Louise den Truck vorsichtig durch den neuen Pfad zurückbrachte, sagte Stuart: „Nach unserem Klangtest werde ich Dad von der Scheune erzählen. Es ist ein interessantes Projekt, das er, wie ich vermute, genießen wird."

Als sie das Haus erreichten, parkte Aimee Louise den Truck.

Als Stuart nach den Werkzeugen griff, um sie in die Scheune zurückzubringen, sagte Aimee Louise: „Hast du das gehört? Quieken?"

Nachdem sie die Werkzeuge im Geräteschuppen abgelegt hatten, eilten sie zum Seitenhof. Sandra, Peyton und eine Frau standen in der Nähe der Küchentür, während Scott, Rosalie und ein junger Mann, der groß und schlaksig war, die Kinder und vier Welpen beaufsichtigten.

Peyton lächelte Stuart und Aimee Louise an und eilte, um sie zu begrüßen. „Der Hund des Nachbarn hat Welpen bekommen. Ihre Mama, Holly, ist ein Collie, und der Vater der Welpen ist ein gelber Labrador. Ich denke, wir werden hier mit einem oder zwei enden, oder? Ich dachte immer, Brandon hätte Angst vor Hunden, aber ich glaube, ich habe mich geirrt. Schau sie an." Sie nickte mit dem Kopf in Richtung des jungen Mannes. „Das ist der Neffe des Nachbarn. Sandra und die Nachbarin versuchen, den Neffen und Rosalie zusammenzubringen. Glaubst du, die Mama-Hündin war auch Teil der Verschwörung?" Peyton kicherte. „Die Kinder haben eine tolle Zeit. Ich frage mich, ob sie es auf drei versuchen werden?"

Henry lief zu Stuart. „Wir haben Welpen bekommen, Deputy Stuart."

Bevor Stuart antworten konnte, rannte Henry zurück. Als der Richter mit einer Schüssel Wasser aus dem Haus kam, traf Brandon ihn und trug dann die Schüssel zu den Welpen.

Scott gesellte sich zu Stuart und Aimee Louise. „Ich denke, diese Leute werden für eine Weile beschäftigt sein. Wie ist es gelaufen? Seid ihr gut durchgekommen?"

„Hat super geklappt, Dad. Wir haben Herrn Smiths Scheune überprüft. Sie ist nicht in schlechtem Zustand. Es würde nicht viel brauchen, um sie zu reparieren."

„Das ist interessant. Ich hatte sie mir nicht wirklich angeschaut. Herr Smith überschrieb mir die Urkunde, bevor er ging, also gehört mir das Grundstück. Ich habe seit seinem Weggang nicht mehr darüber nachgedacht. Bin nicht sicher, was ich mit einer Scheune anfangen würde." Scott lachte. „Vielleicht Welpen aufziehen. Nur ein Scherz."

„Wenn du Welpen in die Scheune setzt, würden auch die Kinder dorthin ziehen", sagte Stuart.

„Du müsstest den Dachboden reparieren, weil Brandon und Henry ihn als ihren beanspruchen würden", fügte Aimee Louise hinzu.

Stuart lächelte. „Du hast den Witz verstanden."

„Habe ich das?"

Stuart umarmte sie. „Die beste Art. Ein Witz, der lustig ist, weil er nett ist. Und wahr."

Scott hob seine Augenbrauen. „Schauen wir uns unsere Scheune an. Hier wird für eine Weile keine Arbeit erledigt werden."

Auf dem Weg zur Scheune sagte Scott: „Andy hat mir erzählt, dass die Mitchell-Farm in der Nähe der Stadt vorgestern Nacht überfallen wurde. Alle Erwachsenen wurden ermordet, und die Zwillingsmädchen waren verschwunden, Samantha und Camilla. Die Großeltern leben die Straße runter, und sie sind untröstlich. Ich hätte nie gedacht, dass wir mit so etwas konfrontiert sein würden. Ich dachte, weil wir so weit von der Stadt entfernt sind, wären wir sicher."

Stuart erzählte seinem Vater von den Sicherheitsvorkehrungen auf der Farm des Majors, einschließlich der ständigen Bewaffnung im Freien, der nächtlichen Sicherheitskontrollen und des Rufs *Inside*, damit alle ins Haus rennen.

„Ich werde mit deiner Mutter reden. Wir beide haben Seitenwaffen, die wir mögen; ich habe nur nicht an das Risiko gedacht, sie nicht griffbereit zu haben." Scott rieb sich das Kinn und runzelte die Stirn. „*Inside*, hm? Klingt nach etwas, das wir hier mit drei Kindern machen müssen."

„Rosalie kann es den Kindern beibringen", sagte Aimee Louise.

„Wir haben gesehen, wie es die Kinder auf der Farm mehr als einmal gerettet hat, und weil die Erwachsenen genauso schnell handeln wie die Kinder und alles fallen lassen, was sie tun, um nach drinnen zu eilen, funktioniert das System. Aimee Louise und ich können es den Erwachsenen beibringen."

Scott runzelte die Stirn. „Du sagst, dass wenn jemand *Inside* ruft, ich alles fallen lassen und zum Haus rennen muss. Untersuche ich nicht zuerst?"

„Was untersuchen?", fragte Stuart. „Wenn du zum Haus rennst, wirst du herausfinden, warum alle hereingerufen wurden."

Scott verengte seine Augen. „War das deine Idee, Aimee Louise?"

„Nein, Pops hat sie sich ausgedacht."

„Major Elliott ist Aimee Louises Großvater. Die vier Kinder nennen ihn Pops, weil Aimee Louise und Rosalie ihn so nennen", sagte Stuart.

„Vier Kinder. Und sie rennen alle ins Haus, wenn ein Erwachsener *Inside* ruft?"

„Vier Kinder und acht Erwachsene, einschließlich Aimee Louise, Rosalie und mir." Stuart lachte.

„Womit fangen wir an?", fragte Scott.

„Mit einem Familientreffen", sagte Aimee Louise.

„Wann haben wir ein Familientreffen? Wer ruft es aus?"

„Halte das Treffen, sobald die Gäste weg sind. Als Familienoberhaupt rufst du das erste Treffen aus", sagte Aimee Louise.

„Du wirst mich beraten, oder?", fragte Scott, während sie ihren Spaziergang zur Scheune fortsetzten.

„Wir stehen hinter dir, Dad", sagte Stuart.

Als sie um die Scheune gingen, untersuchte Scott das Dach, das Fundament und die gesamte Struktur. Als sie hineingingen, scannte er die Sparren, Wände und den Dachboden.

„Nachdem dieser eine Sparren repariert ist, ist das Dach die Priorität. Die restlichen Reparaturen sind weniger kritisch, um die Scheune zu retten", sagte Scott. „Ich habe keine Ahnung, welchen Nutzen wir aus dieser alten Scheune ziehen könnten, aber wenn das Dach einstürzt, haben wir nichts."

Als sie zum Haus zurückkehrten, waren ihre Gäste gegangen. Scott sprach leise mit Sandra, dann klatschte Sandra in die Hände. „Papa Scott sagte, wir haben ein Familientreffen am Küchentisch. Lasst uns gehen."

Die Kinder folgten Sandra und Scott ins Haus.

„Bedeutet das auch uns?", fragte der Richter.

„Ja", sagte Rosalie, während sie eilte, um sich den Kindern anzuschließen. Aimee Louise und Stuart eilten, um Rosalie zu folgen. Peyton zuckte mit den Schultern und folgte dem Richter.

Nachdem sich alle beruhigt hatten, verteilte Sandra Cracker.

Scott räusperte sich, als er sich am Tisch umschaute. „Wir müssen vorsichtiger sein, was die Sicherheit angeht. Die Familie auf der Farm in Florida befolgt einige Sicherheitsmaßnahmen, die auch für uns funktionieren könnten. Deputy Stuart wird uns erzählen, was sie sind und wie sie funktionieren."

Stuart nickte. „Manchmal ist es wichtig, dass alle sofort handeln, für die Sicherheit der Familie. Wegen der unmittelbaren Gefahr ist keine Zeit für Fragen. Die Florida-Familie hat ein Codewort. Es ist *Inside*.

Wenn ein Erwachsener *Inside* ruft, lässt jeder fallen, was er gerade tut, und rennt zum Haus."

„Auch die Erwachsenen?", fragte Sandra, während sie sich am Tisch umschaute.

„Ja", sagte Rosalie. „Wenn die Erwachsenen nicht zum Haus rennen, werden sie nicht wissen, was das Problem ist, aber schlimmer noch, sie zeigen den Kindern, dass es nicht wichtig ist, sicher zu sein."

„Autsch", murmelte Peyton.

„*Inside* wurde nicht sehr oft gerufen", sagte Aimee Louise.

„Aber wenn es so war", fügte Stuart hinzu, „war es entscheidend, alle so schnell wie möglich zusammenzubringen."

„Lass uns einen Probelauf machen", sagte Scott.

„Ich gehe zum Garten", sagte der Richter.

„Ich kann mit Opa gehen", sagte Dolly. „Nur für den Fall, dass er den Inside-Ruf nicht hört."

Peyton schnaubte, und der Richter funkelte sie an, als er und Dolly die Küche verließen.

„Ich habe Mom die Hühner gezeigt", sagte Brandon. „Wir können zum Hühnerstall gehen."

„Ausgezeichnete Idee", sagte Peyton, als Brandon ihre Hand nahm.

„Henry, lass uns zum Geräteschuppen gehen", sagte Aimee Louise. „Wir können überprüfen, ob alles an seinem Platz ist."

„Was meinst du, Sandra? Wird das funktionieren?", fragte Scott.

„Ich denke schon. Die Erwachsenen sind der Schlüssel, und Rosalie hat ihre Mitarbeit mit ihrem Kommentar über Sicherheit festgenagelt. Geben wir ihnen ein wenig Zeit, gelangweilt zu sein. Magst du eine Tasse heißen Tee?"

„Das beste Angebot, das ich heute hatte", lächelte Scott.

„Rosalie, komm mit mir", sagte Stuart. „Ich möchte unseren Test wiederholen."

Als sie die Vorderseite des Hauses erreichten, sagte Rosalie: „Ich laufe zum Feld raus."

Stuart gab Rosalie Zeit, zum Feld zu kommen, dann sagte er mit klarer Stimme: „Ich frage mich, wie viele Welpen hier enden werden."

„Du kannst jetzt reden", rief Rosalie.

„Wenn es nur einen Welpen gibt, wer wird ihn dann wohl benennen? Werden wir einen..."

„Mach weiter", rief Rosalie. „Du kannst jetzt reden."

Stuart kicherte und rief dann zurück. „Komm zur Vorderseite des Hauses."

Rosalie lief, um sich ihm anzuschließen. „Ich habe dich überhaupt nicht gehört, bis du gerufen hast. Wie hast du das behoben?"

Stuart deutete auf die Baumstümpfe auf beiden Seiten des Hauses. „Wir hatten ein natürliches Amphitheater. Das Entfernen der Bäume nahm die Krümmung weg, die den Schall gelenkt hat. Setzen wir uns auf die Veranda, während wir warten."

Nachdem sie sich auf die Stufen gesetzt hatten, sagte Rosalie: „Brillant. Deine Idee, richtig?"

„Gewissermaßen. Aimee Louise wusste genau, was passieren würde, wenn wir die Bäume fällten."

„Stört es dich, dass sie so klug ist?"

„Überhaupt nicht. Hätte fast vergessen, dir zu sagen, dass die Vordertür abgeschlossen bleibt. Wir müssen zur Küchentür rennen, wenn Dad *Inside* ruft."

Stuart stand auf und ging auf und ab. „Ich mache mir Sorgen um die Familie hier. Ich bin nicht sicher, ob sie bereit sind, sich selbst zu verteidigen. Was meinst du?"

„Die Erwachsenen müssen wissen, was sie voneinander in Bezug auf Verteidigung erwarten können. Wir wissen, dass Peyton eine Pistole abfeuern kann, aber gibt es ein Gewehr für sie? Nachdem wir weg sind, gibt es vier Erwachsene, und sie alle müssen in der Lage sein, die Kinder zu schützen. Fünf, wenn Charo gesund genug ist."

„Ich werde mit Dad reden."

„Inside!", rief Sandra.

Stuart und Rosalie rannten zur Küchentür und waren die ersten beiden im Haus.

Peyton und Brandon kamen als nächstes, gefolgt vom Richter, Dolly, Henry und Aimee Louise.

„Aimee Louise hat mir gesagt, ich soll so schnell rennen, wie ich kann, und das habe ich getan", sagte Henry.

„Gut gemacht, alle zusammen", sagte Scott. „Wenn wir *Inside* hören, was tun wir?"

Brandon hob seine Hand. „Schnell zum Haus rennen."

„Schneller", sagte Dolly. „Das habe ich Opa gesagt, und wir sind schneller gerannt."

„Gute Antworten", sagte Sandra. „Alle haben es großartig gemacht und können einen Cracker haben, bevor ihr zu dem zurückgeht, was ihr gemacht habt."

Nachdem Brandon seinen Cracker aufgenommen hatte, sagte er: „Willst du mit Mom und mir zum Hühnerstall kommen, Henry? Ich war gerade dabei, Eier für Mama Sandra zu sammeln."

„Ist das in Ordnung für dich, Angel? Brandon und ich sammeln immer zusammen die Eier."

„Ja. Es ist gut, Dinge mit Freunden zu tun, und ich habe Rosalie etwas zu zeigen."

„Kann ich auch mitkommen?", fragte Stuart, als er Aimee Louise und Rosalie zur Tür hinaus folgte.

„Lasst uns Rosalie die Scheune und die Auffahrt zur Straße zeigen", sagte Aimee Louise.

Als sie die Scheune erreichten, sagte Stuart: „Ich wollte mit euch darüber sprechen, was wir als nächstes tun werden. Wir haben mehrere Optionen. Wir könnten nach South Carolina gehen, aber ich bin nicht sicher warum, zurück nach Hause nach Florida, oder Nate abholen und ihn hierher bringen."

„Oder für eine Weile hier bleiben", sagte Rosalie. „Das ist eine weitere Option."

Stuart runzelte die Stirn. „Hier bleiben, um bei der Verteidigung zu helfen. Sie könnten definitiv Hilfe gebrauchen."

„Wir brauchen eine Antenne oder einen guten Skip, damit wir mit der Florida-Farm sprechen können, um ihnen von David zu erzählen und seinen Zustand zu überprüfen, und wir müssen ihnen sagen, dass wir hier gebraucht werden", sagte Aimee Louise.

„Ich werde mit Dad sprechen und ihn nach dem Sheriffbüro fragen. Das Kommunikationsnetz der Sheriffs hat mir Nachricht geschickt, nachdem Dad gestürzt war, aber ich weiß nicht, ob sie hier noch aktiv sind."

Bevor sie die Scheune verließen, schaute Stuart sich um. „Diese alte Scheune ist ein guter Treffpunkt."

Als sie das Haus erreichten, war Scott dabei, die Bäume zu zerschneiden, die sie von der Vorderseite des Hauses gefällt hatten, und stapelte sie als Brennholz. Als die drei sich ihm näherten, legte er seine Kettensäge nieder und hörte zu, während Stuart ihn über das Gespräch informierte.

„Unsere erste Priorität ist es, mit Pops zu sprechen, und Andy sagte, seine Familie hätte eine gute Funkanlage", sagte Rosalie.

„Sein Onkel Leo Webster ist ein langjähriger Funkamateur und hat die beste Anlage in der Gegend. Sie läuft mit Solar. Leo freut sich sehr, jemanden zu treffen, der seine Begeisterung für Radios teilt."

„Das ist Aimee Louise", sagte Stuart. „Sie ist unser Radio-Guru."

„Leos Farm ist nicht schwer zu finden, wenn man weiß, wo man suchen muss. Ich werde euch eine Karte zeichnen und sie euch dann erklären. Wer geht? Nur du und Aimee Louise?"

„Und Rosalie", sagte Stuart. „Wir halten unser Team zusammen."

Scott nickte. „Gehen wir rein. Ich weiß nichts über das Kommunikationsnetz des Sheriffs. Ich habe eine Weile nicht viel vom Sheriff oder den Deputies gehört. Leo würde es wissen. Ich werde eure Karte zeichnen, und eure Mutter wird euch etwas mitgeben wollen für Andys Tante, Jennie."

„Während wir weg sind, Dad, könnten Peyton und die Jungs die Hauslichter vom Feld aus nach Einbruch der Dunkelheit überprüfen. Henry weiß, worauf zu achten ist, und er kann es Peyton zeigen."

Scott lachte. „Ist das nicht etwas? Ein sechsjähriger Junge ist der Teamleiter eines FBI-Agenten bei einer wichtigen Sicherheitsmission."

Stuart schnaubte. „Hoffen wir, dass sie seinen Erwartungen gerecht werden kann."

Als sie das Haus betraten, schaute Sandra vom Herd auf. „Peyton und die Jungs pflücken mehr Gemüse für unsere Suppe heute Abend. Ich habe meine Brühe fast fertig."

Nachdem Scott den Abendplan erklärt hatte, sagte Sandra: „Ich habe eine große Portion Fladenbrot gemacht. Ich werde etwas für Jennie einpacken. Ihr solltet essen, bevor ihr geht. Holt eure Sachen zusammen und kommt dann zum Tisch, ich werde eure Suppe auftischen. Jennie wird euch füttern wollen, aber ihr wollt vielleicht eure Zeit am Radio oder im Gespräch mit Leo verbringen. Wenn sie euch frittierte Torten anbietet, lehnt nicht ab. Ihre sind die besten, die ich je gegessen habe."

„Sollen wir unsere Go-Bags überprüfen?", fragte Rosalie.

„Ja. Sie sind im Truck", sagte Aimee Louise. Als sie zur Tür hinausgingen, fügte sie hinzu: „Wir holen auch deine, Stuart."

Nachdem sie ihre Go-Bags neu organisiert hatten und für ihre Suppe am Tisch saßen, gesellte sich Scott zu ihnen, während er die Karte zeichnete und sie dann drehte, damit sie sehen konnten. „Fahrt an drei Farmen vorbei. Nehmt den Feldweg zu eurer Linken, der mehr wie ein Kuhpfad aussieht. Der Pfad biegt schließlich nach links ab, und nachdem ihr an einem Pekannusshain zu eurer Rechten vorbeigekommen seid, achtet auf einen Stacheldrahtzaun zu eurer Rechten. Es wird eine Öffnung geben und einen Pfad, der zu ihrem Haus führt. Ruft, um euch anzukündigen, bevor ihr dem Haus zu nahe kommt. Wenn ihr in die Nähe des Hauses kommt, werden die Hunde einen Aufruhr machen, aber sie sind in Gehegen; sonst würden sie auf euch zustürmen. Wartet, bis Leo oder Andy herauskommt, um euch zu holen. Ich weiß, dass ihr das alles sowieso tun würdet, aber ich fühle mich besser, wenn ich es euch sage."

Sandra gab Rosalie das Fladenbrot. „Passt alle auf euch auf."

Nachdem sie mit dem Essen fertig waren, steckte Stuart die Karte in seine Tasche, und Rosalie steckte das Fladenbrot in ihre Tasche.

„Werdet ihr eine Taschenlampe brauchen?", fragte Sandra. „Der Himmel ist klar, und es fühlt sich nicht nach Regen an. Ihr kommt heute Abend zurück, richtig?"

„Wir kommen klar", sagte Stuart. „Wir planen, heute Abend zurück zu sein, aber es könnte spät werden."

Sandra umarmte jeden einzelnen. „Ich werde nicht versuchen, wach zu bleiben. Bis morgen früh."

Scott umarmte die Mädchen und dann seinen Sohn. „Es sollte nach Einbruch der Dunkelheit keinen Verkehr auf der Straße geben. Falls doch, duckt euch in den Wald. Ich weiß, dass ihr vorsichtig sein werdet, aber ich fühle mich besser, wenn ich Vater-Dinge sage."

Als sie die Auffahrt zur Straße hinaufgingen, flogen Wachteln aus ihren versteckten Nestern im Gebüsch um die Bäume auf. Aimee Louise sagte: „Deine Mutter wird aufbleiben."

„Ich weiß", sagte Stuart.

„Rennen wir oder gehen wir?", fragte Rosalie.

„Rennen, bis wir zum Pfad kommen", sagte Stuart.

Die Mädchen rannten vorne auf der Straße, und Stuart folgte. Nachdem sie an der dritten Farm vorbeigekommen waren, verlangsamten sie zu einem Trab, um nach dem Kuhpfad auf der linken Seite Ausschau zu halten. Der leichte Wind aus Westen wechselte zu einem frischeren Nordwestwind.

„Wolken könnten später heute Abend aufziehen; wenn sie es tun, werden wir morgen Gewitter haben", sagte Rosalie.

„Ich hatte vergessen, dass die Kinder auf der Farm dich Wettermädchen nannten, Rosalie, bevor Josh mit Treffsicheres Rotauge ankam", sagte Stuart.

„Ich behalte das Wetter immer noch gerne im Auge", sagte sie.

„Hier." Aimee Louise bog links ab und sauste den Kuhpfad hinunter. Stuart holte sie ein.

„Froh, dass wir von der Straße runter sind", sagte er.

Rosalie eilte, um sich ihnen anzuschließen. „Ein Auto kommt in unsere Richtung."

Sie rannten zum nächsten Baumhain. Aimee Louise verschwand im Wald, und Rosalie kletterte auf eine Eiche mit tief hängenden Ästen.

Stuart trat von den Bäumen weg und näher an die Straße heran, als er das Fernglas aus seiner Go-Bag zog und die Straße in Richtung des

Geräusches scannte. Als er das Fahrzeug entdeckte, trat er hinter einen Baum, um seine Überwachung fortzusetzen. *Pickup-Truck. Zwei in der Kabine und drei auf der Ladefläche mit Gewehren.*

Rosalie ließ sich neben ihm zu Boden fallen. „Sie haben nicht langsamer gemacht. Glaubst du, sie fahren nur durch?"

Aimee Louise sprintete den Pfad von der Straße herunter. „Kein Nummernschild. Gefahr."

Stuart verdrehte die Augen. *Ich gewöhne mich daran, dass sie das Unerwartete tut.*

„Das ist seltsam", sagte Rosalie, als sie auf dem Pfad weitergingen. „Es ist nicht so, als ob jemand ihr Nummernschild überprüfen würde. Es scheint, als würde das an einem Kontrollpunkt Aufmerksamkeit erregen. Vielleicht ist es abgefallen, und sie wissen es nicht."

„Gefahrenwolken."

Stuart erstarrte. „Rosalie, bist du sicher, dass sie nicht langsamer wurden? Ich mache mir Sorgen um Dads Farm."

„So weit ich sehen konnte, haben sie das nicht."

„Wir müssen zurückgehen und nachsehen", sagte er.

„Ja", sagte Aimee Louise. „Du und Rosalie geht nachsehen. Ich muss zum Funkgerät."

„Nein. Wir trennen uns nicht." Stuart runzelte die Stirn und verschränkte die Arme.

Aimee Louise drehte sich um und schlenderte auf dem Kuhpfad in Richtung der Farm davon.

Stuarts Gesicht rötete sich. „Komm zurück, Aimee Louise. Wir müssen zuerst reden."

# KAPITEL ACHT

„Stuart, warte; wir können das schaffen", sagte Rosalie. „Ich kann schneller laufen als du. Wenn du mir Rückendeckung gibst, kann ich nah genug an den Hof deines Vaters herankommen, um sicherzugehen, dass alles in Ordnung ist, und dann können wir zurückkehren, um Aimee Louise zu treffen. Oder wir können noch weitere fünfzehn Minuten mit Aimee Louise streiten, die bereits auf dem Pfad verschwunden ist."

„Was, wenn nicht alles in Ordnung ist?"

„Dann haben wir einen Kampf vor uns, und Aimee Louise ist sicher."

Stuart funkelte sie an. „Du bist gut. Lass uns gehen."

Nachdem Aimee Louise die Auffahrt hinuntergetrabt war, hielt sie an, als sie sich dem Haus näherte. „Hallo! Ich bin's, Aimee Louise. Hallo!" Sie entspannte sich und lauschte.

„Wer ist bei dir?", rief eine Stimme.

„Bin allein. Stuart und Rosalie werden bald hier sein."

Andy trug ein Gewehr, als er die Auffahrt zu ihr heraufgetrabt kam. „Ganz allein? Geht es dir gut?"

„Mir geht's gut. Stuart und Rosalie mussten einen Pickup überprüfen, der auf der Straße an uns vorbeifuhr, als wir auf dem Weg hierher waren. Ich muss mit Pops in Florida über das Amateurfunkgerät Kontakt aufnehmen."

Als sie zum Haus schlenderten, wimmerten die Hunde. „Mr. Scott sagte, die Hunde würden bellen."

„Sie bellen Fremde an. Offensichtlich bist du kein Fremder. Trägst du kein Gewehr oder eine Pistole?", fragte er.

„Pops hat versucht, mir das Schießen beizubringen, aber der Lärm hat meinen Ohren wehgetan, selbst mit Gehörschutz."

„Rosalie sagte, du wärst Funkamateur. Onkel Leo wird begeistert sein, dich kennenzulernen."

Als sie das Haus betraten, eilte Jennie herbei, um Aimee Louise zu umarmen.

„Tante Jennie, alles ist in Ordnung", sagte Andy. „Aimee Louise muss Onkel Leos Amateurfunkgerät benutzen, um Kontakt zu ihren Leuten in Florida aufzunehmen, und Stuart und Rosalie untersuchen einen Pickup. Sie werden bald nachkommen."

„Gut. Ich hatte befürchtet, dass etwas nicht stimmt", sagte Jennie.

Leo stand in der Türöffnung eines Raumes neben der Küche. Er war klein und drahtig, und sein graues Haar war so weit ausgedünnt, dass es nur noch einen Heiligenschein aus Flaum bildete. „Willkommen, Aimee Louise. Komm rein, ich zeige dir meine Funkanlage. Sie macht mir in letzter Zeit ein paar Probleme. Vielleicht hast du ein paar Ideen. Rosalie hat Andy erzählt, dass du eine Expertin bist."

Als sie ihn in seinem Funkraum besuchte, betrachtete Aimee Louise seine Ausrüstung mit Ehrfurcht. „Das ist schön, Mr. Leo. Was glauben Sie, ist falsch?"

„Nachdem vor etwa einer Woche der Blitz in einen Baum in der Nähe des Hauses eingeschlagen hat, schaltet sich das Radio immer wieder aus. Ich vermute, der Einschlag hat eine Sicherung durchbrennen lassen, aber ich habe alle überprüft und kein Problem gefunden. Ich glaube nicht, dass es an der Antenne liegt, aber mir gehen die Ideen aus."

Als sie sich vor den Transceiver setzten, hantierte er mit dem vernarbten Händen unbeholfen am Regler. „Meine Arthritis macht manche Dinge heutzutage schwieriger, und Feinmotorik ist nicht meine Stärke." Er kicherte. „Hast du die Frequenzen der Repeater, die wir nutzen könnten?"

Aimee Louise zog ihre Liste aus der Tasche, und Leo las sie.

„Diese beiden habe ich schon mal angesteuert. Schauen wir mal, was ich empfangen kann. Es könnte ein bisschen früh sein, aber ich glaube, wir bekommen etwas Wetter auf uns zu, also könnten wir Wettermeldungen aufschnappen."

Nachdem Leo sein Radio eingeschaltet hatte, stellte er es auf den nächstgelegenen Repeater ein. „Nichts. Jetzt frage ich mich, ob es am Repeater liegt, nicht an mir."

„Soll ich Ihre Ausrüstung überprüfen?", fragte Aimee Louise.

„Nur zu. Werkzeug ist in der oberen rechten Schreibtischschublade. Ich habe draußen ein paar Dinge zu erledigen."

Nachdem Leo gegangen war, kam Andy in den Funkraum, während Aimee Louise die Sicherungen überprüfte, und reichte ihr ein Glas Wasser. Sie nahm einen langen Schluck und gab ihm dann das Glas zurück. Er zog den zweiten Stuhl vom Schreibtisch weg, um ihr Platz zum Arbeiten zu geben.

Nach einer halben Stunde stand sie auf. „Wo ist Leo?"

„Ich hole ihn", Andy ging.

Als Leo hereinkam, fragte er: „Hast du etwas gefunden?"

„Ich glaube, diese Sicherung ist defekt. Haben Sie Ersatz?"

„Es wird dunkel hier drin." Leo zündete die Petroleumlampe an, die auf seinem Aktenschrank stand, öffnete dann die oberste Schublade, die als Ersatzteilschrank diente, und sortierte die Sicherungen durch. „Diese sollte gut sein."

Aimee Louise setzte sie ein, schaltete dann den Transceiver ein und klickte auf das Mikrofon. „Das war's."

Leo nahm die defekte Sicherung. „Sieht für mich in Ordnung aus."

„Sie hat sich nicht richtig angefühlt." Sie setzte den Transceiver wieder zusammen und legte die Werkzeuge zurück in die Schreibtischschublade.

Andy blieb in der Türöffnung stehen, während Leo den zweiten Stuhl neben sie schob. „Versuche, deine Leute zu erreichen."

Als Aimee Louise Mr. Young erreichte, sagte sie: „Muss auch mit Major sprechen."

Als Major ans Funkgerät kam, fragte er: „Geht es allen gut?"

„Ja. Brandons Vater ist David Griffin. Das ist der, der auf eurem Hof ist."

„Gut zu wissen. Er wurde auf seiner Reise hierher von einer Schlange gebissen. Wir vermuten, eine Wassermokassinotter. Dr. Jody hat ihn untersucht. Er ist bettlägerig, und wir behandeln ihn wegen einer Infektion, aber was das Gift betrifft, müssen wir abwarten. Er ist noch nicht über den Berg."

„Wir müssen vielleicht eine Weile hierbleiben. Es gab Anzeichen von Hauseinbrüchen südlich von uns; sie kommen näher und werden vielleicht häufiger. Ein Bauernhof in der Nähe wurde angegriffen, mit Todesopfern und möglicher Entführung. Wir haben Nate zurückgelassen, wo er war. Peyton und Charo sind bei uns. Ich benutze das Funkgerät eines Nachbarn."

„Verstanden."

„Kannst du Phil eine Nachricht schicken? Wir müssen wissen, wie es Nate geht und ob er reisebereit ist. Charo will ihn hier haben."

Mr. Young sagte: „Ich kümmere mich darum. Wie erreichen wir dich wieder?"

Leo rückte näher an das Funkgerät heran und gab sein Rufzeichen an. „Ich kann deiner Familie Nachrichten überbringen. Sie sind in Gehweite. Ich bin jeden Morgen und Abend am Funkgerät."

Nachdem Aimee Louise sich abgemeldet hatte, fragte Andy: „Werdet ihr wirklich eine Weile bleiben?"

„Es ist eine Option."

„Stuart hat gerade von der Auffahrt gerufen, Andy. Würdest du hinauslaufen?", fragte Jennie.

Aimee Louise trat in die Küche, als Jennie eine Kerze auf dem Esstisch anzündete. „Kann ich dir etwas bringen, Aimee Louise? Ich bin froh, dass Leo jemanden in der Nähe haben wird, mit dem er über Funk reden kann."

Als Andy mit Stuart und Rosalie hereinkam, sagte er: „Du hattest recht, Rosalie. Aimee Louise ist wirklich ein Genie mit dem Funkgerät." Er ging zu Aimee Louise. „Ich konnte nicht sehen, was mit dieser defekten Sicherung nicht stimmte. Ich kann nicht glauben, dass du sie gefunden hast, nur weil sie sich nicht richtig anfühlte. Irgendwann würde ich gerne etwas Zeit mit dir verbringen, um dein Gehirn über Funk auszuquetschen." Andy strahlte, als er Aimee Louise anblickte.

Sie schaute zu Rosalie und Stuart, die noch in der Türöffnung standen, und neigte den Kopf. *Seltsame Wolken. Genau gleich. Wütend und traurig. Überhaupt nicht hübsch.*

„Ist alles in Ordnung auf dem Hof?", fragte Aimee Louise.

„Ja." Rosalie verschränkte die Arme.

„Ich habe mit Pops gesprochen. David wurde von einer Wassermokassinotter gebissen, bevor er auf dem Hof ankam. Dr. Jody hat ihn untersucht. Pops sagte, David sei noch nicht über den Berg. Ich weiß nicht, was das bedeutet, wisst ihr es? Molly hat David vom Wohnwagen ins Haus gebracht, weil Dr. Jody wollte, dass sie seinen Zustand genau beobachten. Sara liest David vor. Pops sagte, das sei die beste Medizin überhaupt. Mr. Young wird eine Nachricht an Mr. Phil weitergeben." Aimee Louise ging zur Außentür.

„Mr. Young hat mein Rufzeichen", sagte Leo aus seinem Funkraum. „Wir werden euch alle Nachrichten von ihnen zukommen lassen."

„Das Abendessen ist bald fertig. Ihr bleibt doch alle, oder? Kein Grund, davonzulaufen", sagte Jennie.

„Klingt vernünftig für mich." Andy lächelte Aimee Louise an.

„Tut mir leid, aber wir können nicht bleiben", sagte Stuart. „Wir müssen zurück, bevor es noch viel dunkler wird."

„Ms. Jennie, Stuarts Mutter schickt Ihnen Fladenbrot." Rosalie zog das Fladenbrot aus ihrer Einsatztasche.

„Das passt perfekt zu unserem Abendessen. Sag ihr danke von mir", sagte Jennie.

„Ihr müsst das nächste Mal früher kommen", sagte Andy zu Aimee Louise. „Ich würde gerne genug über Funk wissen, um Onkel Leo zu helfen."

„Lass mich euch gebratene Pasteten für eure Rückreise mitgeben", sagte Jennie. „Beim nächsten Mal habe ich genug, damit ihr Pasteten für alle anderen mitnehmen könnt."

Stuart und Rosalie dankten Jennie und gingen dann nach draußen.

Aimee Louise drehte sich um und trat in den Funkraum, während sie ihre gebratene Pastete in ihre Einsatztasche steckte. „Irgendwelche Wetternachrichten?"

Leo drehte sich in seinem Stuhl um. „Gut, dass du noch einen Moment geblieben bist. Wir haben Stürme, die auf uns zukommen. Es wird erwartet, dass sie ziemlich stark sein werden und frühestens nach Mitternacht eintreffen."

Aimee Louise setzte sich und hörte zu, während Andy in der Türöffnung stand.

„Danke, Mr. Leo. Klingt, als hätten wir eine raue Nacht vor uns." Aimee Louise erhob sich, um zu gehen. „Danke für die gebratene Pastete, Ms. Jennie."

„Ich begleite dich nach draußen", sagte Andy.

Stuart und Rosalie standen in der Auffahrt und drehten sich zum Gehen, als Aimee Louise auf sie zuging.

„Bis dann", rief Andy.

„Gute Nacht", sagte Aimee Louise.

Stuart kochte vor Wut, als Rosalie das Tempo die Auffahrt hinauf bestimmte. *Andy und sein plötzliches Interesse, mehr über Funk zu lernen, gefällt mir nicht. Sein Onkel könnte es ihm beibringen. Was für ein Angeber.*

Nachdem sie die Straße erreicht hatten, führte Aimee Louise den Lauf an, und Rosalie folgte ihr. Stuart joggte und sprintete dann, um hinter Rosalie zu kommen. Er holte sie an der Einfahrt zur Newton-Farm ein, und als sie sich dem Haus näherten, wartete Aimee Louise an der Küchentür auf sie.

Als sie hineingingen, lächelte Sandra. „Gut, dass ihr nicht zu spät seid. Wir haben noch nicht gegessen. Alle waschen sich gerade."

Aimee Louise zog ihre gebratene Pastete aus ihrer Einsatztasche. „Ms. Jennie hat uns gebratene Pasteten gegeben, genau wie Sie gesagt haben. Vielleicht können Sie sie in Stücke schneiden, damit wir sie teilen können."

Rosalie verdrehte die Augen. „Hier ist meine."

„Und meine", sagte Stuart. „Es sollte genug für alle sein. Ich bringe die Einsatztaschen zum Pickup."

„Ich helfe", sagte Aimee Louise.

„Ich kann meine selbst tragen." Rosalie stampfte zur Tür hinaus.

Nachdem sie ihre Einsatztaschen auf die Ladefläche des Pickups gelegt hatten, fragte Rosalie: „Hattest du einen schönen Besuch, Aimee Louise?"

Aimee Louise neigte den Kopf. „Ja."

Stuart starrte die beiden Mädchen an. *Sie weiß nicht, dass Rosalie wütend ist. Nein, sie weiß es, aber sie versteht es nicht.*

„Kann ich kurz mit dir reden, Aimee Louise?", fragte Stuart.

Rosalie eilte ins Haus.

„Was glaubst du, was mit Rosalie los ist?", fragte er.

„Sie ist wütend und traurig."

„Hast du das in ihrer Wolke gesehen?"

„Ja, und in deiner auch."

Stuart legte seinen Arm um Aimee Louise. „Meine wütende und traurige Wolke kam daher, dass ich eifersüchtig war. Mir gefiel die ganze Aufmerksamkeit nicht, die Andy dir schenkte."

„Das ist seltsam." Aimee Louise starrte über seinen Kopf hinweg. „Sie ist nicht mehr da."

Stuart atmete aus. „Gut."

„Ja. Es war eine hässliche Wolke."

Als sie hineingingen, sagte Stuart: „Nachdem Rosalies Wolke nicht mehr hässlich ist, wird sie dir auch sagen, was mit ihr los war."

„Wenn sie es nicht tut, war es nicht wichtig."

Stuart schnaubte. *Das ist Aimee Louise. Geradewegs auf den Punkt.*

Als sie zusammen ins Haus schlenderten, erklärte Dolly gerade das Geheimnis des Unkrautjätens. „Ich bin sehr vorsichtig, wenn ich das Unkraut ausreiße, damit ich die Feen, die im Garten leben, nicht erschrecke. Es ist nicht gut für sie, in der Nähe von Unkraut zu sein, weil Feen allergisch gegen Unkraut sind."

„Das wusste ich", sagte Henry.

„Nein, wusstest du nicht", sagte Dolly.

„Doch, tatsächlich", sagte Henry. „Du hast es mir gestern gesagt."

„Oh."

„Esst eure Suppe und euer Brot", sagte Sandra. „Wir haben nach dem Abendessen eine besondere Überraschung."

Stuart pustete auf seinen Löffel mit heißer Suppe, bevor er ihn aß. „Mmm. Das ist großartig. Liebe das Extra-Gemüse. Es war eine gute Idee, zu Leo zu gehen. Er hat eine tolle Einrichtung. Ich glaube, sein Funkraum war ursprünglich das Esszimmer."

„Ich habe Pops erreicht", sagte Aimee Louise. „Wir können nach dem Abendessen reden."

„Charo möchte morgen zum Frühstück an den Tisch kommen", sagte Sandra.

„Gut, dass wir deinen alten Rollstuhl haben, Scott, sonst hätte Charo gesagt, ich müsste sie im Wagen ziehen. Sie ist fest entschlossen, mit uns zu sitzen." Judge kicherte.

„Ich bin froh, dass Charo wieder so kämpferisch ist." Peyton lächelte.

„Ist kämpferisch wie eine Fee?", fragte Dolly.

Peyton runzelte die Stirn, während sie zur Decke blickte. „Die Gartenfeen sind kämpferisch, aber kämpferisch bedeutet furchtlos."

„Meine Mama ist kämpferisch", sagte Dolly.

„Das ist sie sicher, Liebling", sagte Judge.

Nachdem alle gegessen hatten, schnitt Sandra jede gebratene Pastete in Viertel. „Ich hab das alles durchgerechnet. Wenn meine Mathe falsch ist, haben wir ein Problem. Jeder bekommt ein Stück. Das sind zehn. Wir haben zwei Stücke übrig; wenn ich jedes in Hälften schneide, können Dolly, Brandon und Henry ein extra halbes Stück haben, und Charo kann auch ein halbes Stück haben. Ich werde die Äpfel für sie zerdrücken."

Brandon und Henry applaudierten, dann alle anderen. Sandra stand auf und verbeugte sich.

Peyton lächelte. „Bist du in einer großen Familie aufgewachsen, Sandra?"

„Nein. Hatte nur viele gierige Cousins."

Während alle Nachtisch aßen, sagte Stuart: „Der Wind hat die Richtung geändert, und Rosalie sagte, wir können heute Nacht Stürme erwarten."

„Die Funkamateure sagten dasselbe", sagte Aimee Louise. „Mr. Leo sagte, es wird eine raue Nacht werden."

Scott sagte: „Ich glaube, wir brauchen heute Abend extra heißes Wasser zum Saubermachen, Sandra. Ich werde zwei große Töpfe füllen."

„Brandon und ich werden helfen", sagte Peyton.

„Und Henry. Henry hilft auch gerne", fügte Brandon hinzu.

„Dolly und ich helfen beim Abwasch, Sandra. Wir sind vielleicht nicht die schnellsten, aber die unterhaltsamsten", sagte Judge. „Tatsächlich kann ich den Tisch abräumen, wenn du und Dolly Charo mit ihrer gebratenen Pastete helfen möchtet."

„Wir werden draußen nachsehen, ob Ausrüstung weggeräumt werden muss." Stuart ging zur Tür, und Aimee Louise und Rosalie folgten ihm.

„Lasst uns rund ums Haus schauen, bevor wir zur Scheune gehen", sagte Stuart.

Aimee Louise fand den Wagen hinten und zog ihn nach vorne. Rosalie trug eine Schaufel, und Stuart legte leere Setzlingtöpfe in den Wagen.

Als sie zur Scheune gingen, sagte Rosalie: „Ich glaube, wir sollten den Truck entladen, oder zumindest unsere Einsatztaschen, Gewehre und Munition herausholen."

„Wir können den Wagen benutzen, um unsere Sachen zum Haus zu transportieren. Wir bleiben, richtig?", fragte Stuart.

„Ja, wir bleiben", sagte Aimee Louise.

Sie leerten den Wagen an der Scheune und füllten ihn am Truck. Nachdem sie den Wagen in die Küche entleert hatten, gingen sie mit dem Wagen zur Scheune.

*Krach, krach.*

Schüsse zerrissen die ruhige Nacht.

„Rein!", rief Rosalie mit ihrer Befehlsstimme, und alle rannten zum Haus.

„Sandra, kannst du auf die Kinder und Charo aufpassen?", fragte Scott. „Peyton und Judge, wir sind die innere Verteidigung."

„Wir werden nachsehen", sagte Stuart, als er und Rosalie ihre Gewehre und zusätzliche Munition nahmen. Aimee Louise schloss sich ihnen an, bevor sie nach draußen eilten.

„Die Schüsse klangen für mich, als kämen sie von jenseits der Smith-Farm", sagte Stuart.

„Ja", sagte Aimee Louise.

Stuart führte den Weg an, bis Aimee Louise und Rosalie ihn auf dem breiten Pfad überholten. Als sie an der Scheune vorbeiliefen, kamen Geräusche von Schnellfeuer und dann gezieltere Schüsse aus der Richtung von Leos Farm.

„Zur Straße?", fragte Rosalie.

„Es ist am schnellsten", sagte Stuart.

Sie rannten zur Straße und sprinteten zum Kuhpfad. Je näher sie den Websters kamen, desto lauter wurde das Gewehrfeuer. Als sie die Kurve erreichten, blieb Aimee Louise abrupt stehen und zeigte. „Pickup", flüsterte sie. „Ein Mann. Gefahr."

„Aimee Louise, sei unsere Augen. Waldkauz. Rosalie, nimm die linke Seite, und ich bin auf der rechten. Wenn wir näher sind, werde ich einen Stein oder eine Pekannuss in die Ladefläche des Trucks werfen. Unsere üblichen Schüsse. Nachdem er unten ist, schnapp dir die Schlüssel, und ich schnappe mir alle Waffen. Bereit?"

„Immer", sagte Rosalie.

„Haltet mich im Blick. Bleibt zusammen. Los."

Die beiden schlichen auf gegenüberliegenden Seiten des Pfades entlang. Stuart hob seine linke Hand, und Rosalie hielt an.

Stuart blickte nach unten, hob dann eine Pekannuss auf und warf sie auf die Ladefläche des Trucks. Der Fahrer öffnete seine Tür und zögerte, bevor er mit gezogener Pistole ausstieg. Er ging um den Truck herum, während er die Umgebung absuchte. Der Fahrer zuckte mit den Schultern und richtete seine Pistole in den Wald. Er zuckte nicht zusammen bei dem Geräusch des Schnellfeuers, das von der Webster-Heimstätte hinter ihm kam.

*Krach. Krach.* Er fiel zu Boden.

Rosalie rannte zu dem Mann und steckte seine Pistole in ihren Hosenbund, griff dann in die offene Fahrertür und schnappte sich die Schlüssel und eine Munitionsbox. Stuart zog den Mann ins Gebüsch, sprang auf die Ladefläche des Trucks und sprang mit zwei Gewehren wieder heraus. Rosalie und Stuart schlossen sich Aimee Louise an.

„Wo verstecken wir die?", fragte Stuart.

„Ich kümmere mich darum." Aimee Louise zog ihren Pullover aus und knotete ihn zu einer Schlinge, um die Gewehre zu tragen, dann nahm sie die Munitionsdose. „Bin gleich zurück." Sie trottete zur Straße.

Als sie zurückkam, sagte Stuart: „Rosalie, nimm wieder links und nutze die Bäume als Deckung. Aimee Louise, bleib ein bisschen weiter weg vom Kuhpfad. Waldkauz, und wir erstarren. Los geht's."

Als sie vorsichtig den Pfad zur Auffahrt hinuntergingen, frischte der Wind auf, und ein Mann schrie: „Brauche mehr Munition."

Rosalie wirbelte herum und rannte zur Straße. Aimee Louise zerrte an Stuarts Hemd und zischte: „Lauf."

Stuart rannte Aimee Louise hinterher. Als sie das Ende des Kuhpfades erreichten, führte Aimee Louise den Sprint über die Straße und in den Eichenbestand.

„Was?", Stuart beugte sich vor, als er mühsam nach Luft schnappte. „Warum sind wir gerannt?"

„Sie waren auf dem Weg zurück zum Truck", sagte Rosalie. „Ich wette, es gab mehr Munition, die ich übersehen habe."

Die drei kauerten im Gebüsch, als die Rufe die Straße erreichten und dann eine lose Gruppe von Männern in Panik durcheinanderlief, als sie die Straße erreichten.

„Welche Richtung?", schrie ein Mann, als er in der Mitte des Kuhpfades stand und wild umherblickte.

Ein anderer Mann stieß ihn aus dem Weg, um in die Richtung weg von der Newton-Farm zu rennen.

„Sechs", zählte Rosalie, als der Rest der Gruppe dem fliehenden Mann folgte. Stuart hielt sein Gewehr auf die Gruppe gerichtet, bis er den letzten Mann nicht mehr sehen konnte.

„Bin gleich zurück." Aimee Louise huschte über die Straße und kehrte dann mit den Gewehren und der Munitionsdose zurück. „Bereit."

„Wir müssen uns beeilen, wenn wir es zur Newton-Farm schaffen wollen, bevor der Sturm zuschlägt. Die Sterne im Westen sind ausgelöscht, und die Böen werden stärker", sagte Rosalie.

„Geht es dir gut mit dem Tragen der Gewehre?", fragte Stuart.

„Ja. Lass uns gehen." Aimee Louise bestimmte das Tempo. Als sie die Smith-Farm erreichten, bog sie am Tor ab, und Stuart griff über den Stacheldraht und öffnete es.

Als sie sich der Scheune näherten, fragte Aimee Louise: „Gibt es einen guten Platz in der Scheune, wo wir die Gewehre vorerst lassen können? Sie müssen überprüft werden, bevor sie jemand benutzt."

„Die Tür zum Sattelraum ist weg, aber es ist trocken, und wir können einige Holzreste darüber werfen. Sie sollten in Ordnung sein, bis der Sturm vorüber ist. Ich kann mir nicht vorstellen, dass jemand heute Nacht die Scheune finden würde."

Sie ließen die Gewehre zurück und rannten zum Haus, während die Böen sie vorwärts drückten.

„Wir müssen so schnell wie möglich zum Haus kommen", rief Stuart über das Brüllen des Windes hinweg.

Bevor sie das Haus erreichten, prasselten erbsengroße Hagelkörner auf sie nieder und wuchsen auf Centstückgröße an, als Stuart die Küchentür aufriss und sie zuschlug, als sie drinnen waren. Aimee Louise und Rosalie lehnten sich gegen ihn, als er sie festhielt und erleichtert ausatmete. Eine einzelne Kerze auf dem Küchentisch verlieh dem Raum ein sanftes, einladendes Leuchten. Sandra schaute aus dem Badezimmer und hob ihre Augenbrauen. „Ist das Hagel? Die Jungs beenden gerade ihre Bäder. Es steht heißes Wasser auf dem Herd, wenn ihr Tee wollt."

Scott ging in die Küche, als Stuart die Mädchen losließ. „Gut, dass ihr zurück seid. Okay, wenn wir uns zurückziehen?"

„Ja", sagte Stuart, als er heißes Wasser in einen kleineren Topf goss und dann die Teekugel in den Topf fallen ließ. Rosalie zitterte und blieb dicht bei Stuart. Nachdem Aimee Louise drei Tassen neben den ziehenden Tee gestellt hatte, schlug sie die Hände über ihre Ohren, als der Hagel gegen die Seite des Hauses trommelte.

Als der Lärm nachließ, sagte Aimee Louise: „Ich glaube, der Hagel hat aufgehört." Sie ging zum Fenster und spähte nach draußen. „Jetzt regnet es nur noch."

„Das war schrecklich", sagte Rosalie. „Ich mag keinen Hagel."

Scott kehrte in die Küche zurück. „Bringt euren Tee ins Wohnzimmer. Peyton und der Richter werden uns dort treffen. Ich habe das Gefühl, dass euer Abend interessanter war als unserer."

Während alle einen Platz fanden, zündete Scott die beiden Kerzen auf dem Kaminsims an, und die drei Kinder galoppierten in die Küche, um ihre Snacks zu holen.

„Bad, Snack, Bett", sagte Judge. „Nie realisiert, wie tröstlich eine vertraute Routine sein kann."

Peyton nickte. „Ich liebe, wie sicher sich die Kinder hier fühlen."

„Das ist Sandras Ziel", sagte Scott. „Was habt ihr gefunden, Stuart?"

„Das Gewehrfeuer kam von der Webster-Farm", sagte Stuart. „Schläger versuchten einen Hauseinbruch. Die Websters haben sie zurückgeschlagen, aber wir hatten den Truck der Bande und den Fahrer immobilisiert und ihre zusätzlichen Gewehre und eine Dose Munition mitgenommen. Sie flohen zu Fuß und gingen in die andere Richtung. Wir waren fast hier, als der Hagel einsetzte. Gott sei Dank waren wir so nah dran, wie wir waren; ich hatte vergessen, wie sehr Hagel sticht."

„Ich wette, Jennie war in einem der Schlafzimmer im Obergeschoss", sagte Scott. „Sie war in der Armee; tatsächlich haben sie und Leo sich dort kennengelernt. Sie jagt jeden Herbst, und Leo verarbeitet das Fleisch. Ich wette, die Einbrecher hatten keine erfahrene Schützin erwartet."

„Sie sind nicht von hier. Ich würde denken, dass die meisten Haushalte im ländlichen Georgia sich auf Wild verlassen, um die Familie zu ernähren, was bedeuten würde, dass mindestens ein erfahrener Jäger im Haus ist", sagte Judge. „Entweder importiert jemand Talente, oder die Schläger erweitern ihr Gebiet, und die Pickings sind jetzt in den Städten knapp."

„Ich glaube, du hast recht", sagte Peyton. „Wenn die Einheimischen nicht an ihren üblichen Treffpunkten vorbeischauen, könnte ein Fremder sich leicht in der Gemeinde bewegen, ohne dass es jemand bemerkt; aber warum würde ein Krimineller seinen Operationsbereich von Zentralflorida in eine ländliche Gegend in Georgia verlegen?"

„Es gibt etwas oder jemanden, eine Verbindung, die sie angezogen hat", sagte Aimee Louise.

„Und zurück zu Peytons Punkt, solange sie keine Aufmerksamkeit auf sich gezogen haben, sind sie unter dem Radar", sagte Rosalie.

Stuart stand auf. „Bevor ich die Umgebungskontrolle mache, möchte ich Henry gute Nacht sagen."

„Ich gehe mit dir", sagte Aimee Louise. „Kommst du mit, Rosalie?"

„Ich glaube, ich verbringe etwas Zeit mit Charo. Ich möchte lieber drinnen bleiben, zumindest heute Nacht."

Als sie in die Küche gingen, sagte Stuart: „Wir werden unsere Umgebungskontrolle für die Nacht machen, Henry, aber wir wollten dir zuerst gute Nacht sagen. Hattest du einen guten Tag?"

„Es war ein großartiger Tag, Deputy Stuart. Wir haben Heu in die Hühnerkisten gelegt, wurden richtig schmutzig, und Brandons Mama hat gesagt, dass wir sehr gut geholfen haben, die Wassertöpfe zu füllen."

„Klingt praktisch perfekt, Henry. Gute Nacht."

„Gute Nacht, Henry." Aimee Louise umarmte Henry, und er wickelte seine Arme um ihren Hals und grinste Stuart über ihre Schulter hinweg an.

„Hast du mein Mädchen, Henry?", fragte Stuart.

„Ja, Deputy."

„Guter Mann. Wir sehen uns morgen früh."

Nachdem sie die Scheune überprüft hatten, fragte Aimee Louise: „Warum hast du Henry gefragt, ob er dein Mädchen hat?"

Stuart kicherte. „Als du ihn umarmtest, gab er mir einen Blick und grinste. Ich konnte mir das nicht entgehen lassen. Er war wirklich stolz, dass du ihn umarmtest."

„Das ist süß, oder?", fragte sie.

„Ja", sagte er. „Ich glaube, ich weiß, warum Rosalie nicht mit uns gekommen ist."

„Vielleicht. Sag mir, was du denkst."

„Sie denkt, dass Charo wissen könnte, was Peyton nicht sagt. Charo ist nicht vom FBI und plaudert gerne."

„Du hast recht", sagte Aimee Louise.

„War es okay für dich, als ich sagte, dass du mein Mädchen bist?", fragte er.

Aimee Louise runzelte die Stirn und ging dann die Auffahrt hinauf. Als Stuart sie einholte, sagte sie: „Ich weiß nicht, was das bedeutet."

Stuart nickte. „Denk darüber nach. Wir können ein anderes Mal darüber reden."

Als sie das Ende der Auffahrt erreichten, untersuchten sie den Boden um den umgestürzten Baum herum.

„Keine Anzeichen von Eindringlingen", sagte Stuart.

„Mann auf dem Feld." Aimee Louise trat hinter einen Baum, und Stuart tat dasselbe.

Er schaute auf das Feld und entdeckte dann die Gestalt, die sich als Silhouette gegen den roten Horizont abzeichnete. Ein einsamer Mann mit einem Wanderstab torkelte vom Feld über die Straße auf sie zu. Sein

Kopf war gesenkt, als er sein rechtes Bein nachzog, als er den Graben zur Straße überquerte.

„Verletzt, nicht gefährlich." Sie trat in die Mitte der Auffahrt und winkte mit den Armen. Stuart nahm seine Seitenwaffe aus dem Holster und trat vor den Baum, wo er einen besseren Blick auf den jungen Mann hatte.

„Hallo", rief sie. „Brauchst du Hilfe?"

„Was?" Er lehnte sich auf seinen Stock. „Wer bist du?"

„Ich bin Angel. Wie hast du dich verletzt? Wie heißt du?"

Er trat drei Schritte nach vorne, verlor dann das Gleichgewicht und fiel ins hohe Gras. Er stand mit Hilfe seines kräftigen Stocks wieder auf. „Ich bin Wynn. Ich bin gestern in ein Loch getreten und habe mir den Knöchel verstaucht."

„Hast du einen Ausweis?", fragte sie.

Sein Kichern war schwach, als er in seine Gesäßtasche griff und seine Brieftasche hervorzog. „Ja, ich habe einen Ausweis. Was bist du? Ein Cop?"

„Nein, aber ich bin einer", sagte Stuart.

Die Augen des jungen Mannes weiteten sich. „Ich war hypnotisiert von der Stimme des Engels. Ich habe Sie nicht gesehen, Sir."

# KAPITEL NEUN

„Hol Dad", flüsterte Stuart.

Als Aimee Louise davoneilte, verzog Wynn das Gesicht, als er sein Gewicht verlagerte, um ihr nachzuschauen. „Sie fliegt auch wie ein Engel."

„Ich würde gerne diesen Ausweis sehen", sagte Stuart mit tonloser Stimme.

„Ja, Sir." Wynn humpelte über die Straße, um Stuart seinen Führerschein zu reichen.

Nachdem Stuart den Führerschein gelesen hatte, verengte er die Augen; laut seinem Ausweis war Wynn zweiundzwanzig. *Älter als er aussieht.*

Die Jeans des jungen Mannes waren schlammig, sein Hemd hatte einen Riss nahe der Naht an der rechten Schulter, und er trug eine Georgia Bulldogs Baseballkappe.

„Wie lautet dein Geburtsdatum und deine Adresse?"

Wynn räusperte sich, bevor er antwortete.

*Stimmt mit seinem Führerschein überein.* Stuart steckte seine Pistole zurück ins Holster und untersuchte Wynns Gesicht und Hände, während er den Führerschein zurückgab. „Wie lange bist du schon unterwegs?"

Wynn lehnte sich auf seinen Stock. „Ich habe das Zeitgefühl verloren. Vier oder fünf Tage, glaube ich."

„Lebst du schon lange in Athens?", fragte Stuart.

„Fast fünf Jahre. Ich habe an der University of Georgia Biologie studiert und in einer Tierklinik gearbeitet. Ich wollte Tierarzt werden, aber die Dinge haben sich geändert. Nach dem Zusammenbruch des Stromnetzes haben wir eine Zeit lang in einem Zelt gearbeitet, wo unsere Kunden ihre Tiere zur Untersuchung brachten. Wir hatten schon vor Ewigkeiten keine Medikamente mehr, aber wir reinigten und verbanden Wunden, die einfachen Sachen. Nachdem der Tierarzt die Praxis geschlossen hatte und die Stadt verlassen hatte, arbeitete ich in Gelegenheitsjobs, meist körperliche Arbeit, für Essen und eine Unterkunft, bis auch diese Jobs versiegten. Ich wusste, wenn ich zu Opas Farm kommen könnte, würde er mich arbeiten lassen und mich füttern. Seine Farm ist in der Nähe, wenn ich mich richtig erinnere. Er ist auch Wynn Smith. Ich bin der Dritte, wie auf meinem Führerschein steht. Wissen Sie, wo seine Farm ist?"

„Hat dein Opa jemals Mr. Newton erwähnt?"

Wynn sank gegen einen nahegelegenen Baum. „Seinen Nachbarn? Klar. Opa hielt viel von Mr. Newton."

„Das hier ist die Newton-Farm. Mr. Smith ist nach Alabama gezogen."

„Opa ist nach Alabama gegangen?" Wynn seufzte. „Meine Tante und mein Onkel haben dort eine Farm. Er muss zu ihnen gegangen sein."

Scott und Aimee Louise gesellten sich zu ihnen, während Wynn sprach.

Scott betrachtete den jungen Mann genau. „Als ich dich das letzte Mal gesehen habe, Wynn, warst du acht Jahre alt, aber ich würde dich überall erkennen. Du siehst genauso aus wie dein Vater."

Wynn kniff die Augen zusammen, als der Abend zur Dämmerung überging. „Mr. Newton? Ich dachte, Sie wären inzwischen ein alter Mann, aber Sie sehen gleich aus."

Scott lachte leise. „Kannst du es bis zum Haus schaffen, wenn wir dir helfen?"

„Natürlich", grinste Wynn. „Wenn der Engel mir hilft."

„Ja, ich werde dir helfen", knurrte Stuart.

Scott schlenderte neben dem jungen Mann her, während Stuart Wynns schwache Seite stützte und Aimee Louise nahe der Straße blieb.

Stuart blickte zurück zu Aimee Louise. *Warum bleibt sie zurück?*

Als die drei Männer das Haus erreichten, öffnete Rosalie die Tür.

„Red, Angel beendet gerade unsere Umkreisprüfung", sagte Stuart.

„Verstanden." Sie griff sich ihr Gewehr und rannte die Auffahrt hinauf.

Als sie das Haus betraten, fragte Wynn: „Fliegen hier alle Mädchen?"

„Wer ist das?", fragte Sandra.

„Mr. Smiths Enkel, Wynn", sagte Stuart. „Er ist hierher gelaufen, um bei seinem Großvater zu bleiben."

„Scott, hilf Wynn zum Waschbecken, um sich im Seifenwasser zu waschen, und ich stelle etwas zum Essen für ihn zusammen." Sie goss Wasser aus einem Krug in ein Glas und stellte es auf den Tisch. Nachdem Wynn seine Hände und sein Gesicht gewaschen hatte, half Scott ihm zum Tisch, während Sandra Suppe aufwärmte. Als der Richter in die Küche kam, sagte sie: „Richter, das ist Mr. Smiths Enkel, Wynn. Würden Sie ihm einen Bissen zum Knabbern geben, während ich die Suppe umrühre?"

Der Richter reichte Wynn die letzten beiden Brötchen, die vom Abendessen übrig geblieben waren, und setzte sich zu ihm an den Tisch.

„Also, wie lange bist du schon unterwegs?", fragte der Richter.

„Wynn ist in guten Händen", sagte Scott. „Sollen wir nach Angel und Red sehen?"

Als Stuart sein Gewehr ergriff, runzelte Scott die Stirn und nahm dann auch sein Gewehr. Als sie die Auffahrt hinaufschritten, fragte Scott: „Was denkst du über Wynn?"

„Mom wird ihm heute Nacht ein Lager herrichten, aber wir sind ziemlich am Limit. Wir wollten morgen zu den Websters gehen; wir werden sehen, ob sie ihn aufnehmen können."

„Warum ist Aimee Louise an der Straße geblieben?"

„Ich weiß es nicht. Ich wollte sie nicht zurücklassen, aber aus irgendeinem Grund wollte sie, dass ich mit dir zum Haus gehe. Rosalie wusste, dass ich wollte, dass sie zurückgeht und Aimee Louise unterstützt. Ich kann es nicht erklären, aber irgendwie operieren wir drei auf der gleichen Frequenz."

„Das habe ich bemerkt. Der Richter meinte, ihr drei seid manchmal unheimlich."

Stuart schnaubte. „Ich fühle mich genauso."

„Wie steht Rosalie zu dir und Aimee Louise?"

„Rosalie wird immer in unserem Leben sein, und das weiß sie."

Die Männer verlangsamten ihr Tempo, um sich leise der Straße zu nähern. Stuart gab den Ruf eines Streifenkauzes von sich und bekam denselben Ruf als Antwort. Sie setzten ihren Weg schweigend fort.

Rosalie rief leise wie eine Eule aus den Bäumen. Scott glitt hinter einen Baum an der Seite der Auffahrt, während Stuart seinen Weg zu Rosalie fortsetzte.

Sie sprach leise. „Ein großer Lastwagen wie die, die wir vorher gesehen haben, hielt vor dem Smith-Anwesen. Zwei Männer durchsuchten die Gräben auf beiden Straßenseiten vom äußersten Rand der Smith-Farm bis zu unserer. Sie hielten in der Nähe unserer Auffahrt an, um zu reden. Sie suchen nach Wynn, aber entschieden, dass er es nicht so weit geschafft haben könnte, und fuhren weg. Wir warten ein paar Minuten, um zu sehen, ob sie zurückkommen."

Stuart runzelte die Stirn. „Da ist noch mehr, oder?"

Rosalie verschwand in den Bäumen, und Stuart lauschte dem Summen der Zikaden, die den nahenden Einbruch der Nacht ankündigten.

„Wir können jetzt reingehen", sagte Aimee Louise.

Stuart traf Rosalie in der Mitte der Auffahrt, und sie warteten auf Aimee Louise. Aimee Louise trug zwei Gewehre und hatte ein Holster mit einer Pistole über ihre Schulter geschlungen.

„Wo kommen die her?"

„Wynn hat sie fallen lassen."

Stuart verengte seine Augen. „Als er gefallen ist. Er hat sie im Gras gelassen."

Aimee Louise reichte ihm ein Gewehr. „Richtig."

Stuart untersuchte das Gewehr. „Nettes Zielfernrohr. Ziemlich teures Gewehr für einen hungernden Tierarzthelfer. Warum sollte er zwei Schnellfeuergewehre haben?"

Er legte es an seine Schulter und richtete es auf einen Punkt auf der anderen Straßenseite, dann pfiff er. „Nachtsicht."

Rosalie nahm das andere Gewehr. „Dieses ist dasselbe."

„Dad, wir sind bereit, reinzugehen", sagte Stuart.

Als sie mit Scott zusammentrafen, wiederholte Rosalie, was sie und Aimee Louise gehört hatten.

„Aimee Louise hat gesehen, wie Wynn die Gewehre und die Pistole im Feld auf der anderen Straßenseite fallen gelassen hat", sagte Stuart. „Wir werden sie vorerst im Truck einschließen."

„Ich hole die Truck-Schlüssel." Rosalie reichte das Gewehr, das sie trug, zurück an Aimee Louise, bevor sie die Auffahrt hinuntersprintete.

„Schicke Gewehre. Ich frage mich, ob Wynn von ihrer Bande übergelaufen ist?", fragte Scott, als sie zum Haus gingen.

„Frag ihn", sagte Aimee Louise.

„Was?", fragte Scott.

„Das ist eine gute Idee, Dad. Du kannst mit Wynn reden, während wir bei den Websters sind."

Aimee Louise legte ihre Hand in Stuarts, und er lächelte.

„Wirst du den Websters von den Männern erzählen, die nach Wynn suchen?", fragte Scott.

„Auf jeden Fall. Wenn du nach deinem Gespräch mit ihm morgen entscheidest, dass es nicht sicher ist, Wynn in der Nähe zu haben, bin ich nicht daran interessiert, ihn zu den Websters zu schicken."

„Einverstanden", sagte Scott. „Ich werde Peyton am Morgen einweihen; sie wird ein weiteres Augenpaar sein. Wynn ist bereits auf dem Radar des Richters."

„Was ist mit Mom?", fragte Stuart.

„Sie weiß Bescheid."

Rosalie wartete am Truck auf sie. Stuart legte die Gewehre und die Pistole auf den Rücksitz. Aimee Louise warf eine Decke aus der Ladefläche des Pickups über die Waffen.

Als sie ins Haus gingen, wartete der Richter am Tisch auf sie. „Sandra und ich haben die Kisten aus der Abstellkammer unter der Treppe geräumt. Ich vermute, wenn Brandon und Henry erfahren, dass wir es in ein vorübergehendes Schlafzimmer verwandelt haben, werden sie es für sich selbst haben wollen. Wynn ist praktisch auf dem Schlafplatz zusammengebrochen, den Sandra für ihn gemacht hat. Heißes Wasser auf dem Herd, falls ihr Tee wollt."

Als Scott auf das heiße Wasser deutete, lehnten Stuart, Aimee Louise und Rosalie ab; er machte sich eine Tasse für sich selbst, bevor die vier sich zum Richter an den Tisch setzten.

„Ich weiß nicht genau, was mit Wynn los ist; er ist sympathisch genug, aber meine Erfahrung mit problembelasteten Jugendlichen sagt mir, dass er sich in eine gefährliche Situation gebracht hat und in Schwierigkeiten steckt. Ich denke, er sucht Zuflucht, wo er sich verstecken kann", sagte der Richter. „Wenn er nicht offener wird, würde ich ihm Vorräte für eine Woche geben und ihm Gottes Segen wünschen."

Es war noch dunkel, als Stuart aufwachte. Brandon murmelte und wälzte sich in seinem Bett, und Henry kicherte im Schlaf. Stuart zog sich im Dunkeln an und schlich aus dem Schlafzimmer. Die dritte Stufe von unten knarrte, und seine Mutter sagte: „Guten Morgen, Stuart."

„Woher wusstest du, dass ich es bin?", fragte Stuart, als er die Küche erreichte.

„Weil die Mädchen bereits draußen sind. Willst du Kaffee mitnehmen?" Das Leuchten der Kerze auf dem Tisch verlieh ihrem ergrauten Haar die Illusion eines Heiligenscheins.

*Mom ist auch ein Engel.* Er lächelte, als er sie umarmte. „Danke, ja."

Stuart zog seine Jacke an und trug seine Tasse nach draußen, um Aimee Louise und Rosalie zu finden. Als er sich der Scheune näherte, winkte Rosalie, und er gesellte sich zu ihnen, um zu entspannen und seinen Kaffee zu schlürfen, während sie auf ihrer Bank auf den Sonnenaufgang warteten. Stuart lächelte, als Rosalie ihre Beine streckte und mit den Füßen zuckte. *Rosalie ist immer unruhig kurz bevor die Sonne am Horizont erscheint.*

„Guten Morgen, Sonne", sagte Aimee Louise.

Rosalie sprang von der Bank auf, die Scott und die Jungen für sie und Aimee Louise gemacht hatten. „Frühstück und dann zu den Websters?", fragte sie.

Stuart rannte zum Haus, aber die Mädchen holten auf und überholten ihn.

Als sie durch die Tür stürmten, lachte Stuart. „Ich dachte, ich könnte euch schlagen, wenn ich betrüge."

Rosalie lachte. „Aimee Louise wusste das, aber wir haben gewartet, bis du losläufst. Hast du nicht gemerkt, dass sie ihre Füße für das Rennen bereit gemacht hat, bevor du losgerannt bist?"

„Ich habe zu viel Zeit mit der Planung verbracht, oder?"

„Ja", sagte Aimee Louise.

Sandra runzelte Stuart die Stirn. „Ich kann nicht glauben, dass du versucht hast, diese zwei süßen Mädchen zu betrügen."

„Süß?", schnaubte Stuart. „Eher hinterhältig."

Peyton kam in die Küche: „Ich weiß nicht, was hier los ist, aber mir scheint, du solltest inzwischen wissen, dass nichts an Aimee Louise vorbeigeht. Ich brauche Kaffee, bitte."

Sandra lachte und goss eine Tasse ein. „Ich habe das Frühstück im Handumdrehen fertig."

Als Aimee Louise den Kopf neigte, lehnte sich Stuart zu ihr und flüsterte: „Eine Redewendung. Es bedeutet sehr bald."

„Danke." Sie lächelte, und Stuart umarmte sie. *Ich verliere jederzeit ein Rennen, wenn meine Belohnung ein Lächeln von Aimee Louise ist.*

Scott kam in die Küche. „Klingt wie eine Party hier drin. Was ist der Plan?"

„Nach dem Frühstück haben wir einen Pfad zu räumen", sagte Stuart.

„Ich freue mich darauf, dass das erledigt ist", sagte Scott, während er sich eine Tasse Kaffee einschenkte, während Sandra Eier und Grütze kochte.

Während Sandra das Frühstück auftischte, wirbelte Rosalie mit den Tellern zum Tisch und bediente jeden, beginnend mit Scott.

„Wie soll das Wetter heute werden, Rosalie?", fragte Stuart, als er den letzten Bissen seiner Eier und Grits aufaß.

„Ich erwarte, dass es den größten Teil des Tages kühl bleibt, aber ich glaube nicht, dass wir Regen sehen werden bis später in der Woche."

„Woher weißt du das?", fragte Scott.

Rosalie zuckte mit den Schultern. „Ich achte auf die Zikaden, Vögel, Wind und den Himmel. Manchmal kann ich den Regen riechen, wenn er kommt. Wetter interessiert mich."

„Lass uns gehen." Aimee Louise beendete ihr Frühstück.

Stuart und Rosalie nahmen ihre Gewehre mit auf dem Weg nach draußen, und Sandra reichte Aimee Louise ein kleines Glas Honig.

„Welche Richtung?", fragte Rosalie.

„Smith-Farm", sagte Stuart. „Je weniger Zeit wir auf der Straße verbringen, desto besser."

Als sie den Pfad zur Smith-Scheune entlangjogten, fragte Aimee Louise: „Könnte es einen Pfad durch den Wald von der Smith-Farm zu den Websters geben?"

„Guter Gedanke. Leo würde das wissen", sagte Stuart. „Wenn es einen Pfad gäbe, scheint es, als wäre er nahe am Gehöft, aber ich vermute, er wäre überwuchert wie der Pfad zwischen Dads Haus und der Smith-Scheune."

„Es würde das Hin- und Herreisen zu den Websters erleichtern", sagte Rosalie.

Als sie den einsamen Kamin erreichten, ging Aimee Louise am Rand der Lichtung entlang des Waldes auf und ab. Rosalie joggte zur Rückseite des Hauses, während Stuart dort stand, wo er beide Mädchen sehen und die Gegend überblicken konnte.

Aimee Louise erstarrte. „Lastwagen auf der Straße."

Stuart konzentrierte sich aufs Hören, bevor er das leise Grollen hörte. „Sie suchen immer noch nach Wynn oder machen eine letzte Runde. Die Smith-Farm ist schwer von der Straße aus zu finden; selbst Wynn war nicht sicher, wo sie ist."

„Ich habe vielleicht einen Pfad gefunden", sagte Rosalie.

Stuart untersuchte, worauf sie zeigte. „Vielleicht. Es würde immer noch viel Arbeit kosten, ihn freizumachen, selbst mit einem Traktor. Ich habe einen anderen Gedanken. Lasst uns zu den Websters gehen."

Als Stuart ein langsames, überlegtes Tempo anschlug mit Aimee Louise an seiner Seite, folgte Rosalie. Nach einigen Kurven in der Auffahrt hielt Stuart an. „Hier kommt die Auffahrt der Webster-Farm am nächsten."

Aimee Louise schlich die Auffahrt entlang, während sie auf das überwucherte Gras und die Bäume starrte. *Erinnert mich an einen Wünschelrutengänger, der nach Wasser sucht.* Stuart lächelte.

„Hier." Aimee Louise drückte sich durch das Unkraut und in den Wald hinein. Stuart hob seine Augenbrauen, als Rosalie eine Schnur an einen Ast band und hinter ihr herstürzte, bevor er folgte. Er bemerkte Schnurstücke, die auf Brusthöhe an Ästen entlang des Weges festgebunden waren, und schmunzelte. *Rosalies Augenhöhe.*

Nach dreißig Yards holte er sie ein, und Aimee Louise hielt ihr schnelles Tempo bei, mit Rosalie an ihrer Seite. Stuart drehte sich um und blickte zurück auf den Pfad hinter ihm. *Bin nicht sicher, ob ich das ohne Rosalies Schnüre finden könnte. Scheint sich zu öffnen, während wir weitergehen.* Er schüttelte den Kopf und schnaubte. *Meine Fantasie läuft auf Hochtouren.*

Als die Bäume sich lichteten, zeigte Aimee Louise. „Die Webster-Auffahrt ist dort."

„Ich habe meine letzte Schnur verbraucht", murmelte Rosalie. „Brauche mehr."

Nachdem Stuart gerufen hatte, um ihre Ankunft anzukündigen, kam Andy aus der Scheune. „Bist du das, Red?"

Rosalie kicherte, als Stuart antwortete: „Es sind Stuart und Freunde."

Andy lief zu ihnen und grinste über Rosalies Lächeln. „Dachte, das würde dir gefallen. Wir hatten letzte Nacht etwas Aufregendes, aber ich denke, ihr wisst das bereits. Ich habe den roten Truck letzte Nacht gefunden und nach euch aufgeräumt. Kommt rein, um euch aufzuwärmen."

„Woher wusstest du, dass Rosalies Spitzname Red ist?", fragte Stuart.

„Ist er das? Macht für mich Sinn", sagte Andy. „Was ist Aimee Louises?"

„Aimee Louises Spitzname ist Angel", sagte Rosalie. „Für Stuart haben wir noch keinen überlegt."

„Gott sei Dank", murmelte Stuart. Als sie zum Haus schlenderten, fragte er: „Was hast du vor dem Zusammenbruch des Stromnetzes gemacht?"

„Ich habe in Macon studiert und habe einen Master in Pädagogik. Nach meinem Abschluss unterrichtete ich Physik an einer Jungenprivatschule. Hätte fast meinen Job verloren, als ich das Labor in eine Holzwerkstatt umgewandelt habe", lachte Andy. „Meine Ausbildung und Abschlüsse sahen auf dem Papier beeindruckend aus, aber ich werde immer ein Landjunge bleiben. Ich dachte mir, diese behüteten, buchgebildeten Jungs würden Spaß daran haben, mit ihren Händen zu arbeiten, und ich hatte Recht. Es brauchte einige geschickte Worte, um dem Direktor der Schule zu erklären, dass strukturelle Integrität, Schwalbenschwanzverbindungen, Hirnholz versus Langholz, traditionelle versus moderne Verbindungsmethoden und Winkelplanung gültige Themen für Physik waren; als ich Meißel und die Offerman-Theorie der Handwerkskunst einwarf, nickte der Direktor, während er Notizen machte und mich für das Lehren fortgeschrittener Themen lobte."

Stuart lachte. „Er hatte keine Ahnung, wovon du gesprochen hast, aber ich wäre überrascht, wenn du danach nicht für eine Gehaltserhöhung vorgesehen warst."

„Was ist mit dir?", fragte Andy.

„Deputy Sheriff und Farmer. Das Beste aus zwei Welten für mich."

„Und Angel." Andys Augen funkelten.

Stuarts Augenbrauen hoben sich, und Andy grinste. „Lehrer sehen alles."

Andy trat neben Rosalie. „Was ist mit dir, Red? Was ist deine Leidenschaft?"

„Wetter. Ich liebe es, draußen zu sein, und entdeckte, dass es viel von Vögeln, Insekten und der Aufmerksamkeit für plötzliche Windrichtungswechsel oder Lufttemperatur zu lernen gibt."

„Das ist erstaunlich. Du bist eine wertvolle Person, die man um sich haben sollte", sagte er. „Nicht viele von uns achten auf das Wetter, bis wir nass, kalt, überhitzt oder über den Hof geweht werden."

Rosalie kicherte, und Stuart verdrehte die Augen.

Als sie ins Haus gingen, sagte Andy: „Wir haben Besuch, Tante Jennie."

Jennie kam aus dem hinteren Teil des Hauses in die Küche. „Ich werde den Kaffee aufwärmen. Es ist frisch da draußen."

„Hallo, Frau Jennie", sagte Rosalie, als sie und Aimee Louise zum Funkraum eilten.

Als der Kaffee heiß war, goss Jennie drei Tassen ein. „Danke für deine Hilfe letzte Nacht, Stuart. Ich habe noch nie einen Knie- und Kopfschuss wie diesen gesehen. Von dir?"

„Von Rosalie und mir. Der Knieschuss ist von ihr und der Kopfschuss von mir. Ich könnte diesen Knieschuss nicht wiederholen."

Jennie hob ihre Augenbrauen. „Ich bin nicht sicher, ob ich das auch könnte. Wo hat sie das gelernt? Sie ist erst was? Sechzehn?"

„Achtzehn. Major Dave Elliott hat es ihr beigebracht. Aimee Louise ist seine Enkelin, und er hat Rosalie vor zwei Jahren, nach dem Tod ihrer Mutter, als seine Enkelin adoptiert."

„Sie ist älter, als sie aussieht. Ein Vorteil, die richtigen Gene zu haben. Richtig, Andy?" Jennie lachte. „Ich kenne den Major vom Hörensagen. Er ist ein bemerkenswerter Schütze und Ausbilder. Hätte wissen müssen, dass sie von Elliott ausgebildet wurde. Was ist mit Aimee Louise?"

„Keine Schützin. Sie ist empfindlich gegenüber Geräuschen."

„Viele brillante Menschen sind das. Auch autistisch, richtig?"

Stuart zuckte mit den Schultern. „Ich weiß nicht. Habe vorher nie darüber nachgedacht. Ich denke schon."

„Sie ist sie selbst." Jennie lächelte. „Der Rest von uns könnte von ihr lernen."

„Dad sagte, du wärst selbst eine erstklassige Schützin."

„Ich war überrascht zu erfahren, dass ich ein Naturtalent war, nachdem ich der Armee beigetreten bin, und ich liebe die Jagd. Ich versorge uns und ein paar Nachbarn mit Wildfleisch. Wir tauschen hier viel aus."

„Habt ihr eine Tasse für mich?", kam Leo in die Küche. „Aimee Louise ist erstaunlich mit dem Funk. Die Leute aus Florida haben einen Verstärker für ihr System gefunden, und Aimee Louise spricht mit Major und Mr. Young. Rosalie wird einen vollständigen Bericht geben, wenn sie fertig sind. Diese beiden sind ein gutes Team, nicht wahr?"

Jennie goss ihm eine Tasse ein, als er sich zu den jungen Männern am Tisch gesellte.

„Was ist hier los?", fragte Leo.

„Wir warten darauf, Rosalies Bericht zu hören, und dann bin ich sicher, dass Stuart daran interessiert wäre, von unseren Besuchern zu hören."

Leo nickte. „Wenn uns die Hunde nicht gewarnt hätten, hätten sie vielleicht Erfolg gehabt."

„Wie geht es den Welpen?", fragte Stuart.

„So süß wie immer. Willst du sie dir ansehen?", fragte Jennie.

Stuart leerte seine Tasse. „Machst du Witze? Ohne Aimee Louise und Rosalie? Ich glaube, ich werde warten."

Als Aimee Louise und Rosalie sich in der Küche zu ihnen gesellten, sagte Rosalie: „Wir haben viel zu besprechen. Ich habe eine Liste gemacht." Sie reichte die Liste Stuart. „Können wir mit dem Angriff von gestern Nacht anfangen?"

„Eine große Gruppe von Männern kam die Auffahrt herunter, was ihr Verhängnis war, weil sie die Hunde aufschreckten", sagte Leo. „Wenn sie klug genug gewesen wären, sich im Unterholz zu verteilen, um sich dem Haus von verschiedenen Richtungen zu nähern, hätten sie vielleicht mehr Erfolg gehabt."

Jennie lachte. „Schatz, ich bin so froh, dass du nicht in der Auffahrt warst, um ihnen die richtigen Wege zum Einbruch in unser Zuhause zu zeigen."

Leo lächelte. „Jennie und ich waren im Haus, und Andy war in der Scheune. Andy forderte sie heraus, und sie schossen auf ihn. Andy schoss zurück und traf einen Mann, dann gab Jennie ihre Schüsse vom Fenster im Obergeschoss ab. Als der dritte Mann fiel, nahm ein vierter Deckung hinter meinem Traktor, während er auf Andy in der Scheune schoss, aber ich hatte freie Sicht und nutzte sie. Das ist, als der Rest von ihnen in Panik die Auffahrt hoch zurückwich."

„Natürlich geschah es nicht so schnell, wie es klingt", sagte Jennie. „Die Angreifer hatten Schnellfeuergewehre, und sie luden mehrmals nach. Ich war nicht sicher, wo Andy war, und es dauerte eine Weile, bis ich einen sauberen Schuss hatte, aber Leo hat eine ausgezeichnete Zusammenfassung gegeben."

„Wir waren auf dem Rückweg, als die verbleibende Gruppe floh", sagte Stuart. „Wir gaben ihnen Raum zu entkommen. Sie hielten an ihrem Truck, um mehr Munition zu holen, aber Rosalie hatte sie und die Schlüssel des Trucks genommen, und ich nahm ihre Ersatzgewehre. Sie rannten in die entgegengesetzte Richtung von Dads Farm."

„Mir war nicht bewusst, dass ihr alle während des größten Teils des Feuergefechts dort wart", sagte Jennie. „Warum seid ihr nicht danach zum Haus gekommen?"

„Wir mussten vor dem Sturm zu Dads zurückkehren", sagte Stuart. „Wir haben es geschafft, bevor der schlimmste Hagel einsetzte."

„Funk als Nächstes?", hielt Rosalie ihre Notizen hoch.

„Mach weiter", sagte Stuart.

„David ist immer noch krank. Dr. Jody erwartete nicht, dass er noch ein paar Tage lang Besserung zeigen wird. Die Angriffe um Pops' Farm herum nehmen zu. Pops sagte, dass der Zweck der Angriffe für Nahrung, Waffen und Munition zu sein schien, nicht für Entführungen wie eine Zeitlang. Die Städte wurden geplündert und ausgeraubt, und die meisten Menschen sind geflohen oder gestorben, also haben die Banden ihr Revier erweitert. Pops sagte, wir könnten jetzt auch Bandenkriege sehen. Pastor John könnte eine Familie mit kleinen Kindern aufnehmen, die keine nahen Nachbarn hat. Der Funkamateur in der Nähe von Phil sagte, dass unser Freund gesund genug zum Reisen ist. Es braut sich ein weiterer Sturm im Golf zusammen. Mr. Young sagte, da es so spät in der Saison ist, wird er unberechenbar sein. Das ist alles, außer dass wir mit dem Sheriff gesprochen haben, nachdem Mr. Leo gegangen war, dann haben wir uns abgemeldet."

„Smith", sagte Aimee Louise, als sie von Rosalies Agenda las.

„Wynn Smith tauchte gestern in der Nähe unserer Farm auf. Er sagte, er sei zu Fuß von Athens zum Haus seines Großvaters gelaufen, und ich glaubte, dass er seit mehreren Tagen unterwegs war, weil er erschöpft war", sagte Stuart. „Er wusste nicht, dass das Haus abgebrannt war oder dass Mr. Smith nach Alabama gegangen war. Nachdem wir ihm zu Dads Haus geholfen hatten, hielten zwei Männer in einem Transportlaster in der Nähe unseres Tores an und suchten nach ihm. Aimee Louise hörte sie sprechen. Sie fand auch die zwei teuren Gewehre und eine Pistole, die Wynn auf dem Feld gegenüber von unserer Farm zurückgelassen hatte. Mom machte ihm ein Bett für die Nacht, aber wir haben ein volles Haus. Ich bin nicht sicher, wie ehrlich er gewesen ist. Dad plante, mit Wynn zu sprechen, nachdem er aufwacht."

„Ich war nicht viel um ihn herum, als wir Kinder waren, weil Mom und ich meistens im Sommer hierher kamen. Er ist ein Jahr älter als ich und war immer bulliger. Er war ein Tyrann, bis ich seinen Bluff durchschaute, dann ließ er mich in Ruhe", sagte Andy.

„Was hast du getan?", fragte Rosalie.

„Er wurde mit Hausarrest bestraft", sagte Jennie.

„Ich hab ihm mit zwölf in die Nase geschlagen", sagte Andy. „Ich erinnere mich immer noch an die Befriedigung beim Knirschen, das Blut, das sein Hemd hinunterlief, und seinen überraschten Blick. Meine Mutter hat mich zwei Wochen Hausarrest gegeben, aber es war es wert, weil er mich danach in Ruhe gelassen hat. Er hat allen anderen Kindern erzählt, ich wäre ein verrückter Bauernjunge. Ich mochte es irgendwie, einen wilden Bauernnamen zu haben."

Stuart schnaubte. „Er hatte wirklich einen begrenzten Wortschatz."

„Nicht wahr?", lachte Andy. „Meine Stadtschüler hätten ihm mit etwas viel Beißenderem aushelfen können."

„Wir haben hier Platz, aber er muss etwas mitteilsamer werden, oder wir geben ihm genügend Vorräte, damit er nach Alabama reisen kann. Es ist eigentlich ein kürzerer Weg als von Athen hierher", sagte Jennie.

„Wir werden jetzt aufbrechen. Wir melden uns mit der Entscheidung über Wynn", sagte Stuart. „Leo, wusstest du von einem Fußweg zwischen hier und der Smith-Farm?"

„Ich hatte das völlig vergessen. Habt ihr ihn gefunden?"

„Vielleicht. Wir haben uns durch das Gestrüpp und die Bäume hierher durchgekämpft, aber es war zugewachsen. Rosalie hat Bäume mit Schnur markiert, während wir uns durchgeschlagen haben, damit wir den Rückweg finden konnten."

„Ich habe etwas grünes Plastikband. Hättet ihr Interesse daran, den Pfad damit zu markieren?", fragte Jennie.

„Das würde ich gerne versuchen", sagte Rosalie. „Stuart möchte, dass wir so wenig wie möglich auf der Straße unterwegs sind."

„Klug", sagte Jennie.

Nachdem sie sich verabschiedet hatten, platzierte Rosalie das grüne Band an ihrem Einstieg zum Pfad von der Webster-Farm. „Ich lasse die Schnur, weil wir wissen, dass sie da ist und wir sie sehen können", sagte sie.

„Es macht Sinn, zu vermeiden, dass der Pfad zu leicht zu finden ist."

Als sie die Smith-Farm erreichten, sagte Aimee Louise: „Wir haben mehr Informationen, aber der Sheriff hat uns gebeten, es geheim zu halten."

„Lasst uns in die Scheune gehen, um zu reden", sagte Stuart.

Aimee Louise und Rosalie setzten sich auf den Erdboden, während Stuart in der Nähe des Eingangs blieb.

Rosalie sagte: „Nachdem Herr Leo den Raum verlassen hatte, erzählte uns der Sheriff, dass er gestern in die Stadt gefahren ist, um sein Büro zu überprüfen. Als er ankam, sagte ein Mann, er sei seit zwei Tagen in der Stadt und versuche, jemanden zu finden, der ihm etwas über Peyton erzählen könnte. Der Sheriff sagte, sie sei vor einer Weile durchgekommen, aber er habe sie in letzter Zeit nicht gesehen. Dann fragte der Mann, der behauptete, ihr Ehemann Troy zu sein, nach ihrer Partnerin, und der Sheriff sagte, er habe ihre Partnerin nie getroffen. Troy sagte, er habe gehört, Peyton sei mit ihrer Partnerin und einer anderen Frau in der Nähe der Grenze zu Georgia. Der Sheriff sagte, sie sei allein gewesen und auf dem Weg nach South Carolina, aber soweit er wisse, sei sie nach Osten abgebogen und in der Nähe von Savannah."

„Was für eine Komplikation", sagte Stuart. „Was hat Troy gesagt? Glaubt der Sheriff, dass es der echte Troy ist? Peyton meinte, er würde sich nie die Mühe machen, nach ihr zu suchen. Ich frage mich, was da los ist."

„Der Sheriff sagte uns, dass der Mann der echte Troy oder ein Betrüger sein könnte, aber so oder so hatte er das Gefühl, dass der Mann eine Gefahr für Peyton darstellt. Der Sheriff gab zu, dass er Aimee Louise gerne an seiner Seite gehabt hätte", sagte Rosalie. „Wir haben gekichert, weil der Sheriff immer skeptisch war, wenn es um Wolken ging."

Stuart lief auf und ab. „Ich muss mit Peyton sprechen."

„Ja." Aimee Louise erhob sich und ging auf dem breiten Pfad in Richtung Newton-Farm, und Rosalie folgte, während Stuart untersuchte, wo sie früher die Gewehre platziert hatten. *Wir brauchen einen sichereren Ort für unsere wachsende Sammlung von Gewehren. Ich werde mit Papa reden.*

Stuart holte seine Begleiterinnen ein, bevor sie das Haus erreichten. Als sie ins Haus gingen, saßen die drei Kinder, die Richterin und Charo am Küchentisch.

„Mami frühstückt mit uns", sagte Dolly mit ihrem besten Quietschen.

„Hallo ihr", sagte Charo mit leiser Stimme.

Rosalie grinste. „Ich wusste, du schaffst das. Du bist unglaublich."

„Das ist sie, nicht wahr?", lächelte Sandra.

Stuart runzelte die Stirn. „Schläft Wynn noch?"

„Er zieht sich in meinem Schlafzimmer um", sagte die Richterin. „Er wird bald herauskommen."

Während Rosalie und Aimee Louise Sandra beim Frühstück servierten, sagte Stuart: „Papa, ich brauche deine Meinung."

„Lass uns einen Spaziergang machen", sagte Scott.

Die beiden Männer schlenderten die Einfahrt hinauf. „Die Straße macht mir Sorgen. Ich bin nicht sicher, ob ein Baum quer über die Einfahrt ausreicht", sagte Scott. „Wir können die umgestürzten Bäume nahe am Eingang stapeln, es sei denn, es würde aussehen, als würden wir uns zu sehr bemühen."

Als sie sich der Straße näherten, sagte Stuart: „Wenn wir die Bäume und Äste in die Nähe der Baumgrenze und quer über die Einfahrt ziehen, wie du gesagt hast, wird es aussehen, als hätten Stürme die Bäume umgeworfen."

Als sie die Einfahrt hinuntergingen, fragte Stuart: „Papa, wo wäre ein guter Ort, um unsere wachsende Sammlung von Gewehren zu lagern? Wir brauchen einen sicheren Ort, an dem sie vor neugierigen Kindern und Bösewichten geschützt sind."

„Ich würde sie gerne zuerst überprüfen. Wenn es welche gibt, die wir benutzen möchten, könnten sie in den Waffenschrank. Den Rest könnten wir auf dem Dachboden lagern. Normalerweise würde ich den Dachboden wegen der Feuchtigkeit und der extremen Temperaturen nicht vorschlagen, aber er ist sicherer als jeder abgeschlossene Schrank im Haus oder in meiner Werkstatt."

„Rosalie ist unsere Waffenexpertin. Sie wird beim Reinigen und Inspizieren helfen wollen. Sie ist schnell und gewissenhaft", sagte Stuart.

Scott lachte. „Die Scheune wäre wahrscheinlich der beste Ort, um sie zu reinigen. Ich werde die Werkbank freiräumen und meine Reinigungsmittel herauslegen und dann Rosalie suchen."

„Danke, Papa. Hattest du heute Morgen die Gelegenheit, mit Wynn zu sprechen?"

„Noch nicht. Er war nicht wach, als ich das Haus verließ."

„Wenn wir reingehen und er wach ist, bleibe ich da und stelle ein paar Fragen, um ihn zu beschäftigen, während du und Rosalie die Waffen reinigt", sagte Stuart.

Auf dem Weg zurück zum Haus sagte Scott: „Nachdem wir mit dem Projekt fertig sind, werde ich einige Baumstämme und Äste vor die Einfahrt bewegen. Wenn ich den Traktor starte, wird Henry auftauchen. Wahrscheinlich werde ich auch dabei fachkundige Hilfe haben."

Als sie das Haus betraten, saß Wynn am Tisch mit Eiern und einem Brötchen auf dem Teller vor ihm, während Sandra das Geschirr spülte.

„Hallo, Deputy", sagte Wynn. „Danke, dass Sie mir letzte Nacht einen Schlafplatz gegeben haben, Herr Newton."

Scott nickte. „Ich werde Rosalie finden, und wir werden mit unserem Projekt beginnen, Stuart."

„Danke, Papa. Aimee Louise und Rosalie wissen, wo alles ist."

„Wir kümmern uns darum."

Stuart goss sich eine Tasse Kaffee ein und setzte sich dann zu Wynn an den Tisch.

„Die Mädchen sind im Garten, und Charo macht ein Nickerchen", sagte Sandra. „Ich bin in einer Minute draußen. Die Jungs und ich werden Salat in Kisten pflanzen, während die Richterin einen kleinen Kaltkasten baut, um unsere Sämlinge zu schützen."

Scott machte sich auf die Suche nach Rosalie und Aimee Louise. Sandra spülte den letzten Teller ab und folgte ihm nach draußen. Nachdem Wynn fertig gegessen hatte, räumte Stuart den Teller und das Besteck ab und wusch sie.

„Noch Kaffee?" Stuart schenkte sich nach, und Wynn nickte.

„Ich bin froh, dass du gut geschlafen hast", sagte Stuart, als er seinen Stuhl herauszog, um sich zu Wynn zu setzen. „Nichts geht über ein Gefühl der Sicherheit, um sich entspannen zu können."

„Das stimmt. Ich kann mich nicht erinnern, wann ich das letzte Mal so gut geschlafen habe wie gestern Nacht." Wynn runzelte die Stirn. „Deputy, Ihre Eltern sind großartig, aber es gibt wirklich keinen Platz für eine zusätzliche Person hier. Ich weiß, dass ich weiterziehen muss, aber während ich meine Kraft aufbaue, bin ich stark genug, um in der Scheune zu bleiben."

Stuart verengte seine Augen. „Ich weiß von den Männern, die nach dir suchen. Ich brauche ein paar ehrliche Antworten."

„Oh." Wynn nippte an seinem Kaffee, als Aimee Louise ins Haus kam.

„Rosalie und dein Vater arbeiten an ihrem Projekt. Ich bin reingekommen, um dir zu helfen", sagte sie.

Stuart lächelte und zog ihren Stuhl heraus. „Schön, dass du hier bist; setz dich zu uns. Wynn wollte uns gerade erklären, warum die Männer nach ihm suchen."

Nachdem Aimee Louise sich an den Tisch gesetzt hatte, sagte Stuart: „Wynn, du hast eine Chance. Du könntest mich täuschen, wenn du geschickt genug bist, aber du kannst nicht uns beide zum Narren halten. Deine Wahl. Wir hören zu."

# KAPITEL ZEHN

Wynn starrte Stuart und Aimee Louise an. Stuart nippte an seinem Kaffee und wartete, während Aimee Louise Wynn beobachtete.

Wynn richtete seinen Blick auf den Tisch. „Ich habe diesen Job als Lkw-Fahrer bekommen", murmelte er, dann sprach er lauter. „Mein Vater starb vor ein paar Jahren, und ich wusste nicht, wo meine Mutter war. Ich hatte niemanden, an den ich mich wenden konnte, und ich war verzweifelt auf der Suche nach Arbeit. Ich hatte Hunger und lebte auf der Straße. Sie hatten Recht damit, dass man sich sicher fühlen muss, um zu schlafen. Ich döste nur, aber schlief nie richtig und bewegte mich bei dem kleinsten Geräusch jede Nacht von einem Platz zum anderen."

Er legte seine Hände auf den Tisch und starrte sie an. „Ich suche keine Ausreden. So war es einfach. Ein anderer Typ, der auf der Straße lebte, erzählte mir von einer Firma, die Lkw-Fahrer suchte, und ich ging nachsehen, ob es stimmte. Sie sagten mir, der Lohn wären zwei Mahlzeiten am Tag, und ich könnte im Führerhaus schlafen, unter der Bedingung, dass ich tun müsse, was man mir sagte, oder ich wäre weg. Es war klar, dass weg nicht nur gefeuert bedeutete."

Er atmete aus und rutschte mit seinem Stuhl zurück, während er auf den leeren Stuhl ihm gegenüber starrte. „Es war ein einfacher Job. Ich fuhr nur von einem Ort zum anderen, normalerweise von Florida nach South oder North Carolina mit einer Ladung und dann zurück nach Florida oder Georgia. Ich wusste nie, was die Fracht war..."

Stuart räusperte sich, und Wynn biss sich auf die Lippe, bevor er fortfuhr. „Ich wusste, dass die Fracht Menschen waren, also war ich vorsichtig bei Kurven. Ein Vorgesetzter fuhr immer vorne mit mir mit. Der Lkw war voll auf den Fahrten nach Norden, und bei den Fahrten nach Süden waren zwei oder drei Männer dabei, die hinten mitfuhren. Bei dieser letzten Fahrt nach Süden war nur ein Mann hinten drin. Der Vorgesetzte sagte mir, ich solle ein paar Stunden nach der Überquerung der Staatsgrenze nach Florida anhalten, und er nahm sein Handfunkgerät mit aufs Feld. Es war nicht ungewöhnlich, dass ein Vorgesetzter auf der Fahrt nach Süden regelmäßig Kontakt aufnahm. Als er wieder in den Lkw stieg, sagte er mir, ich solle umdrehen, und beschwerte sich darüber, dass die Bosse den Plan geändert hätten. Er wurde mit jedem Kilometer wütender, und als er mit der Faust aufs Armaturenbrett schlug und mich beschimpfte, wusste ich, dass ich in Schwierigkeiten steckte."

Wynn stand auf und trug seine Tasse zum Waschbecken, dann starrte er aus dem Fenster. „Als wir gerade südlich von Albany waren, schrie er mich an, ich solle anhalten, und ich trat hart auf die Bremse. Er und der Typ von hinten gingen zusammen aufs Feld, und der Vorgesetzte gestikulierte wild, während er redete und auf den Lkw zeigte. Sein Gesicht war rot, und ich konnte erkennen, dass er brüllte. Ich schnappte meinen Rucksack und die Pistole aus dem Handschuhfach und schlich nach hinten, wo ich zwei Gewehre fand. Nachdem ich sie geschnappt hatte und in die Bäume gerannt war, rannte ich weiter, bis ich zusammenbrach. Ich war mir nicht sicher, wo ich war, aber ich wusste, dass ich zuerst nach Westen abgebogen war, bevor ich scharf nach Süden abbog. Als ich einen wackeligen alten Hochsitz fand, kletterte ich für die Nacht hinauf. Ich wusste, dass ich zu tief im Wald war, als dass sie mich finden würden, und wettete, dass sie nicht nach oben schauen würden, selbst wenn sie so weit von der Straße entfernt sein sollten. Als ich im Morgengrauen aufwachte, wurde mir klar, dass ich in Richtung von Opas Farm gelaufen war, also ging ich weiter nach Süden. Ich war erleichtert, als ich anfing, die Namen der Städte, an denen ich vorbeikam, wiederzuerkennen. Als Angel mich anrief, ließ ich die Gewehre und die Pistole auf dem Feld fallen. Ich hatte vor, sie aufzuheben, wenn ich gehen würde. Den Rest kennt ihr."

Wynn setzte sich auf seinen Stuhl und starrte auf den Tisch.

„Hast du irgendwelche Fragen, Angel?", fragte Stuart.

„Vermisst du die Tiere?", blickte sie zur Wand über ihm.

Wynn riss seinen Kopf hoch und starrte sie an. „Ja, das tue ich. Sie waren meine Freunde."

Stuart erhob sich. „Lass uns nach draußen gehen, Aimee Louise."

Als sie zur Scheune schlenderten, fragte Stuart: „Was hast du gesehen?"

„Er ist wütend. Er wusste, was die Fracht nach Norden war, und hat darüber gelogen. Es war schwer zu sagen, was wahr war und was nicht, weil er Wahrheit und Lügen so gut vermischt. Er hat einen Teil ausgelassen, aber ich weiß nicht, welchen."

Stuart nickte. „Ist es okay, wenn er hierbleibt?"

„Ich würde ihm im Haus nicht vertrauen, weil das, was er ausgelassen hat, wichtig ist. Er hat sich um die Hunde und Katzen gekümmert; zumindest das war wahr. Er hat nie jemand anderen gehabt, um den er sich kümmern konnte."

„Interessant."

Als sie die Scheune erreichten, grinste Scott. „Rosalie hat vier Gewehre gereinigt, und ich arbeite noch an meinem, aber es ist kein Wettbewerb. Wie lief es drinnen?"

Stuart erklärte, was Wynn gesagt hatte.

„Glaubst du ihm?", fragte Scott.

„Mit Vorsicht; Aimee Louise sagte, er habe Wahrheit und Lügen vermischt und etwas ausgelassen", sagte Stuart.

„Also, was machen wir mit ihm?"

„Er hat angeboten, in der Scheune zu bleiben. Ich denke, wir nehmen sein Angebot für ein paar Tage an. Aimee Louise meinte, wir müssen wissen, was er ausgelassen hat, weil es wichtig ist."

Scott nickte. „Das werden wir tun. Willst du es ihm sagen?"

„Ich kann, aber da dies deine Farm ist, solltest du es vielleicht tun. Das wird ihm auch zeigen, dass wir mit dir gesprochen haben."

Scott gab dem Gewehr, das er gereinigt hatte, den letzten Schliff und zeigte dann auf die Gewehre mit Zielfernrohr. „Rosalie und ich haben beschlossen, dass wir diese beiden im Waffenschrank haben wollen. Würdest du den Rest auf den Dachboden bringen? Ich werde mit Wynn einen kurzen Spaziergang machen, damit ihr nicht mit Waffen an ihm vorbeilaufen müsst."

Sie warteten, bis Scott mit Wynn nach draußen kam und in Richtung Hausfront ging, bevor sie die Scheune verließen.

„Rosalie, bring die beiden Gewehre mit Zielfernrohr ins Schlafzimmer von Mom und Dad. Er wird die Gewehre in seinen Waffenschrank legen. Ich ziehe die Dachbodenleiter herunter, dann können wir den Rest der Gewehre verstauen."

Sie trugen alle Gewehre ins Haus. Nachdem Stuart die Leiter heruntergezogen hatte, kletterte er auf den Dachboden. Aimee Louise stand in der Mitte der Leiter, und Rosalie reichte ihr ein Gewehr nach dem anderen, bis alle verstaut waren. Aimee Louise sprang herunter, als Stuart die Leiter hinunterstieg.

Nachdem Stuart den Zugang zum Dachboden geschlossen hatte, sagte Rosalie: „Wir wollen morgen früh bei Pops vorbeischauen. Du musst nicht mitkommen, wenn du nicht willst, denn jetzt haben wir den Geländeweg, um dorthin zu gelangen."

„Ich komme mit", sagte Stuart. „Aimee Louise, ich muss mit Peyton sprechen. Wärst du dabei, wenn ich das tue?"

„Ja."

Stuart und Aimee Louise schlenderten zum Garten, während Rosalie vorauslief, um dem Richter mit dem Frühbeet zu helfen.

Als sie den Garten erreichten, kippten die Jungen Erde in das Beet, und Dolly hielt das Samenpaket. Sandra hielt den Beutel mit Erde für die Jungen, und Peyton gab dem Frühbeet, das sie gebaut hatte, den letzten Schliff, während der Richter die Plastikfolie auf der Oberseite anbrachte.

„Peyton, hast du etwas Zeit für ein Gespräch?", fragte Stuart.

„Sicher, Rosalie kann den Deckel für das Frühbeet installieren. Der Richter kann ihr sagen, was wir geplant hatten."

Sie klopfte sich die Hände ab, und Stuart sagte: „Wie wäre es mit der Veranda? Die Brise wird sich gut anfühlen."

Als sie die Veranda erreichten, ließ sich Peyton in einen Schaukelstuhl fallen. „Was gibt's?"

Bevor er sich setzte, schob Stuart einen Stuhl in einen Winkel, der für ein Gespräch günstiger war, und Peyton rückte ihren Stuhl, um Stuart sehen zu können. Aimee Louise setzte sich auf die Verandastufen und wandte sich dem Haus zu, sodass sie beide sehen konnte.

„Wir haben viele Neuigkeiten und viele Fragen. Können wir zuerst mit den Fragen beginnen?"

Peyton verengte ihre Augen und ihr Gesicht spannte sich an. „Natürlich."

„Warum vertraust du mir nicht?", schaute Stuart sie an.

Sie funkelte ihn an. „Das ist nicht fair. Ich weiß, dass Aimee Louise sagen kann..."

Sie verschränkte die Arme und presste die Lippen zusammen, und Stuart zuckte mit den Schultern.

„Ich kann gehen, wenn du willst", sagte Aimee Louise.

Peytons Augen weiteten sich. „Nein, auf keinen Fall." Sie schaukelte und starrte in den Himmel.

„Okay, Stuart. Ich vertraue nicht leicht, weil ich in der Vergangenheit zu oft verraten wurde, aber ich vertraue dir, obwohl es mir Angst macht."

„Ich werde dir vertrauen, Peyton. Wir müssen irgendwo anfangen, oder?"

Peyton seufzte. „Ja, mach weiter."

„Neuigkeiten", sagte Aimee Louise.

Stuart nickte. „Sheriff, Aimee Louise und Rosalie fanden David Griffin am Montag in Petes Diner. Er suchte nach dir, aber er sagte, er sei Troy. Ich glaube, er sagte, er sei Troy, weil er dachte, wir würden ihm nie glauben, wenn er sagte, er sei David, Brandons Vater. Interessanterweise sagte Aimee Louise immer wieder, dass er Brandons Vater sei, aber ich glaubte nicht, dass er Troy war. Der Sheriff und ich hörten nicht, was sie sagte."

Peyton lächelte. „Ich vertraue Aimee Louise."

Stuart erwiderte ihr Lächeln. „Es fühlt sich gut an, jemanden zum Vertrauen zu haben, nicht wahr? Auf seiner Reise von Orlando zur Farm wurde David von einer Schlange gebissen. Major denkt, es war ein Wassermokassin, und er ist sehr krank. Einer der Gründe, warum Aimee Louise so nachdrücklich auf dem Funkkontakt mit Majors Farm besteht, ist, um über Davids Zustand auf dem Laufenden zu bleiben."

„Wir fahren morgen zu den Websters", sagte Aimee Louise.

Peyton stand auf und ging auf der Veranda auf und ab. Als sie zu ihrem Stuhl zurückkehrte, sagte sie: „Wenn ich so schnell rennen könnte wie Aimee Louise und Rosalie, wäre ich versucht, jetzt sofort loszulaufen, um David zu sehen, aber ich würde nicht ohne Brandon gehen."

„Es gibt noch mehr", sagte Stuart. „Ein Mann, der sagte, er sei Troy, tauchte im Büro des Sheriffs auf und sagte, er versuche, dich zu finden."

Peytons Gesicht wurde blass.

„Was ist es an Troy, das dir Angst macht?", fragte Stuart.

„Nichts", sagte sie.

Sie blickte zu Stuart. „Das stimmt nicht. Das letzte Mal, als ich Troy sah, sagte er mir, ich wüsste etwas Wichtiges und müsste es ihm zu meiner eigenen Sicherheit sagen. Als ich ihm sagte, dass ich nicht wüsste, wovon er spricht, sagte er mir, ich würde es bereuen, es ihm nicht zu sagen. Als ich ihn fragte, ob er mir drohe, lachte er und sagte, es sei eine freundliche Warnung um der alten Zeiten willen."

Peyton schauderte. „Ich glaube, er hat den Angriff auf mich befohlen. Einer der Männer fragte: *Welche ist Peyton?*, bevor sie in den Raum kamen, in dem sie uns festhielten. Ich weiß, dass Charo es auch gehört hat und wusste, was ihre Absichten waren."

Peyton unterdrückte Tränen. „Charo muss gedacht haben, dass sie den Angriff überleben könnte, oder sie fand es wichtig, dass ich überlebe. Ich kann dir nicht sagen, wie schwer die Last von Charos und Nates Zuständen auf mir lastet. Sie vertrauten mir, und sieh, was passiert ist."

Peyton stand auf. „Gib mir eine Minute. Ich komme zurück." Sie ging mehrmals zur Auffahrt und zurück, bevor sie zu ihrem Platz zurückkehrte.

„Erinnerst du dich an die Liste, die FBI-Agent Rex Wilson mir von Überläufer-Agenten gab, und Nate war auf der Liste? Selbst nachdem Major mir bewiesen hatte, dass die Liste gefälscht war, vertraute ich Nate nicht. Nate muss gewusst haben, dass Troy dachte, ich wüsste etwas, weil er mir sagte, dass jemand, der mir nahe steht, beabsichtigte, mir zu schaden, aber ich dachte, er meinte David und wollte nicht zuhören."

„Der Grund, warum wir alles teilen, was wir wissen, ist, dass wir einige Entscheidungen treffen müssen und möchten, dass du an der Diskussion teilnimmst. Wir haben erfahren, dass Nate hierher kommen möchte, um bei seiner Familie zu sein."

„Nate geht es gut genug, um reisen zu wollen, um bei seiner Familie zu sein? Das ist wunderbar." Peyton runzelte die Stirn. „Aber wie würde er hierherkommen? Das ist das Problem, oder?"

„Unser zusätzliches Problem ist, dass die Angriffe auf Farmen, die südlich von uns gemeldet wurden, näher kommen. Wir haben Major wissen lassen, dass wir für eine Weile hier bleiben müssen, um die Farm schützen zu helfen. Die Farm der Websters wurde letzte Nacht angegriffen."

„Ich bin dabei", sagte Peyton. „Ich habe genug davon, mich selbst zu bemitleiden. Ihr könnt auf mich zählen."

„Danke", sagte Aimee Louise.

Peytons Augen füllten sich mit Tränen, als sie Aimee Louise ansah. „Du bist erstaunlich." Sie umarmte Aimee Louise und eilte dann zum Garten.

„Haben wir etwas vergessen?", fragte Stuart.

„All die Gewehre."

„Die hatte ich vergessen. Peyton möchte vielleicht eines der neuen Gewehre mit Zielfernrohr", sagte Stuart.

„Und Charo."

Stuart runzelte die Stirn, als er seine Hand ausstreckte, um Aimee Louise aufzuhelfen. „Charo ist zu verletzt, um zu schießen."

„Zeit, mit Charo zu sprechen." Aimee Louise schlenderte zum Haus.

Stuart hob seine Augenbrauen und beeilte sich, sie einzuholen. Als er um die Hausecke kam, traf er auf Wynn, der von der Scheune zurückkehrte.

„Mr. Newton sagte, ich könnte ein paar Tage in der Scheune bleiben." Wynn strahlte. „Wir haben über die möglichen Angriffe auf den Hof gesprochen, und wir haben vereinbart, dass ich der Familie helfe, indem ich Wache halte, wo ich jede Bedrohung hören kann. Nach all der Zeit, die ich schlafend auf der Straße verbracht habe, war die Scheune ein Luxus, und ich schlafe leicht. Mrs. Newton sagte, sie würde mir ein Bett herrichten, aber ich habe um Bettwäsche gebeten, damit ich mir selbst eines machen kann. Sie sagte, ich müsse mit der Familie am Tisch essen, weil das ihre Regel sei."

Als sie das Haus erreichten, sagte Stuart: „Ich bin froh, dass Sie die Familie nachts bewachen werden. Die Angriffe kommen immer näher."

Sandra übergab Wynn einen Stapel Decken und Laken. „Kommen Sie später zurück, um Ihr Kissen abzuholen. Brauchen Sie noch etwas anderes? Da ist eine Wolldecke dabei, falls es kalt wird. Stuart, haben wir nicht eine Liege auf dem Dachboden?"

„Ich schaue nach", sagte Stuart, während Wynn seine Decken hinausbrachte.

Stuart fand die Liege auf dem Dachboden und stellte sie neben die Küchentür, dann ging er weiter zu Charos Zimmer. Charo saß im Rollstuhl neben dem Fenster und lächelte, als Stuart ihr Zimmer betrat.

„Hallo, Stuart. Aimee Louise sagte, ich kann ein Gewehr bekommen, sobald meine Armknochen geheilt sind. Wir dachten, eine regelmäßige Dosis Sonnenlicht könnte helfen."

„Da habt ihr sicher recht", erwiderte Stuart ihr Lächeln. „Wo ist Aimee Louise?"

„Ich bin nicht sicher. Sie sagte, etwas würde sie beschäftigen. Ich glaube, sie ist durch die Vordertür hinausgegangen."

*Niemand geht durch die Vordertür.*

Stuart eilte ins Wohnzimmer und öffnete die Vordertür. Aimee Louise schaukelte auf der Veranda.

Stuart setzte sich auf den Stuhl neben sie. „Was beschäftigt dich?"

„Wynn könnte immer noch eine Verbindung zu den Angreifern haben. Ich habe mit Charo gesprochen, weil ich es nicht verstehe, und ich hoffte, mit ihrer Erfahrung als Beraterin für häusliche Gewalt könnte sie mir helfen."

„Was ist es, das du nicht verstehst?", fragte Stuart und schaukelte im Rhythmus mit Aimee Louises Schaukelstuhl.

„Wie jemand sich von einer Gang lösen kann. Wenn eine Gang für einen einsamen Menschen wie eine Familie ist, wäre es, als würde man sich von seiner eigenen Familie abwenden. Charo sagte, es ist möglich, aber die Bindungen sind immer noch da, selbst wenn die Person ihnen den Rücken kehrt."

„Ist das der Teil, von dem du denkst, dass Wynn ihn versteckt hat?"

„Vielleicht. Ich bin nicht sicher."

„Schicken wir ihn weg? Was tun wir?"

„Charo meinte, wir nutzen es. Ich denke, wir sollten mit Andy sprechen. Er wüsste wie."

Stuart erhob sich von seinem Stuhl. „Ich hole Rosalie."

„Sag ihr, sie soll uns Deckung geben. Wenn wir alle drei verschwinden, ist das auffällig. Solange Rosalie da ist, werden alle denken, wir sind in der Nähe."

„Sie wird wütend sein, dass sie ausgeschlossen wird."

„Ja. Sie mag Andy."

Stuart schlenderte zum Garten und sprach leise mit Rosalie.

Sie knurrte: „Deine Idee?"

„Bist du wütend?", fragte er.

Sie verdrehte die Augen. „Nein, ich weiß, dass es Aimee Louises Idee war. Sie hat recht. Ich halte euch den Rücken frei."

Stuart ging zur Küchentür, nahm sein Gewehr und ging durch die Vordertür. „Fertig."

Als sie in der Nähe der Bäume auf der Webster-Farm herauskamen, rief Stuart: „Hallo! Nachbarn sind hier."

„Bist du das, Elmer?", rief Andy zurück.

„Diesmal nicht", antwortete Stuart. „Nur ich mit meinem Engel."

Andy kam zu ihnen und grinste.

„Wir haben die besten Passwörter", sagte Stuart. „Sie sind so geheim, dass wir nicht einmal wissen, was sie bedeuten."

Als die drei zum Haus schlenderten, sagte Andy: „Ich weiß, dass dies kein gesellschaftlicher Besuch ist. Was gibt's?"

Stuart erklärte das Dilemma mit Wynn. „Wie nutzen wir seine Verbindung zu den angreifenden Schlägern, falls sie existiert?"

„Ich habe andere Wynns in der Schule gesehen, an der ich unterrichte. Sehr einsame Kinder, und die Gruppe, ob gut oder schlecht, wurde ihre Familie. Meine Methode war, Druck auf die Gruppenführer auszuüben, um das gewünschte Verhalten zu erreichen; zum Beispiel für Prüfungen zu lernen oder Hausaufgaben pünktlich abzugeben. In diesem Fall könnten wir die Bindung übertragen. Nach dem, was ihr sagtet, ist das genau das, was eure Eltern tun. Ihr müsst die neue Bindung verstärken."

„Erklär das", sagte Aimee Louise.

„Wenn ihr einen Welpen adoptiert, der misshandelt wurde, möchte der Welpe immer noch in sein ursprüngliches Zuhause zurückkehren, obwohl es ein schrecklicher Ort war, weil es Zeit braucht, sich anzupassen und eine Bindung zum neuen Leben aufzubauen. Pflegekinder zeigen das gleiche Verhalten."

„Wir brauchen einen Welpen", sagte Aimee Louise.

Stuart und Andy starrten sie an, dann neigte Andy den Kopf. „Ich glaube, ich verstehe. Seine alte Gang hatte keinen Welpen. Die neue Familie schon. Was ist unser Plan?"

„Bringt die Welpen zum Hof. Die Kinder und der Welpe werden wählen." Aimee Louise sprang auf den Pfad zurück zum Hof.

Andy schüttelte den Kopf. „Du bist ein Glückspilz, Stuart, aber wie schaffst du es, mit einer brillanten Frau mitzuhalten?"

„Schlecht." Stuart rannte los, um Aimee Louise einzuholen.

Als sie auf dem Hof ankamen, betraten sie das Haus durch die Vordertür und schlossen sie hinter sich ab.

„Geheimtür." Aimee Louise ging in die Küche und dann nach draußen.

*Liebe, wie sie die Dinge sieht.* Stuart lächelte, während er ihr beim Gehen zusah, bevor er zu Charos Zimmer schlenderte und an den Türrahmen klopfte.

Charo lehnte an der Fensterbank, um eine bessere Sicht auf den Garten zu haben; sie drehte den Kopf bei seinem Klopfen. Wildblumen schwammen in der kleinen Schüssel neben ihrem ordentlich gemachten Bett, und ihr Haar war mit einem hellgrünen Band zurückgebunden. Das Sonnenlicht erhellte den Raum, und ihr Gesicht leuchtete.

„Lust zu reden?", fragte Stuart. „Ich habe einige tiefgehende Fragen, die warten können, bis du mehr Energie hast."

„Mir ist langweilig, weil ich mich großartig fühle, zumindest in meinem Kopf. Es ist mein Körper, der nicht ganz mithalten kann. Hol dir einen Stuhl. Ich würde gerne einige tiefgehende Fragen besprechen, aber ich warne dich, ich habe vielleicht nur oberflächliche Antworten." Ihre Augen knitterten, als sie lächelte.

„Sag Bescheid, wenn du müde wirst oder wenn ich zu weit gehe", sagte Stuart. „Weißt du, wer Brandons Vater ist?"

Charo verengte ihre Augen. „Ja, das weiß ich. Weißt du es?"

„David", sagte Stuart.

Charo seufzte erleichtert. „Gut. Jetzt können wir reden, oder?"

„Ja. Es ist eine verschlungene Geschichte." Stuart erklärte, dass David, der behauptete, Troy zu sein, bei Pete auftauchte, auf seiner Suche nach Peyton und Brandon.

„Aimee Louise erzählte uns, dass er Brandons Vater sei, aber der Sheriff und ich haben nicht gehört, was sie sagte."

Charo kicherte. „Wir lassen manchmal unsere vorgefassten Meinungen unser Urteilsvermögen trüben, und ja, ich habe mein Wortspiel mit ‚trüben' absichtlich verdoppelt. War ich so gut wie Josh?"

Stuart schnaubte. „Ich bin froh, dass es dir besser geht. Es gibt mehr über David." Er erzählte ihr von dem Schlangenbiss und der langsamen Heilung.

„Ich weiß, dass er sich zur Besserung drängt. Er wird in Ordnung sein. Ich kenne David nicht sehr gut, aber ich habe ihn ein paar Mal getroffen. Er ist ein großartiger Kerl."

„Ich werde ein heikles Thema ansprechen, aber zuerst habe ich Neuigkeiten für dich. Nate geht es viel besser. Aimee Louise und Rosalie haben über das Amateurfunknetz nach ihm gesehen."

Charos Augen füllten sich mit Tränen, bevor sie schluchzte. „Ich habe mir solche Sorgen um ihn gemacht. Als niemand ihn erwähnte, nahm ich das Schlimmste an. Ich hatte zu viel Angst zu fragen."

Stuart griff nach einem Tuch von ihrem Nachttisch und reichte es ihr.

Als ihre Tränen nachließen, sagte sie: „Ich bin so dankbar für die guten Nachrichten. Diese beiden Mädchen sind erstaunlich."

„Ja, das sind sie. Nate ist wahrscheinlich wieder gesund genug zum Reisen, aber die Straßen sind gefährlich und vorerst bleiben wir alle hier."

„Ich kann dir nicht sagen, wie erleichtert ich bin, dass es ihm besser geht."

„Peyton fühlt sich schuldig wegen des Angriffs, nur damit du es weißt."

„Verständlich, und eine normale Reaktion unter diesen Umständen. Weiß sie, wer den Angriff befohlen hat?"

„Sie ist sich nicht sicher oder sagt es nicht. Weißt du es?"

„Natürlich. Troy hat es getan. Nate versuchte, sie zu warnen, aber sie hatte den falschen Leuten zugehört und dachte eine Zeit lang, Nate sei einer der Bösen."

Stuart nickte. „Es gibt auch mehr Neuigkeiten über Troy."

„Wow, ich freue mich, wieder ins Team aufgenommen zu werden. Ich fühlte mich hier ganz allein wie ein invalider Ausgestoßener. Das klang dramatisch, oder?" Charo kicherte. „Ich war nicht so einsam, wie das klang, wegen des ständigen Besucherstroms. Haben Ausgestoßene Besucher? Ups, ich habe unterbrochen. Was sind die Neuigkeiten über Troy?"

Stuart erzählte ihr von dem Mann, der behauptete, Troy zu sein und im Büro des Sheriffs nach Peyton fragte.

„Oh nein, was hat der Sheriff gesagt?"

„Er hätte Peyton lange nicht gesehen, aber er hätte gehört, sie sei auf dem Weg nach Savannah."

„Ich wusste immer, dass der Sheriff einen guten Instinkt hat, aber du hast mehr, nicht wahr?"

„Weißt du, warum Troy so entschlossen ist, Peyton zu finden?", fragte Stuart.

„Ja. Troy denkt, Peyton hat seine Liste mit Agenten, die seiner Menschenhandelsorganisation wohlgesonnen sind."

Stuart runzelte die Stirn. „Sie hatte eine Liste, die Rex Wilson ihr gab. Ist das eine zweite Liste? Hat sie Troys Liste? Ist Troy Teil von McNeills Plan, die Regierung und die Wirtschaft zu destabilisieren? Ich dachte, diese ganze Operation sei erledigt."

„Ja, McNeills Operation ist tot, aber dies ist eine völlig andere Liste als die falsche von Rex Wilson. Peyton hat Troys physische Liste nicht, aber jemand in Troys Organisation hat sie und plant, Troy abzusetzen. Peyton erinnert sich an alles, was sie sieht. Sie sah Troys Liste vor langer Zeit und prägte sie sich ein, wusste aber nichts von seinen kriminellen Machenschaften. Als sie erkannte, dass Nate versucht hatte, sie vor Troy zu warnen, setzte sie die Teile zusammen. Sie und Nate planten, zum Georgia Bureau of Investigation in Macon, Georgia, zu gehen, damit sie ihnen die Liste aufsagen konnte, bevor wir nach South Carolina weiterfuhren. Troy war nie ein Agent oder Teil von McNeills Organisation, aber er hatte Kontakte in der Behörde wegen Peyton und nutzte die Gelegenheit, korrupte Agenten zu rekrutieren, um sein Menschenhandelsgeschäft nach dem Zusammenbruch von McNeills Organisation zu erweitern."

Stuart runzelte die Stirn und stand auf, um auf und ab zu gehen. „Klingt, als könnte der Usurpator genauso daran interessiert sein, Peyton zum Schweigen zu bringen, wie Troy es ist."

Charo starrte aus dem Fenster. „Eine echte Möglichkeit."

Stuart hörte auf zu gehen. „Nate ist auch in Gefahr, oder?" Stuart zuckte zusammen bei dem Schmerz, den er auf ihrem Gesicht sah, als sie sich umdrehte und dann auf den Boden starrte.

„Er braucht mich."

*Wir müssen uns mit Nate zusammenschließen.*

„Wie lange dauert es noch, bis du schießen kannst?", fragte Stuart.

Charo erwiderte seinen Blick. „Zwei Tage. Was hast du vor?"

„Ich weiß noch nicht." Stuart stand auf und ging, um nach Aimee Louise und seinem Vater zu suchen.

Sandra und Peyton waren in der Küche, als Stuart an ihnen vorbei zur Tür eilte. Nachdem er nach draußen getreten war, rannte Henry zu ihm und zog an seiner Hand. „Ich wollte dich gerade holen, Deputy Stuart. Wir haben eine Überraschung in der Scheune."

Henry führte Stuart zur Scheune. Als sie das breite Tor erreichten, wartete Aimee Louise auf sie. Henry eilte hinein und rutschte, um sich neben Brandon und vier Welpen zu setzen. „Wir haben Welpen, Deputy Stuart."

Die Welpen kletterten auf Henry und Brandon und erkundeten die Scheune. Während Wynn umherirrende Welpen einfing und zu den Jungen zurückbrachte, standen Andy und Rosalie abseits der Gruppe und plauderten.

Der Richter stand nahe bei Dolly, die mit gekreuzten Beinen auf dem Boden saß und dem Welpen zumurmelte, der über ihre Beine zu ihrem Schoß kletterte.

„Mama liebt Welpen. Können wir alle Welpen mitnehmen, um Mama zu besuchen? Ich kann zwei tragen, und Brandon kann einen tragen, und Henry kann einen tragen."

Dolly hob ihren Welpen hoch, aber er zappelte und krabbelte wieder auf die Beine, nachdem er auf ihre Beine gefallen war.

„Bleib genau da, Dolly. Ich hole deine Mama zur Scheune. Ich denke, sie würde gerne nach draußen kommen", sagte Stuart.

„Ich helfe dir", sagte Aimee Louise.

Auf dem Weg zum Haus fragte Stuart: „Weißt du, wo Papa ist? Mama kommt vielleicht raus, um die Welpen zu sehen."

Aimee Louise sagte: „Ihr Vater hat Ms. Jennie gefragt, ob sie die Auffahrt sehen möchte. Ich glaube, ich habe gerade Ihre Mutter in die Richtung gehen sehen."

Als sie Charos Zimmer erreichten, sagte Stuart: „Die Kinder und einige Welpen sind in der Scheune. Willst du Welpen sehen?"

„Lass uns gehen." Charo versuchte, ihren Rollstuhl mit ihrem unverletzten Fuß anzuschieben.

„Ist es in Ordnung, wenn ich deinen Rollstuhl schiebe?", fragte Aimee Louise.

„Gott segne dich, süßes Mädchen, dass du fragst. Natürlich ist es das." Charo wischte eine Träne weg, die ihre Wange hinunterlief. „Entschuldigung. Ich bin heute etwas emotional. Ich werde wahrscheinlich auch über die Welpen weinen."

Als Charo die Scheune betrat, sprang Dolly mit dem Welpen in ihren Armen auf. „Schau, Mommy. Er mag mich." Dolly plumpste den Welpen in Charos Schoß. „Ms. Jennie hat mir gesagt, dass er ein Mädchen ist."

Charo streichelte den Kopf des Welpen mit einem Finger, während ihre Augen feucht wurden. „Was für ein hübsches Mädchen."

Als Stuart eilig zur Auffahrt lief, trabte Aimee Louise neben ihm her.

„Was werden wir tun?", fragte sie.

„Wir müssen Nate hierherbringen, und Rosalie muss mit uns kommen. Ich muss wissen, ob Mama oder Charo Papa und Peyton unterstützen können."

„Der Richter", sagte Aimee Louise.

Stuart verlangsamte seinen Schritt. „Ich dachte, der Richter würde die Kinder beaufsichtigen, aber Papa hat ihn zur Verteidigung eingeteilt, als wir gingen, weil die Websters unter Beschuss waren. Wir müssen nur wissen, ob Papa glaubt, dass drei von ihnen die Farm verteidigen könnten oder ob wir warten müssen, bis Charo auch schießen kann." Sie nahmen ihr Tempo die Auffahrt hinauf wieder auf.

„Wynn bleibt bei den Websters und kümmert sich um die Welpen, bis wir zurück sind", sagte Aimee Louise.

Stuart runzelte die Stirn. „Ich werde Jennie fragen. Warum willst du nicht, dass er hier ist, wenn wir nicht hier sind?"

„Seine Wolke hat noch mehr Wut, seit er vom Haus in die Scheune umgezogen ist; passt nicht zu seinen Worten. Andy muss ihn beobachten, während wir weg sind."

„Wir brauchen Rosalie und Andy in unserer Diskussion", sagte Stuart.

„Ja." Aimee Louise rannte zurück zur Scheune, während Stuart wartete, bis Aimee Louise und Rosalie vor Andy zurückkehrten.

Als Andy sich ihnen anschloss, fragte er: „Stuart, kannst du mit den beiden mithalten? Sie haben mich stehen lassen."

Stuart schnaubte. „Willkommen im Club. Wir brauchen dich und Rosalie in der Diskussion. Wir drei müssen nach Florida nahe der Staatsgrenze fahren, um Charos Ehemann abzuholen. Aimee Louise denkt, es wäre am besten, wenn Wynn bei euch bleibt, während wir weg sind, damit du ein Auge auf ihn haben kannst. Wir vertrauen ihm noch nicht."

„Ich auch nicht. Ich denke, das würde funktionieren. Tante Jennie hat den Kindern bereits gesagt, dass die Welpen zu klein sind, um Holly zu verlassen. Es wäre sinnvoll, wenn Wynn uns mit den Welpen hilft, weil er gut mit ihnen umgehen kann. Für mich in Ordnung, aber wir werden sehen, was sie sagt. Wie lange glaubt ihr, dass ihr weg sein werdet?"

„Erwartung und Realität stimmen nicht immer überein, aber wenn wir morgen früh losfahren, würden wir erwarten, spätestens am nächsten Tag zurück zu sein."

„Ich nehme an, ihr wollt nicht, dass Wynn weiß, dass ihr weg seid", sagte Andy.

„Stimmt."

Scott, Sandra und Jennie schlenderten die Auffahrt hinunter. Scott sah die vier, die auf sie warteten. „Ist das ein Treffen?"

„Ja, Papa. Wir müssen Charos Ehemann holen und ihn hierherbringen. Aimee Louise, Rosalie und ich planen morgen früh abzufahren, und wir erwarten, am nächsten Tag zurück zu sein. Wegen allem, was in letzter Zeit passiert ist, machen wir uns Sorgen, dass unsere Farm angegriffen wird. Wir wissen, dass du und Peyton das Haus verteidigen können, aber ich denke, ihr werdet einen dritten Schützen brauchen."

Scott nickte. „Der Richter kann mit einem Gewehr oder einer Schrotflinte umgehen, und deine Mutter ist eine ausgezeichnete Schützin, aber wir werden sie brauchen, um auf die Kinder aufzupassen."

„Das haben wir uns gedacht", sagte Stuart. „Charo ist auch eine Meisterschützin, und ihre Hand wird bald stark genug sein, um eine Pistole zu halten und abzufeuern; sie könnte jetzt schon im Notfall einen Schuss abgeben."

„Wir werden sicherstellen, dass sie eine Pistole hat, mit der sie sich wohlfühlt", sagte Scott.

„Tante Jennie, wir würden Wynn lieber nicht hier lassen, wenn Stuart und die Mädchen weg sind, weil wir nicht wollen, dass er weiß, dass sie nicht da sind", sagte Andy.

„Ich werde ihn bitten, zu unserer Farm zu kommen, um sich um die Welpen zu kümmern, bis sie alt genug sind, um von Holly getrennt zu werden, weil sie bei all der Arbeit zu viel für mich geworden sind. Ich trage immer meine Pistole, aber müssen wir auch in höchster Alarmbereitschaft sein?", fragte Jennie.

„Immer", sagte Andy.

„Andy hat Recht", sagte Stuart.

„Tante Jennie, Wynn hat keine Schusswaffen, und Stuart und ich wollen nicht, dass er Zugang zu welchen hat", sagte Andy.

Sie verengte ihre Augen. „Wir bringen ihn weg von den Kindern. Scott, lass uns mit Wynn plaudern. Der Rest von euch macht sich dünn."

„Noch eine Sache", sagte Stuart, „wir wollen nicht, dass Wynn von der Abkürzung erfährt. Wenn ihr ihn mit zurück zur Farm nehmt, fahrt entlang der Straße. Ich werde hinter euch her fahren, falls ihr mich braucht."

„Und mich", fügte Rosalie hinzu.

Andy lächelte. „Wir bekommen Dead Eye Red?"

„In Fleisch und Blut." Rosalie kicherte.

Scott hob seine Augenbrauen zu Stuart, der mit den Schultern zuckte.

„Es ist Zeit für den Snack der Kinder", sagte Sandra. „Ich werde ihn vorbereiten."

„Danke. Du denkst immer mit." Scott lächelte.

Als sie das Ende der Auffahrt erreichten, gingen Rosalie und Andy zum Vordereingang des Hauses, und Aimee Louise und Stuart gingen mit Sandra hinein, während Scott und Jennie zur Scheune weitergingen.

Stuart und Aimee Louise halfen Sandra, den Tisch mit den Snacks und Getränken der Kinder zu decken, als Henry, Dolly, Brandon und Peyton ins Haus kamen.

„Opa schiebt Mommys Rollstuhl. Wir sind hier für unseren Snack. Wir müssen uns nicht vorher die Hände waschen, oder? Die Welpen waren sauber." Dolly setzte sich auf ihren Platz.

„Kommt, wascht eure Hände", sagte Sandra.

Dolly sprang auf, als Peyton und die Jungen mit dem Waschen fertig waren. Sie schaute auf das Wasser und tauchte dann ihre Hände in die Waschschüssel. „Siehst du, das Wasser ist nicht mal schmutzig." Sie rieb ihre Hände und trocknete sie dann ab.

Bevor die Kinder und Peyton begannen, ihre Snacks zu essen, rollte der Richter Charos Rollstuhl ins Haus.

„Mommy, komm und iss einen Snack mit mir", sagte Dolly.

„Bist du müde, Charo?", fragte der Richter.

„Überhaupt nicht. Ich brauche meinen Snack." Charo lächelte, als der Richter den Rollstuhl neben Dolly schob. Sandra reichte Charo ein feuchtes Tuch, um ihre Hände zu reinigen.

„Du musst dir die Hände waschen..." Dolly legte eine Hand über ihren vollen Mund, als Charo eine Augenbraue in einem Mama-Blick hoch zog.

Aimee Louise tippte den Richter am Arm an und zeigte auf Stuart, der ihm winkte, zu folgen. Als der Richter aufstand und seinen Arm ausstreckte, hakte Aimee Louise ihren durch seinen, und die drei schlenderten zur Vordertür hinaus.

„Wir müssen mit Ihnen sprechen, Richter." Stuart erklärte den Plan für die nächsten Tage.

Nachdem Stuart fertig war, sagte der Richter: „Ich stimme euren Bedenken zu. Ich habe mir selbst Sorgen um Herrn Wynn gemacht. Ein bisschen zu perfekt. Weiß deine Tante Jennie, dass sie vorsichtig sein soll, Andy?"

„Das weiß sie", sagte Andy. „Bereit, zur Scheune zu gehen?"

„Du zuerst", sagte Stuart, als der Richter wieder ins Haus schlüpfte und die Vordertür abschloss.

Rosalie und Andy schlenderten um das Haus herum in Richtung der Scheune.

„Übersehen wir etwas, Aimee Louise?", fragte Stuart, als sie zur Scheune gingen.

„Wir müssen Ms. Jennie und Andy von den Bäumen über der Auffahrt erzählen, damit sie nicht überrascht sind."

„Du hast Recht."

Aimee Louise sprintete die Auffahrt hinauf, während Stuart wartete. Als sie zurückkam, sagte sie: „Ich habe einige Äste für einen schmalen Pfad von der Auffahrt zur Straße bewegt."

Andy winkte, als sie sich der Scheune näherten. Rosalie eilte zu Aimee Louise, und die beiden Mädchen schlenderten zusammen zur Scheune, ihre Arme verbunden und die Köpfe zusammengesteckt.

„Wynn wird sich um die Welpen kümmern, bis sie alt genug sind, ihre Mutter zu verlassen", sagte Andy. „Das wird was sein, Wynn? Vielleicht eine Woche?"

Wynn erhob sich vom Falten seiner wenigen Kleidungsstücke in seinen Rucksack. „Hört sich richtig an. Ich helfe Ms. Jennie gerne."

„Hattet ihr Schwierigkeiten, durch die Bäume zu kommen, die der Sturm umgeworfen hat?", fragte Stuart Andy.

Rosalie lächelte. „Ich wette, ihr habt den Pfad gefunden, den Stuart gemacht hat."

Andy erwiderte ihr Lächeln und nickte.

„Wir werden versuchen, die Auffahrt freizuräumen, bevor ihr das nächste Mal kommt", sagte Stuart. „Es hatte keine hohe Priorität bei unserer Sturm-Aufräumarbeit."

„Ich wollte nach dem Garten fragen. Hattet ihr viel Schaden?", fragte Jennie.

„Etwas, aber nicht so viel, wie Mama Sandra befürchtet hatte", sagte Rosalie.

„Ist es Zeit für mich, die Welpen einzusammeln?", fragte Andy.

„Das mache ich." Wynn nahm jeden Welpen vorsichtig auf und legte ihn in die Box, die Jennie als Transportbehälter benutzte. „Wir sind bereit."

Als Andy und Rosalie zur Auffahrt gingen, sagte Stuart: „Ich denke, wir gehen mit euch bis zur Straße."

Jennie kicherte, als sie und Wynn Andy und Rosalie folgten.

„Bis später." Aimee Louise winkte, als sie zum Haus ging.

Stuart runzelte die Stirn und beschleunigte dann seinen Schritt. *Sie wird uns unsere Gewehre bringen.*

# Kapitel Elf

Stuart und Rosalie standen auf der Straße und sahen zu, wie Jennie und Wynn zur Farm der Websters fuhren; Andy blieb mit seinem Gewehr in der Armbeuge fünf Meter zurück.

„Sie ist hier", sagte Rosalie, als Aimee Louise mit ihren Gewehren durch das Gebüsch kam.

Stuart und Rosalie joggten die Straße entlang und verlangsamten dann, als Stuart Andy sah. Nachdem ihre Nachbarn an der Einfahrt zu ihrer Farm abgebogen waren, sagte Rosalie: „Du gibst das Tempo auf dem Rückweg vor."

Stuart lief in seinem angenehmen Tempo, und Rosalie blieb an seiner Seite. Als sie zur Newton-Farm zurückkehrten, schob Stuart die Zweige über der Einfahrt wieder an ihren Platz, bevor sie zum Haus zurückgingen. Scott und Aimee Louise warteten draußen auf sie.

„Alles gut gelaufen?", fragte Scott.

„Bis jetzt, so gut", sagte Stuart. „Ich habe nachgedacht..."

„Wir sind bereit, wenn du es bist", sagte Rosalie.

Stuart verdrehte die Augen. „Hab ich vor oder nach dem Mittagessen gedacht?"

„Nach dem Mittagessen", sagte Aimee Louise.

Scott lachte. „Gib's zu, mein Sohn; diese Frauen sind uns immer einen Schritt voraus."

„Stelle unsere Liste zusammen, und ich werde packen", sagte Stuart.

Rosalie stürmte ins Haus.

„Sie wird nach ihrer Bestandsliste arbeiten. Ich werde mit Mama Sandra sprechen", sagte Aimee Louise.

Aus dem Garten ertönte Quietschen.

„Ich würde gerne alle Erwachsenen zusammenrufen", sagte Scott.

„Peyton ist im Garten. Ich schicke sie zum Haus. Ich muss sowieso mit Henry reden, also kann ich auch gleich mit allen Kindern gleichzeitig sprechen", sagte Stuart.

Als Stuart den Garten erreichte, knieten Peyton und die Jungen neben den Brokkolisetzlingen, während Dolly um den Salat herum Unkraut jätete.

„Hallo, Deputy Stuart", sagte Henry. „Wir zerquetschen böse Käfer."

Peyton lehnte sich auf ihre Fersen zurück und grinste. „Es macht auch so viel Spaß, wie es klingt. Mama Sandra hat uns beigebracht, welche Käfer schlecht und welche gut sind."

Brandon blickte mit ernstem Gesicht auf. „Nicht einmal die Hühner fressen die bösen Käfer. Wir haben es versucht. Zerquetschen funktioniert."

„Peyton, Dad ruft eine Versammlung für Erwachsene im Haus ein. Ich rufe eine Versammlung für Kinder hier im Garten ein."

„Ich bin wohl eine Erwachsene, oder?", fragte Peyton, während sie aufstand und ihre Hose abklopfte.

„Ja, Ms. Peyton. Wir sind die Kinder. Ich, Brandon und Henry", sagte Dolly.

„Gut zu wissen", kicherte Peyton, während sie zum Haus eilte.

Stuart hockte sich neben Henry. „Bevor wir unsere Versammlung haben, zeig mir einen bösen Käfer und wie man ihn zerquetscht."

Henry untersuchte eine Pflanze. „Hier, Deputy Stuart. Schau. Mama Sandra sagte, es ist ein Kohlwurm." Henry nahm ihn auf und zerquetschte den Käfer, dann rieb er sich die Hände mit Erde ab. „Ms. Peyton hat uns gesagt, dass wir unsere Hände nicht an unserer Hose abwischen sollen, also reinigen wir unsere Hände mit Erde."

„Das war Henrys Idee", sagte Brandon. „Er ist ein schlaues kleines Kind."

„Das ist er sicher", sagte Stuart.

„Ich mag es nicht, Käfer zu zerquetschen", sagte Dolly. „Mama Sandra sagte, sie würde mir ein Glas mit Seifenwasser machen, um sie zu ertränken."

Stuart unterdrückte ein Kichern. *Mom zieht hier echte Gärtner auf.*

„Die Versammlung ist hiermit eröffnet", sagte Stuart.

„Das bedeutet, dass wir zuhören sollen", sagte Brandon.

„Angel, Red und ich machen nach dem Mittagessen einen kurzen Ausflug. Wir werden in zwei oder drei Tagen zurück sein. Wir wollten, dass ihr das wisst."

Während Stuart sprach, gesellte sich Aimee Louise zu ihnen.

„Dies ist eine Kinderversammlung", sagte Dolly, „aber du kannst auch ein Kind sein, Angel."

„Danke."

„Hat jemand Fragen?", fragte Stuart.

„Fahrt ihr weit weg?", Henry runzelte die Stirn und rutschte näher zu Aimee Louise.

„Zu weit, um heute Abend zum Abendessen zurückzukommen, aber nicht so weit, dass wir in zwei Tagen nicht zurückfinden können", sagte Stuart.

„Das ist gut", sagte Henry. „Das ist nicht zu weit."

„Was machen wir, während ihr weg seid?", fragte Brandon.

„Eure wichtigsten Aufgaben sind, Eier zu sammeln und die Käfer aus dem Garten fernzuhalten", sagte Stuart.

„Gibt es keine anderen Aufgaben für uns?", Brandon runzelte die Stirn.

„Ich habe eine Aufgabe für euch", sagte Aimee Louise. „Wenn ihr draußen seid und kein erwachsener Farmer bei euch ist, ruft *Rein* für euch selbst mit leiser Stimme."

„Und dann nach drinnen rennen?", fragte Henry.

„Ja, und nach drinnen rennen", sagte Stuart.

„Was ist, wenn wir drinnen sind und kein Erwachsener bei uns ist?", Brandon runzelte die Stirn.

„Ich würde sagen, geht in Ms. Charos Zimmer, aber vielleicht sollten wir Papa Scott fragen", sagte Aimee Louise.

„Ja", sagte Brandon, „wir werden Papa Scott fragen."

„Die Versammlung ist beendet", sagte Stuart. „Lasst uns mehr Käfer zerquetschen."

„Ich gehe rein und werde Papa Scott bitten, nach draußen zu kommen, wenn er nicht beschäftigt ist, um Fragen zu beantworten", sagte Aimee Louise.

Kurz nachdem Aimee Louise gegangen war, schlenderten Scott und der Richter zum Garten.

Der Richter setzte sich auf seine Gartenbank. „Ich bin hier, um die Gartenarbeit zu beaufsichtigen, damit du packen gehen kannst, wann immer du bereit bist, Stuart."

Scott lehnte sich gegen den Zaun. „Ich verstehe, ihr habt einige Fragen an mich."

„Wir haben darüber gesprochen, was die Kinder tun sollten, wenn kein erwachsener Farmer bei ihnen ist, wenn sie draußen sind. Sie werden leise *Rein* für sich selbst rufen und dann zum Haus rennen. Wenn sie im Haus sind und kein erwachsener Farmer bei ihnen ist, was sollen sie dann tun?", fragte Stuart.

„Die Idee mit dem leisen *Rein* ist hervorragend und nimmt mir eine Sorge ab. Was hat Angel gesagt, was man tun soll, wenn man drinnen ist?"

„Angel hat uns gesagt, wir sollen in Mamas Zimmer gehen", sagte Dolly.

„Das gefällt mir, und wenn deine Mama nicht da ist, dann wartet auf sie."

„Angel ist schlau", Henry zerquetschte einen Käfer und rieb sich dann Erde zwischen den Händen.

„Ja, das ist sie", sagte Scott.

Als Scott und Stuart zum Haus schlenderten, fragte Scott: „Warum hat Henry sich die Hände mit Erde abgerieben?"

„Weil Peyton ihnen gesagt hat, dass sie ihre Hände nicht an der Hose abwischen dürfen, nachdem sie einen Käfer zerquetscht haben."

Scott schnaubte. „Also schrubbt er seine Hände mit Erde. Verstanden."

Als sie zum Haus weitergingen, sagte Scott: „Ich werde den Waffenschrank aufschließen, wenn du bereit bist, deinen Truck zu beladen."

„Klingt gut. Rosalie und ich brauchen unsere zweiten Gewehre."

Aimee Louise kam auf dem Weg zur Scheune an ihnen vorbei. „Hole den Wagen."

Als sie in die Küche kamen, rührte Sandra Suppe auf dem Herd um. Ohne sich umzudrehen, sagte sie: „Ihr beide geht genau gleich. Ich würde eure Schritte überall erkennen. Die Mädchen haben alles für die Reise zusammengestellt, außer den Gewehren. Charo möchte mit dir sprechen, Stuart."

Charo stand einbeinig neben ihrem Bett. „Ich habe meinen Knöchel getestet. Er ist noch nicht ganz in der Lage, Gewicht zu tragen." Sie verzog das Gesicht, als sie in ihren Rollstuhl sank. „Ich könnte hüpfen, aber ich bin nicht so koordiniert. Stuart, meine Hände sind stark. Wenn du mir helfen würdest, eine Stütze an meinem Rollstuhl anzubringen, könnte ich leicht ein Gewehr abfeuern."

„Bin gleich wieder da." Stuart ging in die Küche. „Mom, ich muss einen Tisch für Charo aufstellen, damit sie ein Gewehr abfeuern kann. Hast du leichte, hohe Tische?"

„Schau auf dem Dachboden nach. Ich habe vielleicht genau das, was du brauchst. Es ist ein alter Tisch, den ich bei einer Auktion gekauft habe, aber er war letztendlich zu hoch für den täglichen Gebrauch."

Stuart kletterte die Leiter zum Dachboden hinauf und fand den Tisch. Er war stabil, aber leicht, als er ihn anhob. *Das ist perfekt.*

Nachdem er den Dachboden verschlossen hatte, trug er den Tisch zu Charos Zimmer.

„Er hat die richtige Höhe", sagte sie, „aber er sieht zu schwer aus, als dass ich ihn herumbewegen könnte."

„Probier es aus", sagte Stuart.

Charo benutzte ihren gesunden Fuß, um ihren Rollstuhl zu bewegen, und das Rad schob den Tisch. „Leichter als er aussieht. Ich könnte selbst entscheiden, wo ich ihn haben möchte, und ihn im Voraus aufstellen. Danke, Stuart. Jetzt brauche ich ein Gewehr."

Sie öffnete mit ihrem Fuß eine Klappe am unteren Rand ihrer Schranktür, und die Tür schwang auf. „Scott hat das für mich repariert. Es ist nicht perfekt, aber relativ sicher, weil es verschlossen scheint, wenn man versucht, die Tür zu öffnen."

„Gut. Ich hole dein Gewehr. Willst du eine Pistole, die du bei dir behalten kannst?"

„Das wäre toll."

Stuart ging in das Schlafzimmer seines Vaters. „Ich brauche eine Pistole und ein Gewehr für Charo."

Scott öffnete den Waffenschrank. „Hier ist Rosalies Gewehr und hier ist deins. Ich habe ein Gewehr für Charo. Ich bin mir nicht sicher, welche Art von Pistole sie bevorzugt, aber nimm ihr vorerst diese mit. Wolltest du zusätzliche Munition?"

„Ein bisschen, aber nicht zu viel. Wir können nicht mit viel zusätzlicher Munition rennen, und ich möchte den Bösewichten keinen Vorrat geben, falls wir den Truck aufgeben müssen."

Scott erstarrte. „Ist das eine Möglichkeit?"

„Eine Sache, die ich von Aimee Louise gelernt habe, ist, alle Möglichkeiten in Betracht zu ziehen."

„Die gefällt mir nicht", brummte Scott, als er den Safe abschloss.

*Mir auch nicht, Dad.*

„Das ging schnell." Charo entsperrte ihren Schrank und zeigte. „Lehne es gegen die Seitenwand. Ich kann es von dort aus greifen."

Nachdem sie ihren Schrank abgeschlossen hatte, sagte Stuart: „Hier ist deine Pistole und zwei zusätzliche Magazine."

„Danke. Ich fühle mich besser, wenn ich weiß, dass ich meine Seite des Hauses verteidigen kann."

„Die Suppe ist fertig", rief Sandra aus der Küche.

Als Stuart durch die Küche ging, schöpfte Sandra Suppe, während Peyton die Schüsseln auf den Tisch stellte. Der Richter brachte die Kinder ins Haus.

„Red hat uns gesagt, dass das Mittagessen fertig ist." Der Richter führte die Kinder zum Waschbecken, um sich zu waschen.

Stuart trug die Gewehre und die Munition zum Truck. Aimee Louise entlud den Wagen, und Rosalie organisierte die Kisten und Gegenstände im hinteren Teil.

„Ich habe es fast genauso eingerichtet wie du, Stuart", sagte Rosalie. „Ms. Sandra schlug vor, dass wir zusätzliche Decken mitnehmen, falls wir die Nacht im Heck des Trucks verbringen müssen. Ich glaube, unser Wetter könnte heute Nacht kalt werden, also haben wir warme Mäntel eingepackt. Wir haben deine Notfalltasche, aber nicht deinen Rucksack. Wir dachten, du möchtest ihn vielleicht überprüfen, bevor er auf den Truck geht. Dein Vater kam vor ein paar Minuten vorbei und gab mir eine Kettensäge und einen Kanister Benzin für die Kettensäge. Er sagte, es sei für den Notfall."

Stuart lächelte. *Danke, Dad.*

„Alles bereit außer mir?"

„Du und das Mittagessen", sagte Rosalie.

Während sie zu Mittag aßen, bat Scott Henry, ihren leisen *Rein*-Plan zu erklären.

„Das ist eine großartige Idee. Ihr werdet der wichtigste Teil unseres Verteidigungsteams sein, wenn wir Probleme haben", sagte Peyton.

Nach dem Mittagessen sagte Stuart: „Wir sind bereit zu gehen. Bleibt alle in Sicherheit. Danke, Henry, Brandon und Dolly für euren Dienst im Verteidigungsteam."

Henry umarmte Stuart und ging dann mit gesenktem Kopf auf Aimee Louise zu. „Du wirst mich nicht vergessen, oder, Angel? Ich habe dir einen Zettel geschrieben."

Aimee Louise bückte sich, um Henry zu umarmen, und küsste ihn auf die Stirn. „Ich könnte dich niemals vergessen, Henry. Niemals."

Sie las seinen Zettel und fragte dann: „Danke, Henry. Das ist ein wunderbarer Zettel. Darf ich ihn Deputy Stuart und Red zeigen?"

„Ja." Henry warf seine Arme um ihren Hals in einer Umarmung, die sie fast umwarf, aber sie fand ihr Gleichgewicht wieder, als er einen Schritt zurücktrat und seine Faust ausstreckte. Sie stießen die Fäuste aneinander, dann stand Aimee Louise auf und eilte los, um den Truck zu starten.

Als Stuart auf dem Beifahrersitz saß und Rosalie auf der Rückbank, fuhr Aimee Louise durch den Abkürzungsweg und dann am Smith-Schuppen vorbei, bevor sie Stuart den Zettel reichte. *An Meinen Engel Von Deinem Jungen Henry M.*

„Er kommt mit uns zurück zu Majors Farm, nicht wahr?", Stuart lächelte, als er den Zettel an Rosalie weitergab.

„Ich hatte nie einen Zweifel", sagte Rosalie. „Er ist auch dein Junge, Stuart." Sie las den Zettel. „Das ist so herzerwärmend. Dein erster Liebesbrief, Aimee Louise."

Sie kicherte, als Stuart den Kopf ruckartig drehte, um sie anzustarren, dann seufzte er. „Ich glaube, du hast Recht, Red."

Nachdem Aimee Louise auf die Straße in Richtung weg von der Smith-Farm abgebogen war, fragte sie: „Irgendwelche Änderungen an unserer Route?"

Stuart öffnete das Handschuhfach, nahm die Landkarte heraus und studierte sie. „Es gibt eine Kreisstraße, die in Kürze kommt und in einem Winkel zur Staatsstraße führt, etwa dreißig Meilen südlich von hier. Das könnte uns Zeit sparen, vorausgesetzt, wir stoßen auf keine Probleme, aber die Transportlaster benutzen die Staatsstraße, und wir wissen, dass sie ein Problem sind. Biege in zwei oder drei Meilen rechts auf die County Line Road ein. Sie sollte asphaltiert sein."

Aimee Louise schaltete das mobile Amateurfunkgerät ein. „Muss auf Simplex eingestellt werden."

Stuart holte die Liste der Repeater heraus und stellte den Empfänger auf den nächstgelegenen Repeater ein, zusätzlich zum Scannen des Simplex-Modus.

Rosalie öffnete das Fenster zwischen der Kabine und der Ladefläche. „Ich werde im Auge behalten, was hinter uns kommen könnte." Sie zog ihr Fernglas aus ihrem Rucksack und kletterte nach hinten.

Die Rauschsperre des Funkgeräts wurde unterbrochen. „...ostwärts..."

Stuart drehte die Lautstärke auf. „...weiß..."

„Wir fahren ostwärts in einem weißen Truck." Aimee Louise beschleunigte.

„Sie brechen ab. Nicht ganz nah genug, um zu verstehen, was sie sagen." Stuart schaute zurück. „Das ist ein guter Aufbau, Rosalie. Du kannst aus beiden Seitenfenstern sehen und hast einen klaren Blick auf die Straße hinter uns. Mir gefällt die Idee, alle Seiten zu beobachten."

„Alles außer dem Himmel über uns. Ich werde eine Drohne nicht sehen", sagte sie.

„Scheint hier draußen etwas weit hergeholt, aber jetzt machst du mir Sorgen", sagte Stuart.

Rosalie kicherte und rutschte dann näher an die Heckklappe. „Ups. Fahrzeug kommt hinter uns her. Kann es noch nicht gut genug sehen, um zu wissen, was es ist."

Stuart spähte in den Seitenspiegel auf der Beifahrerseite. „Ich sehe noch nichts."

„Rechts abbiegen kommt", sagte Aimee Louise. „Festhalten. Ich nehme die Kurve schnell."

„Mach dich bereit, Rosalie", rief Stuart. „Wir haben eine scharfe Rechtskurve vor uns."

Rosalie rutschte nah an die Kabine und hielt sich fest, um sich auf die Kurve vorzubereiten. Aimee Louise trat hart auf die Bremsen und wirbelte in die Kurve, bevor sie die Kreisstraße hinunterfuhr. „Soll ich in ein paar Meilen anhalten?"

Rauschen. „...süd..."

„Sie wissen, dass wir nach Süden abgebogen sind", Aimee Louise trat das Gaspedal bis zum Boden durch. „Brauche einen Baumhain."

„Rosalie, beobachtest du die Straße hinter uns?"

„Noch nichts." Rosalie war mit ihrem Fernglas an den Rand der Ladefläche nahe der Heckklappe zurückgekehrt.

„Hab's. Rechte Seite." Aimee Louise raste zum Hain und verlangsamte dann, als sie den Graben nach einer Überquerungsmöglichkeit absuchte.

„Sie haben die Kurve genommen und sind wieder hinter uns." Rosalie rutschte zu ihrem Platz nahe der Kabine.

„Suchst du einen Ort, um über den Graben zu springen? Da vorne." Stuart zeigte, bevor er sich am Armaturenbrett und an der Mittelkonsole festhielt und nach hinten rief. „Halt dich fest, Rosalie, Graben und dann Bäume."

„Bereit für das Angel-Manöver", rief Rosalie.

Aimee Louise beschleunigte in den Graben hinein und dann hinaus, bevor sie durch das Gebüsch und so weit wie möglich von der Straße entfernt in die Bäume pflügte. Nachdem Aimee Louise den Motor ausgeschaltet hatte, sprangen sie und Stuart heraus. Aimee Louise bückte sich hinter dem Truck und rannte dann zur Straße, bevor sie sich ins hohe Gras warf.

Stuart runzelte die Stirn, als er sich duckte, während der Truck sich näherte und dann verlangsamte, als er an ihnen vorbeifuhr. *Verdammt. Ich wünschte, sie würde das nicht tun.*

Nachdem der Truck weg war, startete Stuart ihren Truck und fuhr ihn vorsichtig aus den Bäumen, wo Aimee Louise ihn eingekeilt hatte.

Rauschen. „...nah...fehlerhaft..."

„Hey", sagte Rosalie von hinten. „Hat jemand im Radio gerade nah und fehlerhaft gesagt?"

„Ich habe nicht aufgepasst." Stuart schaltete den Motor ab und sprang aus dem Truck. Er fuhr mit der Hand entlang der hinteren Stoßstange, dann hinter der hinteren Radkastenverkleidung und zog eine schwarze Plastikscheibe mit dem Durchmesser und der Höhe von drei gestapelten 25-Cent-Münzen heraus, die im Radkasten steckte. Er starrte darauf. *Ein GPS-Tracker.*

„Rosalie, ich habe etwas gefunden."

Rosalie kletterte durch das Fenster und in die Kabine, dann sprang sie aus dem Truck. „Was hast du gefunden?"

„Ich denke, es könnte ein GPS-Tracker sein. Ich habe ihn an der Unterseite des hinteren Radkastens gefunden, aber er hat einen erheblichen Riss, der vielleicht von Straßenschutt stammt. Sieh nach, ob du noch mehr finden kannst."

Rosalie eilte zur vorderen Stoßstange. Stuart überprüfte die hintere Stoßstange erneut und dann den hinteren Radkasten auf der Beifahrerseite. Rosalie überprüfte die vorderen Radkästen.

„Nichts weiter", sagte Rosalie. „Wie könnte das funktionieren? Ich dachte, alle Handymasten wären ausgefallen."

„GPS funktioniert über Satelliten, nicht über Handymasten."

„Was machen wir also?"

„Zerschlagen", sagte Aimee Louise.

Stuarts Augen weiteten sich. *Sie ist leise. Habe nicht gehört, wie sie hinter mich kam.*

Er öffnete die Heckklappe und griff nach dem Werkzeugkasten, dann schlug er mit dem Hammer auf das GPS, und es zerbrach. „Fertig. Warum also zerschlagen?"

„Es gab zwei. Ich habe den ersten geschnappt und dann in die Ladefläche ihres Trucks geworfen, als sie an uns vorbeifuhren. Sie werden immer in der Nähe ihres Trackers sein."

„Du hast was? Das ist phänomenal", sagte Stuart.

„Alles, was Aimee Louise tut, ist phänomenal, Stuart." Rosalie schnaubte. „Das ist also der Grund, warum der Typ im Radio nah und fehlerhaft gesagt hat. Jetzt hat ihr fehlerhafter Tracker sein Signal verloren."

„Die einzige Möglichkeit, wie zwei GPS-Geräte auf unseren Truck auf Dads Farm gelegt werden konnten, wäre, wenn Jennie, Andy, Peyton oder Wynn sie dort platziert hätten", sagte Stuart.

„Eigentlich könnten die Scheiben jederzeit, nachdem wir Pops' Farm verlassen haben, angebracht worden sein", sagte Aimee Louise. „Sie mussten uns nur vorher nie stoppen."

Rosalie schauderte. „Jemand will nicht, dass wir uns mit Nate zusammentun."

„Nein. Jemand will Peyton und Nate nicht zusammen haben", sagte Aimee Louise.

„Ich glaube, du bist da einer Sache auf der Spur. Als Nate zum ersten Mal zu Majors Farm kam, hatte man Peyton gesagt, er sei ein böser Kerl", sagte Stuart.

„Wir müssen zur Staatsstraße zurückkehren", sagte Aimee Louise.
Stuart nickte. „Einsteigen."

Nachdem Aimee Louise für ihre ursprüngliche Route zur
Staatsstraße abgebogen war, sagte Rosalie: „Ich habe alles hier hinten
überprüft und keine Tracker an unserer Ausrüstung gefunden."

„Danke." Stuart kniff die Augen auf der Karte zusammen. „Ich
habe eine weitere Alternative zur Staatsstraße gefunden. Ich habe sie
früher nicht in Betracht gezogen, weil es keine Kreisstraße ist und
wahrscheinlich schon vor dem Zusammenbruch des Stromnetzes nicht
gut instand gehalten wurde. Sie ist vier oder fünf Meilen hinter der
Staatsstraße, sollte uns aber nicht mehr als fünfzehn Minuten Zeit
kosten, abhängig vom Straßenzustand."

„Ich habe deine Kappe, Aimee Louise. Du siehst zu sehr wie ein
Mädchen aus", sagte Rosalie.

„Fang, Stuart." Sie lehnte sich durch das Fenster und warf die Kappe
zu Stuart, der sie in der Luft fing und dann an Aimee Louise weitergab.
Er hielt das Lenkrad stabil, während Aimee Louise ihr Haar mit einer
Hand zusammenraffte und dann ihre Kappe aufsetzte.

„Danke", sagte Aimee Louise.

Aimee Louise näherte sich der Kreuzung mit der Staatsstraße
in moderatem, gleichmäßigem Tempo. Als sie sich der Kreuzung
näherte, schaltete sie ihren linken Blinker ein und verlangsamte zuerst,
beschleunigte dann aber, um an der Staatsstraße vorbeizufahren.

„Ein paar Männer sprangen aus der Schlucht an der Abzweigung
nach Norden. Einer winkt mit einer Pistole. Anscheinend haben wir
ihre Hinterhalts-Pläne ruiniert. Guter Anruf, Stuart", sagte Rosalie von
hinten.

Nachdem sie näher an die Kabine gerückt war, fragte Rosalie:
„Warum hast du deinen Blinker eingeschaltet, Aimee Louise?"

„Nur um zu prüfen", sagte Aimee Louise.

„Gefällt mir. Definitiv merkenswert." Stuart kniff die Augen auf der
Karte und der Straße vor ihnen zusammen. „Die Straße wird bald auf
der rechten Seite kommen."

„Auto hinter uns", sagte Rosalie.

„Hier ist unsere Straße rechts." Stuart scannte die leeren Felder.

Aimee Louise verlangsamte, bevor sie abbog.

„Asphaltiert. Ich hatte es gehofft", sagte Stuart.

„Wie lange, bis wir wieder zurück zur Staatsstraße abbiegen?", fragte Aimee Louise.

„Die Straße führt in siebzig Meilen zurück zur Staatsstraße. Wir werden nahe der Staatsgrenze sein und haben die Möglichkeit, weiter nördlich auf der Staatsstraße zu fahren oder sie zu überqueren und die Landstraßen zur Farm von Keith und Leslie zu nehmen."

Stuart scannte die Felder, während sie ihre Reise fortsetzten.

Als die Landschaft sich von Ackerland zu angepflanzten Kiefern und Reihen von Pekannussbäumen und dann zu überwucherten Wäldern änderte, fragte Rosalie: „Leben hier Menschen?"

„Es könnte ein paar Jagdhütten im Wald geben, aber nicht viel mehr", sagte Stuart.

„Das ist gut, oder? Es gibt keine Häuser, die man überfallen könnte, also ist dies vielleicht die beste Route für unsere Rückkehr."

„Könnte sein", sagte Stuart.

„Es sei denn, eine der Jagdhütten ist ein Versteck", sagte Rosalie.

„Schh", sagte Stuart. „Gib den Bösewichten keine Ideen."

Rosalie kicherte. „Wir wären ein ziemlich gutes Team von Bösewichten."

Stuart betrachtete den Straßenrand, der von Gestrüpp und umgestürzten Baumstämmen und Ästen überwuchert war, bevor er die Karte untersuchte. „Wir kommen in etwa fünf Meilen zu einer Seitenstraße, die zur Staatsstraße führt. Danach haben wir eine Strecke von etwa zehn Meilen, wo der einzige Weg für uns, Straßensperren zu umgehen, darin besteht, umzudrehen oder zu versuchen, weiterzufahren. Was meinst du?"

„Bleib auf dieser Straße." Aimee Louise verringerte ihre Geschwindigkeit.

Stuart lehnte sich vor, um auf den Tachometer zu schauen. „Warum hast du verlangsamt?"

„Wildwechsel."

Stuart kniff die Augen am Straßenrand zusammen. „Jetzt sehe ich sie."

Rosalie bewegte sich auf den Rücksitz der Kabine. „Ich glaube, ich habe einen Rotluchs gesehen."

Die Schlaglöcher wurden häufiger.

„Die Straße wurde seit einer Weile nicht mehr instand gehalten", sagte Rosalie, nachdem Aimee Louise gesteuert hatte, um ein tiefes Loch zu vermeiden.

„Könnte hart für den Truck sein, hier zum ersten Mal nachts zu fahren, aber vielleicht nicht so schlimm auf dem Rückweg, wenn wir langsam fahren." Stuart blickte zu Aimee Louise. „Falls wir uns entscheiden, dass wir eine schnelle Pause machen und dann heute Abend zurückfahren wollen."

„Wenn wir keine Wolkendecke haben, sollte der Mond hell genug sein, dass wir ohne Scheinwerfer fahren können", sagte Rosalie.

„Was! Ist das dein Ernst?", Stuart funkelte Rosalie an.

„Brauchen sie, um Rehe zu sehen", sagte Aimee Louise.

Rosalie seufzte. „Scheint, als müsste Deputy Stuart dir doch kein Ticket ausstellen."

„Die Straße, die zur Staatsstraße führt, kommt", sagte Stuart. Als sie die Seitenstraße erreichten, runzelte Stuart die Stirn. „Vergiss es. Es sieht nach Zuckersand aus."

„Was ist das?", fragte Rosalie.

Stuart lachte. „Es ist Sand, der besonders weich und sehr leicht ist, um darin steckenzubleiben, und es dauert ewig, wieder herauszukommen. Man erkennt ihn leicht, weil er eine hellere Farbe hat als der andere Sand. Ich hatte davon nie gehört, bis ich nach Florida zog. Einmal blieb ich im Zuckersand stecken, und es dauerte Stunden, bis ich herauskam. Schließlich habe ich meine Fußmatten für Traktion herausgezogen."

„Pops hatte immer ein paar Bretter und eine Schaufel in seinem Truck, aber ich wusste nie warum", sagte Rosalie. „Sie sind jetzt da hinten, falls wir sie jemals brauchen."

Aimee Louise verlangsamte, als sie nach vorne zeigte. „Hirschkuh mitten auf der Straße."

Die Hirschkuh starrte sie an und sprang dann in den Wald. Eine kleinere Hirschkuh raste über die Straße hinter ihr her.

Die Rauschsperre des Funkgeräts wurde unterbrochen. „...Golf...Wetter..."

„Das hört sich nicht gut an", sagte Rosalie. „Jedes Mal, wenn jemand Golf und Wetter im selben Satz erwähnt, denke ich an Sturm."

Stuart griff nach dem Zettel mit der Liste der Repeater. „Hier ist einer, der uns näher ist", murmelte er, als er die Frequenz änderte.

Die Stimme aus dem Empfänger war viel klarer. „Ja. Hab davon gehört. Wann denkst du, werden wir es sehen?"

„Laut einem Typen in Tampa, mit dem ich heute Morgen gesprochen habe, wird es uns in ein oder zwei Tagen treffen."

„Ich hab dann noch was zu erledigen."

Die beiden Funkamateure meldeten sich ab.

„Wir fahren heute Abend zurück", sagte Stuart.

„Ich bin wirklich froh, dass wir nicht bis morgen früh gewartet haben. Morgen Nacht könnte es auf diesem Weg mit all den Bäumen so nah an der Straße heikel werden", sagte Rosalie.

Als Aimee Louise langsamer wurde, runzelte Stuart die Stirn und blickte auf die Straße vor ihnen. „Halt an, Aimee Louise. Würdest du mir das Fernglas reichen, Rosalie?"

Nachdem Aimee Louise den Truck angehalten hatte, sprang Stuart aus und eilte zur Vorderseite des Trucks. Rosalie stieg mit ihrem Gewehr auf der Fahrerseite aus dem Truck und gesellte sich zu Stuart. Die beiden stiegen wieder in den Truck ein.

„Da liegt eine große Eiche quer über der Straße. Sieht so aus, als wäre sie kürzlich entwurzelt worden, weil ihre Äste grüne Blätter haben. Wenn nicht jemand den Umstand ausnutzt, dass sie umgefallen ist, denke ich, sind wir okay. Dad hat eine Kettensäge und zusätzliches Benzin mitgegeben. Lasst uns näher heranfahren und sehen, was wir tun können." Stuart gab das Fernglas an Rosalie zurück, die den Riemen um ihren Hals legte.

„Fahr langsam, Aimee Louise." Rosalie senkte das Fenster auf der Fahrerseite. „Ich werde mit meinem Gewehr im Fenster sitzen."

Aimee Louise hielt fünfzehn Meter vom Baum entfernt an, und Rosalie öffnete ihre Tür, untersuchte den Baum und die Umgebung mit dem Fernglas, bevor sie ihre Schussposition einnahm und ihre Überwachung des Baums fortsetzte. Stuart ging zur Rückseite des Trucks und entfernte die Kettensäge und die dazugehörige Ausrüstungstasche. Er startete die Kettensäge, während er hinter dem Truck stand; nachdem er sie aufheulen ließ, schaltete er sie aus.

„Siehst du etwas, Red?", fragte er.

„Nichts."

Stuart blieb nahe am Straßenrand, als er sich der Baumkrone näherte, dann wechselte er auf die gegenüberliegende Straßenseite zum Wurzelballen. Er fegte den Schutt und die Blätter beiseite, dann ging er über die gesamte Länge des Baumes, der über die Straße lag, und untersuchte die Äste. Er kehrte zum massiven Wurzelballen zurück und startete die Kettensäge, um den Stamm der Eiche so nah wie möglich an der Basis des Baumes und den mit Erde bedeckten Wurzeln zu schneiden. Nachdem er seine Schnitte gemacht hatte, trat er zurück, als der abgetrennte Wurzelballen in sein Loch zurückfiel. Er atmete aus. *Lief gut. Als nächstes den Stamm schneiden.*

Stuart schnitt den Stamm über die Straße in drei Abschnitte. Mit dem Haken aus der Ausrüstungstasche rollte er den ersten Stammabschnitt zum Straßenrand in der Nähe des Stumpfes und dann den weiter entfernten Abschnitt zum gegenüberliegenden Straßenrand. Nachdem er den mittleren Abschnitt in zwei Teile geschnitten hatte, gesellte Rosalie sich zu ihm, und sie rollten die beiden verbleibenden Abschnitte von der Straße.

„Das war fantastisch, Stuart", sagte Rosalie, als sie half, die Kettensäge und die Ausrüstung zurück in den Truck zu legen. „Ich habe noch nie gesehen, wie ein Baum so umkippt."

Stuart lächelte. „Das ist es, was sie tun. Die Leute realisieren nicht, wie schwer die ganze Erde ist. Wenn sie wissen, was sie tun und vorsichtig sind, ist es einfach; wenn nicht, ist es tödlich."

„Ist das der Grund, warum du zum anderen Ende des Baums gegangen bist?"

„Ja, sonst würde ich mich auf den Wurzelballen konzentrieren und etwas anderes übersehen, das mich verletzen könnte." Stuart hob die Heckklappe und verschloss die Rückseite des Toppers, bevor sie in den Truck kletterten.

„Ich hätte das nicht im Dunkeln machen können", sagte Stuart. „Wenn es viel Wind gibt, wenn wir heute Abend Keiths Farm verlassen, könnte es zu gefährlich sein, diesen Weg zu nehmen."

„Ein weiterer Grund, so schnell wie möglich abzureisen." Aimee Louise überprüfte ihren Rückspiegel, um sicherzustellen, dass Rosalie bereit war, bevor sie am Baum vorbeifuhr und dann beschleunigte. „Mehr Gespräche im Radio über den Sturm im Golf, außer dass das Neueste ist, dass er sich schneller bewegt. Könnte bis morgen früh hier sein."

„Es wird nicht mehr lange dauern, bis wir entweder die Staatsstraße überqueren oder die Nebenstraße auf der Westseite fortsetzen. Bisher scheinen die Nebenstraßen unsere beste Wahl zu sein", sagte Stuart.

„Als wir die Kettensäge und die Ausrüstung verstauten, gab es eine leichte Brise, aber sie schien nicht tropisch zu sein", sagte Rosalie. „Dieser Sturm könnte viele Leute überraschen."

„Ich habe das Amateurfunknetzwerk nie wirklich geschätzt, bis das Stromnetz ausfiel", sagte Stuart.

„Was?", fragte Aimee Louise.

„Nur zu deiner Information, Stuart, wir sind entsetzt." Rosalie lachte.

Stuart drehte sich um, um aus seinem Fenster zu schauen und verdrehte die Augen. „Ich denke, ich bin es auch."

„Bist du nicht", sagte Aimee Louise.

„Erwischt", murmelte er.

Als sie sich der Staatsstraße näherten, verlangsamte Aimee Louise und fuhr dann auf den Seitenstreifen. „Schüsse." Sie ließ ihr Fenster herunter.

„Ich höre sie." Stuart griff nach seinem Gewehr, sprang aus dem Truck und rannte zur Kreuzung; Rosalie holte ihn ein.

„Was werden wir tun?", fragte Rosalie.

„Ich habe keine Ahnung." Stuart blickte zurück auf Majors Truck, der zwei Meter hinter ihnen langsam dahinschlich.

# KAPITEL ZWÖLF

Stuart und Rosalie gingen in Deckung zwischen den Bäumen, bevor sie die Kreuzung erreichten. „Es ist Phil", sagte Rosalie. „Sie werden von einem Transportlaster angegriffen."

Rosalie trat aus den Bäumen heraus und schoss den beiden Angreifern vom Transport in die Knie, während Stuart mit Kopfschüssen nachsetzte. Der dritte Angreifer richtete seine Waffe auf Rosalie, und Phil stand auf und schoss ihm in die Schulter. Als der Angreifer seine Waffe auf Phil richtete, feuerte Stuart, und der Mann fiel zu Boden.

Stuart rannte zum Heck des Transportlasters und zog die Plane zurück. Drei kleine Jungen mit weit aufgerissenen Augen hoben ihre Hände. „Wir ergeben uns, Mister", sagte der Kleinste.

Stuarts Lächeln war schwach. *Hat mir gerade das Herz gebrochen, das zu hören.* „Ich bin Deputy Stuart. Ich bin einer der Guten. Wer seid ihr?"

Der Kleinste nahm seine Hände herunter. „Ich bin Corey."

Der Älteste ließ seine Hände oben. „Ich bin John, und das ist mein Bruder, Travis."

Travis legte seine Hände in seinen Schoß. „Ich bin sechs. John ist neun."

„Ich bin sechs", sagte Corey.

„Kommt mit mir", sagte Stuart. „Ich kenne jemanden namens Red, die Snacks hat."

„Snacks?" Corey eilte zum Heck des Lasters, und Stuart half ihm heraus. John kletterte heraus und half seinem Bruder.

„Hey, Red. Hab drei Jungs hier, die nichts gegen einen Snack hätten."

Rosalie rannte zum Heck des Lasters. „Hallo ihr. Kommt mit mir."

„Wow", sagte John. „Du rennst schnell."

„Wir werden gehen. Ihr müsst nicht rennen", sagte Rosalie.

Während Rosalie die Jungen zum Truck führte, gesellte sich Stuart zu Phil und seinem Team hinter ihrer Barriere.

„Was ist passiert?"

„Als der Laster kam, haben wir ihnen gesagt, sie sollen umkehren, und sie fingen an zu schießen. Bei den Waffen waren wir unterlegen, aber wir sind alle Jäger. Sie schienen mit ihren Gewehren nicht vertraut zu sein und waren langsam. Jedenfalls sind wir hinter unsere Barriere gesprungen, aber sie waren im Vorteil, bis ihr kamt. Was macht ihr überhaupt hier? Wo ist mein Engel?"

„Angel ist beim Truck. Sie ist unsere Fahrerin."

Aimee Louise hatte den Truck nahe an die Barriere gefahren. Als sie ausstieg, um die Hecktür für Rosalie und die Jungs zu öffnen, rief Phil: „Da ist sie. Mein Engel."

Phil rannte zu Aimee Louise und umarmte sie. „Danke, dass du Stuart und Red zu unserer Rettung gebracht hast."

„Im Laderaum des Lasters waren drei kleine Jungs", sagte Stuart. „Können sie bei euch bleiben?"

„Machst du Witze? Deana würde sie liebend gerne aufnehmen. Wissen wir, wo ihre Eltern sind?"

„Wir wissen nichts über sie außer ihren Namen und Alter", sagte Stuart.

„Egal. Wir kümmern uns um sie, solange sie uns brauchen."

„Danke", sagte Stuart. „Wir bringen sie zu eurem Haus, während sie ihre Snacks essen. Red hat immer Snacks für Kinder dabei."

„Dann lass uns gehen. Folgt mir, Angel."

Als sie bei Phils Haus parkten, traf Phil Deana, die gerade herauskam. Stuart half den Jungen aus dem Truck. Als Red ausstieg, klammerten sich die beiden jüngeren Jungen an sie, und John hielt die Hand seines Bruders.

„Siehst du, Deana? Ich habe dir gesagt, dass ich speziellen Besuch mitbringe."

„Die Guten", sagte Rosalie. „Genau wie wir im Truck besprochen haben."

Corey hielt sich zurück und schaute zu Stuart.

„Red hat Recht", sagte Stuart. „Ihr werdet hier bei den Guten sicher sein."

„Habt ihr Hunger?", fragte Deana, als sie hineingingen.

Die beiden jüngeren Jungen starrten auf den Boden.

„Red hat uns einen Snack gegeben, aber wir haben immer noch Hunger", sagte John.

„Folgt mir in die Küche, und ich gebe euch ein spätes Mittagessen, dann gibt's später Abendessen. Ich bin Oma Deana. Wer seid ihr?"

Nachdem Red und die Jungen Deana gefolgt waren, klopfte Aimee Louise an die Vordertür, und Phil öffnete.

„Komm rein, Angel", sagte er. „Haben wir dich zurückgelassen?"

„Nein, ich habe Radio gehört. Es gibt mehr Neuigkeiten über den Sturm im Golf. Wir können nicht lange bleiben."

Phil runzelte die Stirn. „Hab davon gehört. Sagen sie immer noch morgen?"

„Ja, aber früh am Morgen."

„Wir sind auf dem Weg, Nate bei Keith abzuholen, dann fahren wir sofort zurück zur Farm meiner Eltern", sagte Stuart. „Ich werde sehen, wie schnell Red los kann."

Stuart ging mit großen Schritten in die Küche. Die Jungen aßen Brot, während Deana Suppe wärmte.

„Wir müssen gehen, weil ein großer Sturm kommt", sagte Stuart. „Red muss mit uns kommen. Ist das okay?"

„Ja. Red hat uns gesagt, dass sie gehen muss, weil ein großer Sturm kommt", sagte Corey.

„Aber wir sind hier sicher, stimmt's, Red?", fragte Travis.

„Absolut. Dies ist der beste Ort, an dem ihr sein könnt", sagte Rosalie.

John stand auf und salutierte vor Stuart. „Danke für Ihren Dienst, Deputy Stuart."

Stuart erwiderte seinen Salut.

Deana wischte sich mit ihrer Schürze die Augen. „Das war sehr nett, John."

Stuart setzte sich zu den Jungen an den Tisch. „John, was kannst du mir über die Männer und den Laster sagen? Woher kommt ihr Jungs?"

„Wir sind aus Orlando. Wir kannten Corey nicht, bis die Männer uns in den Laster warfen. Ich hatte Angst, dass sie Travis verletzen würden. Sie haben ständig mit ihren Waffen herumgefuchtelt. Travis und ich waren in unserem Vorgarten. Corey sagte, er war bei seinem Freund, aber sein Freund war drinnen, als der Mann ihn schnappte. Wir wissen nichts über die Männer, außer dass sie böse sind. Sie haben nicht viel geredet. Haben nur mit ihren Waffen gewedelt."

„Arbeiten eure Eltern bei der Polizei?", fragte Stuart.

„Nein, Papa ist Koch. Mama ist Ingenieurin. Sie entwirft Dinge."

„Mein Papa ist Pastor, und meine Mama ist Krankenschwester", sagte Corey.

„Nach dem Sturm wird Phil versuchen, einen Weg zu finden, um euren Eltern mitzuteilen, dass es euch gut geht. Wir müssen jetzt gehen."

„Auf Wiedersehen, Jungs." Rosalie umarmte jeden Jungen, dann eilten Stuart und Rosalie ins Wohnzimmer.

„Tut mir leid, dass wir es so eilig haben, Phil. Danke, dass du die Jungen aufnimmst", sagte Stuart.

Phil begleitete sie zum Truck. „Warte kurz, Angel. Ich möchte dir etwas Diesel für eure Reise geben."

„Danke, aber wir haben Ersatz, falls wir ihn brauchen", sagte sie.

Phil hatte einen Kanister neben dem Truck stehen gelassen und füllte den Tank aus seinem Kanister, bevor sie ihre Worte zu Ende bringen konnte.

„So, fertig. Die Straße ist frei zwischen hier und Keith's. Passt auf euch auf. Nochmals danke, Angel, dass du immer auftauchst, wenn ich dich brauche, ohne es zu wissen." Phil umarmte Aimee Louise und Rosalie und schüttelte Stuart die Hand.

Auf dem Weg zu Keith sagte Stuart: „Ich hatte erwartet, dass der Laderaum des Lasters leer ist."

„Mich hat überrascht, dass keiner ihrer Eltern bei der Polizei arbeitet", sagte Rosalie.

„Es sieht mehr nach Menschenhandel aus, was sich von McNeills Erpressungsmotiv unterscheidet", sagte Stuart.

„Hier ist die Einfahrt." Aimee Louise hupte zweimal, als sie sich dem Haus näherten, und hielt dann an.

Als Keith aus dem Haus spähte, rief Stuart: „Hallo, Keith. Hier sind Stuart, Angel und Red."

Keith und Nate kamen heraus, während Aimee Louise näher fuhr und parkte. Stuart stieg aus dem Truck, während Aimee Louise und Rosalie warteten.

„Wie geht es Charo?", fragte Nate.

„Ihr geht es sehr gut", sagte Stuart.

„Bist du hier, um mich abzuholen?", fragte Nate. „Ich hoffe es, denn ich bin seit zwei Tagen gepackt."

„Sicher. Hast du vom Sturm gehört, Keith?", fragte Stuart, während Nate ins Haus eilte.

Keith nickte. „Er wird uns in ein oder zwei Tagen treffen, so das Letzte, was ich gehört habe."

„Das Neueste ist, dass er früh am Morgen hier sein wird. Wir müssen uns beeilen."

Keith hob die Augenbrauen. „Ich muss meine Sturm-Vorbereitungspläne für morgen auf heute verschieben. Ich werde Leslie wissen lassen, dass ihr hier seid. Sie wird zumindest Hallo sagen wollen."

Als Keith die Tür öffnete, stürmte Leslie heraus. „Nate hat mir gesagt, dass ihr hier seid. Er wird in einer Minute fertig sein."

„Der Sturm wird morgen früh hier sein", sagte Keith. „Wir müssen den Rest des Tages damit verbringen, uns vorzubereiten, und Stuart und seine Truppe müssen sofort nach Norden aufbrechen."

„Nun, ich hasse es, dass ihr hungrig abreisen müsst, Stuart. Ich bin gleich zurück."

Nate trug seine Reisetasche zum Truck und warf sie auf die Ladefläche. „Ich habe eine Pistole, die Keith mir gegeben hat, aber kein Gewehr. Habt ihr ein Ersatzgewehr?"

„Sicher." Stuart kletterte auf die Ladefläche des Pickups, holte ein Gewehr und Munition heraus und reichte das Gewehr Nate.

Leslie kam mit einer Tragetasche aus dem Haus. „Hier ist ein Pfundkuchen und ein paar Äpfel für eure Heimreise." Sie umarmte Nate. „Passt auf euch auf und grüßt Charo und Peyton von uns."

Nate trug die Tasche zum Truck; nachdem er und Stuart eingestiegen waren, fuhr Aimee Louise los.

„Erzähl mir mehr über Charo, Dolly und meinen Vater. Wie geht es ihnen?", fragte Nate.

Rosalie erzählte ihm, wie gut es Charo ging und wie sein Vater auf der Farm half, und fügte Geschichten über Dolly hinzu. Stuart ergänzte mit seiner Version der Erwachsenen- und Kindertreffen, als Dolly sagte, Angel könnte ein Kind sein und an ihrem Treffen teilnehmen.

„Hintenrum oder Landstraße?", fragte Aimee Louise.

„Hintenrum", sagte Stuart. „Du hättest mich für die Landstraße überzeugen können, wenn wir nicht auf einen weiteren Transportlaster gestoßen wären."

„Welcher Laster?", fragte Nate.

Rosalie erklärte ihre jüngste Begegnung mit dem Transportlaster und wie sie die Jungen gefunden hatten.

Nate schlug mit der Faust auf den Sitz.

„Du weißt, wer dahinter steckt, oder?", fragte Stuart.

„Ja, aber ich bin nicht derjenige mit Beweisen", sagte Nate.

„Das hat Charo auch gesagt. Peyton hat die Beweise, und Troy will sie stoppen, bevor seine Organisation zerfällt."

„Richtig, und jemand in Troys Organisation plant, Troy zu verdrängen, aber Peyton steht ihm im Weg. Was sagt Peyton?", fragte Nate.

„Nicht viel."

Nate schüttelte den Kopf. „Peyton und ihr alter Partner waren zusammen seit dem Tag, an dem sie eingestellt wurde. Sie hat nie jemandem außer ihm vertraut, und für lange Zeit machte das Sinn. Leider glaube ich, dass sie mir nie wirklich vertraute, und ich bin einer der Guten."

Stuart schnaubte. „Das müsstest du sein, sonst würden Charo und Dolly dich zurechtbiegen."

„Da hast du Recht." Nate runzelte die Stirn. „Die beiden bedeuten mir alles. Also, was ist der Plan?"

„Unsere erste Priorität ist die Rückkehr zur Farm meiner Eltern. Du hast vielleicht nicht von der Welle von Hauseinbrüchen, Raubüberfällen und Morden in den ländlichen Gebieten gehört. Ich bin nicht sicher, aber ich denke, ihr Hauptziel ist es, Schusswaffen, Munition, Schmuck, Alkohol, Drogen, Silber, Gold und was auch immer sie sonst finden können, das einen Tauschwert hat, zu stehlen."

„Kinder?", fragte Nate.

„Wir denken schon", sagte Stuart.

„Deshalb hat sich Charo als Peyton ausgegeben, und es bringt mich immer noch um, daran zu denken. Sie wollte, dass Peyton die Beweise gegen Troy zum Georgia Bureau of Investigation bringt. Peyton hat mir gesagt, sie seien die einzige Organisation, der sie vertrauen könne."

Stuart verengte seine Augen. „Es ist Zeit, dass Peyton uns vertraut, damit wir ihr helfen können."

„Du hast meine volle Unterstützung", sagte Nate.

Nachdem sie die Landstraße passiert hatten, sagte Stuart: „Wir sind heute früher schon hier entlanggefahren und haben niemanden gesehen, aber das heißt nicht, dass es jetzt frei ist."

Rosalie schob das Fenster zur Ladefläche auf und kletterte nach hinten.

Nate kicherte. „Dead Eye Red ist der perfekte Wachposten, und ich kann mir keinen besseren Krähennest vorstellen als eine Pickup-Ladefläche."

„Ich hatte vergessen, dass du von Dead Eye Red wusstest", sagte Stuart. „Kennst du David Griffin?"

„Brandons Vater? Peyton hat mich ihm nicht lange nachdem wir Partner wurden vorgestellt. Ich hatte das Gefühl, dass ich mir einen neuen Partner suchen müsste, wenn David mich nicht mögen würde. Brandon vergöttert seinen Vater, und das Gefühl ist gegenseitig. Ich habe nie verstanden, warum Peyton Troy geheiratet hat."

„David ist auf Majors Farm. Er wurde von einer Schlange gebissen und kämpft um seine Genesung." Stuart erzählte Nate von David, der von Orlando zur Farm gelaufen war und sich als Troy ausgegeben hatte, bei seinem Versuch, Peyton und Brandon zu finden.

„Ihr hattet Leute überall verstreut, oder? Geht ihr zurück zu Majors Farm, nachdem ihr mich mit meiner Familie wiedervereinigt habt?"

„Irgendwann. Peyton und Brandon werden David wiedersehen wollen, aber sie wird es nicht können, bis Troy und sein Rivale gestoppt sind. Es wäre wirklich praktisch, wenn sie sich gegenseitig auslöschen würden."

„Darüber sollten wir ernsthaft nachdenken", sagte Nate. „Es müsste doch einen Weg geben, ihnen aus dem Weg zu gehen. Was, wenn Peyton die Liste zum GBI bringt? Würde das helfen?"

„Es wäre logisch, dass sie dann keine Bedrohung mehr darstellen würde, aber entweder weiß sie noch etwas, was wir nicht wissen, oder Troy hat das auf eine persönliche Ebene gebracht."

Nate verengte seine Augen. „Zurück zu Peyton. Vielleicht sollten wir uns nicht darauf konzentrieren, Peyton zu überzeugen, uns als Gruppe zu vertrauen, sondern darauf, dass sie einem von uns vertraut. Wem steht Peyton am nächsten?"

„Annie", sagte Aimee Louise.

„Sie und Annie haben sich auf der Farm wirklich gut verstanden, nicht wahr?", Stuart runzelte nachdenklich die Stirn. „Als ich ihr von

David erzählte, sagte sie, sie vertraue dir, Aimee Louise. Was meinst du?"

„Ich bin die logische Wahl." Aimee Louise verlangsamte den Truck und fuhr dann auf den Seitenstreifen. „Schau dir den umgestürzten Baum an."

„Fernglas, Rosalie", rief er.

Rosalie reichte es Nate, der es an Stuart weitergab. Stuart schaute auf die Straße vor ihnen. „Einer unserer Baumstämme wurde zurück auf die Fahrbahn gerollt."

Nate ließ sein Fenster herunter und zielte mit seinem Gewehr. Stuart sprang aus dem Truck und untersuchte die Straße vor ihnen.

Als er wieder auf seinen Beifahrersitz stieg, sagte er: „Der größte der drei Baumstämme wurde in die Mitte der Straße gerollt. Es gibt keine Möglichkeit, daran vorbeizukommen. Die Hinterhältigen haben mit den umgestürzten Ästen die perfekte Deckung."

„Könnten sie in den Wäldern auf der anderen Straßenseite von den Ästen sein?"

„Könnten sie, aber die umgestürzten Äste sind perfekt zum Verstecken."

„Können wir bis hundert Meter vor die Äste kommen? Vielleicht können wir sie aufscheuchen", sagte Nate.

„Das können wir schaffen", sagte Aimee Louise. „Es ist genug Platz auf dem rechten Seitenstreifen, um vorbeizukommen, weil der Baumstamm, den sie in die Mitte gerollt haben, die rechte Seite blockiert."

Stuart nickte. „Oh, ich sehe es jetzt; du hast Recht. Nate und Red, nachdem Aimee Louise nah genug herangefahren ist, um ihr Feuer zu provozieren, schießt in die Äste. Wenn Aimee Louise beschleunigt und nach rechts ausweicht, um an ihrer Blockade vorbeizukommen, deckt unsere linke Seite. Unsere andere Wahl wäre, zur Landstraße zurückzufahren."

„Ich stimme dafür, weiterzufahren." Rosalie kletterte zurück auf die Ladefläche.

„Ich auch." Nate positionierte sich am heruntergekurbelten Fenster.

Stuart ließ sein Fenster herunter. „Ich decke die rechte Seite. Los geht's."

Aimee Louise raste auf den umgestürzten Baum zu und verlangsamte, als sie sich dem Baumstamm näherte. Als der Truck weniger als hundert Meter entfernt war, kam ein Schuss aus den Baumästen mit einem Knall.

„Haltet das Feuer", sagte Stuart. „Das war ein Zweiundzwanziger-Gewehr. Aimee Louise, fahr, als ob wir angegriffen würden."

Aimee Louise behielt ihre Geschwindigkeit bei, und ein weiterer Knall ertönte.

„Das sind Warnschüsse", sagte Stuart. „Festhalten. Jetzt, Aimee Louise."

Aimee Louise beschleunigte und wich nach rechts aus, und kam an den Baumstämmen auf der Straße vorbei. Auf der anderen Seite der Äste stand ein Transportlaster. Aimee Louise trat auf die Bremse.

„Warum hast du das gemacht?", Nate blieb an seinem Fenster.

Als keine weiteren Schüsse fielen, rief Stuart: „Seid ihr in Schwierigkeiten?"

Nate und Rosalie behielten ihre Positionen bei, als eine jugendliche Stimme sagte: „Wir haben uns verirrt."

„Werft eure Waffe raus, und wir können euch helfen. Habt ihr Hunger?"

Ein kleines Gewehr klapperte auf die Fahrbahn, und zwei Jungen traten vom Heck des Transportlasters weg.

„Ja", sagte einer von ihnen.

Zwei Gesichter schauten aus dem Heck des Transportlasters heraus. „Wir sind auch hungrig."

„Zwei Jungen und zwei Mädchen", sagte Stuart. „Die Jungen sehen aus wie vierzehn und zwölf; die Zwillingsmädchen sehen aus wie sechs."

„Alle kommt rüber. Wir haben Snacks", sagte Rosalie.

„Das war eine Frau", sagte ein Junge.

Die Mädchen sprangen aus dem Heck. „Sie hat Snacks."

„Wow", sagte Nate. „Haben sie den Laster gestohlen?"

Stuart ließ die Heckklappe herunter, und Rosalie setzte sich mit ihrem Rucksack auf die Heckklappe und ließ die Beine baumeln.

Die Kinder rannten zum Heck des Pickups, und Rosalie sprang herunter, um die Mädchen für ihre Snacks auf die Heckklappe zu heben.

„Ich bin Red", sagte Rosalie. „Wer seid ihr?"

„Ich bin Sam", sagte das erste Mädchen, während sie in das Stück Pfundkuchen biss, das Rosalie ihr gegeben hatte.

„Ich auch", sagte das zweite.

„Oh, ich verstehe. Das ist so witzig", Rosalie kicherte.

„Danke", das zweite Mädchen grinste. „Ich bin Cami. Ich mag es, Witze zu erzählen."

„Wie kann ich euch unterscheiden?", fragte Rosalie.

„Sam ist ernst, und ich habe Grübchen." Cami lächelte, um ihre Grübchen zu zeigen.

„Ich bin Linkshänderin, und Cami ist jünger", sagte Sam.

„Nur drei Minuten." Cami verdrehte die Augen.

„Ist noch jemand beim Laster?", fragte Stuart die Jungen.

„Nein", sagte der ältere Junge. „Da waren zwei Männer, aber sie haben uns nie gesehen; wir haben aus dem Wald zugeschaut. Wir sind nicht wirklich verloren; ich wusste nicht, was ich sagen sollte. Wir wohnen in der Nähe von Mr. Phil. Kennt ihr ihn? Wir waren auf Eichhörnchenjagd."

„Außer wir bekommen nie eines", sagte der jüngere Junge.

„Ein Typ sagte, Zeit für einen Hinterhalt oder sowas, und sie rollten diesen großen Stamm von der Schulter auf die Straße", sagte der ältere Junge. „Wir hörten Schüsse von der Landstraße, und ein Typ lief die Straße hinunter und wieder zurück, etwa zwanzig Mal. Später sprang der andere Typ aus dem Laster und schrie, dass Vigilanten kommen. Seid ihr die Vigilanten? Sie fluchten sich gegenseitig an und rannten dann weg. Ich weiß nicht, warum sie nicht diesen Baumstamm weggerollt haben und mit dem Laster weggefahren sind."

„Vigilanten", sagte der zweite Junge.

„Oh ja. Sie hatten echt Angst vor den Vigilanten."

„Wir wollten den Baumstamm zurückrollen und den Laster nach Hause bringen, aber wir können nicht fahren", sagte der jüngere Junge.

„Ich hab in den Laderaum des Lasters geschaut und die kleinen Mädchen gesehen", sagte der ältere Junge. „Ich hab sie gefragt, ob sie auf ihren Vater warten, der zurückkommt, aber sie sagten, die Männer hätten sie gestohlen, und ich bekam Angst. Wir hatten Angst, sie zurückzulassen, aber wir wollten nicht, dass jemand denkt, wir hätten sie gestohlen. Wir dachten, wir könnten ihnen helfen, sich im Wald zu verstecken, aber wir hatten Angst, dass sie sich verlaufen würden. Deshalb habe ich gesagt, dass wir uns verlaufen haben."

„Dann seid ihr aufgetaucht, und wir hatten Angst, ihr könntet die Vigilanten sein. Was sind Vigilanten?"

„Das sind Leute vor Ort, die eingreifen, wenn keine Deputies in der Nähe sind, aber manchmal übertreiben es Vigilanten. Wir sind keine Vigilanten", sagte Stuart.

„Können wir jetzt nach Hause gehen?", fragte der jüngere Junge. „Wir wollten die kleinen Kinder nicht allein lassen, aber ihr habt Snacks. Ihr kümmert euch um sie, richtig?"

„Sie werden bei uns sicher sein", sagte Rosalie. „Geht direkt nach Hause. Ein schwerer Sturm kommt."

„Werden wir", sagte der ältere Junge. „Danke für den Kuchen."

Die beiden Jungen rannten in den Wald und verschwanden.

Rosalie schnitt einen Apfel in zwei Hälften und entkernte sie, bevor sie jedem Mädchen ein Stück reichte. „Wir möchten, dass ihr mit uns nach Hause kommt, damit ihr sicher seid. Ist das okay für euch?"

„Ja, Ma'am", sagte Sam.

„Wir hatten Angst." Cami biss in ihren Apfel.

„Und Hunger", sagte Sam.

„Finde die Sitzordnung heraus, Red", sagte Stuart. „Ich werde den Laster untersuchen. Willst du mitkommen, Aimee Louise?"

„Ist alles in Ordnung, Red?", Nate stand in der Nähe des Truckhinterteils, um die Straße und die umliegenden Wälder zu überblicken.

„Uns geht es gut", sagte Rosalie. „Wir werden herausfinden, wo wir sitzen werden, und wir haben Snacks." Rosalie sprang auf die Ladefläche des Pickups, um sich den Mädchen anzuschließen. „Machst du die Heckklappe für uns zu?"

Stuart schloss die Heckklappe. „Wir werden nicht lange brauchen." Er ging mit großen Schritten davon, mit Aimee Louise an seiner Seite.

Aimee Louise überprüfte die Fahrerkabine des Lasters. „Ich habe die Schlüssel. Es ist ein Gewehr unter dem Beifahrersitz und eine Pistole im Handschuhfach."

„Die schnappe ich mir, bevor wir gehen." Stuart eilte zum Heck des Lasters und pfiff, als er die Leinwandplane zurückzog. „Munition, Lebensmittelkisten, ein Kasten Wasser und zwei Kanister Diesel. Stinkt hier hinten. Sie müssen den Mädchen gar keine Pause gegönnt haben. Würdest du den Truck zurücksetzen, damit wir den Inhalt übertragen können, bevor wir gehen? Wird nicht lange dauern."

Aimee Louise rannte zum Truck und setzte ihn in Position, während Stuart den Inhalt des Transportlasters nahe ans Heck rückte.

Nate gesellte sich zu Stuart, während Aimee Louise den Pickup in Position manövrierte. „Wäre es nicht einfacher, den Laster zu stehlen?" Nates Augen funkelten. „Schon gut. Die Vigilanten könnten hinter uns her sein."

Stuart schnaubte. „Ich konnte nicht entscheiden, ob wir die Vigilanten waren oder nicht, aber dann fiel mir ein, dass ich ein Deputy bin und wir keine Einheimischen sind."

Nachdem Aimee Louise mit ihrer üblichen Effizienz und Präzision zurückgesetzt hatte, luden Stuart und Nate die Vorräte auf die Ladefläche, und Rosalie schob sie an ihren Platz.

Während Stuart die Treibstoffkanister auf der Ladefläche des Pickups sicherte, sagte Rosalie: „Wir werden hier hinten fahren. Die Mädchen haben sich bereits an ihrem Platz eingelebt. Bereit wenn ihr es seid."

Stuart schloss die Heckklappe, dann sprangen er und Nate in den Truck.

Nach zwanzig Minuten Fahrt lehnte sich Rosalie durch das Fenster zur Kabine. „Die Mädchen sind auf dem Bett eingeschlafen, das sie gemacht haben. Sie sagten, böse Männer kamen zu ihrem Haus, und ihre Mama sagte ihnen, sie sollen nach draußen rennen und sich im Wald verstecken, aber die bösen Männer fanden sie. Ihr Nachname ist Mitchell."

„Wow", sagte Stuart. „Plünderer sind eingedrungen und haben die Mitchells auf ihrer Farm in der Nähe von Dads Farm ermordet, und die Zwillingsmädchen wurden vermisst. Die Großeltern werden begeistert sein, dass wir sie gefunden haben."

„Sie erinnerten mich daran, wie sehr ich Dolly vermisst habe", sagte Nate. „Ich bin froh, dass diese Mädchen sicher sind. Ich verstehe, wie sich die Großeltern fühlen werden; es ist wie ich mich fühlte, als ich erfuhr, dass Dolly und mein Vater okay waren."

„Die Mädchen erzählten mir, dass sie eine Kiste ausleerten und sie als Toilette benutzten. Ich hätte nichts dagegen, bei diesen zwei Typen richtig den Vigilanten zu spielen, wenn ich die Chance hätte", sagte Rosalie, bevor sie wieder in der Ladefläche des Pickups verschwand.

Nach einer Stunde sagte Rosalie: „Die Zwillinge sind aufgewacht. Können wir eine Streckpause machen?"

„Sicher können wir das", sagte Stuart.

Aimee Louise fuhr auf den breiten Seitenstreifen und hielt an. Stuart öffnete die Heckklappe, und Aimee Louise begleitete Rosalie und die Zwillinge zur ersten Baumreihe. Nate eilte zur Vorderseite des Trucks, um die Straße zu beobachten, und Stuart überblickte die Straße hinter ihnen.

Aimee Louise führte die Mädchen zurück zum Truck, und Rosalie bildete die Nachhut. „Wir haben ein Rehkitz gesehen, das sich in den Büschen versteckte", sagte Sam.

„Aber wir waren leise und haben es nicht erschreckt", fügte Cami hinzu.

Nachdem Rosalie die Mädchen auf die Ladefläche geladen hatte und zu ihnen gestiegen war, schloss Stuart die Heckklappe.

Nate wartete, bis Stuart die Beifahrertür erreicht hatte, bevor er sprach. „Seid ihr auf dieser Nebenstraße auf jemanden gestoßen, als ihr zu Keith gefahren seid? Der Transportlaster abseits der Landstraße beunruhigt mich."

„Nein, sind wir nicht. Es hat mich gestört, dass sie nach Süden fuhren, weil die Laster, die wir mit Kindern auf der Ladefläche gesehen haben, nach Norden fuhren. Alles an dem Laster war seltsam."

Nate runzelte die Stirn, als er in den Truck stieg; Stuart scannte die Straße, bevor er sein Unbehagen abschüttelte und einstieg.

Als der Nachmittag in die Dämmerung überging, quietschten die Zwillinge, und Rosalie lachte. „Wir haben gerade gesehen, wie eine Waschbärenmama mit drei Babys hinter uns über die Straße lief."

Als Aimee Louise ihre Geschwindigkeit verlangsamte, fragte Stuart: „Erwartest du, dass Tiere wegen des bevorstehenden Sturms Schutz suchen?"

„Ja, aber es gibt keine wissenschaftlichen Beweise dafür, dass das stimmt", sagte Aimee Louise.

„Ich habe eine Theorie dazu", sagte Nate. „Wissenschaftler arbeiten in einer Umgebung, die von der Natur entfernt ist, also entgehen ihnen die feineren Nuancen."

„Genau." Aimee Louise tippte auf die Bremsen, als zwei Rehe vor ihnen über die Straße sprangen.

Als Aimee Louise für die Abbiegung nach Westen verlangsamte, fegte ein Band aus starkem Regen über sie hinweg.

„Ich würde sagen, wir sollten zu Hause sein, bevor der Sturm mit voller Wucht zuschlägt, aber ich will uns nicht verhexen", sagte Stuart.

Als sie die Kreuzung erreichten, raste ein einsames Auto nach Norden. Nachdem Aimee Louise auf ihrer Straße weiterfuhr, sagte Nate: „Ich hätte nichts vom Sturm gewusst, wenn ihr es mir nicht erzählt hättet. Ich frage mich, wie viele andere Leute vom Sturm überrascht werden."

„Ich bin nicht sicher, wie wir es ohne unsere Funkexperten, Aimee Louise und Mr. Young, geschafft hätten", sagte Stuart. „Das Amateurfunksystem war für uns entscheidend."

Nate nickte. „Es gab ein paar lokale Radiosender, die nach dem Netzausfall sendeten, aber ich denke, sie müssen Generatoren für Strom genutzt haben, denn es dauerte nicht lange, bis sie aus der Luft gingen."

„Jemand ist auf der Straßenseite vor uns", sagte Aimee Louise. „Ich sehe kein Fahrzeug in der Nähe."

Als der Truck sich näherte, verschwand die Gestalt.

„Er ist in die Bäume getaucht, damit wir ihn nicht sehen", sagte Stuart, während Aimee Louise an ihm vorbeifuhr.

Als die nächste Welle schweren Regens über die Straße blies, verlangsamte Aimee Louise und stellte die Scheibenwischer auf die höchste Stufe. Als sie sich einem langsam fahrenden Fahrzeug näherten, verengte Stuart seine Augen für eine bessere Sicht. Nachdem Aimee Louise das Auto überholt hatte, sagte er: „Bis ich erkannte, dass es ein Auto und kein Laster war, hatte ich Angst, sie würden versuchen, uns von der Straße zu drängen, aber ein Auto kann nicht so gut sehen wie wir, weil wir höher sitzen."

„Ja", sagte sie.

„Der Regen ist hier hinten laut", sagte Rosalie. „Wir essen einen Snack, um das Geräusch zu übertönen."

„Guter Plan, Rosalie. Soll ich für euch alle hier vorne Platz machen?", fragte Nate.

Rosalie lehnte sich durch das Fenster. „Danke, aber uns geht es gut. Sam sagte, sie mag ihren Fensterplatz, und Cami sagte, sie mag ihren noch lieber." Rosalie kicherte.

Nate lachte. „Bist du sicher, dass du nicht auch Dolly da hinten hast?"

„Es wird nicht mehr lange dauern, und wir haben die ganze Gruppe zusammen", sagte Stuart.

Der Regen ließ nach und hörte dann auf. „Unsere Abbiegung kommt bald", sagte Aimee Louise.

Als Aimee Louise bei der Smith-Farm abbog, sagte Stuart: „Wir sind bei der Farm neben der Farm meiner Eltern. Dad und ich haben die Einfahrt zu seiner Farm blockiert."

Nate starrte auf die Einfahrt. „Ich sehe keine Farmen."

„Großartig, nicht wahr?", Stuart grinste.

Nachdem sie die verschlungene Einfahrt zur Scheune gefahren waren, sagte Nate: „Ich sah die Überreste eines Schornsteins, und diese Scheune sieht aus, als wäre sie seit Jahren verlassen. Ich mache mir Sorgen um euch Leute."

„Es ist eine vollkommen gute Scheune", rief Rosalie von hinten. „Braucht nur etwas Farbe."

Nate schnaubte.

Als sie aus dem Gebüsch kamen und am Newton-Haus vorbeifuhren, hupte Aimee Louise, bevor sie parkte. Nachdem Scott die Küchentür geöffnet hatte, traf Stuart seinen Vater im Hof.

Scott umarmte Stuart. „Alles okay?"

Stuart lächelte: „Alles gut. Wir haben Nate, und wir haben die beiden Mitchell-Mädchen gefunden."

Scotts Augen weiteten sich. „Wow. Das habe ich wirklich nicht erwartet. Lass uns alle reinholen. Deine Mutter hat das Abendessen fast fertig. Nach dem Essen können wir sie zum Haus ihrer Großeltern bringen. Es ist nicht weit, aber zu weit für kleine Mädchen zum Laufen."

Stuart winkte Nate zu, sich ihnen anzuschließen.

„Ich bin Scott." Die beiden Männer schüttelten sich die Hände. „Komm mit mir, Nate. Charo, Dolly und dein Vater haben auf dich gewartet."

Scott und Nate eilten zum Haus, während Stuart die hintere Heckklappe öffnete. „Geh schon mal rein, Rosalie. Aimee Louise und ich kommen gleich nach. Wir schließen den Truck ab und laden später aus."

Stuart half den Zwillingen aus dem Truck, und sie klammerten sich an Rosalie, als sie sie zum Haus führte.

Nachdem Aimee Louise den Truck abgeschlossen hatte, sagte Stuart: „Bereit, reinzugehen? Es wird laut sein."

Henry rannte aus dem Haus zu Stuart und Aimee Louise. Aimee Louise kniete sich hin, um ihn zu umarmen, und er schlang seine Arme um ihren Hals.

„Hab dich vermisst, Angel und Deputy Stuart", sagte Henry.

Stuart umarmte die beiden, und Aimee Louise lächelte. „Ich habe dich mehr vermisst", sagte sie.

*Ich liebe ihr Lächeln.* Stuart grinste. „Ich habe dich am meisten vermisst."

Henry kicherte. „Du gewinnst, Deputy Stuart."

Die drei hielten sich an den Händen, als sie zum Haus gingen.

Als sie das Haus betraten, quietschte Dolly: „Henry, mein Papa ist gekommen, um mich zu besuchen."

Henry drückte Stuarts Hand. „Mein Deputy ist auch nach Hause gekommen", sagte Henry.

„Komm, Henry", sagte Brandon. „Wir waschen uns die Hände fürs Abendessen."

Henry blickte zu Stuart auf, der nickte, und Henry gesellte sich zu Brandon.

# KAPITEL DREIZEHN

„Wir haben Karottensuppe mit kleinen Schweinefleisch-Hackbällchen." Sandra füllte Suppenschüsseln, während Peyton zwei Platten mit Brötchen auf den Tisch stellte. Charo saß in ihrem Rollstuhl am Tisch, und Nate kniete neben ihr.

„Hier ist ein Stuhl, Nate", sagte Scott.

Nate rückte seinen Stuhl nahe an Charo heran, und als Dolly ihre Hände abtrocknete, zog er ihren Stuhl nahe an seine andere Seite. Rosalie saß zwischen den Zwillingen, und Peyton deutete Brandon an, sich neben sie zu setzen.

„Richter, essen Sie mit Ihrer Familie. Wir essen in Schichten", sagte Sandra. „Hier ist ein Brötchen für dich, Henry, während du wartest. Ich weiß, dass du mit Stuart und Angel essen möchtest. Scott, nimm deinen Platz ein."

„Ich warte auf dich, Schatz", sagte Scott.

Sandra schob eine weitere Ladung Brötchen in den Ofen. „Es gibt reichlich Suppe und mehr Brötchen kommen noch, also esst, was ihr wollt."

Niemand sprach während der Mahlzeit. Nachdem die erste Schicht gegessen hatte, räumten Peyton und Nate den Tisch ab, und der Richter spülte das Geschirr, während Rosalie und Charo die Kinder ins Wohnzimmer für ein Spiel führten.

Nachdem sie sich an den Tisch gesetzt hatten, sagte Scott: „Stuart und ich werden die Zwillinge zu ihren Großeltern bringen, nachdem wir gegessen haben."

„Rosalie wird mitkommen müssen, Papa. Die Zwillinge haben eine Bindung zu ihr aufgebaut."

„Henry und ich würden auch gerne mitgehen, aber wir bleiben hier", sagte Aimee Louise.

Stuart runzelte die Stirn. „Ich brauche dich zum Fahren, und Henry nimmt nicht viel Platz weg."

Scott nickte. „Wir fahren gleich nach dem Essen los, wenn es dir nichts ausmacht, mit dem Abwasch stecken zu bleiben, Sandra."

„Der Richter wird mir helfen. Wir warten mit dem Baden, bis ihr zurück seid, damit Henry seinen Snack nicht verpasst."

Nachdem die letzte Gruppe fertig gegessen hatte, gingen Stuart und Henry ins Wohnzimmer. „Wenn ihr mit eurem Spiel an einem Haltepunkt seid, Red, sind wir bereit. Wir werden den Laster ausladen, wenn wir zurück sind."

„Wir können jetzt gehen", sagte Rosalie.

„Es ist ein sehr flexibles Spiel", kicherte Charo.

Auf dem Weg zum Truck sagte Scott: „Ich setze mich auf den Rücksitz hinter dich, Stuart. Ich weiß, dass du Angels Navigator bist."

Als sie den Truck erreichten, sagte Sam: „Können wir auf unseren Sitzen hinten fahren?"

„Wir mögen unsere speziellen Sitze", sagte Cami.

„Stuart, ist es okay, wenn wir auf unseren Sitzen fahren?", fragte Rosalie.

„Deine Entscheidung, Red", lächelte er.

Rosalie half den Zwillingen nach hinten. Nachdem sie zu ihnen gesprungen war, hob Stuart die Heckklappe an.

„Willst du vorne mit Angel und mir fahren, Henry?", fragte Stuart.

Henry nickte und eilte zur Beifahrertür.

Als alle drin waren, nahm Aimee Louise ihre Abkürzung zur Smith-Farm.

„Da ist noch ein Golfsturm auf dem Weg zu uns. Wir könnten ihn morgen früh erleben, Papa, es sei denn, er umgeht uns."

„Ich werde nachsehen, ob es etwas gibt, was wir tun müssen, wenn wir zurückkommen, aber ich denke, wir sind in Ordnung."

„Wir schauen uns um", sagte Stuart.

„Das hat wirklich gut geklappt", sagte Scott, als Aimee Louise durch den breiten Pfad fuhr. „Wenn wir auf die Straße kommen, bieg rechts ab. Die Mitchell-Farm liegt auf der linken Seite, etwa eine Viertelmeile vor der Staatsstraße."

Als sie das Ende der Einfahrt vor der Straße erreichten, sagte Stuart: „Ich habe ein Licht auf der Straße zu unserer Linken gesehen." Aimee Louise ließ ihr Fenster herunter und schaltete die Scheinwerfer und den Motor aus.

„Lichter zu unserer Linken", sagte Scott, als Rosalie sich durch die Öffnung lehnte.

„Wir werden aufpassen", sagte sie.

„Ich höre es", sagte Aimee Louise.

„Ich sehe das Licht", zeigte Henry.

„Mittlere Geschwindigkeit", sagte Aimee Louise. „Beschleunigt nach der Einfahrt der Websters."

Nachdem das Auto an ihnen vorbeigerast war, startete Aimee Louise den Motor und fuhr dann auf die Straße. Als sie ihr Fenster hochfuhr, senkte Stuart seins.

„Ich höre es nicht mehr. Lass uns fahren", sagte er.

Aimee Louise schaltete die Scheinwerfer ein, bevor sie auf der asphaltierten Straße und in Richtung der Staatsstraße fuhr.

„Weiter vorne, nach der Gruppe von drei Bäumen", sagte Scott.

Aimee Louise wurde langsamer, als sie die Bäume erreichte.

„Hier", sagte Scott.

Aimee Louise bog nach links in eine überwucherte Einfahrt ein. Als der Truck langsam die Einfahrt hinunterschlich, quietschten die Zwillinge.

„Klingen alle fünfjährigen Mädchen gleich?", fragte Scott.

„Ja, Papa Scott", sagte Henry.

Scott gluckste. „Danke, Henry. Gut zu wissen."

Aimee Louise hielt an, bevor sie nah an das Haus herankamen, und hupte. Scott stieg aus und stellte sich neben den Truck.

Die Seitentür des Bauernhauses öffnete sich, und eine raue Stimme rief: „Wir sind schwer bewaffnet. Wer auch immer ihr seid, verschwindet von meinem Grundstück."

„Ich bin Scott Newton von der Straße", rief Scott.

„Scott? Wie heißt dein Kind?"

„Stuart ist mein Sohn", sagte Scott.

„Was machst du so spät hier?", trat Mr. Mitchell nach draußen.

„Mein Sohn und seine Freunde haben die Zwillinge gefunden. Wir haben sie bei uns. Können wir sie zu Ihnen bringen?"

„Die Mädchen?" Er rief ins Haus. „Scott Newtons Junge hat die Zwillinge gefunden. Sie sind hier."

Aimee Louise fuhr langsam näher an das Haus heran, und Scott ging nebenher. Nachdem sie angehalten hatte, öffnete Scott die Heckklappe, und Rosalie sprang heraus und half dann den Zwillingen auf den Boden.

„Oma! Opa!"

Die Mädchen rannten zum Haus. Als Sam anhielt, drehte sich Cami um. „Komm schon, Red. Wir sind bei Oma."

Rosalie folgte ihnen. „Ich komme. Lauft schon vor."

Stuart gesellte sich zu Rosalie, als sie zum Haus ging. Rosalie umarmte die Zwillinge und kehrte dann zum Truck zurück, als Mrs. Mitchell die Mädchen ins Haus nahm.

Stuart sprach mit leiser Stimme. „Wir haben sie heute Nachmittag gefunden. Sie waren erschöpft und hungrig. Sie waren schmutzig und brauchen Bäder. Wir glauben nicht, dass sie in irgendeiner anderen Weise misshandelt wurden. Sie schienen nichts über ihre Eltern zu wissen. Die Mädchen sprechen vielleicht über Red. Sie hat sich mit ihnen angefreundet, als wir sie gefunden haben. Noch eine Sache: Wir könnten morgen von einem Sturm getroffen werden, vielleicht am Morgen."

„Danke, Stuart." Mr. Mitchells Augen wurden feucht, und die beiden Männer schüttelten sich die Hände.

Stuart und Scott kehrten zum Truck zurück. Nachdem sie drinnen waren, sagte Rosalie: „Ich bin fast nach hinten geklettert. Es ist wirklich bequem da hinten."

„Kann ich irgendwann mit Red hinten fahren?", fragte Henry.

„Das würde Spaß machen", sagte Rosalie.

Aimee Louise wendete den Truck und fuhr in Richtung Straße. Sie und Stuart ließen ihre Fenster herunter und lauschten.

„Okay", sagte Stuart; Aimee Louise bog ab und beschleunigte zur Smith-Einfahrt.

Als Aimee Louise am Haus parkte, atmete Scott aus. „Ist es immer so, wenn man mit euch dreien herumfährt? Ich bleibe auf der Farm."

*Es ist nie langweilig.*

„Henry und ich werden reingehen, damit er die Badezeit nicht verpasst", sagte Aimee Louise.

Stuart, Scott und Rosalie trugen ihre Taschen und die ersten Kartons vom Transporttruck herein. Als sie mit der ersten Ladung ins Haus kamen, schob Sandra eine Pfanne in den Ofen. „Stapelt alles dort drüben, aus dem Weg, und wir sortieren es morgen. Jeder hat sich einen entspannten Abend verdient. Peyton und der Richter haben die Badezeit unter Kontrolle."

Aimee Louise half beim Ausladen aller Kartons und Vorräte aus dem Transporttruck.

Nach ihrer letzten Fahrt sagte Sandra: „Heißes Wasser auf dem Herd, wenn ihr Tee wollt. Die Kinder werden bald für ihren Snack hier sein."

Rosalie stieß Aimee Louise an, und Stuart schnupperte in der Luft. „Wir werden hier auf sie warten." Sie setzten sich an den Küchentisch.

Als Scott in die Küche kam und sich zu den dreien am Tisch gesellte, gluckste Sandra. „Ich sehe, wie das funktioniert. Glaubt ihr, damit kommt ihr durch?"

Als die Kinder in die Küche stürmten, presste Dolly die Lippen zusammen, während sie auf den Tisch starrte. „Mama, die Regel..."

„Baden, Snack, Bett", sang Charo. „Unsere Lieblingsregel auf der Farm. Esst, Schlafköpfe; Mamas Snacks sind cool."

Als alle applaudierten, winkte Charo schwungvoll mit der Hand und verbeugte sich.

„Ich liebe unser neues Lied, Charo, und es ist schön, alle so sauber und bereit für einen Snack zu sehen." Peyton setzte sich auf den Stuhl neben Brandon.

Der Richter und Nate kamen in die Küche, und der Richter nahm seinen Platz am Tisch ein. Nate blickte auf die erwartungsvollen Gesichter, als er hinter Charos Rollstuhl stand und seine Hände leicht auf ihre Schultern legte. „Ich bin mir nicht sicher, was hier los ist, aber ich möchte nichts verpassen."

„Hier, bitte." Sandra stellte zwei Teller mit Zimt-Zucker-Keksen auf den Tisch. „Es ist eine Willkommensfeier für dich, oder vielleicht eine Überraschungsparty für uns, weil wir dich nicht vor morgen erwartet haben."

Nachdem die Snackparty vorbei war und die Kinder im Bett waren, fragte Charo: „Haben wir ein weiteres Bett in meinem Zimmer für Nate? Mein Einzelbett ist nicht groß genug für uns beide, selbst wenn ich mein Bein nicht in einer Schiene hätte."

„In diesem Zimmer waren zwei Einzelbetten, aber ich kann mich nicht erinnern, warum wir das zweite herausgenommen haben. Kannst du, Scott?"

„Das zweite Bett ist auf dem Dachboden, aber ich berufe mich auf mein Aussageverweigerungsrecht", sagte Scott.

„Oh, ja. In meiner minimalistischen Phase habe ich entschieden, dass das zweite den Raum vollstellt. Jetzt, wo wir ein Dutzend Leute im Haus haben, bin ich darüber hinweg", sagte Sandra.

„Ich hole es", sagte Stuart.

Während Stuart und Scott den Bettrahmen, die Matratze und den Lattenrost vom Dachboden holten, richteten Sandra und Aimee Louise Charos Schlafzimmer für das zweite Bett her. Nachdem Sandra ihnen Laken und eine Steppdecke gegeben hatte, bezogen Aimee Louise und Rosalie das Bett.

„Bereit für unsere Nachtkontrolle?", fragte Scott, als er sein Gewehr aufnahm.

Aimee Louise wartete auf Stuart und Rosalie, während sie ihre Gewehre holten, dann gesellten sich die drei zu ihm draußen.

„Lass uns aufteilen, um die Scheune, den Hühnerstall und rund ums Haus zu kontrollieren", sagte Scott.

Nach ihren Runden trafen sie sich an der Auffahrt.

„Sollten wir die Websters über den Sturm informieren?", fragte Rosalie.

„Leo hätte es im Radio gehört, aber vielleicht könnten wir ihnen mitteilen, dass wir zurück sind", sagte Stuart.

„Geht ihr nur. Ich will die Kettensägen und den Traktor überprüfen, falls wir morgen Äste oder umgestürzte Bäume haben", sagte Scott.

Die drei trabten zur Smith-Farm und benutzten dann die Einfahrt, um zur Straße zu gelangen. Aimee Louise und Rosalie rannten zur Einfahrt der Websters, und Stuart lief hinter ihnen her. Als sie sich dem Haus näherten, rief Stuart.

Andy kam aus dem Haus, und Wynn spähte aus der Scheune.

„Du erzählst Andy, Rosalie", sagte Stuart. „Wir gehen Wynn beschäftigen."

Rosalie flitzte los, um Andy zu treffen, und Aimee Louise und Stuart gingen weiter zur Scheune.

„Wie geht es den Welpen?", fragte Aimee Louise.

„Sie wachsen." Wynn beobachtete Stuart, als Stuart sich in der Scheune umsah.

„Schöne Einrichtung. Bist du bequem untergebracht?", fragte Stuart, als er einen Blick in den Geräteraum warf.

„Ja. Die Hunde im Tierheim waren nachts unruhig, also dachte ich, so sind alle Hunde, aber diese nicht. Wahrscheinlich weil diese Hunde tagsüber nicht eingesperrt sind. Sie gehen abends ohne Aufforderung in ihre Zwinger."

„Es könnte morgen einen Sturm geben", sagte Stuart.

„Mr. Leo hat es mir gesagt. Ms. Jennie wollte, dass ich ins Haus komme, aber die Scheune ist stabil. Ich bleibe bei den Hunden, damit sie keine Angst haben."

„Ich weiß, dass du so bald wie möglich nach Alabama gehen willst. Wie fühlst du dich?"

„Viel stärker. Ms. Jennie kümmert sich gut um mich. Ich könnte wahrscheinlich jederzeit gehen, aber ich möchte, dass die Welpen keine Last für Ms. Jennie sind, bevor ich gehe."

„Hast du einigen der Welpen Namen gegeben?", fragte Aimee Louise.

Wynn blickte zu den Welpen. „Oh, nein. Das ist Sache für jemand anderen."

„Wir sind nur gekommen, um die neuesten Nachrichten über den Sturm von Mr. Leo zu hören, aber Aimee Louise wollte zuerst nach den Welpen sehen." Stuart strahlte. „Wir sehen uns später."

Stuart nahm Aimee Louise beim Ellbogen, und sie schlenderten gemeinsam zum Haus und klopften. Jennie öffnete die Tür. „Kommt rein."

Nachdem sie eingetreten waren, sagte Stuart: „Wir wollten sicherstellen, dass ihr über den Sturm Bescheid wisst und euch mitteilen, dass wir zurück sind."

„Danke für die Mitteilung. Andy hat sich Sorgen um Rosalie gemacht. Er wollte euch gleich nachlaufen, nachdem ihr gegangen wart." Jennie schüttelte den Kopf. „Andy und Rosalie sind im Funkraum mit Leo. Ich glaube, das Signal war unbeständig. Geht ruhig rein."

Leo drehte seinen Stuhl herum. „Der Sturm scheint laut den Barometern an der Küste Floridas an Stärke zu gewinnen. Im Gegensatz zu den Wettervorhersagern vor dem Zusammenbruch des Stromnetzes, die ohnehin meistens danebenlagen, errät niemand, wo oder wann er auf Land trifft. Andy hat bereits dafür gesorgt, dass wir sturmbereit sind."

„Außer dem Geräteschuppen, Onkel Leo. Den müssen wir überprüfen." Andy und Rosalie eilten zur Hintertür.

„Könnte Rosalie irgendwie bei uns bleiben? Ich frage für mich, nicht für Andy. Er würde mich wahnsinnig machen mit seiner Sorge um sie."

Stuart blickte zu Aimee Louise, die mit einem unmerklichen Nicken zustimmte. „Das liegt an Rosalie", sagte Stuart.

„Gut. Dann sehen wir, wie es läuft." Jennie stand in der Türöffnung. „Möchtet ihr eine Tasse Kaffee? Tee? Ein Glas Wasser?"

„Nein, danke", sagte Aimee Louise.

„Ich bin gespannt, was Rosalie zu sagen hat", sagte Stuart. „Ich nehme ein Glas Wasser."

Als Rosalie und Andy zurückkehrten, stand Jennie in der Türöffnung, als Andy sagte: „Ich hatte einen Kraftstoffkanister draußen gelassen, als ich den Traktor betankte. Gut, dass ich nachgesehen habe. Ich habe ihn in den Kraftstoffschuppen gestellt."

Andrew räusperte sich. „Rosalie und ich haben uns gefragt..."

„Ich bleibe während des Sturms hier", sagte Rosalie.

„Klingt nach einer guten Idee", sagte Stuart. „Wir erwarten während des Sturms keine Überfälle, aber wir haben ausreichend Schutz auf Papas Farm. Es würde nicht schaden, hier zusätzlichen Schutz zu haben."

Andys Augen weiteten sich, als er von Rosalie zu Stuart blickte.

Rosalie lächelte. „Richtig."

„Ihr seid unglaublich", sagte Andy. „Direkt auf den Punkt. Das muss ich lernen."

Jennie kicherte, und Stuart nickte. *Hoffentlich lernst du schnell.*

„Wir brechen auf. Wir sehen uns nach dem Sturm", sagte Stuart.

Stuart und Aimee Louise gingen nach draußen, und Rosalie und Andy folgten ihnen.

„Ich gehe ein Stück die Einfahrt hoch, falls Wynn zuschaut", sagte Rosalie.

„Er ist der perfekte Hundetrainer", sagte Andy. „Die Welpen reagieren auf seine Befehle."

„Hat er ihnen Namen gegeben?", fragte Aimee Louise.

„Ja. Er ruft sie beim Namen, aber ich habe nicht darauf geachtet", sagte Andy. „Ist das wichtig?"

„Nicht wirklich", sagte Stuart.

Die vier gingen die Einfahrt hinauf. Andy blieb stehen und winkte. Als Rosalie außer Sichtweite von Scheune und Haus war, sagte sie „Ihr zwei seid die Besten", als sie zu Andy zurückkehrte.

„Ja", sagte Aimee Louise, und Stuart grinste.

Auf dem Weg zurück zu den Newtons fragte Stuart: „Was denkst du über Wynn?"

„Er ist ein geschickter Lügner. Als ich ihn fragte, ob er die Welpen benannt hat, sagte er nein, was die professionelle Antwort war, aber seine Wolke war Wut, dass ich gefragt habe. Andy hatte keinen Grund zu lügen, als er sagte, Wynn hätte die Welpen benannt. Charo könnte Wynns Motive besser erklären, aber ich denke, er will nicht offenbaren, was er als Schwäche ansieht."

Stuart wachte mitten in der Nacht auf, als der Regen und Wind intensiver wurden. Als der Regen gegen die Seite des Hauses prasselte und die Intensität des Windes die Fenster zum Klappern brachte, tapste er nach unten. Eine Kerze flackerte in der Küche, und das Aroma von Kaffee verriet ihm, dass seine Mutter auch wach war.

Sie goss ihm Kaffee ein, und er hielt die Tasse mit beiden Händen. „Dieser Wind ist beunruhigend. Wie lange bist du schon auf, Mama?"

„Lang genug, um den Kaffee aufzusetzen. Ihr seid ohne Rosalie zurückgekommen."

Stuart gluckste. „Schade, dass du nicht dabei warst. Du weißt, wie direkt Aimee Louise ist, richtig? Das ist ihr Autismus. Rosalie ist direkt, weil sie keine Zeit für Höflichkeiten hat. Andy fragte mich, ob Rosalie bleiben könnte, aus Sicherheitsgründen natürlich."

„Natürlich." Sandra lächelte.

„Und weil er aus Georgia kommt, war er nett, als er anfing, die Vorteile zu erklären, wenn Rosalie bleibt, da unterbrach ihn Rosalie und verkündete, dass sie blieb."

Sandra gluckste. „Es tut mir so leid, dass ich nicht dabei war. Rosalie ist ein Knaller."

„Sie ist das und mehr", nickte Stuart. „Ich glaube, sie plant, zu bleiben, um Andy und Jennie zu unterstützen, solange Wynn dort ist."

Nachdem eine weitere Welle heulenden Windes mit einem lauten Brüllen über das Haus fegte, tapste Aimee Louise in die Küche. Sie trug ihre Gehörschutzkopfhörer.

„Der Lärm ist schrecklich, nicht wahr? Ich bin überrascht, dass alle anderen durchschlafen können", sagte Sandra.

„Es ist der niedrige Druck", sagte Aimee Louise.

„Wenn Rosalie hier wäre, hätte sie eine eingehende Erklärung über die Auswirkungen des niedrigen Luftdrucks auf Tiere und Menschen. Die Kinder auf Majors Farm nennen sie unser Wettermädchen." Stuart legte seinen Arm um Aimee Louise und umarmte sie.

„Angel, möchtest du Kaffee oder heißen Tee?", fragte Sandra.

„Ich würde gerne heißen Tee probieren", sagte Aimee Louise.

„Ich füge einen Klecks Honig hinzu", sagte Sandra.

Kurz vor der Dämmerung kam Nate in die Küche. „Ich hätte durch diesen Wind schlafen können, aber der Duft von Kaffee hat mich schließlich aus dem Bett geholt."

Das plötzliche Hämmern an der Küchentür erschreckte sie alle. Stuart sprang von seinem Sitz auf und warf seinen Stuhl um, als er zur Tür eilte. Als er sie öffnete, drängte ein mächtiger Windstoß Jennie kopfüber hinein, aber sie fing sich, bevor sie auf den Boden fiel.

„Ich brauche Hilfe", sagte Jennie. „Leo ist heute früh aufgestanden und ging, um nach Wynn, Holly und den Welpen zu sehen. Als er nicht zurückkam, haben Rosalie und ich nachgesehen und Leo verprügelt in der Scheune gefunden, und Wynn war weg. Rosalie ist losgerannt, um Wynn zu finden. Andy half mir, Leo ins Haus zu bringen, dann ging er los, um Rosalie zu finden. Das ist Stunden her. Ich hatte Angst, Leo allein zu lassen, und ich dachte, sie würden gleich zurück sein, aber sie sind nicht zurück. Ich mache mir schreckliche Sorgen." Sie sank auf einen Stuhl und schluchzte.

„Ich werde sie finden." Stuart griff nach seinem Gewehr.

„Ich komme mit dir", sagte Nate.

„Warte", sagte Aimee Louise. „Waren die Welpen in der Scheune, Ms. Jennie?"

„Was? Natürlich, sie..." Jennie runzelte die Stirn. „Nein, Holly war da, aber die Welpen waren nicht dort. Sie wären überall um mich herum gewesen. Mir wurde nicht bewusst, dass sie weg waren, weil ich so besorgt um Leo war."

„Es ist logisch, dass wenn die Angreifer hinter Wynn her waren, er die Welpen nicht zurückgelassen hätte", sagte Aimee Louise.

„Du siehst mehr Komplexität in Wynn als der Rest von uns", sagte Stuart.

„Ja. Ich weiß, wohin er sie gebracht hat."

„Wohin?", runzelte Scott die Stirn.

„In unsere Scheune", sagte Stuart. „Wie Aimee Louise sagte, es ist logisch. Aber was ist mit Rosalie? Wenn sie die Websters verließ, bevor der Sturm schlimmer wurde, könnte sie überall sein."

„Kommt darauf an." Aimee Louise verließ die Küche und kehrte dann mit ihrer Regenkleidung zurück.

Als sie zur Tür ging, eilte Stuart, um mit ihr zu gehen. „Wohin gehen wir?"

„Spazieren."

„Ich komme auch mit", sagte Nate, „aber ich bin verwirrt."

Scott folgte ihnen nach draußen. Als die vier die Newton-Scheune erreichten, schien sie leer zu sein. Nachdem sie eingetreten waren, runzelte Scott die Stirn beim Geräusch wimmernder Welpen und öffnete dann die Tür zum Geräteraum. Wynn kauerte in einer Ecke mit den Welpen, die er in einen trockenen, alten Quiltrest gewickelt hatte. Seine Kleidung war durchnässt, und er zitterte, als er zu Scott aufschaute.

Scott nahm eine Kiste und platzierte die Welpen hinein. „Komm ins Haus, Wynn. Diese nasse Kleidung gibt dir Schüttelfrost. Sandra wird dir trockene Kleidung finden und dir ein warmes Frühstück zubereiten. Wir nehmen die Welpen mit uns."

Nachdem Wynn auf die Füße gesprungen war, nahm er die Kiste mit den Welpen und ging mit Scott zum Haus.

Aimee Louise hob ihren Arm zum Schutz ihres Gesichts gegen den peitschenden Regen, als sie zur Vorderseite des Hauses ging.

„Wir überprüfen die Smith-Scheune. Das ist, warum du gesagt hast, es hängt davon ab, richtig?", fragte Stuart, als er und Nate sie auf dem Weg zur Abkürzung einholten.

„Ja."

Das Gestrüpp und die Bäume boten Schutz vor dem Wind, aber als sie auf den breiten Pfad kamen, senkten sie zum Schutz vor dem Ansturm des Sturms die Köpfe. Aimee Louise klammerte sich an Stuarts Arm, als sie sich in den Wind lehnten, um zu gehen.

Nachdem sie die Scheune erreicht hatten und hineingegangen waren, sagte Nate: „Das war hart. Ich kann mir nicht einmal vorstellen, wie es im Dunkeln im schlimmsten Teil des Sturms gewesen wäre."

Aimee Louise zeigte auf die mittlere Box, und Stuart lächelte über den abgeflachten Haufen Stroh, der aus den anderen Boxen zusammengetragen worden war. „Gutes Zeichen, dass jemand hier Zuflucht gefunden hat. Gehen wir zum Haus der Websters."

Als sie das Haus erreichten, klopfte Stuart, öffnete dann die Tür und rief. „Hallo? Jemand da?"

Der Duft von Kaffee begrüßte ihn, als er mit Aimee Louise, die sich an seine Jacke klammerte, eintrat. Nate schlug die Tür gegen den Wind zu.

„Wir sind im Funkraum", sagte Rosalie. „Kommt zu uns."

Leo, der am Funkgerät saß, bedeutete Aimee Louise, zu ihm zu kommen. Sie eilte zu dem Stuhl, den er für sie nah herangezogen hatte.

„Gehen wir in die Küche", sagte Andy. „Ich brauche mehr Kaffee, und ich kann euch einen vollständigen Bericht geben, während die drei am Funk sind."

Andy stellte zwei Tassen auf den Tisch und füllte sie, bevor er seine eigene nachfüllte, dann setzten sich die drei Männer an den Tisch.

„Tante Jennie hat Onkel Leo eine Notiz hinterlassen, dass sie zu den Newtons ging, um Hilfe zu holen, aber ich komme der Sache voraus.

Ich fange von vorne an. Onkel Leo wusste, dass Wynn gut auf Holly und die Welpen aufpassen würde, aber er wollte nach den anderen Hunden sehen. Als er zu ihren Zwingern kam, waren sie bereits in ihren Teil der Scheune gezogen, wo sie sicher und trocken sein würden."

Stuart nickte. „Leo würde durch einen Sturm gehen, um nach seinen Hunden zu sehen."

„Die Hunde alarmierten Wynn, als sie Lärm machten, als die Männer versuchten, die Hintertür der Scheune zu öffnen, die wir schon vor Ewigkeiten zugenagelt hatten. Als Onkel Leo auf dem Weg zurück zum Haus an der Hauptscheune vorbeiging, überfielen ihn drei Männer, stießen ihn in die leere Scheune und wollten wissen, wo Wynn war. Onkel Leo sagte, er wüsste nicht, von wem sie sprächen, und sie verprügelten ihn. Nachdem Onkel Leo zu Boden gefallen war und Bewusstlosigkeit vortäuschte, gingen sie."

„Er ist ein Risiko eingegangen, aber ich bin mir nicht sicher, was er sonst hätte tun können", sagte Nate.

„Ich weiß." Andy schüttelte den Kopf. „Er blieb am Boden, falls sie zurückkämen. Tante Jennie dachte, er verbringt etwas Zeit mit den Hunden, aber sie und Rosalie wollten nach den Welpen sehen. Sie gingen zur Scheune und fanden ihn. Tante Jennie rannte rein, um mich zu holen, aber als wir die Scheune erreichten, war Rosalie weg. Onkel Leo erzählte uns, dass sie aus der Scheune rannte, in dem Moment, als er ihr sagte, dass es ihm gut geht. Er sagte, er hätte noch nie jemanden so schnell rennen sehen wie Red. Ich war verzweifelt, dass sie allein losgelaufen war, aber ich half Onkel Leo gegen Tante Jennies Protest ins Haus. Sie war überzeugt, dass er schwer verletzt war und nicht bewegt werden sollte. Sobald Onkel Leo im Haus war, machte ich mich auf, um Rosalie zu finden. Ich hatte Angst um sie."

„Aimee Louise macht mir ständig Angst", murmelte Stuart.

„Wie hast du sie gefunden?", fragte Nate.

„Das habe ich nicht; sie kam zurück, um mich zu holen. Als ich die Straße erreichte, beschloss ich, dass Rosalie einen Plan gehabt haben musste, was ich nicht hatte. Ich kämpfte gegen den Wind an, und als ich die Einfahrt der Smith-Farm erreichte, war der Sturm heftig. Als ich

Schwierigkeiten hatte, auf den Beinen zu bleiben, wurde mir klar, dass die leichtgewichtige Rosalie dem Wind nicht hätte standhalten können und Schutz gesucht haben müsste, also ging ich zur Smith-Scheune. Würdet ihr glauben, dass sie fast an der Newton-Farm war auf dem Weg über die Abkürzung, als sie umkehrte, um mich zu finden?"

„Es gibt nicht viel, was du mir über Red erzählen könntest, was ich nicht glauben würde", sagte Stuart.

„Das verstehe ich langsam. Ich fragte sie, woher sie wusste, dass ich nach ihr suchte. Sie sagte, es sei logisch." Andy schüttelte den Kopf. „Sie erzählte mir, dass sie auf dem breiten Pfad kroch, weil der Wind sie immer umwarf. Red klammerte sich an einen Baum, als ich zu ihr kam. Sie sagte, sie wartete Böen ab, um von einem Baum zum nächsten zu rennen, um sich zur Scheunentür vorzuarbeiten. Ich hielt mich an ihr fest, aber der Wind blies uns trotzdem herum. Nachdem wir es hineingeschafft hatten, sammelten wir Stroh zum Sitzen. Unsere Regenkleidung hielt uns relativ trocken, also war es bequem genug. Wir schliefen ein, wahrscheinlich aus Erschöpfung vom Kampf gegen den Wind. Als wir aufwachten, kamen wir hierher zurück, fanden die Notiz von Tante Jennie und machten Kaffee. Onkel Leo war im Funkraum und bemerkte nicht, dass er allein im Haus war." Andy gluckste.

„Aimee Louise fand Wynn mit den Welpen in Papas Scheune, also hatte Rosalie recht", sagte Stuart. „Übrigens, das ist nicht das erste Mal, dass ich das über sie oder Aimee Louise sage. Ich versuche, es nicht in ihrer Hörweite zu sagen, wenn ich es vermeiden kann."

Nate schnaubte. „Müssen wir zurück und Jennie wissen lassen, dass alle okay sind?"

„Sie werden noch eine Weile am Funk sein; ich gehe", sagte Andy.

„Ich gehe mit dir", sagte Nate. „Du und Jennie solltet auf dem Rückweg in Ordnung sein."

„Sobald Aimee Louise sich abmeldet, werden wir auch zurückgehen. Ich will mit Wynn reden. Ich denke, die letzte Nacht könnte ihm geholfen haben zu entscheiden, wo seine Loyalitäten liegen, und ich würde das gerne wissen", sagte Stuart.

Rosalie gesellte sich zu Andy, als er an der Funkraumtür stand. „Stuart und Angel werden zur Newton-Farm zurückkehren, nachdem sie sich abgemeldet hat. Nate und ich holen Tante Jennie ab", sagte er. „Ich bin vielleicht zurück, bevor Stuart und Aimee Louise gehen."

„Ich muss auch gehen." Rosalie runzelte die Stirn. „Nein, das funktioniert nicht. Ich muss bei Leo bleiben."

„Genau." Andy umarmte sie. „Bin so schnell wie möglich zurück."

Nachdem Andy und Nate gegangen waren, gingen Stuart und Rosalie in den Funkraum, und Rosalie nahm ihren Block auf, um ihre Notizen fortzusetzen.

Als Aimee Louise sich abmeldete, übernahm Leo das Radio. „Ich will sehen, ob ich noch mehr Informationen aufschnappen kann", sagte er, als Stuart und die jungen Frauen in die Küche gingen.

Rosalie setzte sich an den Küchentisch und blätterte zur ersten Seite der heutigen Notizen. „Mr. Young hatte den Bericht über den Golfsturm gehört, aber sie hatten überhaupt keinen Regen oder Wind auf der Farm. Er war überrascht, dass wir so hart getroffen wurden. Davids Zehen sind warm, und die Schwellung geht zurück. Tante Molly beschwert sich, weil er mehr läuft, als sie für angebracht hält. Er bat Annie und Mr. Young zu sehen, wann Dr. Jody für eine Konsultation verfügbar ist, weil er Brandon und Peyton besuchen kommen möchte. Mr. Young sagte, er denkt, David und Tante Molly sind verwandt, weil sie nur streiten."

„Wenn David sich gut genug fühlt, um mit Molly zu streiten, wird er in Ordnung sein", sagte Stuart.

„Das hat Mr. Young genau gesagt." Rosalie grinste. „Sheriff und die Deputies helfen bei der Besetzung eines neuen Straßenblocks in der Nähe von Plainview, und Pastor Johns Bruder Chuck und Dr. Jody helfen bei einem anderen in der Nähe von Red Springs. Major sagte, die Straßensperren machen einen Unterschied. Er denkt, die Bösen umgehen ihre Landkreise."

„Darüber könnte ich mit Papa sprechen", sagte Stuart.

Aimee Louise setzte sich zu Rosalie an den Tisch und betrachtete ihre Notizen. „Das Beste kommt zum Schluss. Ham-Netzwerk-Nachrichten."

„Ja. Mr. Young sagte, ein kleines Team von Amateurfunkern hat Gespräche auf Simplex-Frequenzen verfolgt und Hinweise zusammengetragen, dass es mehr Organisation in den Gruppen von Eindringlingen gibt, als jeder dachte. Die Funker glauben, es gibt ein großes Treffen zwischen den Anführern der zwei Hauptgruppen dieses Wochenende in Macon. Leo ist dem Funker-Team beigetreten und wird Simplex abhören, um mehr Informationen zu sammeln."

Stuarts Augen weiteten sich. „Das ist groß. Glaubst du, Troy führt eine Gruppe an?"

„Ja", sagte Aimee Louise. „Peyton und Wynn wissen, wer der andere ist."

„Lass uns gehen. Ich muss mit Wynn und Peyton sprechen." Stuart warf seine Regenkleidung über und ging zur Tür, hielt dann an. Er drehte sich um und blickte zu Aimee Louise und Rosalie, die sich nicht vom Küchentisch wegbewegt hatten. „Was noch?"

„Wir müssen auf Andy und Ms. Jennie warten, weil ich mit dir komme. Wenn Wynn auf deines Vaters Farm bleibt, gibt es keinen Grund für mich, hier zu bleiben", sagte Rosalie.

Stuart neigte den Kopf. „Was ist mit Andy?"

Rosalie nickte. „Du hast recht. Vielleicht sollte er auch Teil der Diskussion sein, weil er Macon kennt."

Stuart blinzelte. *Nicht was ich meinte, aber guter Punkt.*

„Du hast bereits einen Plan, oder?", fragte Stuart, nachdem er seine Regenkleidung ausgezogen hatte und sich zu ihnen an den Tisch gesetzt hatte.

# KAPITEL VIERZEHN

„Ich glaube nicht, dass dieses Treffen dazu dient, dass sich die beiden Gruppen zusammenschließen, trotz des Anscheins. Es ist ein Hinterhalt", sagte Aimee Louise.

„Troys Führungsteam ist die Liste von Agenten, die Peyton auswendig gelernt hat und an das Georgia Bureau of Investigation weitergeben will", sagte Rosalie. „Der andere Anführer, wir nennen ihn X, will die Liste, und Troy will Peyton stoppen. Die ursprüngliche Entführung von Kindern, um Strafverfolgungsbehörden zu zwingen, McNeil's Team beizutreten, inspirierte Troy, seinen eigenen Betrieb zur Verschiffung der Kinder in Lager in South Carolina und anderen Bundesstaaten für das äußerst lukrative Menschenhandelsgeschäft ins Ausland zu gründen."

„X war nah genug an Troy, um das Geschäftsmodell zu kopieren und sein eigenes in der Nähe von Orlando zu starten", sagte Aimee Louise. „Seine Organisation ist kleiner und unerfahrener. Er würde gerne einige oder alle von Troys Führungsteam zu seinem Geschäft locken und Troys Organisation übernehmen."

„Es gibt keinen Grund, warum die korrupten Agenten Troy gegenüber loyal sein sollten. Es ist ja nicht so, als wäre er einer von ihnen. Sie wären bereit, zum Höchstbietenden zu gehen", sagte Rosalie.

Stuart runzelte die Stirn. „Wie seid ihr beide darauf gekommen?"

„Es ist logisch", sagte Aimee Louise.

„Und was ist der Plan?"

„Du und Aimee Louise sprecht mit Wynn; Aimee Louise spricht mit Peyton. Es ist Zeit, dass sie uns helfen", sagte Rosalie.

Während Andy und Jennie ins Haus kamen, fragte Stuart: „Und danach?"

„Wir fahren nach Macon", sagte Aimee Louise.

„Wann brechen wir auf?", fragte Andy.

„Was die Abreise nach Macon betrifft, müssen wir zuerst besprechen, was wir wissen. Wir haben auf dich gewartet, weil wir dachten, du möchtest bei der Besprechung bei meinem Vater dabei sein", sagte Stuart.

„Wird es dir gut gehen, Tante Jennie?"

„Die Bösewichte haben nach Wynn gesucht." Sie hängte ihre Regensachen auf. „Wir werden hier sicher sein. Lasst mich den Plan wissen und was ihr von mir wollt."

Stuart und Aimee Louise schauten kurz bei Leo vorbei; er hatte sein Headset aufgesetzt und machte Notizen, während er zuhörte.

„Er fängt Gesprächsfetzen von denen auf, die auf der Staatsstraße unterwegs sind", sagte Aimee Louise, als sie in die Küche zurückkehrten. Die vier jungen Leute brachen zur Newton-Farm auf. Der Wind hatte auf eine leichte Brise nachgelassen, und der Regen wurde zu gelegentlichem Nieseln.

„Nachdem Aimee Louise und ich mit Wynn gesprochen haben, wird sie mit Peyton reden, bevor wir unsere Besprechung über Macon haben", sagte Stuart.

Auf der Abkürzung zur Smith-Farm gab Rosalie Andy einen schnellen Überblick über die Neuigkeiten aus dem Amateurfunknetzwerk. Stuart und Aimee Louise führten den Weg die Auffahrt hinauf zur Straße an, dann joggten die vier zur Newton-Einfahrt.

„Mr. Scott ist am Geräteschuppen", sagte Andy. „Schauen wir, ob er unsere Hilfe gebrauchen könnte." Er und Rosalie machten sich auf den Weg zum Geräteschuppen, während Aimee Louise zum Haus weiterging.

Wynn und der Richter beobachteten, wie die Welpen und Kinder neben der Scheune spielten. Wynn winkte, als Stuart gemächlich zu ihnen an die Scheune schlenderte.

„Wie geht's dir, Wynn?", fragte Stuart.

„Mir geht's gut. Es war hart letzte Nacht, um hierher zu kommen, aber ich muss dafür sorgen, dass die Welpen sicher sind."

Stuart nickte. „Könnten Sie ein Auge auf die Welpen werfen, Richter? Ich würde gerne mit Wynn sprechen."

„Nur zu", sagte der Richter. „Wir haben alles unter Kontrolle."

„Was beschäftigt dich?", fragte Wynn, als sie in Richtung Garten schlenderten.

„Was ist letzte Nacht passiert? Warum hast du die Scheune der Websters verlassen?", fragte Stuart.

Wynn hielt an und starrte auf den Boden. „Ich glaube, ich hatte gehofft, dass du nicht fragen würdest. Können wir uns irgendwo hinsetzen?"

„Sicher. Lass uns auf die Bank in der Nähe des Gartens setzen, wenn es dir nichts ausmacht, nass zu werden. Mir macht es nichts aus."

Als sie die Bank erreichten, kam Aimee Louise aus dem Haus und lief zu ihnen.

„Im Haus ist alles in Ordnung", sagte Aimee Louise.

„Schön, dass du auch hier bist, Angel", sagte Wynn. „Stuart hat mich nach letzter Nacht gefragt, und ich möchte, dass du auch zuhörst."

Wynn und Aimee Louise setzten sich auf die Bank, während Stuart neben Aimee Louise stand, mit einem Fuß auf dem Rand der Bank.

Wynn räusperte sich. „Ich wusste, als ich den Transportlaster fuhr, dass unsere Ladung Kinder waren. Ich war abgestumpft; es war nur ein Job. Ich hatte Essen und einen Platz zum Schlafen und dachte, ich hätte meine Leute gefunden. Der große Boss war Troy. Sein Bruder, Ben, fuhr einen Achtzehntonnenlaster, bis die gesamte Speditionsbranche nach dem Zusammenbruch zusammenbrach. Ich beantworte deine Frage wohl noch nicht richtig. Ich wollte dir nur verständlich machen, wie es war."

„Lass dir Zeit. Wir wollen hören, was du zu sagen hast", sagte Stuart.

„Ich war nicht nur einfach ein Frachtfahrer für Troy. Ich blieb irgendwie in seiner Nähe, weil ich Angst vor einigen Männern hatte, die er angeheuert hatte, und er gewöhnte sich daran, dass ich in der Nähe war. Er erzählte mir, dass seine Frau Polizistin war und seinen Betrieb schließen wollte, und er musste sie zum Schweigen bringen." Wynn schauderte. „Er war so geschäftsmäßig, als er das sagte, dass er mir mehr Angst machte als seine Schläger."

Stuart warf einen Blick auf Aimee Louise, aber ihr aufmerksamer Blick war auf Wynn gerichtet.

Wynn runzelte die Stirn, als er Aimee Louise anschaute. „Du siehst Dinge, nicht wahr, Angel?"

„Mehr als du denkst", sagte Stuart.

„Troy hatte eine Liste seiner vertrauenswürdigen Leute und anderen, die er in seine Organisation aufnehmen wollte. Ben sagte mir, er bräuchte die Liste zur sicheren Aufbewahrung und bat mich, sie ihm zu bringen. Troy war nicht in der Stadt, was nicht ungewöhnlich war, und ich dachte mir nichts bei Bens Anfrage, weil er immer für Troy einsprang. Als Troy zurückkam und er seine Liste nicht finden konnte, bekam er einen Wutanfall. Er war überzeugt, dass seine Frau sie gestohlen hatte, und ich hatte Angst, ihm zu sagen, dass ich sie Ben gegeben hatte. Ich dachte, Ben würde es ihm sagen, nachdem Troy sich beruhigt hätte, aber stattdessen zerstritten sich Ben und Troy. Ben startete ein anderes Geschäft genau wie Troys, außer dass Troys Ziel für seine Fracht South Carolina war, und Bens war Florida. Ben fragte mich, ob ich ihm helfen würde, sein Geschäft auszubauen. Ich wurde vom Frachtfahrer zur Nummer zwei von Ben. Berauschend, wenn man ein halbes Jahr zuvor noch am Verhungern war. Buchstäblich. Ich war begeistert, mit Ben zu arbeiten, bis ich merkte, dass er noch skrupelloser als Troy war."

Wynn stand auf und ging vor der Bank auf und ab. „Ich war nervös, weil ich Ben die Liste gegeben hatte, dann wurde mir klar, dass er nicht wollte, dass jemand wusste, dass er sie hatte. Als ich den Frachtlaster fuhr und der Teamleiter mir sagte, ich solle für einen Funkspruch anhalten, wusste ich, dass Ben mein Todesurteil ausgesprochen hatte.

Es war der perfekte Ort für mich, weil ich wusste, dass ich in der Nähe von Opas Farm war, also habe ich die Gewehre und Pistole gestohlen und bin weggerannt."

„Troy will seine Frau wegen der Liste töten, und Ben will dich wegen der Liste töten, und wahrscheinlich auch Troys Frau", sagte Stuart.

„Genau." Wynn setzte sich auf die Bank.

„Hast du irgendeine Ahnung, was Ben oder Troy als Nächstes planen?", fragte Stuart.

„Troy hat Verbündete in jeder Strafverfolgungsbehörde im Südosten, außer dem Georgia Bureau of Investigation, weshalb er keine Operationen in Georgia hat. Ben begann in Georgia zu operieren, obwohl er dem GBI gegenüber vorsichtig ist, weil er keinen offenen Konflikt mit Troy von Anfang an wollte." Wynn runzelte die Stirn. „Daran hatte ich vorher nicht gedacht. Was Bens nächste Pläne angeht, deutete er auf ein bevorstehendes Treffen mit Troy in Macon hin. Das ist seltsam, weil dort ein GBI-Büro ist. Vielleicht betrachteten sie es als neutralen Boden. Angeblich geht es darum, ihre Organisationen zusammenzulegen, aber Ben plant einen Hinterhalt. Ich wäre nicht überrascht, wenn Troy das auch tut."

„Das ist viel, womit du herumläufst", sagte Stuart. „Was ist mit letzter Nacht?"

„Der Regen war heftig, aber der Wind hatte noch nicht wirklich aufgefrischt. Nachdem sich die Welpen beruhigt hatten, hörte ich jemanden, der versuchte, an der Rückseite der Scheune einzubrechen. Ich wusste, dass Bens Leute mich gefunden hatten. Ich legte die Welpen in die Kiste und machte mich mit ihnen auf den Weg zur Straße und sah einen leeren Laster am Straßenrand. Als mir klar wurde, dass sie mich nicht gesehen oder verfolgt hatten, rannte ich zu deines Vaters Scheune. Ich war froh, dass ich die Welpen dorthin gebracht hatte, weil es trocken und sicher war, und der Sturm danach intensiver wurde."

„Was für eine Tortur", sagte Stuart.

Wynn atmete aus. „Ich hatte viel Zeit zum Nachdenken, und ich habe die Probleme selbst verursacht, als ich einen Lebensstil wählte, auf den ich überhaupt nicht stolz bin. Mein Opa und meine

Familie brauchen mich in Alabama. Vielleicht habe ich nie die Möglichkeit für ein Tiermedizinstudium, aber ich kann mit einem Tierarzt zusammenarbeiten und der kleinen Gemeinde einen Dienst erweisen. Da will ich hin."

Als Aimee Louise aufstand, um zu gehen, sagte Wynn: „Danke fürs Zuhören. Und dafür, dass ihr mich nicht rausgeschmissen habt."

Stuart lächelte. „Du wirst es gut machen."

Als Wynn zur Scheune eilte und Stuart und Aimee Louise zum Haus schlenderten, fragte Stuart: „Und?"

„Er heilt. Er betrachtet dich als echten Freund."

„Ich habe das Gefühl, das ist etwas, was er seit langem nicht mehr hatte. Glaubst du ihm? Können wir ihm vertrauen?"

„Ja."

„Gut genug für mich. Als Nächstes Peyton."

„Sie vertraut mir, muss aber mit dir reden", sagte Aimee Louise.

„Wirklich? So habe ich das gar nicht gesehen."

„Sie und Sandra wollten die heruntergefallenen Äste im Vorgarten aufsammeln."

Als sie den Vorgarten erreichten, ließ Peyton einen Zweig fallen und eilte zu ihnen. „Irgendwelche Neuigkeiten über David?"

Stuart nickte. „Laut Mr. Young sind seine Zehen warm und die Schwellung in seinem Bein geht zurück. Die beste Nachricht ist, dass er und Molly streiten. Mr. Young klang, als würde er seine neueste Unterhaltung genießen."

Peyton kicherte. „Du hast recht. Das ist die beste Nachricht überhaupt. David hat Schwestern, ich wette, er stichelt Molly."

„Wir haben mehr", sagte Stuart. „Können wir uns auf die Veranda setzen?"

„Ist das okay für dich, Sandra?", fragte Peyton.

„Natürlich. Ich muss nach dem Richter schauen. Er braucht vielleicht auch eine Pause."

„Was gibt's?", fragte Peyton, nachdem Sandra gegangen war.

„Wir planen eine Reise nach Macon", sagte Stuart.

„Ich muss auch mit", sagte Peyton.

„Warum?", fragte Stuart.

Peyton starrte ihn an. „Warum nicht?"

Stuart erwiderte ihren Blick.

„Na gut", sie blickte Stuart finster an. „Ich habe Informationen für das Georgia Bureau of Investigation. Frag mich nicht, was."

Stuart hob seine Augenbrauen, und Aimee Louise schaute Peyton an und neigte dann ihren Kopf.

„Welche Informationen?", fragte Aimee Louise.

Peytons Gesicht wurde weicher, als sie ihren Blick zu Aimee Louise wandte. „Es ist eine Liste. Es ist Troys Liste seiner Handlanger und anderer sympathisierender FBI-Agenten. Ich habe sie auswendig gelernt."

„Du kannst Brandon nicht verlassen." Stuart passte seinen Ton an Peytons an.

„Verdammt, Stuart", knurrte Peyton. „Das ist ein unfairer Schlag."

„Ich könnte sie für dich überbringen", sagte Aimee Louise.

„Das könntest du, oder? Wenn ich die Liste aufsage, würdest du sie auswendig lernen. Niemand würde es wissen." Peyton biss sich auf die Lippe. „Das hat Möglichkeiten."

„Jetzt", sagte Aimee Louise.

Peyton hob ihre Augenbrauen. „Du hast recht." Sie sagte ihre Liste auf.

„Fünfundzwanzig", sagte Aimee Louise, bevor sie die Liste wiederholte.

„Du hast sie. Sehr beeindruckend, Angel." Peyton lächelte.

„Hast du einen Kontakt beim GBI?", fragte Stuart.

„Ich plante, zuerst zum Büro südlich von Macon zu gehen. Wenn niemand da ist, schlug Nate vor, zum Georgia Public Safety Training Center nördlich von Macon zu gehen."

„Wir müssten nach Troy Ausschau halten. Noch jemand?", fragte Stuart.

Peytons Augen weiteten sich. „Ben. Troys Bruder Ben. Er wäre mit Troy arbeiten gegangen, aber sie kamen nie wirklich miteinander aus.

Ben würde versuchen, Troys Geschäft zu übernehmen, und der beste Weg dazu wäre, die Liste zu haben, mit der Troy gerne prahlte."

„Wir müssen ein Familientreffen abhalten", sagte Stuart und stand auf.

„Ich suche Sandra. Sie ist wahrscheinlich in der Küche." Peyton hielt am Fuß der Treppe inne. „Was ist mit Wynn?"

„Wir werden ihn einbeziehen. Wir können uns in der Scheune treffen", sagte Stuart, als er und Aimee Louise sich beeilten, Scott, Rosalie und Andy zu finden.

„Was ist mit den Kindern?", fragte Peyton. „Ich könnte sie beschäftigen."

„Stimmt, aber du hast eine einzigartige Perspektive, die wir brauchen. Sie können zuhören oder spielen, wo wir sie sehen können", sagte er.

Scott schlenderte mit Stuart und Aimee Louise zur Scheune, während Rosalie und Andy zum Haus eilten, um Nate mit Charos Rollstuhl zu helfen.

Nachdem die Erwachsenen sich in der Scheune versammelt hatten, ging Wynn zur Tür, um ein Auge auf die Welpen und Kinder zu haben, und Sandra gesellte sich zu ihm.

„Ich fange an", sagte Stuart. „Rosalie und Aimee Louise werden Details hinzufügen, aber springt mit Fragen ein."

Stuart begann die Diskussion mit einer Zusammenfassung von Troys Geschäft.

„Ist das nicht dein Ehemann, Peyton?", fragte Sandra.

„Ja, aber wir leben seit einer Weile getrennt. Brandons Vater ist auf Majors Farm in Florida und erholt sich von einem Schlangenbiss. Er hat versucht, mich und Brandon zu finden."

Stuart fuhr fort mit einer Zusammenfassung der Rivalität zwischen Troy und Ben und dem großen Treffen in Macon.

„Sie müssen gestoppt werden. Beide", sagte der Richter. „Ich habe jedoch eine Frage. Wenn die beiden ausgeschaltet werden, was würde jemand anderen davon abhalten, eine oder beide Organisationen dort weiterzuführen, wo sie aufgehört haben?"

„Ich glaube, wir sehen, dass Troys Geschäft durch die Razzien in den Lagern in South Carolina, North Carolina und Tennessee ernsthaft erodiert", sagte Nate.

Charo nickte. „Und wenn Ben versucht, seine eigene Organisation in der Gegend von Orlando aufzubauen, hat er nicht genug erfahrene Leute, die bereit sind, mit ihm zu arbeiten."

„Ich glaube, wir haben die Desorganisation auf unserer letzten Reise gesehen, mit dem Truck, der mit den Mitchell-Zwillingen nach Süden fuhr, und dem anderen Lastwagen an Phils Straßensperre mit den drei Jungen", sagte Stuart.

„Also, wer fährt nach Macon?", fragte der Richter.

„Wenn du diese Gruppe fragst", sagte Scott, „dann fahren sie alle mit. Wir müssen darauf achten, dass wir hier und bei den Websters abgesichert sind, denn selbst wenn Bens und Troys Geschäfte auseinanderfallen, haben wir immer noch die freiberuflichen Hauseinbrecher, die Häuser ausrauben und niederbrennen."

„Lass mich einen ersten Versuch machen", sagte Sandra. „Jennie, Leo, Scott, ich, Charo, der Richter, Wynn, die Kinder und die Welpen bleiben hier."

„Füge mich deiner Liste hinzu, Sandra. Ich will mitgehen, aber ich muss bei Brandon bleiben", sagte Peyton.

„Ich bin auch einer", sagte Nate. „Ich bin noch nicht bereit, von Charo, Dolly und meinem Vater weg zu sein."

„Wir haben wenig Verteidigung auf der Webster-Farm", sagte Scott.

„Die Welpen und ich können zur Webster-Farm zurückgehen", sagte Wynn. „Mit Ms. Jennies Erlaubnis, ich bin ein ausgezeichneter Schütze mit einem Gewehr."

Stuart starrte Wynn an. *Damit hatte ich nicht gerechnet.*

Aimee Louise sagte: „Das ist eine gute Idee. Wir müssen mit Ms. Jennie sprechen."

Rosalie zupfte an Andys Ärmel; als er sich beugte, um zu hören, flüsterte sie: „Angel hat zugestimmt. Es wird funktionieren."

Andy richtete sich auf und räusperte sich. „Danke, Wynn. Ich bin sicher, Tante Jennie wird deine Hilfe begrüßen. Ich werde mit dir gehen, um mit ihr zu sprechen."

„Nächste Frage: Wann fährt das Team?", fragte Scott.

„Ziemlich bald, aber wir wissen nicht wann genau. Es wird sicher nicht heute sein, aber vielleicht morgen. Leo sammelt Informationen, um uns bei der Planung zu helfen", sagte Stuart.

„Nate, Peyton und ich stehen für die Planung oder als Ideengeber zur Verfügung, wenn ihr möchtet", sagte Charo.

„Einzeln oder als Gruppe", sagte Nate.

„Wenn ihr uns einen Anhaltspunkt gebt, wie lange ihr weg sein werdet, können Peyton und ich die Planung und das Packen der Lebensmittel für euch übernehmen, Stuart", sagte Sandra.

„Danke, Mom. Ich schätze drei Tage, wenn alles gut läuft."

„Wir planen für sechs."

„Wenn es nichts weiter gibt, gehen Wynn und ich zur Webster-Farm. Kommst du mit, Andy?", fragte Stuart.

„Lass uns gehen."

„Wir haben eine Abkürzung, Wynn. Wir zeigen sie dir." Stuart zeigte auf den Vorgarten.

Auf dem Weg sagte Wynn: „Das gefällt mir viel besser als auf der Straße zu reisen. Ich fühlte mich wie eine Zielscheibe, jedes Mal, wenn meine Füße den Asphalt berührten."

„Ich weiß genau, wovon du sprichst. Es muss noch schlimmer gewesen sein mit den Welpen."

Als sie die Webster-Farm erreichten, erzählte Andy Wynn von dem Angriff auf Leo, und Wynns Augen weiteten sich. „Das ist schrecklich. Ich hätte nie erwartet, dass jemand im Sturm aus dem Haus kommt. Ich habe ihn nie gesehen. Geht es ihm gut?"

„Er hat Schwellungen und blaue Flecken, aber es geht ihm gut", sagte Andy. „Ich dachte, du solltest es wissen."

Als sie das Haus betraten, musterte Jennie jeden von ihnen. „Ihr drei seht aus wie eine Delegation. Muss ich mich setzen?"

„Ich glaube nicht, Tante Jennie." Andy sagte: „Lass uns in den Funkraum gehen, damit Onkel Leo zuhören kann, wenn er nicht zu beschäftigt ist."

Als die vier den Funkraum betraten, nahm Leo sein Headset ab und schaute sie erwartungsvoll an.

„Wenn du mitten in etwas steckst, Onkel Leo, wollen wir nicht stören. Wir haben einige Neuigkeiten zu teilen", sagte Andy.

„Sucht euch einen Platz, wenn ihr könnt, und fahrt fort. Ich werde unterbrechen, wenn ich etwas höre."

Andy bestand darauf, dass Jennie den Stuhl neben Leo nahm, dann erklärte er die Aktivitäten von Troy und Ben und sagte ihnen, dass er, Stuart und die jungen Frauen nach Macon fahren würden. Als er hinzufügte, dass Wynn angeboten hatte, bei ihnen zu bleiben, um die Farm zu verteidigen, fragte Jennie: „Was sagen Angel und Red?"

„Angel stimmt zu", sagte Stuart.

„Red ist einverstanden", fügte Andy hinzu.

„Doppelte Bestätigung. Besser geht's nicht", sagte Jennie. „Was bevorzugst du, Wynn? Ein Gewehr oder eine Schrotflinte."

„Ich bevorzuge ein Gewehr", sagte er.

„Ich habe eins, das du ausprobieren kannst. Wir werden zum Übungsgelände gehen, und du kannst ein Gefühl dafür bekommen. Ich weiß nicht, was du vorhast, aber ich würde mich sicherer fühlen, wenn du im Haus bei uns bist, anstatt in der Scheune. Es wird einfacher sein zu kommunizieren, und ich werde mir keine Sorgen um dich machen."

Wynns Augen weiteten sich. „Ich habe nicht einmal daran gedacht... ich bin einverstanden, in der Scheune zu bleiben."

„Im Haus ist besser", sagte Leo. „Es ist nicht gut, sich zu trennen."

Wynn starrte Jennie und Leo an. „Okay, wenn ihr mich Andys Aufgaben übernehmen lasst, während er weg ist."

„Lass uns draußen spazieren gehen, und ich zeige dir, was ich jeden Tag mache und all die Projekte, zu denen ich noch nicht gekommen bin", sagte Andy.

Nachdem sie gegangen waren, fragte Jennie: „Wer fährt nach Macon?"

JUDITH A. BARRETT

„Andy, Aimee Louise, Rosalie und ich", sagte Stuart.

„Das ist gut. Andy wird eine ausgezeichnete Ergänzung für euer Team sein, und die Newton-Farm wird auch ausreichend besetzt sein. Wann werdet ihr abreisen, und wie lange, schätzt du, werdet ihr weg sein?"

„Leo sammelt Daten für Aimee Louise zur Analyse, damit wir den besten Zeitpunkt für unsere Abreise bestimmen können, aber es ist schwer zu raten, wie lange wir weg sein werden wegen des Unerwarteten. Wir haben noch keine endgültigen Pläne gemacht, aber mindestens, schätze ich, drei Tage. Mom packt Essen für sechs Tage."

Jennie kicherte. „Ihr alle scheint ein Händchen für das Unvorhersehbare zu haben."

Stuart schüttelte den Kopf. „Manchmal frage ich mich, warum wir uns überhaupt die Mühe machen zu planen. Natürlich gibt es Rosalie die Möglichkeit, eine Liste zu erstellen, und wir verwenden immer etwas, das sie gepackt hat, von dem ich nicht erwartet hatte, dass wir es brauchen würden. Tatsächlich habe ich endlich die Bedeutung ihrer Snacks verstanden."

„Braucht ihr Benzin, oder fährt euer Truck mit Diesel?", fragte Jennie.

„Er fährt mit Diesel. Aimee Louise könnte uns sagen, wie viel wir brauchen, weil sie unseren Kraftstoff genau im Auge behält, aber ich wette, wir werden knapp."

„Wir haben immer Benzin für unsere Fahrzeuge vorrätig gehalten und Diesel für den Farmtruck und die Traktoren, aber nachdem wir kaum noch irgendwohin fuhren oder Ackerfrüchte anbauten, haben wir einen Rückstand im Kraftstoffschuppen entwickelt, der in den nächsten Monaten aufgebraucht werden muss. Wir können ihn genauso gut jetzt verwenden, da wir keinen Nutzen dafür haben werden, bevor er schlecht wird."

„Wir werden einen Wagen vorbeibringen", sagte Stuart.

„Ich habe einen Wagen; ihr könnt ihn zurückbringen, wenn ihr leere Kanister zurückbringt."

Als Jennie die Benzin- und Dieselkanister mit den älteren Daten nach vorne im Schuppen stellte, sagte sie: „Hätte ich schon vor langer Zeit tun sollen, aber ich musste meinen Kraftstoffvorrat noch nie so rotieren."

Stuart hob die Dieselkanister in den Wagen. „Bist du sicher, dass du dich mit Wynn wohlfühlst?", fragte er.

Jennie trat zur Tür. „Als ich in der Armee war, habe ich viele junge Leute ausgebildet. Wenn ein Mensch einen lebensverändernden Durchbruch hat wie Wynn, bleibt das haften. Er hatte schon immer einen ausgeprägten Sinn für Loyalität zur Familie, als er ein Kind war. Schön zu sehen, dass er uns als seine erweiterte Familie akzeptiert hat und entdeckt hat, wo seine wahre Loyalität liegt. Also ja. Ich fühle mich wohl mit Wynn."

Als Stuart den Wagen zur Einfahrt zog, sagte er: „Ich habe eine starke skeptische Seite, die wahrscheinlich von meiner Erfahrung in der Strafverfolgung kommt, aber ich vertraue Aimee Louises Einblicken."

„Sie sieht Menschen auf eine Weise, wie wir anderen es nicht tun. Ein seltenes Talent." Jennie lächelte.

Sie erreichten das Haus zur gleichen Zeit wie Andy und Wynn.

„Ich glaube, Andy hat sich einige zusätzliche Projekte für mich ausgedacht", sagte Wynn.

„Wer, ich?" Andy hob seine Augenbrauen in gespielter Überraschung. „Betrachte es als Bonus-Hausaufgabe."

Wynn schmunzelte. „Ich werde eine Liste machen, nachdem sie weg sind, Ms. Jennie, und Sie können die Projekte für mich priorisieren."

„Vorsicht, Wynn. Sie wird einige eigene hinzufügen", sagte Andy. „Wie denkst du, habe ich so viele bekommen?"

Die beiden kicherten, als sie ins Haus gingen.

„Andy war anfangs auch skeptisch", sagte Jennie. „Gut zu sehen. Er stimmt euch allen zu."

Als sie hineingingen, sagte Stuart: „Andy, ich kann dir sagen, was wir normalerweise in unseren Go-Bags packen. Du kannst deine zusammenstellen."

„Setzt euch. Ich werde Kaffee kochen. Ich weiß, dass Leo gerne welchen hätte", sagte Jennie.

Als sie sich setzten, fragte Wynn: „Was ist eine Go-Bag?"

„Es ist ein großer Rucksack, wie ein Wanderrucksack, mit dem Nötigsten, falls wir von irgendwo nach Hause laufen müssen. Wir haben immer unsere Go-Bags dabei, wenn wir im Truck unterwegs sind. Sachen wie Ersatzsocken, Kompass, Rettungsdecke, Insektenschutzmittel und andere Dinge; Rosalie hat eine Liste."

„Ich werde zusammentragen, was mir einfällt, und dann Rosalie nach ihrer Liste fragen. Ich bin sicher, ich werde etwas Wichtiges vergessen", sagte Andy.

„Es gibt einen Wanderrucksack auf dem Dachboden, Andy." Jennie goss Kaffee ein und trug dann zwei Tassen zum Funkraum.

Als Stuart seine Tasse hielt, um seine Hände zu wärmen, sagte er: „Pack einen normalen Rucksack mit zwei Wechselkleidungen und was auch immer du sonst griffbereit haben möchtest, wie ein zusätzliches Messer oder einen Boonie-Hut."

Wynn runzelte die Stirn. „Ich fühle mich wie ein totaler Stadtmensch. Was ist ein Boonie-Hut?"

Stuart lächelte. „Er ist wie ein Gärtnerhut, außer dass seine steife Krempe nicht so breit ist, und der Boonie-Hut kann zusammengerollt werden; er ist normalerweise beige oder tarnfarben. Ein Boonie schützt deinen Nacken vor Sonnenbrand, und wenn du ihn mit Insektenschutzmittel einsprühst, hält er Mücken von deinem Gesicht fern."

„Ich brauche einen Boonie-Hut", sagte Wynn.

Jennie stürzte in die Küche. „Leo sagt, Angel muss hören, was los ist."

Stuart stand auf. „Ich werde laufen und sie holen."

„Ich bin dabei." Andy schlug die Tür zu, als sie hinausstürmten.

Stuart überholte Andy auf dem Pfad zur Smith-Farm, aber Andy holte auf, als sie sich den Newtons näherten.

Als sie die Seite des Hauses erreichten, sagte Andy: „Mann, du kannst schnell laufen."

„Nein, kann ich nicht. Du wirst schon sehen."

Als sie ins Haus stürmten, fragte Rosalie: „Was ist los?"

„Leo sagt, Angel muss hören, was los ist", sagte Stuart.

„Los geht's", sagte Sandra. „Wir werden hier in Ordnung sein."

Aimee Louise wartete, während Rosalie ihr Gewehr schnappte, dann rannten sie aus dem Haus.

„Wow. Keine Chance, dass ich sie einholen könnte", sagte Andy, als er und Stuart sich auf den Weg zur Abkürzung machten.

Als sie an der Smith-Scheune vorbeiliefen, sagte Stuart: „Ich habe das Gefühl, wir werden früher aufbrechen als gedacht. Bitte Rosalie, dir beim Fertigpacken zu helfen, und ich werde den Kraftstoff zu meinem Vaters Farm bringen, während Aimee Louise am Funkgerät ist."

„Du gehst davon aus, dass sie noch am Funkgerät sein wird, wenn wir dort ankommen", sagte Andy.

Stuart schnaubte. „Das stimmt auch."

Nachdem sie das Farmhaus betreten hatten, kam Rosalie aus dem Funkraum. „Wir könnten früh am Morgen aufbrechen. Bist du gepackt, Andy?"

„Ich brauche Hilfe mit meiner Go-Bag", sagte er.

„Ich kann durchsehen, was du hast, um zu sehen, was du noch brauchst. Wo ist sie?", fragte Rosalie.

„Auf dem Dachboden. Ich habe noch nichts gepackt."

Rosalie blinzelte. „Hol sie. Ich gebe dir eine Liste, was du brauchst."

Andy beeilte sich, die Dachbodenleiter herunterzuziehen und für seine Tasche hinaufzuklettern.

Stuart ging zur Tür. „Ich habe einen Wagen voller Kraftstoff, den ich zu Dads Farm bringen muss, und ich habe auch ein paar Dinge zu packen."

„Warte auf Aimee Louise. Ich glaube nicht, dass sie viel länger brauchen wird. Wir sehen dich dort", sagte Rosalie.

Als Aimee Louise in die Küche kam, sagte Stuart: „Ms. Jennie hat uns etwas Diesel gegeben, und wir haben ihn in einen Wagen geladen, um ihn zu Dads Farm zu bringen."

„Lass uns gehen", sagte sie.

Auf dem Weg zur Newton-Farm sagte Aimee Louise: „Nach allem, was zusammengetragen wurde, ist das Treffen zwischen den beiden Anführern für Sonntagmorgen in Macon geplant, gegenüber dem Stadtpark, auf der anderen Seite des Flusses. Die Funker nennen die Gruppen Old South und Beaches."

Stuart hielt an, um große Äste vom Pfad zu ziehen, die den Weg des Wagens blockierten. „Ich würde das gerne an das Georgia Bureau of Investigation weitergeben. Wenn wir unterwegs zu Mittag essen, können wir vor Ende des Tages im GBI-Büro sein. Wenn niemand da ist, können wir zum Trainingszentrum weiterfahren. Was meinst du?"

„Da die beiden Gruppen einander nicht kennen, wird es für GBI-Beamte leicht sein, das Treffen am Sonntag zu infiltrieren." Aimee Louise stabilisierte die Kraftstoffkanister, als der Wagen über unebenen Boden rollte.

„Wenn wir es heute nicht rechtzeitig zum Trainingszentrum schaffen, glaubst du, dass morgen jemand da sein wird?"

„Unwahrscheinlich, aber Leo hat mir die Adresse eines Funkers gegeben, falls wir heute niemanden finden. Er wird einen Kontakt für uns finden."

Stuart runzelte die Stirn. „Der Typ hat seine Adresse über Funk gegeben? Das ist nicht gut."

„Stimmt, außer dass Leo nach dem Zusammenbruch des Netzes, aber bevor die anderen Systeme ausfielen, die Namen und Adressen aller Funker in Georgia exportiert und ausgedruckt hat. Es ist nach Rufzeichen geordnet. Er ist nicht der einzige Funker, der das getan hat. Mr. Young hat eine Liste der Funker aus Florida."

„Ich werde Mom bitten, unser Mittagessen zu packen", sagte Stuart. „Ich muss meine stumpfen Kettensägenketten austauschen und fertig packen."

„Rosalie und ich sind gepackt. Ich kümmere mich um den Kraftstoff."

„Wir sind vielleicht fertig, wenn Rosalie und Andy hier ankommen."

„Ja."

Während Stuart zum Geräteschuppen eilte, um seine Ketten zu tauschen, füllte Aimee Louise den Tank des Trucks und schnallte einen Kanister auf die Rückseite des Trucks. Stuart und Scott gingen in tiefem Gespräch zum Truck.

„Dad, das sind die Kraftstoffkanister, von denen ich dir erzählt habe."

„Ich werde sie in unseren Kraftstoffschuppen stellen und die Kanister der Websters zurückbringen, nachdem ihr alle abgereist seid. Gibt es noch etwas, womit ich helfen kann?", fragte Scott.

„Wir müssen vielleicht heute Abend und morgen Abend draußen übernachten", sagte Aimee Louise. „Hast du Campingausrüstung, die wir benutzen könnten?"

„Wird erledigt", sagte Scott, als die drei zum Haus eilten.

„Mom, wir werden abreisen, sobald wir eingepackt haben. Würde es dir etwas ausmachen, Mittagessen für unterwegs zu packen?"

„Schon erledigt", lächelte Sandra und zeigte auf den Tisch. „Hier ist das Essen für eure Reise, und diese Tasche sind Rosalies Snacks."

Nate kam in die Küche. „Stuart, ich weiß, ich habe gesagt, ich könnte nicht gehen, aber Charo und ich haben gesprochen. Ich kenne einige der Agenten auf Troys Liste, und ich habe einige GBI-Kontakte. Es ist wichtig für mich zu gehen, und ich bin gepackt und bereit."

Stuart starrte ihn an. „Nate, du wärst eine unglaubliche Ergänzung für das Team. Bist du sicher?"

Charo rollte in die Küche. „Ja. Wir beide sind es. Ich würde auch mitgehen, wenn ihr eine verdeckte Frau im Rollstuhl mit einem vorlauten Kind im Schlepptau und einem überfürsorglichen Schwiegervater braucht."

Sandra kicherte. „Jetzt will ich auch gehen, nur um das zu sehen."

„Was meinst du, Angel?", fragte Nate.

„Gut. Wir brauchen dich", sagte sie. „Lass uns deine Taschen und dein Gewehr einladen."

Stuart küsste seine Mutter, und sie umarmte Aimee Louise. „Passt auf euch auf", flüsterte Sandra.

Als sie den Truck erreichten, sprang Stuart auf die Ladefläche, und Nate reichte ihm die Ausrüstung.

„Rosalie wird hinten mitfahren wollen. Das ist ihr Lieblingsbeobachtungspunkt. Ich wette, sie wird wollen, dass Andy mit ihr mitfährt. Du wirst wahrscheinlich den Rücksitz für dich haben, Nate", sagte Stuart.

Während sie die Ausrüstung luden, kamen Rosalie und Andy um das Haus herum und gingen zum Truck.

„Du kommst mit, richtig, Nate?", fragte Rosalie, als sie in den Laderaum des Trucks schaute. „Perfekt. Zusätzliche Decken für Sitze. Andy wird mit mir hinten mitfahren."

„Wirf mir eure Taschen zu, dann steigt ein, und wir können losfahren", sagte Stuart. „Deine Snacks sind in der Essensbox, die Mom gepackt hat, Red, und du bist dafür verantwortlich, das Mittagessen zu verteilen, wenn wir unterwegs sind."

Scott und Henry schlenderten zum Truck, als Stuart sich auf den Weg zum Beifahrersitz machte. Scott umarmte seinen Sohn. „Pass auf dich auf. Ich weiß, das wirst du, aber ich fühle mich besser, wenn ich es sage."

Henry lief zu Aimee Louise und umarmte sie. „Vergiss mich nicht, Angel. Ich werde dich nicht vergessen."

Aimee Louise erwiderte seine Umarmung. „Ich könnte meinen Henry niemals vergessen."

# Kapitel Fünfzehn

Scott und Henry standen zusammen und winkten, als Aimee Louise am Haus vorbei zur Abkürzung fuhr. Sie navigierte die gewundene Auffahrt der Smiths zur Straße, während Stuart die Karte studierte.

„Wir bleiben auf der Staatsstraße, bis wir etwa vierzig Kilometer von Macon entfernt sind", sagte Stuart. „Die Karte zeigt keine Alternativen zur Interstate, aber ich bin sicher, Andy kann uns zu einer Nebenstraße führen, die uns nicht zu viel Zeit kostet."

„Mittagessen", Rosalie reichte Nate eine kleine Tüte. „Buttermilch-Biskuits mit Tomatenscheiben. Wir haben Wasser zum Trinken. Behaltet eure Flaschen zum Nachfüllen." Nate nahm die drei Flaschen von ihr entgegen.

„Hat jeder ein Sandwich bekommen?", fragte Nate.

„Klar doch", sagte Rosalie.

Nate runzelte die Stirn. „Sandra hatte die Mittagessen schon gepackt, bevor Charo und ich in die Küche kamen. Wie ist das passiert?"

„Mama-Magie", sagte Rosalie. „Außerdem außergewöhnliches Gehör."

„Das kann ich glauben", lachte Nate. „Charo ist mir immer zwei Schritte voraus. Dad hat mir einmal gesagt, ich würde zu laut denken. Also, was ist der Plan?"

„Rosalie, sorge dafür, dass Andy dort ist, wo er auch hören kann", sagte Stuart.

Rosalie rutschte zur Seite, um Andy am Fenster Platz zu machen. „Wir sind bereit, Stuart", sagte sie.

„Peytons Ehemann Troy ist in Menschenhandel verwickelt. Seine Schläger haben Kinder in Florida entführt, sie in Lager in South Carolina und andere Bundesstaaten transportiert, und von dort aus werden die Kinder verkauft. North und South Carolina und Tennessee sind hart gegen die Lager vorgegangen, daher hat er zu kämpfen. Sein Bruder Ben hat einen ähnlichen Betrieb aufgebaut, der Kinder in Georgia und South Carolina entführt und nach Florida transportiert. Wir haben zuverlässige Berichte, dass Troy und Ben sich am Sonntag in Macon treffen. Es soll ein Konsolidierungsgespräch sein, wird aber wahrscheinlich eher eine Übernahme durch einen der Brüder werden."

„Du hast gesagt, Troy ist Peytons Ehemann?", fragte Andy.

„Ich hätte entfremdeter Ehemann sagen sollen. Peyton war dabei, sich von ihm scheiden zu lassen", sagte Stuart. „Peyton hat eine Liste von Gesetzeshütern auswendig gelernt, die mit Troy zusammenarbeiten oder mit Troys kriminellem Geschäft sympathisieren. Troy glaubt, dass Peyton seine Liste hat, aber sein Bruder Ben hat sie. Ben glaubt möglicherweise, dass Peyton eine Kopie besitzt. Wenn Ben Troys Organisation übernimmt, ist diese Liste der Schlüssel, um sein Geschäft schnell zu erweitern."

„Also, nehmen wir es mit beiden Organisationen auf?", fragte Rosalie. „Hätten wir nicht mehr Munition einpacken sollen?"

Stuart runzelte die Stirn, um ein Grinsen zu unterdrücken. *Egal wie schlecht die Chancen stehen, Rosalie ist immer bereit, sich einem Kampf zu stellen.*

„Nein, wir werden das Georgia Bureau of Investigation über das Treffen informieren und ihnen Peytons Liste geben. Es ist bedeutsam, dass niemand vom GBI auf der Liste steht."

„Hat sie dir ihre Kopie gegeben oder sie für dich aufgeschrieben?", fragte Rosalie.

„Keins von beiden", sagte Stuart. „Sie hat sie Aimee Louise vorgetragen, und Aimee Louise wird sie dem GBI vortragen. Wir hoffen, dass wir das Büro erreichen, bevor es heute schließt. Wenn nicht, haben wir die Adresse eines Funkamateurs, der einen GBI-Kontakt hat."

„Werden wir am Sonntag zum Treffen gehen, wenn wir die Informationen an das GBI weitergeben?", fragte Andy.

„Es scheint keinen Grund zu geben, hinzugehen", sagte Stuart.

„Könnte sein", sagte Nate. „Ich kenne Troy und Ben."

„Aber was ist mit den Leuten, die dich kennen?", fragte Rosalie.

„Soweit sie wissen, arbeite ich für den anderen Bruder", sagte Nate.

„Das ist nicht sehr beruhigend", sagte Andy.

„Auto kommt schnell von hinten", sagte Rosalie.

Stuart blickte in seinen Seitenspiegel und scannte dann die Straße vor ihnen. „Da vorne ist eine Einfahrt. Tu so, als ob wir an unserem Ziel angekommen wären, Aimee Louise."

Nachdem sie den Truck verlangsamt und an der Einfahrt abgebogen war, fuhr Aimee Louise weiter den gewundenen, überwucherten Pfad entlang. Sie nahm eine Kurve und fuhr dann in das Unterholz, bevor das Auto vorbeifuhr.

„Ich glaube nicht, dass sie uns überhaupt gesehen haben", sagte Rosalie, als Aimee Louise aus dem Gebüsch zurücksetzte und die Fahrt auf der Landstraße fortsetzte.

Als Aimee Louise beschleunigte, sagte Rosalie: „Ich hab's vergessen. Wir haben Kekse." Sie verteilte die mit Zucker-Zimt bestreuten Kekse, die Sandra eingepackt hatte.

Stuart kicherte. *Dad hat immer gesagt, dass Moms Kekse die wilden Bestien zähmen.*

Nachdem sie ihren Keks aufgegessen hatte, fragte Rosalie: „Habt ihr das Radio an? Mir ist gerade aufgefallen, dass ich seit unserer Abfahrt nichts gehört habe."

„Du hast recht. Ich hätte auch gedacht, dass es mehr Funkverkehr geben würde, besonders so nah an der Interstate." Stuart überprüfte die Liste der Relaisfrequenzen und die Radioeinstellung und justierte dann das Radio. „Ich habe auf ein Relais umgeschaltet, das näher an Macon ist."

Nach einer ruhigen, ereignislosen Stunde verlangsamte Aimee Louise das Tempo.

„Andy, wir nähern uns der Ausfahrt zur Interstate. Gibt es einen anderen Weg, den wir nehmen können?", fragte Stuart.

Andy lehnte sich durch die Öffnung zur Fahrerkabine und spähte auf die Straße vor ihnen. „In etwa einem Kilometer macht unsere Straße eine Kurve nach links; wenn wir nach rechts fahren würden, kämen wir zur Auffahrt für die Interstate. Nach acht Kilometern kommen wir zu einem Stoppschild. Rechts abbiegen."

Andy blieb an der Öffnung, um ihre Reiseroute zu überwachen. „Das war unsere Kurve, obwohl sie nicht so stark war, wie ich mich erinnerte."

„Mehr Anzeichen von Besiedlung hier, als wir normalerweise sehen." Stuart deutete auf ein Haus mit einem Hund auf der Veranda nahe der Straße.

Nachdem Aimee Louise angehalten und dann rechts abgebogen war, sagte Andy: „Wir sind etwa zwanzig Minuten vom Büro entfernt. Es wird auf der rechten Seite sein."

„Wenn wir am Gebäude ankommen, werde ich nachsehen, ob jemand da ist, Stuart", sagte Nate. „Dann hole ich dich und Aimee Louise."

Aimee Louise verlangsamte, als sie sich dem Gebäude näherte, und bog ab, um auf dem Parkplatz zu parken. Als Nate aus dem Truck stieg, schlüpfte Rosalie durch die Öffnung in die Fahrerkabine.

„Unfair", sagte Andy. „Ich passe nicht durch dieses winzige Fenster."

„Pech gehabt", kicherte Rosalie. „Ich muss hier vorne sein, falls wir eine schnelle Flucht brauchen, während du hinten aufpasst."

Nachdem Nate das Gebäude betreten hatte, starrten Stuart, Rosalie und Andy auf das Gebäude, während Aimee Louise ihre Umgebung scannte.

Eine halbe Stunde später kam Nate aus dem Gebäude mit einem anderen Mann, der jünger und schlanker war als Nate, aber nicht so groß. Stuart stieg aus und wartete an der Seite des Trucks.

„Stuart, das ist ein alter Freund von mir, Bob."

Bob lächelte und streckte seine Hand aus. „Schön, dich kennenzulernen, Stuart."

Stuart schüttelte Bobs Hand, und Nate sagte: „Lass uns Aimee Louise holen und reingehen."

Stuart winkte Aimee Louise zu, und sie gesellte sich zu den Männern.

Nate stellte Aimee Louise Bob vor. Stuart war überrascht, als Bob nickte und Aimee Louise sein Nicken erwiderte.

*Nate hat Bob auf Aimee Louise vorbereitet.*

Nachdem die vier drinnen waren, sagte Bob: „Ich kenne Major. Er hat meinen ersten fortgeschrittenen Schießkurs unterrichtet. Wir haben einen großen Konferenzraum mit Fenstern, und wir benutzen ihn alle. Unsere Funkgeräte waren schon vor dem Zusammenbruch des Stromnetzes solarbetrieben, weil ein Neuling schwor, dass es funktionieren würde. Wir haben unseren Betrieb wegen der Fenster in den einen Raum verlegt."

Als sie den Konferenzraum betraten, saß eine Frau im Rollstuhl mit einem Headset am Funkgerät. Bob führte sie zu einem Tisch auf der anderen Seite des Raumes.

Nachdem sie sich gesetzt hatten, sagte Bob: „Nate hat mir einen kurzen Überblick gegeben, warum ihr alle hier seid, und ich habe den Leiter der Taskforce kontaktiert, die den Menschenhandel untersucht, und sie schickt ein Team hierher."

„Stuart, würdest du die Hintergrundinformationen durchgehen?", fragte Nate.

Stuart beschrieb Troys Organisation und dann Bens. Bob machte sich Notizen und unterbrach gelegentlich für Fragen. Nachdem Stuart die Details über Troys Liste verräterischer Agenten erklärt hatte, fügte Bob hinzu: „Ich kenne Troy Romero und seinen Bruder Ben sehr gut. Es ist schade, dass sie Peyton zur Zielscheibe gemacht haben, aber ich bin dankbar, dass sie die Liste gesehen und sie euch gegeben hat. Sie wird hier beim GBI sehr geschätzt. Ich bin nicht im Geringsten überrascht, dass sie eine Liste von fünfundzwanzig Namen mit einem schnellen Blick auswendig lernen konnte."

Stuart blickte zu Nate, dann lachten die beiden.

„Sie hat uns die Notiz nicht wirklich gegeben", sagte Nate. „Wir haben nichts Schriftliches."

Bob runzelte die Stirn. „Was habt ihr dann? Eine Aufnahme?"

„Peyton hat mir die Liste gesagt", sagte Aimee Louise. „Ich kann sie wiederholen, wenn du bereit bist, sie aufzuschreiben."

Die Frau am Funkgerät legte ihr Headset auf den Tisch und drehte sich zum Konferenztisch. „Ich werde sie abschreiben. Ich bin schnell."

„Stimmt", sagte Bob. „Ich übernehme das Radio."

Bob eilte zum Radiotisch, während die Frau mit ihrem Notizblock auf dem Schoß zu Aimee Louise rollte. Ihre braunen Augen funkelten, als sie am Tisch ankam. „Ich bin Delilah, und ich war der freche Neuling, der das solarbetriebene Funksystem eingerichtet hat."

„Ich liebe Funkgeräte", sagte Aimee Louise. „Ich bin Funkamateur."

„Du bist Angel, nicht wahr? Es ist mir eine Freude, dich kennenzulernen." Delilah strahlte.

Stuarts Augen weiteten sich, als Aimee Louise ihre Hand ausstreckte und die beiden Frauen sich die Hände schüttelten.

„Ich bin bereit, wenn du es bist, Angel." Delilah hielt ihren Stift über ihrem Notizbuch bereit.

Aimee Louise trug die Namen im gleichen Tonfall vor, den Peyton verwendet hatte.

„Ich lese sie dir zurück vor." Delilah las ihre Liste, und Aimee Louise nickte.

„Ich habe eine Radiofrage an dich, wenn du ein bisschen Zeit hast", sagte Delilah.

Während Aimee Louise und Delilah in ein tiefes Gespräch verwickelt waren, traten Stuart und Nate auf den Flur hinaus.

„Als die beiden sich die Hände schüttelten, hätte ich schwören können, dass ich Funken gesehen habe", sagte Nate. „Hast du Angel jemals in so einem tiefen Gespräch gesehen?"

„Nie mit jemandem, den sie gerade erst kennengelernt hat, und ich habe sie noch nie jemandem die Hand schütteln sehen", sagte Stuart. „Können wir heute mit gutem Gewissen zurückfahren?"

„Ja. Das GBI-Team wird eingreifen, und die Informationen, die Peyton über Aimee Louise geteilt hat, werden Troy und Ben vernichten", sagte Nate. „Ich weiß natürlich nicht, was die Pläne für das Treffen am Sonntag sind, aber ich wäre nicht überrascht, wenn der Taskforce-Leiter ein paar Männer in Troys Organisation eingeschleust hätte. Einer von ihnen hat vielleicht die Seiten gewechselt, um in Bens neues Unternehmen einzudringen. Die Liste ist höchstwahrscheinlich der große Durchbruch, auf den das Team gewartet hat. Ich vermute, der Höhepunkt des Treffens am Sonntag wird ein vollständiger Zusammenbruch der beiden Organisationen sein. Irgendwie bin ich fast traurig, dass wir nicht hier sein werden, um es zu sehen, aber ich will auch zurück."

„Lass uns sehen, ob wir die Elektronikzauberer unterbrechen können, damit wir losfahren können", sagte Stuart.

Als sie in den Konferenzraum zurückkehrten, blickte Delilah auf. „Eure Männer werden unruhig. Ich schätze, es ist Zeit für euch zu gehen." Sie nahm Aimee Louises Hände in ihre. „Es war eine Freude, mit einer geistesverwandten Elmer über elektronische Bits und Bytes zu sprechen." Delilah lachte, und Aimee Louise lächelte.

„Was ist ein Elmer?", flüsterte Nate.

„Es ist ein Begriff aus dem Amateurfunk für einen alten, erfahrenen Funkbetreiber", antwortete Stuart leise.

Aimee Louise stand auf, um sich Stuart und Nate anzuschließen, und Delilah löste Bob am Funkgerät ab.

„Die Räder sind in Bewegung", sagte Bob, als er die drei erreichte, die nahe der Tür warteten. „Der Taskforce-Leiter hat nach der Liste in CW gefragt, was Morsecode ist; ich weiß das nur, weil Delilah mir einmal erzählt hat, dass es früher für eine Amateurfunklizenz erforderlich war."

Als die drei in den Truck kletterten, sagte Andy: „Ich bin so froh, euch zu sehen. Red war kurz davor, das Gebäude zu stürmen."

Rosalie schnaubte. „Nur weil Andy es mir gesagt hat."

„Ich weiß, dass das nicht stimmt. Andy hätte niemals den Verstand verloren und versucht, dir irgendetwas zu sagen." Nate lachte, und Andy kicherte.

Rosalie streckte Nate die Zunge heraus und landete dann mit einem Plumps in ihrer Eile, durch das Fenster auf die Ladefläche des Pickups zu rutschen, und Nate und Andy lachten noch lauter.

„Fahren wir den gleichen Weg zurück, den wir gekommen sind?", fragte Aimee Louise, als sie den Motor startete.

„Andy, was meinst du?", fragte Stuart.

„Ich denke immer noch, es ist sicherer als die Interstate", sagte Andy.

Aimee Louise fuhr aus dem Parkplatz und machte sich auf dem Weg zur Newton-Farm.

Als sie auf der Staatsstraße nach Süden weiterfuhren, zeigte Nate nach Südwesten. „Das ist eine Menge Rauch."

Stuart verengte seine Augen. „Es ist ein aktives Feuer. Siehst du, wie es aufwallt?"

„Versuch eine andere Frequenz", sagte Aimee Louise.

Stuart konsultierte seine Liste und änderte die Frequenz am Radio.

Nach ein paar Minuten brach die Rauschsperre: „... Buschfeuer ... evakuieren..."

Stuart schielte auf den aufsteigenden Rauch. „Es ist schwer zu sagen, in welche Richtung es sich ausbreitet. Werden wir seinen Weg wahrscheinlich kreuzen?"

Andy kam zum Fenster. „Rosalie prüft nach."

Rosalie gesellte sich zu Andy. „Der Wind aus Nordwesten ist frisch. Er treibt das Feuer. Wir müssen weiter östlich sein."

Andy fügte hinzu: „Wir müssen mindestens dreißig Kilometer auf der Interstate fahren, bevor wir wissen, ob wir weit genug südlich sind, damit das Feuer uns verfehlt."

„Ich bin nicht besonders begeistert davon, auf einer stark befahrenen Straße zu sein, die ein Hauptziel für Straßenräuber ist", sagte Stuart.

Andy nickte. „Wir haben die Alternative, wenn wir auf der Interstate sind, das Feuer zu beobachten und nach sechzehn Kilometern neu zu bewerten. Das wird unsere letzte Chance sein, abzubiegen und weiter nach Süden zu fahren. Danach müssten wir nach Norden zurückkehren, um vom Feuer wegzukommen, wenn es seine aktuelle Richtung beibehält."

„Was meinst du, Angel?", fragte Nate.

„Staatsstraße." Aimee Louise erhöhte ihre Geschwindigkeit.

„Okay. Rosalie, lass uns wissen, wenn das Feuer oder der Wind die Richtung ändert, und ich werde die Karte überprüfen, um zu sehen, ob es Alternativen östlich der Interstate gibt."

Nach zwanzig Minuten verkündete Rosalie: „Der Wind nimmt zu, und das Rauchgebiet ist viel breiter. Wir sollten so bald wie möglich weiter nach Osten fahren. Es sieht nicht gut aus."

Nate und Stuart spähten aus ihren Fenstern nach Westen. „Sie hat recht, Stuart", sagte Nate.

„Ich glaube, ich habe etwas gefunden", sagte Stuart. „Biege zur Interstate ab, Aimee Louise, aber fahre dann weiter über die Überführung an der Interstate vorbei, und dann kommen wir zu einer Straße, die nach Südosten führt. Sie geht nicht in Richtung Farm, aber sie führt weg vom Feuer. Nachdem wir uns sicher fühlen, können wir nach Westen abbiegen. Nicht ideal, aber es ist das Beste, was ich für die Umstände habe."

Nachdem sie östlich der Interstate waren, sagte Rosalie: „Wir haben einen Sack in der Lebensmittelbox gefunden, der mit *Notfall-Snacks* beschriftet ist. Andy und ich haben abgestimmt, und es war einstimmig. Dies ist ein Notfall. Jemand einen Snack?"

Nate lachte. „Ich snacke nur in Notfällen."

Aimee Louise nickte, und Stuart sagte: „Wir sind uns einig. Dies ist ein Notfall."

„Wir haben Cracker und ein kleines Glas Marmelade. Ich mache Cracker-Marmeladen-Sandwiches für uns, und Andy wird sie euch reichen."

„Klebrig." Aimee Louise leckte ihre Finger, nachdem sie ihre Marmeladen-Cracker beendet hatte.

„Das ist gut. War deine Mutter so, als du aufgewachsen bist?", fragte Nate.

„Sicher. Dad hat mir erzählt, dass sie Snacks machte, damit sie verfolgen konnte, mit wem ich abhänge, und wenn einer von ihnen Unfug machte, bekam er keine Snacks. Sie hat eine ganze Klasse von Jungen dazu erzogen, höflich zu sein und ihre Hände zu waschen." Stuart lachte.

Aimee Louise verlangsamte. „Straßensperre voraus. Keine Möglichkeit zum Abbiegen."

„Aufmerksam da hinten. Straßensperre." Stuart ließ sein Fenster herunter, und Nate ließ beide hinteren Fenster herunter.

„Ich hab das Fahrerfenster, und Andy ist am Beifahrerfenster positioniert", rief Rosalie.

Ein Mann mit einem abgewetzten Baseballcap mit dem Logo eines Futterladens und einem Bauch, der seine Latzhose spannte, hielt eine Schrotflinte in seiner Armbeuge. Aimee Louise hielt zwanzig Meter entfernt an und lehnte sich aus ihrem Fenster, während sie winkte.

Der Mann verengte seine Augen und schob dann das wackelige Holzpferd, das seine Straßensperre war, aus der Mitte der Straße. „Du siehst nicht wie ein Einbrecher aus, junge Dame."

„Fenster zu. Alle runter", zischte Stuart, als er sein Gewehr auf den Boden unter seine Füße legte. Nate hob seine dunkel getönten Fenster an, bevor er sich auf den Boden kauerte.

Als Aimee Louise ihn erreichte, hob er seine Hand, und sie hielt an.

Er fragte: „Evakuierst du wegen des Feuers?"

„Versuche, nach Süden zu fahren, um nach Hause zu kommen, aber das Feuer hat uns von unserer üblichen Straße vertrieben."

Er nickte. „Es gibt ein paar böse Kerle mit einer Straßensperre ein paar Kilometer voraus. Biege auf der nächsten Straße rechts ab. Es ist eine Schotterstraße, aber es wird sich lohnen, weil du sie umgehen wirst."

„Vielen Dank, Sir", sagte sie.

„Jederzeit, junge Dame. Sei vorsichtig." Er spähte zu Stuart. „Du wirst nicht entführt, oder?"

„Nein, das ist mein Freund. Er hat die ganze Nacht gearbeitet, also fahre ich."

Stuart nickte und gähnte.

„Klug. Man muss arbeiten, wenn man Arbeit finden kann. Fahrt jetzt weiter. Passt auf euch auf."

Nate stöhnte, als er auf den Sitz stieg. „Ich will hinten fahren, wenn wir uns wieder verstecken müssen. Ich könnte mich auf diese Quilts legen und eine Stunde oder so dort bleiben."

„Du hast gerade begriffen, warum sich niemand beschwert, dass du die Rückbank für dich allein hast", sagte Andy.

„Sieht wie eine Einfahrt aus, aber das könnte unsere Straße sein, die da kommt", sagte Stuart.

Aimee Louise verlangsamte und bog dann ab. „Das Straßenschild wurde umgeworfen und liegt im Unkraut."

„Die Straße wird holprig sein", rief Stuart und hielt sich an seiner Armlehne fest, als der Truck über einen Graben holperte. „Raue Straße. Gut, dass wir Allradantrieb haben."

„Die gute Nachricht ist, dass wir auf keine Straßensperren oder Plünderer stoßen sollten", sagte Nate.

Nach einer halben Stunde des Kriechens auf der knochenbrechenden Straße fragte Rosalie: „Wie lange bleiben wir noch auf dieser Straße?"

Stuart überprüfte die Karte und runzelte die Stirn. „Ich sehe sie nicht auf der Karte."

„Ist wohl egal, weil wir hier drauf sind, und ich glaube nicht, dass sie uns in Richtung des Feuers führt, aber ich werde nachsehen."

Ein paar Minuten später sagte Rosalie: „Wir fahren in die richtige Richtung, denn obwohl ich jetzt Feuer im Rauch sehen kann, machen wir kleine Fortschritte, uns davon zu entfernen."

„Oh Mann", sagte Nate. „Schau aus deinem anderen Fenster, Rosalie. Ich sehe Rauch auf der Ostseite."

„Das ergibt keinen Sinn", sagte Andy. „Wir sind bei weitem nicht in einer Trockenzeit."

Die Rauschsperre im Radio brach: „Waldbrände... Sperrung... Interstate..."

„Das klingt nicht gut. Was meinst du, Nate?" Stuart nahm die Karte, während Nate den Rauch im Westen und dann im Osten untersuchte.

Stuart studierte die Karte und rieb sich die Augen, bevor er sich in seinem Sitz zurücklehnte. „Meine Augen brauchen eine Pause, bevor ich versuche, irgendwelche Optionen zu finden."

Nate lehnte sich auf den Vordersitz und sagte leise: „Wir sollten weiter nach Süden fahren. Wenn wir umkehren, werden wir in dem Feuer zu unserer Westseite gefangen. Willst du ein zweites Paar Augen, Stuart?"

„Danke, Nate. Das würde ich schätzen." Stuart reichte ihm die Karte.

Nach fünf Minuten des Starrens auf die Karte sagte Nate: „Ich glaube, ich sehe etwas. Angels Freund wusste, was er tat, als er uns diesen Weg schickte."

Stuart drehte sich in seinem Sitz, und Nate zeigte auf die Karte. „Siehst du diese schwache blaue Linie, die wie ein Bach aussieht? Ich glaube, es könnte eine Landstraße sein, und unsere Schotterstraße endet vielleicht dort." Nate verfolgte die hellblaue Linie mit seinem Finger. „Sie geht nach Südwesten und führt über oder unter die Autobahn." Nate kniff die Augen zusammen, während er die Karte anschaute. „Ich kann es nicht wirklich erkennen."

„Sie endet an unserer Staatsstraße nicht weit nördlich von Dads Farm. Das ist ein langer Weg für einen kleinen Bach, um dann plötzlich an einer Staatsstraße zu enden."

„Richtig", sagte Nate.

„Wir werden die Feuer im Auge behalten", sagte Andy.

Nate gab die Karte zurück, und Stuart lehnte sich in seinem Sitz zurück.

Er schaute Aimee Louise an. „Also, ich bin dein Freund?"

Sie neigte ihren Kopf. „Du bist nicht mein Entführer."

*Touché.*

Nate schnaubte und stupste Stuart in den Rücken.

„Brauchst du ein Taschentuch, Nate?", kicherte Rosalie.

*Oh, großartig. Rosalie und Andy haben es auch gehört.*

„Dolly hat mir gesagt, du hast alles, einschließlich bemerkenswerten Gehörs, Rosalie", sagte Nate. „Bisher wirst du deinem Ruf gerecht."

Als Aimee Louise an einem Stoppschild anhielt, löste sie ihren festen Griff vom Lenkrad und wackelte mit den Fingern. „Das war eine harte Straße zu befahren."

Als sie auf der schmalen, zweispurigen Straße fuhren, zeigte Stuart auf ein Schild. „Landstraße. Du hattest recht, Nate. Danke."

Als sie sich der Überführung näherten, sagte Aimee Louise: „Da ist mehr als ein Mann, der sich im hohen Gras auf der anderen Seite der Überführung versteckt. Ich werde nicht langsamer."

Stuart und Nate ließen ihre Fenster herunter, und Rosalie und Andy öffneten die Seitenfenster des Toppers.

Als sie über die Überführung raste, erschienen vier Männer mit Pistolen. Zwei Männer auf gegenüberliegenden Seiten der Straße zielten auf den Truck. Stuart erschoss einen auf der rechten Seite; Nate erschoss den auf der linken Seite. Die anderen beiden Männer sprangen nah an die Straße, und Stuart grinste, als der Mann auf der rechten Seite mit einem zerschmetterten Knie fiel. Andy erschoss den Mann auf der Fahrerseite des Trucks. Ein fünfter Mann hob ein Fünfundfünfzig-Gallonen-Fass gegen den Truck; Aimee Louise wich aus, um es zu vermeiden, als der Mann mit zerschmetterten Knien zu Boden fiel.

„Beide Knie, Treffsicheres Auge?", fragte Nate.

„Zweites Knie war für das zweite Fass hinter ihm", sagte sie. „Nur für den Fall."

„Du hast diese Idee definitiv aus seinem Kopf vertrieben", sagte Nate.

„Was ist unsere nächste Abzweigung?", Aimee Louise fuhr auf der Landstraße weiter.

„Wir biegen links auf die Staatsstraße ab." Stuart drehte sich nach hinten. „Wie steht es mit den Feuern?"

„Das Feuer im Osten ist weniger eine Bedrohung. Es bewegt sich nicht mehr auf uns zu", sagte Rosalie. „In dem Winkel, in dem wir fahren, sollten wir auch das Feuer im Westen gut umgehen."

Nachdem sie die Interstate überquert hatten, zeigte Stuart auf die teilweise in den Bäumen versteckten Autos auf beiden Seiten der Straße. „Es wäre nachts schwer gewesen, die Räuber zu sehen."

„Sieht aus, als ob sie das schon eine Weile machen." Nate runzelte die Stirn und schüttelte den Kopf. „Wenn nichts anderes, bin ich froh, dass ich mitgekommen bin, um zu sehen, wie sie gestoppt wurden."

Als sie nach Westen weiterfuhren, sagte Stuart: „Schau dir den Sonnenuntergang an."

„Ich habe mir nie die Zeit genommen, mir einen Sonnenuntergang anzusehen. Auf dem Land zu sein hat definitiv seine Vorteile", sagte Nate.

Andy und Rosalie lehnten sich zum Fenster hinein. „Dieses Orange und Rot sieht aus, als hätte die Sonne den Horizont in Brand gesteckt. Erinnert mich an dich, Red." Andy umarmte Rosalie, und sie lächelte.

„Das Feuer oder die Farbe?", fragte Nate.

Rosalie kicherte. „Ich sah Mom so ähnlich, dass ihre Freunde mich Moms Mini-Me nennen. Einer von ihnen sagte, ich hätte das gleiche Feuer wie Mom. Mom lachte und sagte, unser Feuer könne ohne Vorwarnung wärmen oder verbrennen."

„Das stimmt", murmelte Andy.

„Ich bin etwa fünf Zentimeter von dir entfernt, und ich habe obendrein ein außergewöhnliches Gehör", sagte Rosalie.

„Ich habe nichts gesagt. Ich habe etwas gedacht, und du hast gelauscht", sagte Andy mit ernstem Gesicht, und Nate und Stuart lachten.

Rosalie knurrte: „Nicht lustig."

„Ich habe eine Frage", sagte Nate. „Werden wir zu spät zum Abendessen auf die Farm zurückkehren?"

Stuart schnaubte. „Wenn wir ins Haus kommen, egal zu welcher Zeit, werden Moms erste Worte sein, dass wir gerade rechtzeitig zum Abendessen da sind. Niemand bleibt auf der Farm hungrig."

„Ich frage mich, ob das Wynns Problem war", sagte Andy. „Er brauchte jemanden, dem es genug um ihn ging, um sicherzustellen, dass er weder Hunger nach Nahrung noch nach einem Gefühl der Zugehörigkeit hatte. War es nicht Napoleon, der sagte: ‚Eine Armee marschiert auf ihrem Magen.'?"

„Interessante Beobachtung, besonders da eine Armee ein Gefühl der Kameradschaft entwickelt", sagte Nate.

„Ihr werdet mir zu philosophisch." Rosalie verschwand und tauchte dann mit einem Sack wieder auf. „Jemand interessiert an diesem Sack, den Mama Sandra mit *Später Nachmittag* beschriftet hat?"

Nate lachte. „Mama Sandra kennt ihre Armee so gut. Ich nehme ihn."

Als Nate den Sack öffnete, spähte er hinein. „Wusste, dass er zu schwer für Cracker ist. Wir haben Satsumas, wenn ich mich nicht irre, die mit Mandarinen verwandt sind, außer dass sie kernlos sind. Ich habe gehört, sie wachsen gut in Südgeorgia." Er reichte Stuart zwei Früchte und nahm eine für sich selbst, dann gab er den Sack an Rosalie zurück.

„Ich werde deine für dich schälen." Nachdem Stuart eine Satsuma geschält hatte, reichte er Aimee Louise einzelne Stücke.

„Das ist gut", sagte Nate. „Charo sagt seit ich arbeitslos bin, dass wir Farmer werden sollten."

Aimee Louise schaltete die Scheinwerfer ein.

„Wir sollten bald zur Staatsstraße kommen", sagte Stuart.

Rosalie gab den Sack an Nate weiter. „Müll."

Nate sammelte Stuarts Schalen und fügte seine hinzu, dann reichte er den Sack zurück.

Stuart richtete sich auf seinem Sitz auf. „Jemand steht am Straßenrand und winkt mit einem Licht."

Aimee Louise sagte: „Zu dunkel, um seine Wolke gut zu erkennen, aber keine Gefahrenwolke. Ich werde langsamer."

Aimee Louise verlangsamte und fuhr dann näher heran, als der Mann auf die Fahrbahn trat. Stuart ließ sein Fenster herunter. „Brauchst du Hilfe?"

„Hab 'nen Platten. Ich dachte, ich hätte ein Reh angefahren, aber als ich ausstieg, um nachzusehen, sprangen zwei Typen raus und begannen zu schießen. Ich habe zurückgeschossen, und ich denke, ich habe einen von ihnen angeschossen. Sie sind weggelaufen, aber sie haben auf meinen Reifen geschossen, und er ist platt. Ich habe versucht, ihn zu wechseln, aber ich bin besorgt, dass sie versuchen könnten, sich anzuschleichen, wenn ich ihnen den Rücken zuwende."

„Wir können helfen", sagte Stuart, als er aussprang. Andy hüpfte aus der Rückseite des Trucks, während Nate eine Taschenlampe schnappte, bevor er ausstieg, um nach Verkehr zu schauen.

Stuart und Andy wechselten den Reifen, während der Mann den Wald beobachtete. Als sie fertig waren, schüttelte der Mann ihre Hände.

„Vielen Dank, Jungs. Fahrt ihr zur Staatsstraße? Ich höre, es gibt eine Straßensperre drei Meilen nördlich, aber nach Süden sollte frei sein."

Der Mann eilte zu seinem Truck und fuhr davon, während Stuart, Andy und Nate in ihren eigenen kletterten.

Als Aimee Louise beschleunigte, sagte Stuart: „Er hat uns gesagt, dass die Staatsstraße nach Süden frei ist."

„Wenn es irgendwelche Probleme gibt, werden wir sie finden", sagte Nate.

Als sie zur Staatsstraße kamen, bog Aimee Louise links ab. Als sie die letzte Kurve in Richtung der Farm der Newtons nahm, fragte Stuart: „Rosalie, hat Mom noch mehr Säcke eingepackt?"

„Ich sage nichts. Es ist nicht meine Aufgabe, die Mama-Mystik zu ruinieren." Rosalie kicherte.

Nachdem Aimee Louise in die Smith-Einfahrt eingebogen war, fragte Stuart: „Wollt ihr abgesetzt werden, wenn wir zur Scheune kommen, Andy?"

„Das ist eine gute Idee. Spart mir die zusätzlichen Schritte", sagte Andy.

„Ich gehe auch zu den Websters", sagte Rosalie. „Ich hole mir den Bericht von Leo, und wenn es Neuigkeiten gibt, komme ich heute Abend zurück. Ansonsten sehe ich euch morgen früh, wenn ihr zum Funkruf rüberkommt."

Nachdem sie den verkohlten und zerbröckelnden Schornstein erreicht hatten, kletterten Rosalie und Andy mit ihren Rucksäcken und Gewehren aus dem Truck.

„Werden wir Rosalie später heute Abend sehen?", fragte Stuart.

„Ja", sagte Aimee Louise.

Als Aimee Louise um die Ecke des Hauses bog, schlenderte Scott von der Scheune, um sie zu treffen.

„Woher weißt du das?", fragte Nate, als Aimee Louise parkte.

„Es wird Neuigkeiten geben."

Stuart schnaubte bei Nates verwirrtem Blick und stieg aus, um seinen Vater zu begrüßen.

„Wie war eure Reise?", fragte Scott, nachdem er seinen Sohn umarmt hatte. „Wir haben nicht erwartet, dass ihr so bald nach Hause kommt."

„Wir mussten nicht für das Treffen bleiben, weil das GBI ein Team vor Ort hat, und Peytons Informationen waren genau das, was sie brauchten. Troys und Bens Organisationen werden zusammenbrechen."

„Wo ist Rosalie?" Scott spähte in die Rückseite des Trucks, als Stuart hineinkletterte, um ihr Gepäck zum Ausladen zu holen.

„Sie und Andy sind an der Smith-Farm ausgestiegen, um zu den Websters zu gehen. Laut Aimee Louise werden wir sie heute Abend sehen."

„Seid ihr auf Probleme gestoßen?", fragte Scott, als Nate Gepäck nahm, um es ins Haus zu bringen.

„Nur das Übliche für dieses Team", sagte Nate.

Während Nate und Aimee Louise die Ausrüstung ins Haus trugen, erzählte Stuart seinem Vater von ihrer Reise.

„Ihr seht mehr Ärger an einem Tag als die meisten Leute in einem ganzen Leben. Wenn deine Mutter von all dem hört, sei nicht überrascht, wenn sie euch alle unter Hausarrest stellt", sagte Scott.

„Keine Frage", lachte Stuart.

Als sie den Rest der Ausrüstung und die Lebensmittelboxen ins Haus trugen, traf Nate sie an der Tür.

„Rate mal? Deine Mutter sagte, wir sind gerade rechtzeitig zum Abendessen. Gut so, denn ich bin am Verhungern." Nate strahlte, und Stuart lachte.

„Bin wirklich froh zu sehen, dass du deinen Appetit zurückbekommst, Junge." Der Richter eilte in die Küche und umarmte Nate, während Dolly den Flur hinuntergerannt kam und Charos Rollstuhl schob.

Charo wäre in den Tisch gekracht, wenn Nate sie nicht aufgehalten hätte. Dolly sprang auf einen Stuhl und schlang ihre Arme um seinen Hals. „Du hast uns überrascht, Papa. Wir haben dich den ganzen Tag vermisst."

Nate umarmte Dolly und küsste Charo.

# KAPITEL SECHZEHN

Henry rannte den Flur hinunter und umarmte Aimee Louise. „Willkommen zu Hause, Engel. Ich bin froh, dass du zurück bist, und Deputy Stuart auch."

Während Aimee Louise Henry umarmte, schlang Stuart seine Arme um sie beide. „Es ist schön, wieder zusammen zu sein", sagte Stuart.

„Wascht eure Hände, Reisende", sagte Sandra. „Ich bin bereit, euer Abendessen aufzutragen. Wo ist Rosalie?"

„Sie kommt später", sagte Nate. „Sie hört sich die Radionachrichten an."

Sandra nickte. „Höchstwahrscheinlich mit Andy."

Peyton und Brandon kamen in die Küche.

„Ihr seid früh zurück", sagte sie. „Ist alles gut gegangen?"

„Besser als erwartet. Nachricht überbracht, und alles ist in Bewegung", sagte Nate. „Es gab keinen Grund, länger zu bleiben."

„Das ist eine Erleichterung." Peyton ließ sich auf einen Küchenstuhl fallen. „Details später?"

„Ja", sagte Aimee Louise.

„Wo ist Rosalie?" Peyton schaute sich im Raum um.

„Sie kommt später mit Herrn Andy", sagte Dolly. „Sie wollen erst die Radionachrichten hören."

„Woher weißt du das?", fragte Brandon.

„Mein Vater hat es uns gesagt."

„Warum erledigen wir nicht erst das Baden?", fragte Peyton.

„Ich helfe", sagte Judge, als Peyton den großen Topf mit heißem Wasser vom Herd hob, um das Badewasser zu erwärmen.

Dolly und Brandon eilten in ihre jeweiligen Badezimmer, um sich für ihre Bäder auszuziehen. Henry umarmte Aimee Louise und verließ dann die Küche.

Sandra stellte zwei Platten mit Fladenbrot auf den Tisch und füllte dann Suppe in Schüsseln. „Sie ist heiß", sagte sie. „Wurzelgemüse-Nudelsuppe."

Nate pustete auf seine Suppe und nahm einen Bissen. „Mmm. Fantastisch. Karotten, Rüben und Süßkartoffeln mit hausgemachten Nudeln und Rosmarin." Er ließ ein Stück Fladenbrot in seine Schüssel fallen und fischte dann das suppengetränkte Brot mit seinem Löffel heraus.

Sandra lachte. „Du hast den Gaumen eines Feinschmeckers."

Nach dem Essen räumten Stuart und Aimee Louise den Tisch ab, während Nate das Geschirr spülte.

„Der Judge und ich haben Dolly heute zu Sam und Cami gebracht", sagte Scott. „Die Mitchells haben sich über die Gesellschaft genauso gefreut wie die Zwillinge. Sie versuchen jemanden zu finden, der die Farm ihres Sohnes übernimmt. Sie wollen nicht, dass sie geplündert und verwüstet wird. Auf dem Rückweg sagte mir der Judge, dass Charo ihr Gewächshaus lieben würde."

„Charo wollte immer ein Gewächshaus, aber in Miami ergab es keinen Sinn", sagte Nate.

„Dolly wollte morgen zurück, um mit den Mädchen zu spielen, aber der Judge und ich haben sie überzeugt, dass nächste Woche besser wäre, weil wir warten wollten, bis ihr alle nach Hause kommt", sagte Charo. „Vielleicht bin ich bis dahin stark genug, dass ich auch mitkommen kann."

Nachdem Nate mit dem Abwasch fertig war, liefen die Kinder in die Küche und setzten sich an den Tisch. „Baden, Snack, Bett", sang Dolly.

„Hier bitte." Sandra gab jedem Kind zwei Cracker und atmete ein. „Ihr riecht alle sauber."

„Wir haben geschrubbt", sagte Henry.

„Ich habe auch geschrubbt", sagte Dolly.

Als die Snacks verschlungen waren, begleiteten Aimee Louise und Peyton die Jungen ins Bett, und Nate begleitete Dolly.

Nachdem die Kinder zur Ruhe gekommen waren, gesellten sich Aimee Louise, Peyton und Nate zu den anderen Erwachsenen in der Küche. Scott schenkte heißen Tee ein, während Sandra Charo, dem Judge und Scott Kaffee einschenkte.

Das Geräusch von Schritten dröhnte auf der hinteren Veranda, dann stürmten Rosalie und Andy ins Haus. Andy war außer Atem.

„Wir haben Neuigkeiten", sagte Rosalie. „David geht es viel besser. Die Schwellung geht zurück, und er ist schon gelaufen. Dr. Jody wird ihn heute Abend untersuchen, um ihm zu sagen, wann er reisen kann. Tante Vanessa gibt ihm ihr Auto. Ihr könnt euch vorstellen, wie erleichtert Pops ist!"

„Er ist fit genug zum Reisen? Wohin fährt er?", fragte Peyton.

„Hierher, natürlich", sagte Rosalie. „Ich schätze, ich habe vergessen, das zu erwähnen. Ich wette, es gab alle möglichen Diskussionen über die Farmregel, dass niemand alleine reist."

Peyton lächelte. „Ich wette, David hat seine Besucherkarte ausgespielt und behauptet, dass die Familienregel für ihn nicht gilt."

„Das wette ich auch, und Molly hatte einen Anfall", kicherte Stuart.

„Mit Recht", sagte Sandra. „Niemand ist von den Hausregeln befreit."

„Das ist alles, was wir haben", sagte Rosalie. „Es war zu gut, um es bis zum Morgen aufzuheben. Wir sehen uns morgen."

Als Rosalie von ihrem Stuhl aufstand, stöhnte Andy. „Wir gehen gleich zurück?"

„Klar." Rosalie steuerte auf die Tür zu, und Andy erhob sich mühsam. „Sie rennt schnell."

„Sag mir was Neues", sagte Stuart, als sie gingen.

„Ich bin aufgeregt und verängstigt", sagte Peyton. „Ich muss an all die Dinge denken, die uns allen auf der Straße passiert sind."

„Aber David ist durch Wälder und Sümpfe von Orlando nach Plainview gewandert und hat einen Biss einer Wassermokassinschlange überlebt, um dich und Brandon zu finden. Ich glaube nicht, dass irgendwelche mickrigen Gauner ihn aufhalten werden", sagte Nate.

Charo kicherte. „Mickrige Gauner."

Peyton seufzte. „Du hast recht. Er ist auch kein Ziel wie wir es waren. Und obendrein hat er Vanessas Auto ergattert." Peyton gab ein Schnauben von sich.

„Warum ist das lustig?", fragte Charo und neigte den Kopf.

„Vanessa ist die absolut schlechteste Fahrerin aller Zeiten, obwohl sie darauf besteht, dass sie eine geübte Fahrerin ist. Major erlaubt ihr nicht mehr zu fahren, seit sie das UTV der Farm zu Schrott gefahren hat. Sie wurde herausgeschleudert und hatte eine schwere Beinverletzung; Aimee Louise trug ihren Sicherheitsgurt, hatte aber trotzdem eine Gehirnerschütterung. Niemand hat Vanessa eigentlich gesagt, dass sie nicht mehr fahren darf, aber es ist immer irgendwie ungünstig. Ich kann mir nicht vorstellen, was David gesagt haben könnte, um ihr das Auto abzuschwatzen", sagte Stuart. „Natürlich, vielleicht hat Major..."

Stuart wurde durch den Klang von Schüssen unterbrochen. Stuart, Scott, Peyton und Nate sprangen nach ihren Gewehren, und Charo rollte in ihr Zimmer, um ihr Gewehr zu holen, während der Judge und Sandra ihre Schrotflinten griffen.

„Kam von den Websters", sagte Aimee Louise.

Mehrere Schüsse trafen die Vorderseite des Hauses. „Wir werden überfallen. Zu euren Posten", sagte Scott.

Sandra blies die Kerze auf dem Tisch aus und nahm ihren Platz an der Küchenspüle ein, wo sie das Fenster für ihre Schrotflinte einen Spalt öffnete. Der Judge eilte die Treppe hinauf in das Zimmer der Jungen, und Peyton folgte ihm, um die Küchentür von einem Fenster im Obergeschoss aus zu decken.

„Wo soll ich hin?", fragte Nate.

„Nach oben. Dein Vater ist im Schlafzimmer der Jungen. Nimm ein Fenster, um von der zweiten Etage aus die Vorderseite zu decken. Ich bin im Wohnzimmer", sagte Scott.

„Ich gehe durch die Küchentür raus und umgehe sie seitlich", sagte Stuart und eilte zur Tür. Aimee Louise schlüpfte mit ihm hinaus.

Als Stuart zum Truck sprintete, blieb Aimee Louise bei ihm. „Was machst du hier?", flüsterte er, während der Schusswechsel von den Websters anhielt.

„Folge mir", sagte sie.

Aimee Louise ging durch die Bäume zur Einfahrt. „Dort. Kletter auf einen Baum." Sie zeigte auf das kleine Wäldchen. Sie rannte die Einfahrt hinauf, bevor Stuart etwas sagen konnte.

Er schlüpfte in das Wäldchen und kletterte auf den höchsten Baum. *Ich zähle vier Männer auf dem Feld.*

Nachdem er den ersten Mann mit einem Schuss in den Kopf erlegt hatte, feuerte sein Vater auf die Männer, und Nate schoss aus dem zweiten Stock. Stuart zielte auf einen zweiten Mann, der durch seinen tödlichen Schuss fiel. Ein dritter Mann kroch zum entfernteren Ende des Hauses. Als er aufstand, um auf das Haus zuzustürmen, erschoss Nate ihn.

Stuart hörte die Schrotflinte seiner Mutter an der Rückseite des Hauses, dann einen einzelnen Gewehrschuss. *Charo.*

Drei Männer, die sich in den Bäumen nahe am Haus versteckt hatten, feuerten schnell auf die Fenster im ersten und zweiten Stock, wo Nate und Scott postiert waren.

*Kann keinen klaren Schuss abgeben.*

Das Gewehrfeuer aus den Bäumen hielt an, und Stuart runzelte die Stirn, als er erkannte, dass sie jemandem Deckung gaben. Er scannte das Gebiet und sah dann einen Mann, der zur Küchentür schlich. Stuart hob sein Gewehr zum Zielen, aber der Mann fiel durch einen einzigen Schuss aus dem zweiten Stock. *Peyton.*

„Er ist unten", rief ein Mann aus den Bäumen.

„Feuert weiter", antwortete ein anderer. „Könnte Teil seines Plans sein."

Das ständige Hupen einer Hupe an der Straße unterbrach das Gewehrfeuer. Stuart lächelte. *Sie haben die Schlüssel in ihrem Fahrzeug gelassen. Aimee Louise hat die Hupe ausgelöst.*

Ein Mann auf dem Feld rief: „Jemand klaut den Truck." Als er aufstand, erschoss Stuart ihn.

Die Männer in den Bäumen waren zum Haus gestürmt, erstarrten aber auf halbem Weg. „Was machen wir jetzt?", schrie einer.

Stuart erschoss ihn; Nate und Scott erschossen die anderen beiden.

Nach einem weiteren Schuss bei den Websters hörte das Gewehrfeuer auf, dann verstummte auch das wiederholte Hupen.

Stuart kletterte hinunter und blieb regungslos im Wäldchen stehen, während er nach jeder Bewegung auf dem Feld oder in den Bäumen nahe dem Haus Ausschau hielt.

Der Ruf eines Bartkauzes kam aus den Bäumen in der Nähe des Trucks, und Stuart antwortete auf den Ruf.

Aimee Louise erschien neben ihm und flüsterte: „Hier alles klar?"

„Ich denke schon."

„Lass uns reingehen zum Reden", flüsterte sie.

Nachdem sie wieder im Haus waren, sagte sie: „Wir müssen zur Smith-Scheune, um Rosalie zu treffen."

Stuart rief: „Wir gehen zur Smith-Farm. Wir überqueren die Vorderseite des Hauses und nehmen die Abkürzung. Bleibt wachsam. Wir benutzen den Bartkauzenruf, wenn wir zurückkommen. Antwortet, damit wir wissen, dass es sicher ist weiterzugehen."

„Verstanden", sagte Scott, während Charo, Nate, Peyton und der Judge Stuart bestätigten.

Sandra spähte weiter aus dem Küchenfenster. „Seid vorsichtig."

Stuart und Aimee Louise schlüpften aus dem Haus und um die Ecke zur Abkürzung. Stuart führte den Weg an. Er hielt alle paar Meter an und lauschte, bevor er weiterging.

Als sie die Scheune erreichten, hatten sie noch keine weiteren Schüsse gehört.

„Die Scheune?", fragte Stuart.

„Ja, aber draußen."

Sie standen an der Ecke des Gebäudes und warteten, aber sie hatten sich nicht für einen Temperaturabfall angezogen, und die Nachtluft und der Wind aus dem Nordwesten kühlten sie aus. Als Aimee Louise zitterte, schlang Stuart seine Arme um sie.

Der Ruf eines Bartkauzes erreichte sie, und Aimee Louise antwortete. Der Bartkauzen rief ein zweites Mal, und Aimee Louise antwortete. Stuart pfiff seinen Kardinalruf, und Rosalie und Andy kamen vom Feld zur Scheune.

„Es wird kälter. Können wir in die Scheune gehen?", fragte Andy, als sie zu ihnen stießen.

Die vier gingen in die Scheune.

„Sie haben Wynn getötet", sagte Rosalie. „Als das Gewehrfeuer begann, rannte er zur Scheune. Andy und ich gingen nach draußen, um ihn zu decken, aber ein Mann wartete neben der Scheune und erschoss Wynn. Ich habe einen Stuart-Schuss abgegeben, und der Mann fiel. Wir eilten zu Wynn, aber er war bereits..."

„Tot", sagte Andy.

„Ja. Dann begann der Angriff auf das Haus, und Andy und ich saßen in der Scheune fest, aber die Angreifer wussten das nicht. Es erwies sich als hervorragender Vorteil. Wir räumten die Rückseite des Hauses, während Frau Jennie die Vorderseite sicherte. Zwei Männer versuchten, durch das Seitenfenster einzubrechen, aber Herr Leo stoppte sie. Dann ging die Hupe des Trucks los, und es entstand viel Verwirrung. Einer der Bösen erschoss einen anderen, dann erschoss ein dritter den zweiten."

„Tante Jennie erledigte den letzten. Wir hörten die Schießerei auf der Newton-Farm. Ist bei euch alles in Ordnung?", fragte Andy.

„Ja. Allen geht es gut."

„Wir rannten zum Haus, nachdem die Hupe verstummte", sagte Rosalie. „Andy hielt mit mir Schritt."

„Auf keinen Fall wollte sie mich zurücklassen. Nachdem wir eine Weile im Haus gewartet hatten und kein weiteres Gewehrfeuer zu hören war, sagte Rosalie, wir müssten zur Smith-Farm kommen. Tante Jennie und Onkel Leo sind noch in Alarmbereitschaft."

„Was meint ihr?", fragte Rosalie. „War das ein letzter Versuch von Troy, Wynn und Peyton aufzuhalten, oder war es ein zufälliger Angriff?"

„Troy", sagte Aimee Louise.

„Sehe ich auch so", sagte Andy. „Was machen wir jetzt?"

„Dieser Angriff hat mir gezeigt, dass wir nicht gehen können", sagte Stuart.

Rosalie verengte die Augen. „Erkläre das."

„Charo und der Judge wollen ins Mitchell-Haus umziehen. Das nimmt drei Schützen aus Dads Haus. Wenn David ankommt, bin ich mir nicht sicher, ob er und Peyton sehr lange bei Dad bleiben werden; sie könnten zu den Cabellos ziehen. Das lässt drei Schützen bei den Websters und zwei bei Dad", sagte Stuart. „Wir müssen bleiben und helfen, eine Straßensperre einzurichten, um die Bösen fernzuhalten, wie Major und Phil es getan haben. Im Moment ist es ein offenes Tor für einen Angriff zu jeder Zeit durch umherziehende Banden."

„Mir gefällt der Teil, wo Rosalie bleibt", sagte Andy.

„Keine Überraschung", schnaubte Stuart. „Lass uns eine Nacht darüber schlafen. Wir können uns morgen früh nach dem Funkspruch treffen. Wir kommen früh, und ich helfe dir, Wynn zu begraben, Andy."

Andy nickte. „Ich werde Tante Jennie fragen, wo sie ihn begraben möchte."

„Bis morgen", sagte Rosalie, als sie und Andy zu den Websters aufbrachen.

Als Aimee Louise zur Einfahrt der Smiths ging, holte Stuart sie ein.

„Wo gehen wir hin?", fragte er.

„Ich werde den Transportlaster hierher bringen. Er hat eine Menge Vorräte, die wir nutzen können."

Als sie den Laster erreichten, zog Stuart die Leinwandklappe zurück, die die Rückseite bedeckte, und pfiff.

„Du hattest recht. Das ist ein Arsenal für eine ganze Armee", sagte er.

Aimee Louise manövrierte den Transportlaster die Einfahrt hinunter und parkte ihn zwischen den Bäumen hinter dem Schornstein.

„Jetzt können wir nach Hause gehen", sagte sie.

*Nach Hause gehen. Das klingt gut.*

# KAPITEL SIEBZEHN

Am nächsten Morgen zog Stuart sich an und schlich dann die Treppe hinunter in die Küche. Das flackernde Kerzenlicht und der verlockende Kaffeegeruch verrieten ihm, dass seine Mutter bereits auf war, doch er war überrascht, die Stimme seines Vaters zu hören.

Eine Tasse heißer Kaffee dampfte an seinem Platz am Tisch. „Wie hast du geschlafen?", fragte Sandra.

Stuart nahm einen Schluck Kaffee. „Besser als erwartet."

Sie setzte sich mit ihrer Tasse zu ihm an den Tisch. „Es war ein langer Tag für alle."

„Aimee Louise, Rosalie, Andy und ich hatten gestern Abend ein Gespräch in der Smith-Scheune. Wir denken, dass Aimee Louise, Rosalie und ich eine Weile bleiben sollten. Der Angriff gestern Nacht war offensichtlich gezielt, aber die beiden Höfe, eigentlich alle Höfe an unserer Straße, sind anfällig für umherziehende Banden. Wir würden gerne helfen, eine Straßensperre zu besetzen, um die Höfe zu schützen. Wir haben gesehen, wie effektiv das in Plainview und in Phils Gemeinschaft ist."

Scott nickte. „Ich denke, Nate und Charo werden auf die Mitchell-Farm ziehen, und es wird nicht lange dauern, bis Peyton und ihre Familie gehen. Sie werden sich vielleicht sogar den Cabellos anschließen. Wir werden genug Platz für dich, Aimee Louise, Rosalie und Henry haben."

Während Sandra ihren Teig für die Buttermilchbrötchen knetete, fragte sie: „Wird Rosalie bei den Websters bleiben?"

„Das hängt von Rosalie und Andy ab. Wenn sie das tut, werden hier drei Schützen sein, plus Aimee Louise, und dort drei Schützen."

„Aimee Louises Talente übertreffen die eines bloßen Schützen bei Weitem." Scott nahm einen Schluck Kaffee. „Also, was ist der Plan für heute?"

„Wir werden Wynn beerdigen. Ich werde Andy helfen, das Grab auszuheben. Wir lassen Jennie entscheiden, wo. Dann müssen wir beide Höfe aufräumen."

„Ich werde mit dem Bagger ein ausreichend großes Loch ausheben", sagte Scott. „Ich habe ein Stück Land am hinteren Ende des Grundstücks, das geeignet wäre, und wir müssen alle Waffen einsammeln. Wir wollen nicht, dass die Kinder über ein geladenes Gewehr stolpern."

„Aimee Louise und ich gehen als Erstes zu den Websters, damit sie mit Major sprechen kann. Ich würde gerne Wynns Grab ausheben, bevor wir von dort abfahren."

Während Stuart seine zweite Tasse Kaffee trank, kam Aimee Louise in die Küche.

„Eier und Buttermilchbrötchen, bevor ihr geht?" Sandra holte ein Blech mit Brötchen aus dem Ofen.

*Mamas Timing ist tadellos.*

Aimee Louise setzte sich an den Tisch. „Ja."

„Wie immer, nehme ich an." Sandra lächelte, während sie Aimee Louises Eier verquirlte und Stuarts Eier briet.

Nachdem sie gegessen hatten, liefen Stuart und Aimee Louise zur Webster-Farm. Aimee Louise folgte Stuart, als er versuchte, sein Tempo zu erhöhen.

Als sie die Webster-Farm erreichten, hielt Stuart an, bevor sie zur Tür gingen. „Lass mich nur kurz Luft holen. Ich möchte nicht, dass Andy merkt, wie unfit ich bin."

Aimee Louise starrte ihn an, bis er unruhig wurde.

„Na gut. Das war eine Ego-Sache. Lass uns reingehen", sagte er.

Als sie in die Küche kamen, standen Leo und Rosalie vom Tisch auf. „Lass uns die Ätherwellen zum Leben erwecken", sagte Leo.

Rosalie und Aimee Louise begleiteten Leo in seinen Funkraum.

Stuart und Andy saßen mit frischen Kaffeetassen am Küchentisch.

„Andy hat mir erzählt, dass ihr dachtet, ich würde gerne entscheiden, wo wir Wynn beerdigen. Danke. Ich weiß das zu schätzen", sagte Jennie. „Lasst uns ihn auf der Smith-Farm in der Nähe des alten Haupthauses begraben. Dort war er glücklich."

Stuart nickte. „Unsere erste Priorität."

„Ich möchte keine Versammlung abhalten. Nachdem er begraben ist, hätte ich gerne etwas Zeit allein an seinem Grab. Irgendwann werde ich einen großen Stein auf dem Smith-Grundstück finden, den wir als Markierung verwenden können. Wynn liebte diese Welpen. Er starb, um sie zu beschützen." Jennie seufzte.

Nachdem Jennie vom Tisch aufgestanden war und ihren Kaffee nachgefüllt hatte, sagte Andy: „Stuart, wir haben darüber gesprochen, dass ihr drei bleibt, und Onkel Leo war begeistert, seine Funkpartnerin behalten zu können."

„Wenn du Angel im Funk zuhörst, würdest du den Eindruck bekommen, dass sie eine richtige Plaudertasche ist, oder?" Jennie lächelte.

„Als ich nach dem Zusammenbruch des Stromnetzes auf Majors Farm war, blieb ich oft vor dem Funkraum stehen, nur um dem Klang ihrer Stimme zu lauschen", sagte Stuart.

„So fühle ich mich bei Reds Stimme", sagte Andy. „Sie hat mir erzählt, dass sie gerne singt."

„Schade, dass wir unsere Gitarren nicht mitgebracht haben", sagte Stuart.

„Ich habe drei Gitarren und ein Tamburin in meinem Schrank", sagte Jennie. „Wir könnten etwas Musik hier gebrauchen."

„Die Smith-Scheune wäre auch der perfekte Ort für eine Party", sagte Stuart.

Aimee Louise und Rosalie eilten aus dem Computerraum.

Rosalie wippte auf ihren Zehenspitzen. „Wir haben mit Pops gesprochen. Er ist einverstanden, dass es wichtig ist, dass wir bleiben. Ich komme mit dir zurück, denn wir haben auch Neuigkeiten über David, und Peyton wird begeistert sein. David ist auf dem Weg zu Phil. Wenn er erschöpft ist, kann er dort übernachten, und Phil erwartet ihn. Er wird entweder später heute oder morgen hier sein."

„Wir holen Schaufeln und begleiten euch bis zur Smith-Farm. Tante Jennie möchte, dass Wynn am Smith-Anwesen begraben wird", sagte Andy.

„Wir bleiben bei euch", sagte Aimee Louise. „Rosalie wird ihr Gewehr dabei haben."

*Denkt immer mit.*

Nachdem das Grab ausgehoben war, gingen die vier zur Newton-Farm. Als sie den Vorgarten überquerten, winkte Peyton vom Seitenflügel aus. „Ich habe auf euch gewartet. Nate und ich sind nach draußen gegangen, um Gewehre einzusammeln und die Leichen an einen zentralen Ort zu bringen, während Scott gräbt. Erinnerst du dich an den Typen, der versuchte, sich zur Küchentür zu schleichen? Ich habe dir von ihm erzählt, oder? Jedenfalls habe ich auf ihn geschossen, und er fiel um. Es war Troy! Er ist aus dem Spiel. Vollständig."

Nate eilte vom Feld herbei. „Gut, dass ihr hier seid. Peyton konnte es kaum erwarten, es euch zu erzählen. Wir müssen Delilah und Bob Bescheid geben. Kannst du das heute per Funk erledigen, Angel?"

„Ja."

Als Aimee Louise sich zum Gehen wandte, sagte Rosalie: „Eine Sekunde. Peyton, wir haben Neuigkeiten für dich. Gute Nachrichten. David hat heute Morgen Majors Farm verlassen. Er hält bei Phil an, und wenn er zu müde ist, um weiterzufahren, wird er dort übernachten. Er wird heute oder morgen hier sein."

Peytons Augen weiteten sich. „Das sind hervorragende Neuigkeiten. Ich werde es Brandon noch nicht sagen. Wir müssen erst den Hof aufräumen, denn sonst würde er an der Einfahrt stehen und warten, bis er David sieht. Oh nein. David wird nicht wissen, wie er zum Haus kommt, weil wir die Einfahrt blockiert haben. Muss ich an der Straße stehen und nach ihm Ausschau halten?"

„Nicht, wenn du vom selben David sprichst, den wir kennen. Er würde sich von etwas wie einer blockierten Einfahrt nicht davon abhalten lassen, zu dir und Brandon zu kommen. Er wird das Auto parken und zu Fuß gehen", sagte Stuart.

„Du hast recht. Absolut. Ich werde nach weiteren Gewehren suchen."

„Jetzt können wir zurückgehen", sagte Rosalie.

„Ich würde gerne mitkommen", sagte Nate. „Falls ihr mit Delilah Kontakt aufnehmt, würde ich gerne ihre Reaktion hören. Ich bin gerade das Feld abgelaufen, um mehr Gewehre zu finden, aber Peyton kann das erledigen."

Auf dem Rückweg sagte Stuart: „Ich habe gesehen, wie Troy sich zur Seite des Hauses geschlichen hat, aber ich konnte keinen klaren Schuss abgeben, bevor Peyton ihn erledigt hat."

„War das, als diese drei mit Deckungsfeuer antworteten? Ich dachte, da passierte etwas, konnte aber nicht sagen, was", sagte Nate.

Als sie das Webster-Farmhaus erreichten, rannten Rosalie und Aimee Louise hinein.

„Ich muss Tante Jennie fragen, ob sie eine Decke oder etwas hat, das wir verwenden können, um seinen Körper einzuwickeln", sagte Andy.

Stuart und Nate gingen weiter zur Scheune, um zu warten.

Nates Augen weiteten sich, als er die zweite Leiche in der Nähe der Scheune sah. „Ist das derjenige, der auf Wynn geschossen hat?", fragte er.

„Ja. Er wartete in der Scheune. Nachdem die Schießerei begann, rannte Wynn hinaus, um die Welpen zu holen und sie ins Haus zu bringen. Andy und Rosalie eilten zur Tür, um ihn zu decken, aber dieser Mann erschoss ihn, als er die Scheune erreichte. Dieser Kopfschuss war von Rosalie", sagte Stuart.

„Rosalie hat Ben Romero erschossen", sagte Nate.

„Wow. Troy und Ben sind tot", sagte Stuart.

„Wir müssen reingehen. Das sind große Neuigkeiten", sagte Nate.

Als die beiden Männer ins Haus gingen, führte Stuart den Weg zum Funkraum. Leo hatte seine Kopfhörer abgenommen, damit jeder die Übertragung hören konnte.

Rosalie traf sie an der Tür und flüsterte: „Delilah."

Andy nickte und flüsterte dann: „Kommt einen Moment mit in die Küche. Ich habe Neuigkeiten für euch."

„Bereit für deine Neuigkeiten, Angel."

„Einen Moment", sagte Aimee Louise, als Stuart einen Block und einen Stift nahm und *Ben Romero tot hier an der Scheune* schrieb.

Leo beugte sich vor, um die Notiz zu lesen, schaute Stuart dann mit hochgezogenen Augenbrauen an, und Stuart nickte.

Rosalie quietschte in der Küche. „Wirklich?"

„Die Brüder, die dich morgen besuchen wollten, kamen letzte Nacht hier an und werden bleiben", sagte Aimee Louise.

„Die Brüder?", fragte Delilah. „Beide? Dort? Und bleiben, so richtig dauerhaft?"

„Beide. Wir hatten einen wunderbaren Empfang. Dachte, du würdest gerne wissen, dass sie nun doch nicht kommen werden."

„Die Brüder sind dort. Kein Entkommen. Fall abgeschlossen, richtig?", fragte Delilah.

„Nur noch das Aufräumen, aber das macht dir nichts aus, oder?"

„Machst du Witze? Aufräumen ist mein zweiter Vorname." Delilah kicherte. „Bis später, Angel. Ich muss das mit meinen Kumpels teilen. Ich wette, sie schmeißen morgen eine große Party."

Delilah meldete sich ab und dann meldete sich Aimee Louise ab.

Jennie eilte die Treppe hinunter zum Funkraum und stieß fast mit Andy und Rosalie zusammen.

„Was um Himmels willen ist los?", fragte Jennie.

„Troy und Ben Romero sind tot", sagte Andy.

Sie runzelte die Stirn. „Sind das nicht die beiden Rädelsführer der Menschenhandelsoperationen?"

„Ja. Das Interessanteste ist, dass Peyton Troy erschossen hat und Rosalie Ben."

„Ich wusste es. Scharfschützinnen sind die Besten." Jennie jubelte und tanzte einen Jig, bevor sie auf einen Stuhl fiel.

„Zeit zum Aufräumen hier. Lasst uns alle Leichen an einem zentralen Ort zusammenbringen. Ich habe einen Platz im Sinn."

„Nachdem Papa die Stelle auf unserem Grundstück ausgehoben hat, bringt er den Bagger hierher", sagte Stuart.

„Hier ist die Decke für Wynn. Es ist die, die er in der Scheune hatte", sagte sie. „Andy hat eine Trage für euch, um ihn zum Hof seines Großvaters zu bringen. Ich hasse es, dass er gegangen ist, aber ich bin dankbar, dass Rosalie seinen Mörder gestoppt hat."

Nachdem Stuart, Andy, Aimee Louise, Rosalie und Nate Wynn am Smith-Anwesen begraben hatten, gingen sie schweigend zur Newton-Farm.

Peyton und Brandon liefen in der Einfahrt auf und ab. Nate flüsterte Peyton etwas zu, und sie grinste, als sie Rosalie salutierte. „Girl Power, Red."

Als sie das Haus betraten, eilte Henry zu Aimee Louise und umarmte sie. „Mama Sandra sagte, du und Deputy Stuart bleibt eine Weile. Ich bin froh, dass ihr etwas länger hier sein werdet."

Stuart kniete sich hin und umarmte die beiden.

„Das stimmt", sagte Aimee Louise. „Wir bleiben eine Weile, aber das spielt für dich eigentlich keine Rolle, denn wenn wir gehen, kommst du mit uns."

Als Henry sie anschaute, lief eine kleine Träne über seine Wange, und seine Unterlippe zitterte. „Wirklich? Dann wirst du für immer meine Mama Angel sein."

Bist du bereit für das nächste Abenteuer?

Gefahr im Feld

Den Stromausfall Überleben, Buch 4

Stuart und Aimee Louise und ihr Team verteidigen sich gegen Angriffe auf die Farm in Georgia. Während sich der schwer fassbare Feind nähert, stellen Stuart und Aimee Louise eine Falle für den hasserfüllten Killer, der Rache sucht.

Finde GEFAHR IM FELD online bei Barrett Book Shop oder deinem Lieblingsbuchhändler.

BarrettBookShop.com

Stöbern, shoppen, lesen, genießen!

*Abonniere* den Newsletter!

Suche      nach      der      Abonnieren-Schaltfläche      auf judithabarrett.com/newsletter

# ÜBER DIE AUTORIN

Judith A. Barrett ist eine preisgekrönte Autorin von postapokalyptischer Science-Fiction-, Thriller- und gemütlichen Kriminalromanen mit Action, Abenteuer und einem Hauch übernatürlicher Elemente, um die Fantasie der Leser anzuregen. Ihre ungewöhnlichen Hauptfiguren sind brillante, talentierte und bodenständige Menschen, die schwierige Probleme lösen und Mörder stoppen. Ihre Romane spielen in kleinen Städten in Florida und Georgia in den Vereinigten Staaten.

Judith lebt in Georgia auf einer kleinen Farm mit ihrem Mann, Hunden und Hühnern. Wenn sie nicht gerade mit Schreiben beschäftigt ist, arbeitet Judith auf der Farm, geht mit ihrem Mann und den Hunden wandern oder beobachtet die wunderschönen Sonnenuntergänge von ihrer Veranda aus.

*Ihr lest weiter; ich schreibe weiter!*

Webseite www.judithabarrett.com

Newsletter *Abonniere* ihren eNewsletter über ihre Webseite

Lass uns in Kontakt bleiben!